真假之间

中国法学会法制文学研究会 选编

群众出版社·北京

图书在版编目（CIP）数据

真假之间／中国法学会法制文学研究会编．—北京：群众出版社，2016.9

（2015年度法治文学精选·纪实文学卷）

ISBN 978-7-5014-5565-2

Ⅰ.①真… Ⅱ.①中… Ⅲ.①纪实文学—中国—当代 Ⅳ.①I25

中国版本图书馆CIP数据核字（2016）第205846号

真假之间

中国法学会法制文学研究会　编

出版发行：群众出版社

地　　址：北京市丰台区方庄芳星园三区15号楼

邮政编码：100078

经　　销：新华书店

印　　刷：北京通天印刷有限责任公司

版　　次：2016年9月第1版

印　　次：2016年9月第1次

印　　张：9.5

开　　本：880毫米×1230毫米　1/32

字　　数：274千字

书　　号：ISBN 978-7-5014-5565-2

定　　价：33.00元

网　　址：www.qzcbs.com

电子邮箱：qzcbs@sohu.com

营销中心电话：010-83903254

读者服务部电话（门市）：010-83903257

警官读者俱乐部电话（网购、邮购）：010-83903253

文艺分社电话：010-83903973

本社图书出现印装质量问题，由本社负责退换

出版说明

为了深入贯彻党的十八届四中全会精神和习近平总书记在2014年10月文艺工作座谈会上的重要讲话精神，切实担当起法治文化建设的重任，以文学艺术形式为建设法治中国服务；根据中国法学会研究会工作座谈会会议和中国法学会领导有关指示精神，中国法学会法制文学研究会研究决定，自2014年11月25日起，正式开展“2014年度法治文学精选”征集编选活动。通过征集评选、编辑出版，推出代表2014年度法治文学创作最高水准的作品。“2014年度法治文学精选”丛书共计二卷，即小说卷《我不认识你》、纪实文学卷《打造再生之门的人》。此活动以后每年度举办一次。

“2015年度法治文学精选”征集编选活动于2015年年底如期展开。经各地政法部门、新闻出版单位和全国著名文学评论家、作家、编辑、专家学者积极推荐，编委会认真审阅评选，现结果已揭晓，入选作品全部收入“2015年度法治文学精选”丛书，由群众出版社正式出版。

这是中国法治文坛第二次主办全国年度法治文学作品精选的征集编选活动。其宗旨是用文学艺术的生动形象，在全社会普及法治思维、法治方法，树立法治信仰，推出更多法治题材的优秀文学作品，发现和培养法治文学创作人才，推动法治文化的大发展大繁荣，为法治中国建设作出贡献。

“年度法治文学精选”编委会办公室

2016年6月8日

目　录

食品安全亮剑

——聚焦《食品安全法》首次大修

王　峰

何处安放“舌头上的安全”

这一次“不能吃”的是草莓。最近，央视财经频道《是真的吗》节目播出一组有关草莓的报道，称该栏目组记者随机在北京购买的8份草莓均检测出含有百菌清和乙草胺两种农药。

节目称，前者含量符合国家标准，后者在国家的草莓残留物标准中并无登记，但相比欧盟标准，有的草莓竟然超标6倍。

尽管该报道随后被媒体“证伪”，但近些年来，有关草莓安全性的传闻并不鲜见，比如今年年初，微信朋友圈里热传一篇《一位蜂农的忠告：珍惜生命，远离草莓》的文章，说草莓大棚打农药毒死蜜蜂。再比如，欧洲食品安全局 4 月 12 日称，欧洲几乎一半的食品都含有农药残留，而草莓上的农药残留是最有可能超过安全界限的。

尽管专家再次指出传闻不靠谱，但从近年来频频见诸报端的食品安全事件可以发现，“舌尖上的安全”仍让人担心。

4 月 24 日，十二届全国人大常委会第十四次公议表决通过了修改后的《食品安全法》。这部被称为“史上最严”的《食品安全法》在修订过程中三易其稿，争议颇多。

高毒农药是否应该彻底禁用？婴儿配方食品如何管理？如何治理最易滋生食品安全问题的小作坊？这些百姓关注的问题都出现在将于 10 月 1 日起施行的法律中。“史上最严”的《食品安全法》能否确保“舌尖上”的安全？

食品安全事件“无处不在”

食品安全问题在国内由来已久。1987 年，由于贝类被随意倾倒的人粪尿污染，上海市曾因此爆发了甲型肝炎流行。上海市传染病医院主任医师巫善明回忆说，在持续了半年多的甲肝风波中，全城直接查出 31 万人感染。

按照医学上的规律，没有进入临床，但身上携带了甲肝病毒的患者是其 4 倍，这意味着当时上海有 150 万人携带了甲肝病毒。而 1988 年的上海人口也不过 1200 万。

甲肝风波严重影响了城市运转：生产一线减员十分之一，仅上海市柴油机厂就有 500 多名职工受到感染；上海销售出去的副食品纷纷被退回。据事后统计，因为甲肝而造成的直接和间接的经济损失超过百亿元。

有医务人员回忆，上海 1987 年甲肝爆发的重要因素是人们缺乏环保意识。甲肝主要通过粪便途径传播，粪便中的甲肝病毒直接污染水和食物即可造成甲肝爆发。牡蛎等贝类均通过水进行呼吸和摄食，如若水体受污染，就会引起甲肝病毒在贝类体内的积聚。

历史上严重的食品安全事件还包括假酒致死。1997 年除夕之夜，悲剧在山西朔州悄然发生，27人因饮用不法之徒兑制的工业酒精酒（甲醇）而中毒死亡。这是继1996年云南假酒大案以来，第二例全国罕见的特大假酒毒死人命案。在此之前，贵阳、广西、广东等地也发生过重大的假酒命案。

假酒的盛行有其历史和社会背景。中国白酒生产规模庞大，注册白酒企业超过4万家，而未经注册擅自生产白酒的企业及“地下”小作坊更是数不胜数，许多就是造假窝点。

据不完全统计，1980年以前，我国未发现一例因假酒致死事件。但自1980年专卖停止以后，发生假酒中毒案650多起，中毒人数逾6000人，死亡260多人，双目失明或留下种种后遗症者不计其数。

近年来，“舌尖上”的危险显得无处不在。笔者根据司法案例统计，危害食品安全的刑事案件几乎发生在人们日常进食的方方面面。

从2010年3月开始，徐某、贾某在浙江省瑞安市使用工业松香，对生猪头脱毛后，将猪头肉、猪耳朵、猪舌头、肥肉等销往一些菜市场内的熟食店，销售金额达61万余元。

2012年4月，严某及其妻罗某雇用他人，在瑞安塘下使用工业双氧水漂白鸡爪皮，累计销售鸡爪皮制品1万公斤左右，销售金额达23万余元，被当场查获。

2012年12月，尹某受赵某雇用，由赵某驾车载尹某送货，分别将18瓶假冒“万艾可”（俗称伟哥）销售给经营成人保健品店的梁某，将8盒“精旺参茸倍力胶囊”销售给开药店的徐某。办案人员在其仓库内查获“金大力胶囊”926盒。在这些保健品中，均检出西地那非成分。西地那非属于有毒有害物质。

违法使用西地那非案件至今仍数量众多。仅2014年1月至今，笔者在中国裁判文书网上就搜索到超过100个相关案件，犯罪嫌疑人或者以生产、销售假药罪获刑，或者被判生产、销售有毒、有害食品罪。

在不法商人那里，工业原料被随意和食品“搭配”，在利益的驱使下，产生了危险的“化学反应”。

2013 年 4 月，江苏省如皋市个体户俞能芝从事活鸭加工，每杀一只鸭子收取 1.7 元屠宰费用。在屠宰过程中，俞能芝明知工业松香有毒，且国家明令禁止使用工业松香用于食品加工，但仍用工业松香给 55 万多只鸭子拔毛，这些鸭子全部被以每斤 4.3 元至 6.1 元的价格销往上海，涉案价值 1000 余万元。今年 2 月，俞能芝被判刑十年。

2013 年 11 月至 2014 年 8 月，河南省上蔡县个体户胡某某在上蔡县百尺乡鸳店村小学旁的早餐店内，使用含有硫酸铝铵成分的食品添加剂泡打粉生产包子，导致部分被检验包子中铝的残留量为 580mg/kg。

类似的案例还包括用工业盐卤猪头肉、用罂粟壳加工水煮鱼底料、用硼砂加工粉干、用吊白块漂白粉干等。

“地沟油”和“毒豆芽”

从假酒泛滥到瘦肉精猪肉、“皮鞋果冻”，近年来几乎每隔一段时间，就会出现有代表性的食品安全事件。最近一段时间的食品安全风险的代表无疑是“地沟油”和“毒豆芽”。

2011 年 9 月 13 日，各大新闻媒体纷纷转载一条爆炸性新闻，此案为时任公安部部长孟建柱亲自批示，浙江和山东等多地的警方在公安部的统一指挥下，共同查获了一起涉及 14 个省份特大地沟油制售成食用油的案件。

公开报道称，这次案件特殊，因为它是第一次全环节破获地沟油的制售案件，并且涉案人数众多、网络庞大、制售的地沟油数量巨大。据媒体介绍，涉案网络遍布 14 个省份，端掉生产销售的黑心窝点和黑加工厂 6 个，抓获 32 名主要犯罪嫌疑人。一条集掏捞、粗炼、倒卖、深加工、批发、零售六大环节的黑色产业链浮出水面。

2011 年 3 月，浙江海宁警方在定期开展的大走访活动中接到群众的举报——有人利用餐厨垃圾制作成地沟油出售。宁海警方立即采取行动，抓获掏捞、收购、粗炼地沟油的黄某及团伙嫌疑人共计6人。

掏捞、收购、粗炼的地沟油如果用来作为生产生物柴油等化工品原料，不能算作违法，但浙江省一些加工生物柴油的企业反映，近几年因为这伙人的存在搅乱了地沟油收购市场，价格从每吨2000元一直飙升到每吨5000元，正规企业已经难以收到地沟油原料。

黄某等人将粗加工的地沟油卖给了山东济南格林生物能源有限公司，该公司注册登记显示是生产生物柴油的企业。但这家公司在收购地沟油时测量酸价，酸价的测量只有在生产食用油时才须检测，所以公安机关判断该公司可能会用收购来的地沟油生产食用油并出售。情况立即上报公安部，孟建柱作出重要批示，并挂牌督办。

在公安部的统一指挥下，浙江、山东等地警方联合围剿，成功捣毁了山东济南格林生物能源有限公司。通过对该公司的进一步侦查，公安机关发现郑州的宏大粮油行也有重大嫌疑。

浙江、河南警方再次联手出击，抓获以宏大粮油行老板袁某为首的集团嫌疑人17名，共查获已经制成的成品食用油100多吨、假冒品牌食用油100多箱。

宏大粮油行相关负责人交代，他们把这些深加工的油称为毛油，出了厂的称为“红油”，在店里销售时称为米糠油或者棉籽油，如果政府监管部门来查，就会称为饲料油。这些来路不正自己从来不吃的油，宏大粮油行则卖给远郊县的一些粮油店，或者先灌装好再卖给周边的宾馆、饭店、食堂、油条摊或者夜排档，有些油还贴了某些品牌标签来求得更好的销路。

经警方调查，除宏大粮油行，格林公司还有许多其他销售下线，有不少交易根本无须在市场里进行，而是直接从厂里用油罐车拉到需要用油的单位。在不到两年的时间里，上万吨地沟油由山东济南格林生物能源有限公司流向了人们一日三餐的饭桌。

“毒豆芽”则是最近一段时间以来食品安全犯罪的典型。在中国裁判文书网上，2014年1月至今，以“豆芽”为关键词的刑事判决书多达 1300 多份。

2007 年 3 月起，广州市黄埔区农民葛某、王某从事豆芽生产，日均生产、销售两千余斤。在生产过程中，两人长期将特效绿豆芽生长剂、特效黄豆芽生长剂、668 特效防腐药、阿莫西林胶囊、头孢氨苄胶囊、特效豆芽防腐剂、无根豆芽调节剂、复方磺胺甲唑片、“A、B 粉”等非食品原料用水溶解、稀释后淋洒在豆芽上，以提高豆子发芽率、抑制细菌生长、实现豆芽无根化。

“A、B 粉”又称“植物生长调节剂 8503”，其成分中包含 6－苄基腺嘌呤、4－氯苯氧乙酸钠，而国家质检总局 2011 年 4 月发布公告，明令禁止食品生产企业使用上述两种物质作为食品添加剂。

但“毒豆芽”在司法中存在争议。今年 2 月，中国人民大学刑事法律科学研究中心举行了一场研讨会，邀请来自法检系统、食品技术部门、豆芽行业协会以及法律学界等不同学科背景的人士参与。

该会议认为，“根据无根剂在豆芽制发过程中使用的自限性和实际使用残留的情况以及食品安全司法解释第一条的规定来看，无根剂主要成分（赤霉酸、6－苄基腺嘌呤、4－氯苯氧乙酸钠）的残留非常低，不足以造成严重食物中毒事故或者其他严重食源性疾病”。

在 2015 年全国两会上，全国人大代表、重庆市人民检察院检察长余敏提交了一份建议，称“毒豆芽”案件有争议，亟须明确其法律适用。

而中国法学会食品安全法治研究中心研究员王伟国和他的团队梳理了 203 份“毒豆芽”判决报告。“如果仅凭豆芽中检测出含有‘6－苄基腺嘌呤’或者‘4－氯苯氧乙酸钠’物质，即认定构成生产、销售有毒、有害食品罪，明显存在重大疑点。”王伟国说。

2014 年 11 月 25 日，最高人民法院网站专门就“毒豆芽”案争议问题向公众回应称，“毒豆芽”问题需要各有关职能部门协调配合，统一认识和认定标准。“最高法刑一庭与国家食药监总局等部门专门研究了相关问题，之后又开展了调研工作，撰写了专题调研报告，汇总了基本情况、存在的问题。”“我们将继续密切关注、深入研究，并通过与相关部门协调、配合，尽快有效解决存在的问题。”

如何治理小作坊

可以发现，食品安全问题最突出的环节在生产，而生产环节的安全问题无疑集中爆发在“小作坊”。

“大多数小作坊都是寄生在居民区，用的是民房，安顿在人畜混住的环境中，厂房简陋，不具备基本的安全保障，环境卫生安全硬件达不到要求，导致环境污染引发的食品安全事故时有发生。”一名河北省质检系统人士告诉笔者。

“此外，食品生产加工小作坊普遍存在人员素质不高、资金投入不足、生产设施设备简陋、生产工艺流程缺乏规范、生产过程可控性差等问题。”他说。

笔者得到了一份几年前河南省某地级市食品加工“小作坊”的调查报告。该报告显示，该市仅有21%的食品小作坊从业者对所购进的食品原料经常检验，29%的人对所购进的食品原料根本不进行检验；59%的人对所购进的食品原料和食品添加剂不做书面记录，经常记录的仅仅13%。

调研报告中还写道，大多数食品小作坊产品销售没有建立台账，产品大多都是散装食品，多数产品没有规范的标识，外包装上没有标注厂名、厂址，甚至没有生产时间也是较为普遍的问题。

该市312家食品小作坊样本中，真正建立食品检验制度的仅仅有45家，多数是制作糕点和调料品作坊，比例不足总数的15%。

“由于食品小作坊大多都资金有限，从业人员又不想加大投入，普遍没有配备基本的检验设备，不具备自检能力，无法开展原料进厂、产品出厂的检验工作，更谈不上配备专门的检验人员和检验场地。”报告中写道。

食品小作坊如此低劣的食品生产环节有其难言之苦。

“为达到食品获证企业标准，食品小作坊必须投入大量的资金，根据每一种食品的生产许可证审查细则进行整改，这其中包括增添生产设备和检验设备、厂房维修、人员培训教育、办证咨询，等等。”上述质检系统人士介绍。

上述调研报告中介绍，该市一家豆制品加工小作坊，如果要办理食品生产许可证，大概总共需要的费用是23000元左右。主要费用明细包括：法律规定的生产许可证件费（审查费2200元、公示费400元、发证评审检验费1200元）、技术服务费（厂房布局设计2000元、化验室布局建立完善800元、绘制质量内部管理制度等1000元、编制配套记录培训表及填写企业提交申请书等1000元）、购买设备7000元、厂房装修3000元、检验人员培训费2000元、三级计量保证体系确认费1500元、标准标识技术服务费2000元等。

报告由此写道，对于大多数食品小作坊来说，办理食品生产许可证是一笔庞大的费用，往往很多食品小作坊从业者在违法与守法经营的抉择上，倾向于违法经营，同时针对监管部门采取"罚款可以缴，许可证就是不办"的策略。

监管部门在办理食品小作坊非法生产案件时，要花大量的时间和人力物力。有些食品小作坊采取"游击战"：倘若行政处罚力度太大，食品小作坊主就直接关门走人。处罚的金额少了，执法成本就比较高，这类案件的办理可能已经影响到行政部门的运作，打消了部分执法人员的积极性，使监管进入恶性循环，反过来又助长了食品小作坊的违法行为。

2009年，《食品安全法》颁布。其第二十九条第三款规定："食品生产加工小作坊和食品摊贩从事食品生产经营活动，应当符合本法规定的与其生产经营规模、条件相适应的食品安全要求，保证所生产经营的食品卫生、无毒、无害，有关部门应当对其加强监督管理，具体管理办法由省、自治区、直辖市人民代表大会常务委员会依照本法制定。"

其中对食品小作坊的管理权由各省人大常委会制定的规定，改变了原来卫生、工商、质监等部门对食品小作坊共同监管的格局。然而，《食品安全法》颁布后两年，全国只有宁夏、甘肃等出台了食品小作坊管理办法的相关法规。

对小作坊的监管也有体制乏力之处，比如食品小作坊产品的检验检测，除强制性的检测外，专项抽检项目却没有足额的费用。

"一个地级市全市食品监管执法人员不足50人，却要监管300多家食品小作坊和500多家食品企业，难度可想而知。同时，作为基层县（区）局来说，不断获得来自各方面的指令，从市政府、县政府到省局、市局相关处室，层层下达，工作不堪其苦。"上述质检系统人士说。

不到1.7%的高毒农药

在民众日益急迫的食品安全需求下，《食品安全法》在颁布仅仅五年多后即进行修订，其中更是增加了对高毒农药、婴儿配方食品等具体民生问题的关注。

这些年，农产品染上"毒瘾"的例子，可谓触目惊心。

2015年，有消费者在食用了产自海南的西瓜后出现呕吐、头晕等症状，执法人员抽检发现9批次含有国家明令禁止销售和使用的高毒农药"涕灭威"。2013年，媒体曝光称，山东省潍坊市峡山区有农户使用剧毒农药"神农丹"进行大姜种植。

事实上，在使用高毒农药的问题上，中国农产品已经明显进步。数据显示，10年前，高毒农药在农药中占比近30%，现在则降为不到1.7%。

但与此同时，尽管高毒农药越用越少，但农药的总量却越来越多。数据显示，1993年至2012年我国农药施用量年均增长率为4.31%，2012年农药施用量的绝对值是1993年的2.14倍，19年间农药施用量增加近百万吨。按照4.31%的年均增长率，2015年我国农药施用量将超过200万吨。

而在我国一些发达省份，单位面积的农药平均施用量更高，比如广东农药施用量更是高达每公顷40.27公斤，是发达国家对应限值的5.75倍。

"既然不能完全禁止使用剧毒、高毒农药，能不能采用标注的方式？一方面老百姓有知情权，另一方面对它的销售有影响，迫使加快科技进步，尽早淘汰剧毒、高毒的农药。"在审议中，全国人大常委会杨震委员这样建议。

朱静芝委员则表示，剧毒农药如果继续允许使用，应规定剧毒、高毒农药不得用于蔬菜、瓜果、茶叶、中药材和粮食作物。

新《食品安全法》就此规定，国家对农药的使用实行严格的管理制度，加快淘汰剧毒、高毒、高残留农药，推动代替产品的研发和应用，鼓励使用高效低毒低残留农药。禁止将剧毒、高毒农药用于蔬菜、瓜果、茶叶和中草药材等国家规定的农作物。

南京农业大学农药系教授王鸣华说，此次新《食品安全法》中所禁止的高毒农药指的是高毒性农药，也就是对人和牲畜毒害程度高的农药，而对于病虫防害效果来说，毒力决定最终防害效果，与毒性是不同的概念。

这些高毒性农药包括 DDT、毒杀芬、二溴氯丙烷等，并有着“物美价廉”的“美名”，因为这种高毒性农药比低毒性农药见效相对更快，更不易降解，在作物上杀虫防虫的持续时间比低毒性农药要长很多。

农业部数据显示，20 世纪 80 年代以来，我国先后禁用了 33 种高毒高风险农药。目前在河北一些农村，相对普遍使用的农药是菊酯类农药。王鸣华说，这是一种低毒性高毒力的农药，是从植物中得到的天然成分再经人工合成而制成的，容易降解，但是这类农药喷洒在作物上的药效时间短，农药失效后只能反复喷洒。

专家介绍说，不同作物喷洒农药的位置有所不同，但喷出去的农药会有一部分散落在土壤中，重复喷洒农药也会造成药力叠加，残留在土壤中、流入河流大海，对人类身体和环境造成积累性破坏。而低毒农药的价格却是高毒性农药的四至五倍，无疑增加了农民的种植成本。

据公开报道称，《食品安全法》修订草案进入三审程序后，农业部反对其中全面禁用剧毒高毒农药条款，称这会影响作物产量。北京农学会秘书长袁士畴说，高毒农药的危害从 20 世纪 60 年代就有了，就是因为没有好的替代品。

南京农业大学农药系教授王鸣华说，禁止使用高毒农药的办法就是找到替代品，现在已经有一些新研制的农药进入市场投入使用，例如新烟碱类药物，这种低毒性高毒力的药物是目前高毒农药最好的替代品。

保护“下一代”

肌醇、牛磺酸、瑞护因子、DHA、胆碱、核苷酸益生元……奶粉的配方表里写着一长串让人眼花缭乱的名称，而奶粉的价格随之不断增加。消费者很容易发现，同一品牌的几款产品价格参差不齐，部分添加了DHA、水解蛋白等配方的奶粉能比同品牌普通款奶粉贵出一两百元。

据统计我国婴幼儿奶粉配方过多且泛滥，全国有近1900个配方，平均每个企业有20多个配方，而国外同类企业一般只有两三个配方。

配方过多过乱已成为我国婴幼儿配方乳粉市场普遍存在的现象。过去婴幼儿配方乳粉采用备案制，更多靠企业自律，无法防范配方过滥现象。

“某种意义上说，2008年的三鹿奶粉事件加速了《食品安全法》的制定，但在法条中并没有对婴幼儿奶粉监管作出明确规定。而此次修订则对婴幼儿奶粉配方的监管加以完善，并实现从最初二审稿的备案制的提出到最终三审稿中注册制的确立。”一位了解《食品安全法》修法内情的北京民法学者告诉笔者。

新《食品安全法》明确规定，婴幼儿配方乳粉的产品配方，应当经国务院食品药品监督管理部门注册。实行注册制后，配方必须经过监管部门审核通过才能生产。

“与备案制相比，注册制的风险防控性更强，因而更适合我国婴幼儿奶粉配方监管的现实需求，也更能体现此次修法的基本理念——‘预防为主，风险防范’。”他说。

“这实际上是将门槛提高了一个等级。”广州市奶业协会原理事长王丁棉表示。他认为，配方通过审查得到精简，企业会更专注于把配方产品做好，从而使产品质量与品牌形象得到提高，市场秩序进一步理顺。实行每厂配方总量控制与注册制，则将有利于奶粉质量安全监管。

2013 年《国务院关于进一步加强婴幼儿配方乳粉质量安全工作意见的通知》曾明确规定，任何企业不得以委托、贴牌、分装的方式生产婴幼儿配方乳粉。

然而，新《食品安全法》明确规定，不得以分装方式生产婴幼儿配方乳粉，同一企业不得用同一配方生产不同品牌的婴幼儿配方乳粉，却没有禁止以委托、贴牌的方式生产婴幼儿配方乳粉。

乳业专家宋亮表示，今年国家将对所有乳制品企业的配方、所有的品牌进行重新审核，多个品牌应用同一配方的情况都会被整顿，最终会把很多品牌砍掉，其中受冲击最大的就是地方乳企。

据报道，目前行业内，多个品牌应用同一配方的企业主要有飞鹤、圣元、关山、摇篮、晨冠、御宝等。其中飞鹤有五六十个品牌，例如同属飞鹤的关山婴幼儿配方奶粉则有聪儿莎能、康乳、优健 858、美加力、贝加智等多个品牌。而圣元旗下也有多个品牌，有一些品牌的配方也比较接近，此外，从去年开始，雅士利的定制品牌也开始增多。

业内人士称，导致这一问题出现的原因主要是过度的市场竞争。此外，奶粉厂家为了做大产量、降低单位产品的生产费用，通常希望通过副品牌来消化一部分产能，同时会以更低的价格供货给系统门店，而为了使这些低价定制产品不冲击原有渠道的高价产品，厂家一般要求系统门店将定制的产品销售限制在其限定区域内，因此这些定制产品一般不走大流通渠道。

事实上，委托、贴牌方式是国际通行的生产方式，且企业可通过合资合作生产等方式进行规避。如自去年 5 月 1 日起，未经注册的境外生产企业的婴幼儿配方乳粉不允许进口，但如果获得认证，一些海外代工品牌仍可以进入中国市场。这也许就是“贴牌”被解禁的原因。

“分装”却没有这样的运气，仍被禁止。“分装”一般指缺乏自有奶源的企业从国外进口大包装奶粉后在国内分成小包装的生产方式。

国家食品药品监督管理总局副局长滕佳材解释，禁止分装生产，主要是考虑分装容易引起二次污染，特别是还容易让一些不法分子在二次分装过程中，造成非法添加、以次充好。

滕佳材举例说，目前许多国产乳粉生产企业存在进口“大包粉”而在国内加工分装的做法，不仅存在二次污染的风险，还可能出现原料调包、掺劣掺假等问题。美素丽儿等不少婴幼儿乳粉出现质量问题，正是分装环节惹的祸。

另外，滕佳材表示，通过禁止婴幼儿配方乳粉分装的行为，政府意在鼓励国内的生产企业集中力量提升研发能力和生产的技术水平，进一步保障婴幼儿配方乳粉的质量安全。据悉，食药监部门还将结合《食品安全法》的贯彻实施，进一步研究完善婴幼儿配方乳粉的相关监管制度。

“分装只是一种工艺，本身并不存在安全隐患。之所以被禁止，是由于某些企业造假所致。”王丁棉表示，相对于分装工艺而言，更应该打击的是造假的行为。应该从严监管造假，制定严格的分装工厂净化标准，而不是因噎废食，将分装工艺也一棍子打死。

新《食品安全法》明确规定，婴幼儿配方食品生产企业应当实施从原料进厂到成品出厂的全过程质量控制，对出厂的婴幼儿配方食品实施逐批检验，保证食品安全。生产婴幼儿配方食品使用的生鲜乳、辅料等食品原料、食品添加剂等，应当符合法律、行政法规的规定和食品安全国家标准，保证婴幼儿生长发育所需的营养成分。

王丁棉坦言，新《食品安全法》可能并不会对我们的生活产生过多的影响，但有些问题仍然存在。让老百姓放心，还要看新法如何落到实处，且在落实过程中，发现漏洞应及时补救。

“确立注册制会不可避免存在审评程序烦琐、审评时限较长等突出问题。”上述民法学者说，“这就要进一步深化审评制度改革，优化流程、提高效率、科学审评。当然，这不单是婴幼儿奶粉配方注册问题，也是审评制度的整体改革问题。”

“史上最严”，严在哪里？

4月24日，十二届全国人大常委会第十四次会议表决通过了修改后的《食品安全法》，“服役”近五年的《食品安全法》完成首次修改。

此前，新《食品安全法》经全国人大常委会第九次会议、第十二次会议两次审议，三易其稿，新法共10章154条，比现行《食品安全法》的10章104条，多出50条。

现行《食品安全法》于2009年6月1日起实施，面对食品安全的严峻形势和公众对食品安全的期待，实施五年就迎来了首次修改。

4月24日，在全国人大常委会办公厅就新修订的《食品安全法》《广告法》举行的专题新闻发布会上，国家食品药品监督管理总局副局长滕佳材介绍，新一届党中央、国务院高度重视此次《食品安全法》的修改，对食品安全工作提出了“四个最严”的要求，即“用最严谨的标准、最严格的监管、最严厉的处罚、最严肃的问责”来体现食品安全监管的执法力度。

那么，这部将于今年10月1日起施行的新《食品安全法》，将为“舌尖上的安全”带来哪些新的保障？“史上最严”又严在哪里？

更严厉处罚

相较于老法，新《食品安全法》加重了食品安全违法犯罪行为的刑事、行政、民事法律责任。全国人大常委会法工委行政法室副主任黄薇表示，此次修法就是意在以重典治乱，更好地威慑、打击违法行为。

接近立法人士介绍，《食品安全法》修订被列入2013年的立法计划后，负责修订工作的国家食药总局对现行《食品安全法》实施情况进行了评估。

在征求意见阶段，收到了各地区、相关部门、行业协会、食品企业以及社会公众意见和建议5000余条，委托有关单位开展课题研究30多项，召开了相关座谈会、研讨会近30次。在此基础上，形成了《食品安全法（修订草案)》送审稿。

国务院法制办收到国家食药总局报送的《食品安全法（修订草案)》送审稿后，再次向社会公开征求意见，收到5600多条有效意见，并赴五省市实地调研。在此基础上，法制办还会同国家食品药品监管总局、卫生计生委、质检总局、农业部、工业和信息化部等部门对送审稿反复讨论、修改。

新法规定，一旦出现食品安全问题，执法部门先要对违法行为进行判断：如果属于刑事犯罪，直接由公安部门进行侦查，追究刑事责任；如果不构成刑事犯罪，才由行政执法机关进行行政处罚。而修订前的《食品安全法》对此仅在法律责任一章的最后一条规定："违反本法规定，构成犯罪的，依法追究刑事责任。"

"新增这一条充分体现了严厉处罚的原则，也回应了广大社会公众的关切。"国家食品药品监督管理总局副局长滕佳材说，为强化对违法犯罪分子惩处的力度，新法还有两条规定。一是对因食品安全犯罪被判处有期徒刑以上刑罚的，终身不得从事食品生产的经营管理工作。

新法还规定，因食品安全违法行为受到刑事处罚或者出具虚假检验报告受到开除处分的食品检验机构人员，终身禁止从事食品检验工作。

滕佳材还介绍，新法增加了行政拘留的处罚。而现行《食品安全法》没有对不适用于刑事追责的违法行为作出限制人身自由处罚的规定。

他指出，实际上，很多违法者不怕罚，但怕关、怕抓人。针对这个情况，新法对违法添加非食用物质，经营病死畜禽，违法使用剧毒、高毒农药等屡禁不止的严重违法行为，增加了行政拘留的处罚。

在罚款方面，新法也对一些违法行为大幅增加罚款额度。比如对生产经营添加药品的食品、生产经营营养成分不符合国家标准的婴幼儿配方乳粉等违法行为，修改前的《食品安全法》规定，最高可以处罚货值金额10倍的罚款，而新法则提高到30倍。

其中规定，对在食品中添加有毒有害物质等性质恶劣的违法行为，直接吊销许可证，并处最高为货值金额30倍的罚款；对明知从事上述严重违法行为仍为其提供生产场所或者向其销售违禁物质的主体，处最高20万元的罚款。

此外，新修订的《食品安全法》对非法提供场所的行为也增设了处罚，强化了民事法律责任的追究。

新法在法律责任的设定上突出了民事赔偿责任，要求接到消费者赔偿要求的生产经营者应当实行首负责任制，先行赔付，不得推诿；同时完善了消费者在法定情形下可以要求10倍价款或者3倍损失的惩罚性赔偿金制度。

“法律责任制度是食品安全规制的重要内容。随着风险社会的来临与规制法学的兴起，如何通过设定完善的法律责任来控制食品风险，发挥法律责任的预防与风险控制功能，已成为理论与实务的热点问题。”清华大学法学院副院长申卫星教授说。

申卫星教授认为，通过设定严格的法律责任制度规制食品风险有其理论与现实可行性。“法律责任的威慑力能够有效指引食品安全责任主体的行为。在传统的补偿性法律责任和惩罚性法律责任之外，确立食品的预防性法律责任，既符合现实需求，又是对食品法律责任体系的充实和深化，势必将突出食品安全风险的预防与控制，形成激励，实现社会共治。”

“新《食品安全法》细化并加重对失职的地方政府负责人和食品安全监管人员的处分。”他说。其中增设了地方政府主要负责人应当引咎辞职的情形，设置监管“高压线”，对有瞒报、谎报重大食品安全事故等三种行为的，直接给予开除处分。

全过程监管

“新《食品安全法》最重要的是，把过去以文件出现的新的监管体制以法律形式固定下来。”中国农业大学食品科学与营养工程学院院长罗云波说。

“十八大以后，中国的食品安全监管体制由过去的多部门监管变成了两段式监管，即由食药总局和农业部监管，但是新的监管体制原来是文件，如果不写入法律，就是合理不合法。”他说。

罗云波认为：“按照新法，监管主体进一步集中，可以避免段与段之间衔接不好的问题。现行《食品安全法》存在先天不足，虽然有综合协调的职能，但是一直协调不好。”

近年来，食品安全问题频发，舆论多认为原因是多头管理，呈现出“九龙治水”的局面。在这方面，新《食品安全法》着墨不少。

对此，全国人大常委会法工委行政法室副主任黄薇表示，2013年全国人大通过了国务院机构改革和职能转变方案。根据这个方案，国务院对现行的食品安全监管体制作了一个重大调整，原来是分段监管——分别由质检、工商和食药监部门对食品生产、流通和餐饮服务实行分段监管，新的监管体制把分段监管调整为由食药监部门对食品生产经营活动进行统一监管。

北京大学法治与发展研究院高级研究员刘兆彬曾指出：“从国际社会看，美国、日本、欧盟的食品安全法，基本做到了从田间到餐桌的全链条管理，而我们的链条是断裂的，《食品安全法》只是从食品加工开始，到流通和餐饮。”

对此，新《食品安全法》规定了对生产、加工、销售、餐饮服务等各环节最严格的全过程管理。

新法规定，国家建立食品安全全程追溯制度。食品生产经营者应当依照本法的规定，建立食品安全追溯体系，保证食品可追溯。国家鼓励食品生产经营者采用信息化手段采集、留存生产经营信息，建立食品安全追溯体系。国务院食品药品监督管理部门会同国务院农业行政等有关部门建立食品安全全程追溯协作机制。

黄薇表示，食品安全链条长，从农田到餐桌，涉及的环节多、问题多，在监管过程中如何加强生产经营过程的全链条控制，加强风险的管理？此次新法可以说对这些实践中提出的新问题予以了回应。

此外，“小摊小贩仍处监管真空”也是现行《食品安全法》的“硬伤”之一。刘兆彬直言，这是当前食品安全最大的隐忧，“中国食品加工小微企业有 35 万家左右，《食品安全法》实施了五六年，这部分的监管竟无人问津”。

新法要求各地方应当制定对食品生产加工小作坊和食品摊贩具体的管理办法。而按照新修订完成的《立法法》，法律规定明确要求国家机关对专门事项作出配套规定的，有关国家机关应在法律实施一年内作出规定。

笔者得到的一份浙江省 2010 年的调研报告显示，通过对浙江省内部分地区食品安全结案的情况调查发现，部分地区执罚“五花八门，不是畸重就是畸轻”。

有的分局、所对大户小户都是一个处罚幅度，有的对专业从事食品经营的大户而且不是农村地区的也在 2000 元的起点上擅自减免或者减少罚款，只收几百元至 1000 元了事，严重损害了法律的权威性与严肃性。

报告中写道，这样导致经营者相互攀比。案件虽然办得多，但是结案难度大，影响了执法的效果。这样的执法不公，对于经营者来说是不公平的，很多人会通过各种关系网来减少自己的罚款，尤其是在浙江大多数地区的人情还是相对浓厚的。法律好是一回事，在执法中若缺乏统一协调，法律的权威作用很难得到彰显。

机构整合难题

今年全国“两会”前后，《食品安全法》二审结束后再次征集意见，其间清华大学法学院王晨光等十多位专家联名提出了七条意见。

专家们认为，《食品安全法》修订存在一些根本缺陷：“无论是体制还是制度，与他法的衔接、具体操作等方面都还存在较大问题。特别是审批过多，事中事后监管的有效手段少；政府监管部门多、内容多，而社会共治内容、手段少；出了问题处罚多、问责多，科学分析、不断改进提高质量水平少；体现控制、干预理念多，预防、防范内容少。”

他们建议，“《食品安全法》的出台时间应当缓行”，“再花一年左右时间出台也不算晚”。

与此同时，有知情人士透露，在草案二审期间，全国人大常委会方面也“提出了一些很尖锐的意见”：“《食品安全法》读来读去就是‘政府’两个字，没有别的东西，都在规范政府监管部门去做什么，让企业主动去作为的办法几乎没有。”

江南大学教授吴林海也在今年4月的调研中发现，一个省会城市的下辖县里，原工商、质检、食药经过“三合一”的改革，于今年3月31日挂牌成立了“市场和质量监管局”，领导班子成员多达14人，而新机构编制总人数为37人，仅设置食品监管科一个部门在从事食品安全监管工作，与此相对应的，仅县城就有1000多家餐饮企业需要监管。

“据悉，该县有人口66万，面积2300平方公里，可使用的工作经费20万元，食品抽查检验经费20万元，基本没有检验检测手段，靠10多个监管人员能否较好地履行食品监管任务？”吴林海感慨道。

他介绍，目前，全国很多地区实施的食品监管体制改革，主要特征是以工商局为班底，整合质检、食药监机构，将工商部门惯用的排查、索证索票等管理方式广泛用于基层市场监管，难以承担食品领域的专业监管职能。

2009年通过的《食品安全法》，承接1995年通过的《食品卫生法》。《食品卫生法》由原卫生部主导制定，在过去很长一段时间里，食品安全管理由卫生部门主导。待到《食品安全法》起草时，食品安全监管中心转移至国家质检总局，立法也由其主导。

据《财经》杂志报道，“毒奶粉事件”后，质检部门话语权逐渐衰落，食品安全监管主导权又转移给国家食药监总局和食安委，此轮《食品安全法》修订则由国家食药监总局主导。

实际上，每一轮政府机构改革都涉及食品安全管理体制的调整。至2013年以前，卫生、质检、食药监、工商、农业等不同部门在食品安全监管领域各自抓住一定职权，并有不同的法规和行业标准。

比如，根据卫生部门的规定，黄花菜不属于“干菜”，因此不得有二氧化硫残留，而质检和农业部门的相关标准却规定黄花菜属于“干菜”，可以允许有二氧化硫残留。

在2008年前的很长一段时间里，质检部门在食品安全监管领域具有较大的话语权，但是“毒奶粉事件”暴露出其监管缺失，时任国家质检总局局长引咎辞职。随后，质检部门在食品安全监管上的权力逐渐外移。

同样，“毒奶粉事件”后崛起的食安委，被赋予了综合协调的职责，中央高层一度冀望其解决“九龙治水”的问题。不幸的是，在食品管理中一直非常重要的卫生行政部门，此前一直被赋予了同样的职能。因此，在处理具体事务时，到底谁来协调就成了问题。

“新法把原来的一些部门法规放进去，比如转基因问题，大家最关心的是标识，所以增加了一条转基因标识的规定。但是，我们原来就有这些部门规章，那么放进去的意义何在？比如淘汰剧毒高毒农药的规定，在农业部的工作部署中本来也是逐步淘汰，现在也还是农业部在管理，为什么要重新规定呢？很多新增的条款并没有实质性的改变，而是政府对这些问题重视的一种‘表态’。”中国工程院院士陈君石说。

一位县级卫生部门人士介绍，基层食品监管的职能移交到食药监局之后，短期内还是要依靠卫生监督部门来行使职能，因为食药监系统短期内无法建立起自己的检验检测和行政执法体系。

机构整合只是形式，目的本来是提高行政效率。机构改革前，食药监系统只有9万人，目前人员已有20万左右。一些地方仍然在呼吁人力不够、办公场所不够、检验检测设备不够。

风险决定安全

目前，中国食品生产行业的现实是，食品生产经营者存量已超过1000万家，无证主体和非法窝点无从统计，市场主体构成从未如此散乱和复杂。

根据全国人大代表周海波近期给出的数据，从业人员在20人以下、年销售额在50万元以下的小微企业大约占中国食品生产企业的80%，再加上更小规模的个体工商户，总量可能会达到全部食品生产企业的90%。

这也意味着，预防比治理食品安全问题更具重要性和现实性。国家食品安全风险评估中心主任刘金峰介绍，新《食品安全法》第二章专门规定了风险监测和评估工作，进一步强调国家建立风险监测制度。

“同时，明确了县级部门食品安全风险监测的职责，规定县级以上人民政府卫生行政部门应当及时将食品安全风险监测信息（包括食源性疾病信息）通报同级食品药品监督管理等部门，并报告本级人民政府和上级人民政府卫生行政部门，将风险监测工作由国家、省级卫生部门一直延伸到县级。”刘金峰说。

新《食品安全法》还进一步规范了风险评估制度，如在专家委员会中增加了生物领域专家，使风险评估更具专业代表性。同时，扩大了风险评估的领域，将评估内容由食品和食品添加剂扩大到食品相关产品，并要求及时公布风险评估结果，提高风险评估工作的公开透明度，保障公众的知情权和参与权。

中国农业大学食品科学与营养工程学院院长罗云波说，新《食品安全法》提出建立在科学的风险评估基础上的防御体系，根据风险的大小决定监管力量的分配，决定工作的规划和计划。“是不是食品安全事件，要看风险评估结果，不是媒体说了算，也不是消费者说了算。”

“《食品安全法》和《农产品质量安全法》这两部法同时存在，有时会出现难以协调的问题。”陈君石说，“应该要有主次之分，不然会造成很多麻烦。比如风险评估工作现在是分成两块，农业部门做农药和兽药的风险评估，卫生部门做其他食品的风险评估。表面看起来各司其职，但在实际工作中存在衔接和管理问题。”

“我觉得新法中最大的遗憾是没有在全文中找到‘风险交流’四个字。”陈君石说，“总则里都明确提到了‘风险管理’，‘风险评估’的内容也有几条，尽管有‘风险交流’内容的条款，但是没有明确的‘风险交流’字样。”

风险评估、风险管理和风险交流，是国际上一致倡导的风险分析框架。

新《食品安全法》第23条规定：“县级以上人民政府食品药品监督管理部门和其他有关部门、食品安全风险评估专家委员会及其技术机构，应当按照科学、客观、及时、公开的原则，组织食品生产经营者、食品检验机构、认证机构、食品行业协会、消费者协会以及新闻媒体等，就食品安全风险评估信息和食品安全监督管理信息进行交流沟通。”

深圳大学规制与公共政策研究中心主任应飞虎认为，长期以来，食品安全行政执法对抽检这种有效做法重视不足。

“食品抽检制度在食品执法中具有最核心地位。违法行为的查处、法律持续威慑力的产生、较多情形下消费者的维权以及企业自律等都首先有赖于抽检。”应飞虎说。

新《食品安全法》规定，县级以上人民政府食品药品监督管理、质量监督部门根据食品安全风险监测、风险评估结果和食品安全状况等，确定监督管理的重点、方式和频次，实施风险分级管理。

“这是我国的食品安全法律第一次对抽检频率作出规定，一定的抽检频率是我国食品检测制度发挥威慑力的前提。但新《食品安全法》也仅仅说到各地要对抽检频率作出规定，对究竟设定多高的抽检频率则没有涉及。”他说。

“这一数据体系的获取需要大量的针对企业、制度、执法等方面的调查，并查找相关的历史资料，在这些资料和数据的基础上经测算而得，这是接下去需要我们研究的。”应飞虎说。

新《食品安全法》要求企业食品出厂必须经过自检，这在实践中存在难度。国家行政学院副教授胡颖廉认为，可以鼓励多家食品企业共建具有检验资质的企业，或者外包给类似的小型企业。这些机构并不一定保证企业达到较高资质标准，主要是以较低成本为企业出厂产品提供数据，确保不会出现问题，逐步培育发展为第三方信用机构。

新《食品安全法》确立了食品安全有奖举报制度。该法第115条规定："县级以上人民政府食品药品监督管理、质量监督等部门应当公布本部门的电子邮件地址或者电话，接受咨询、投诉、举报。接到咨询、投诉、举报，对属于本部门职责的，应当受理并在法定期限内及时答复、核实、处理；对不属于本部门职责的，应当移交有权处理的部门并书面通知咨询、投诉、举报人。有权处理的部门应当在法定期限内及时处理，不得推诿。对查证属实的举报，给予举报人奖励。"

一个企业在进行违法生产的时候，有效的监督食品安全的手段之一是依靠企业员工举报、检举。但是，一个员工举报自己所在企业却有很大风险。

据报道，2014年8月，国内某沃尔玛超市员工在举报沃尔玛销售"过期肉"之后，质检部门对沃尔玛进行了监察，但是并没有发现问题。原因是沃尔玛在知道举报之后立刻进行了整顿，而这些整顿是在质检部门到来之前。而此后，这名举报员工就被沃尔玛公司停职。

即使没有被"报复"，食品安全举报的激励制度也并不完善。深圳市《食品安全举报奖励办法》规定最低不低于300元，最高不高于30万元；《山东省食品安全举报奖励办法（试行）》规定每次举报奖励最高金额一般不超过30万元；《河南省食品安全举报奖励办法（试行）》规定每次举报奖励金额最高不超过5万元，最低不低于100元。

为了保护举报人，尤其是内部举报人的合法权益，新法明确规定："有关部门应当对举报人的信息予以保密，保护举报人的合法权益。举报人举报所在企业的，该企业不得以解除、变更劳动合同或者其他方式对举报人进行打击报复"，"违反本法规定，对举报人以解除、变更劳动合同或者其他方式打击报复的，应当依照有关法律的规定承担责任"。

（原载《法制与新闻》2015年第6期）

“快克雷”①

——快递业务排雷纪实

恨情歌

【编者按】一名风尘仆仆的快递员，一辆走街串巷的三轮车，一堆五花大绑的包裹，这些场景我们再熟悉不过——快递，就是以这样亲民的姿态走进了千家万户。然而，近年来，许多侵财、诈骗甚至命案都和快递扯上了关系，令我们不得不有所警醒与沉思，快递不仅能给我们带来惊喜，它也有可能给我们带来惊吓、惊险、惊恐……于是，本刊特别策划了这篇深度剖析快递业背后潜在安全隐患的纪实作品，旨在帮助大家规避风险，开心快递，平安生活。为了给这篇特

① 文中人物均为化名。

别策划取个惹人注目的名字，编辑部在《啄木鸟》微信公众平台发起有奖征名活动，三天内收到了几百条充满创意的名字。最终，我们选定了山东师范大学历史与社会发展学院田海林教授贡献的题目：“快克雷”——快递业务排雷纪实。“快克雷”一词，取音英文单词“quickly”，形容速度极快，又恰合文章“排除快递安全隐患”的主旨，且响亮易记。亲，小心避雷！

“电商赚翻了，快递忙瘫了。”这是每一年网购打折季的真实写照。

一年一度的“双十一”电商狂欢刚刚在喧嚣中落幕，新一轮的年末促销便接踵而来。根据国家邮政局的统计数据，2014 年的“双十一”成交额再创历史新高，同时也留下了近六亿件的快递包裹，等待输送到全国各地。仅仅 11 月 11 日这天，邮政快递全行业处理的包裹快件量高达 5.86 亿件，比去年同期增长 70%，这意味着平均每小时产生的订单就超过了两千万个。

以上庞大的数据，是当今物流快递行业蓬勃发展的一个注脚。今天的物流快递行业正如一条生生不息、日夜流通的血脉，贯穿在普通人的日常生活中，深刻地改变着人们的通信方式、消费习惯和生存效率。然而，祸兮福之所倚，福兮祸之所伏，快递亦然。除了一目了然的快捷和便利，你是否想过：快递，还给我们的生活带来了什么？

行业野蛮扩张，隐忧知多少？

快递，作为一个完整的产业形态，发展的时间并不长。虽然自古有“十里一亭，三十里一驿”的快马传书，后有国家邮政的全面覆盖，但点对点的即时速递并未成为广泛趋势。直至 2006 年，物流快递行业才以新兴第三产业的姿态真正进入世人视野。短短八年间，这一行业以惊人的速度壮大、成熟、扩张，以跨越式的步伐实现了别的行业几十年，甚至上百年才能达到的规模和高度。邮政行业统计数据表明，2014 年全年，全中国快递业务累计完成 139.6 亿件，相当于人均十件，已与全球业务量第一的美国相差无几。平均每日三千多万单交易的规模，再加上政策支持、经济结构转型等因素的助推，让蒸蒸日上的中国快递企业根本不用担心“吃不饱”，唯一需要提防的是“消化不良”。然而，令人担忧的是，在巨大的行业吞吐量背后，快递产业颇现“野蛮生长”的痕迹。以下是来自于一线从业者的声音，揭示出行业流弊的冰山一角：

某知名快递公司高管李某：“快递企业的加盟形式其实是一种相当不成熟的发展模式。公司总部无法对二级、三级加盟商形成有效约束。加盟商会各自为政，以低价抢夺市场份额，这会导致整个行业陷入一种难以自拔的恶性循环。”——为了实现加速扩张，众多快递企业会采用加盟模式吸纳新鲜血液。这样虽然在表面上解决了资金问题，但监督不力、管理松散，为安全生产和突发事件的应对埋下了隐患。

快递公司营业点经理林某：“很多时候，客户拿包裹过来之前，都已经事先打好包装。按惯例来讲，我们不会刻意拆包检查。而到了收件高峰期，快递公司更是没有时间和精力去依次开箱验货，收寄物品是否安全几乎全凭对客户的信任。”——虽然在我国《邮政法》中已经明确规定了邮政企业应当依法建立并执行邮件收寄“验视制度”，但在快递企业的实际操作中，“验视制度”形同虚设。依靠价格和数量“厮杀”的民营快递，在经济利益的驱使下，有时甚至出现明知是违规物品却照旧揽件的操作。

快递转运中心工作人员齐某：“包裹被扔来扔去，漫天飞舞的场景，我们整天看到。有多大的力气，就可以扔多远。飞行距离短则两三米，长则近十米。”——不管是在电视报纸公众媒体，还是在微博微信自媒体上，对于快递公司暴力分拣的曝光和声讨屡见不鲜。但一直以来，这一问题并没有得到有效遏制。“快递在飞”的场景，依然每天上演。

快递派送员小陈：“昨天才干工地，今天就干快递。这样的事早就见怪不怪了。我们这行的兄弟都干不长，隔几天就换一拨。”——面对着逼近世界第一的市场规模、每月50%以上的行业增幅，快递派送人员即便马不停蹄也难以负荷，负责转运分拣的工作人员更加繁忙，像是永远停不下来的陀螺。这一现象的直接结果是快递行业从业人员流动性极大，素质堪忧，即便有成体系的职业培训和行业规范，也难以得到真正的贯彻。

反观普通消费者，我们切切实实地享受着“足不出户，物品直达”的便捷，但是却对这种便利背后的隐忧缺乏清醒的觉察。据此，在2014年年初，《中国青年报》社会调查中心曾开展过一项调查，结果显示：在13842位参与受访者中，85.3%的受访者有过收发快递的行为，47.2%的受访者经常收发快递。然而，80.1%的受访者表示在收取快递时，从没有过防范潜在危险的意识。虽然有53.6%的受访者对快递业务提出了质疑，但也仅仅停留在服务质量和售后反馈层面，比如送达时效、货物受损、投诉无果等，对业务之外的潜在风险并没有提出异议。

当我们超越快递业务的消费属性，从深层的社会互动角度来考量它的利弊时，不难发现：一方面，快递行业是一个庞大的社会网络，联系着数量惊人的经济实体和千家万户；另一方面，快递业务传递的是各种权益介质和财富实体，涉及公共安全和人身财产利益的方方面面。

这其中暗含的风险和隐忧，你真的了解吗？

谁泄露了你的秘密？

收到快递，往往是惊喜的开始。但是，你是否曾有意识地对快递包装加以处理？相信生活中，大多数人的第一反应是拆了包装盒或包装袋，取出期待已久的物品，然后不假思索地将快递包装随手丢弃。如果你有心去生活小区的垃圾桶或社区垃圾回收站观察一下，不难发现，快递外包装随处可见。这些外包装大多没有撕毁或处理掉个人信息，收件人的地址、姓名和电话号码清晰可见。就这样，有关我们人身最核心的信息——姓名、联络方式和家庭住址，便不设防地泄露了出去。近几年由快递单引发的恶性事件频发，是时候给我们大家敲响警钟了。

重庆的大学生小尚是个动漫迷，最近深陷在《海贼王》的剧情中无法自拔。因此，收尽一切跟《海贼王》有关的周边产品成了二十一岁的小尚的最大梦想。这不，期末考试刚过，小尚在一家网络店铺选中了一个限量版的乔巴玩偶作为奖赏，犒劳自己。

两天后，一条手机短信翩然而至："尊敬的用户，您好。你有一份快递已达本市，因货品问题无法派送，请速来电联系，023－75＊＊＊＊61。"

"前天深夜才下单付款，不会今天就到货了吧？我心心念念的乔巴终于要来了！"小尚心里一阵狂喜，拿起电话想也没想就拨了过去。

"尚先生您好，我是快递转运中心，您有一个包裹送达。"随即对方向小尚核实了姓名、电话、收货地址等信息，一切都准确无误。

"需要告知你的是，有一件从云南寄给你的快递包裹，经过我公司安检时发现里面有毒品和违禁品，目前已被公安机关扣留。"对方的语气听起来越来越严峻。涉世未深的小尚从没经历过类似的事情，听到这里，忽觉后脊背冷汗横流。

发现小尚半天没有回应，电话那头的声音马上追问："快递里面有毒品这事你知道吗？"

"我……我……我怎么会有云南的快递？"小尚一时头脑有点儿蒙。

"现在，这件事情已经不是我们快递公司可以左右的了，警方已全面介入。这样吧，我把负责调查这件事情的杨警官的联系方式给你，你自己跟警方交代情况吧。"五秒钟之后，小尚的手机上收到了一条短信：杨警官，138＊＊＊＊1019。

小尚心里犯嘀咕，忐忑地拨了过去。电话响了两下就接通了，小尚一报上自己的姓名，对方就一副了然于胸的样子：“你知道吗，你有一个从云南寄过来的快递被查获，发现里面是毒品？我们正在调查这件事情。你跟寄件人是什么关系？”

“我从来没有让人从云南寄过东西啊！这恐怕不是我的吧。”小尚一口咬定快递不是自己的，并努力让自己冷静下来，在脑中迅速地搜索有关事情的前因后果。

“为了配合调查，你会在短时间内被限制人身自由。除非你缴纳两千元的保证金，等我们查明……”听到这里，小尚脑中仿佛有根弦“叮”的一声被拨响。这不就是报纸上屡次报道的电话诈骗吗？从没想过这样的剧情会在自己身上上演。小尚哭笑不得地挂断了电话，心里暗自揣摩，这种戏码实在有些拙劣，但问题是诈骗团伙是怎么掌握我所有的身份信息的。细想下来，实在让人心里不踏实。于是，他带着那个电话号码去派出所报了案。

警方判断，此案的个人信息泄露与快递单有关。“最近一年，类似这样的报案越来越多，每个月都有好几起。但一些市民的警惕性不高，或抱着花钱消灾的心态，竟让这样漏洞百出的诈骗也能轻易得手。这种案件中，嫌疑人掌握受害人个人信息的手段并不高明，仅仅是从废品转运站回收了一些快递包装。”小尚恍然大悟，自己每次拿到网购的快递包裹就迫不及待地打开，包装当然就不假思索地丢弃了，从没考虑过个人隐私会以这样的方式泄露出去，甚至和诈骗等恶性事件联系起来。看来区区一张快递单并不是件小事，虽然能够及时地识破诈骗，但自己平日的疏漏还是给了不法分子作案的机会。

跟小尚一样，四十多岁的梁大姐也是一个十分关心社会新闻的市民。平日里，看到各种各样的防骗知识和自我保护的诀窍，梁大姐都会通过微博、微信转发给朋友们，给大家都提个醒。然而，“武装到牙齿”的梁大姐也有“马失前蹄”的时候。

2014 年 12 月 15 日，梁大姐收到了一条号码为 4001601990 的短信通知：“因支付宝系统升级，您在淘宝购买物品的资金已被冻结。请马上联系客服电话4001601990进行退款。”一直以来，梁大姐的自我防范意识都很强，平时收到陌生来电或短信她都从不理会。不过，由于昨天刚刚在淘宝网买了一些日用品，梁大姐就没多想，回拨了那个客服电话。

客服专员迅速接通了电话，听起来是个温文尔雅的女声。她一上来就直呼梁大姐的全名，此外还一一确认了收货地址和淘宝账号。然后，客服专员重申了系统升级的原因，并要求梁大姐提供银行账号和身份证号码，以便办理银行退款。梁大姐听着听着起了疑心：“你是骗子吧？我在网上看到过这样的报道。你们骗不了我！”

“我是支付宝客服专员，工号是50＊＊＊。您不相信的话，可以致电我们公司查询，甚至可以找其他客服为您服务，但这样恐怕会拖延您办理退款的进度。”听到对方毫不犹豫地报出工号，梁大姐被说服了。于是，向“客服”提供了相关信息。

三十秒后，梁大姐的手机上收到一条验证码。按照“客服”要求，她报出了验证码中的六位数字。但随即被告知，因操作太慢，验证码已失效，需要重新验证。就这样，根据提示梁大姐将再次收到的验证码又提供给了“客服”。

验证码报给“客服”后，一分钟内，梁大姐相继收到两条短信提示，均显示“银行账户扣款一千元”。梁大姐再也按捺不住内心的怀疑了：“你们肯定是骗子，我要报警！”

梁大姐的喝止似乎没有给对方带来任何困扰。客服专员依然态度诚恳地给予解答：“梁女士，我的确是支付宝客服专员。我刚才在为您办理退款业务的时候，银行系统显示交易不成功，所以您收到的并不是准确的交易信息。还请您再尝试一次。如果您不满意我的服务，我可以将我的工号、姓名、身份证号一并提供给您。如果您还是不相信我们的话，您可以拨打‘110’报警。”

如果真是骗子，总不至于明目张胆地让人去报警吧？看来还真是这么回事。一番思想斗争之后，梁大姐的疑虑再次被自己打消，将之前的操作又重复了一次。直至收到“系统扣款五千元”的银行提示，梁大姐才恍然大悟，这次自己真的掉进诈骗陷阱里了。

先后被骗走七千元，自认“身经百战”的梁大姐怎么也没想到自己会办这样的糊涂事。此外，还有一件事让她想不明白：前一日才在网上下单，骗子是怎么获得她的个人信息的？经警方立案调查，问题如出一辙，依然出在随手丢弃的快递单上。

然而，由消费者自身疏于防范导致的个人信息泄露还只是一方面。一份快递，从寄出到收件至少会产生四联单据，其中一联将作为存根被快递公司留存一年以上。2009 年 10 月 1 日起施行的《中华人民共和国邮政法》第三章第三十五条明确规定：“除法律另有规定外，邮政企业及其从业人员不得向任何单位或者个人泄露用户使用邮政服务的信息。”按照快递行业交易量粗略计算，一家中等规模的快递公司每年要保存的面单档案超过百万份。这一规模巨大的数据库虽然为快递工作后续查证留下了依据，但也成为了悬在每一个用户头顶的达摩克利斯之剑，一旦被不法分子利用，后患令人防不胜防。

2013 年，警方顺藤摸瓜，查获了网站 www.17sNaN。这曾是一个在电子商务领域小有名气的网站，长期依靠为电商卖家刷好评获得利润，用于衡量卖家信誉度的“金钻”“皇冠”在这里皆可倒卖。但在这个大名鼎鼎的“刷钻”业务掩盖之下，这一网站还长期从事出售快递单信息的业务。在“17s”网站的公开声明中，他们自称与某知名快递公司保持长期紧密的合作，所有发布的快递单信息均真实有效。在该网站注册的会员可以通过网上支付平台购买快递单上的消费者信息，包括快递单号、收货人姓名、收货人手机号、收货地址等。

但经警方调查证实，“17s”网站并未与任何快递公司达成合作，而是通过勾结快递公司“内鬼”贩卖数据。2013 年年初，“17s”网站主营业务发展不理想，于是，合伙人之一的张某走起了旁门左道。他在网站开设了“快递单出售”功能模块，向网站会员出售快递单信息，每条信息售价九毛钱。由于信息准确率高、更新速度快，“17s”迅速在圈内火起来，网站每天出售信息可达九百多条。

网站的快递单信息是如何获取的呢？首先，培养快递公司内部的信息源。比如，在某快递公司工作的小林，主要负责数据信息的校验和纠错工作，因此能够接触到系统内的所有数据。“17s”网站仅仅以每月五百元的报酬就收买了小林，将其培养成从快递公司内部输出信息的“内鬼”。目前，众多快递公司在操作中对客户个人信息的管理并不严格，贴好快递面单的快件包裹随意摆放，回收的底单也没有严格封存，收发件人的地址、联系方式、姓名等个人信息均可轻松获得。于是，像小林这样的“内鬼”源源不断地向“17s”网站提供客户的实时信息，成了这个信息倒卖团伙的最大信息来源。除此以外，“17s”网站还发展了众多零散的信息源。承担派送任务的快递员，可将在工作中接触到的公民个人信息以两毛到五毛不等的价格出售。虽然按照快递公司规定，所有的快递底单都要回收，但是面对利益诱惑，一些快递员还是忍不住突破了职业道德的底线。“17s”网站一案中被非法出售的公民个人信息数量高达二十余万条，已有七名犯罪嫌疑人被抓获。另查明共有三百多人从“17s”网站购买超过一百五十条的公民个人信息，他们也已被追究刑事责任。

像“17s”网站这样通过交易快递单非法倒卖公民个人信息的现象并不罕见。近几年，媒体已多次曝光“单号吧”“淘单 114”等快递单销售网站，相关部门也立即采取措施予以整顿。然而好景不长，类似的网站纷纷改头换面，重出江湖。快递单买卖悄然成为附属在快递行业之下的一条灰色产业链：买卖双方大多匿名，通过互联网完成交易，卖方可根据收、发地点等特殊需求分类出售，购买者遍布全国各地，单笔交易量最高可达数万。这条灰色产业链表面上看似无害，一是被用于网店店主“刷钻”或制造虚假交易量，二是用于电话营销。但实际上，它却为更具社会危害性的不法犯罪活动打开了方便之门。

针对目前快递流通过程中个人信息可能被泄露的风险，一些业内人士支招：首先，在选择快递服务的时候，尽量挑选信誉良好的正规快递公司。这些快递公司管理相对严格，出现纰漏也比较容易核实。二是公民应注意保护好个人信息，收到快递后，不要只顾着欣赏“战利品”，切记要把遗留在快递单上的个人信息及时处理掉，不要随意丢弃包装，避免个人信息的外泄。除此之外，2014 年 3 月 26 日，国家邮政部门颁布《寄递服务用户个人信息安全管理规定》，关于快递面单保存和销毁，规定表述：“邮政企业、快递企业应当建立并严格执行寄递详情单实物档案查询管理制度。寄递详情单实物档案应当按照国家相关标准规定的期限保存。保存期满后，由企业进行集中销毁，做好销毁记录，严禁丢弃或者贩卖。”一些城市的监管部门也在努力将快递单集中销毁常态化。例如，采用焚烧方式一年一次集中销毁面单，或送到造纸厂打成纸浆循环利用，邮政管理局定期对快递企业进行监督和抽查，确保所有过期快递单集中上缴销毁。在保护个人信息方面，政府、企业、个人都需要承担起各自的责任，避免快递单成为“泄密单”。

岂能只图快不顾安?

2014 年 3 月 10 日 18 点 51 分，吉祥航空 HO1253 航班从上海虹桥国际机场起飞。航班上满载的一百三十九名乘客，预计将于 20 时 20 分飞抵北京。然而临近航程尾声的时候，乘客出乎意料地在广播中听到了机长的指令：“本架空客 A320 型客机发生机械故障，安全起见，将申请就近在济南机场备降。请各位旅客配合机组工作，安全下机。”原来，就在几分钟前，飞机在济南区域上空发生前货舱烟雾警告。虽然机组按照操作手册实施货舱灭火程序，也成功地解除了烟雾警告，但考虑到乘客飞行安全，机组还是决定采取更为稳妥的备降措施。

思及马航 MH370 的失踪就发生在两天前，目前尚无迹可寻，机上乘客陷入一阵内心恐慌。即便机组成员耐心安抚，“飞机因为机械故障备降是常有的事”，但对于飞行经验相对有限的普通乘客来说，“上不着天，下不着地”的感觉让他们着实缺乏安全感。他们在心里推演着事态发展的各种可能性，开始了这趟揪心的备降之旅。幸运的是，20 点 20 分，飞机安全备降济南遥墙机场，没有发生火情，人员财物也没有遭受损失。随后，吉祥航空调配另外一架飞机负责运送旅客至北京，但超半数的旅客表示惊魂未定，他们打算终止这趟行程。

事后，针对吉祥航空 HO1253 航班紧急备降，中国航空运输协会发布调查公告：该航班共承运三票货物运输，共计二百三十六件。货运单上填写的货物品名为“标书、鞋子、连接线和轴承”，但实际货物中却含有危险品“二乙胺基三氟化硫”，运输专用名称为“腐蚀性液体，易燃”，主要危险性：腐蚀性，次要危险性：易燃液体。三家物流快递公司超出经营范围承揽危险品，采取隐瞒手段将危险品谎报为普通货物运输，严重危及民航安全。

事实上，类似由于快递承运违禁物品导致的公共安全危害事件已不是第一次发生。

2010 年，某快递公司承运的 2.5 公斤一氯丙酮包裹泄漏，导致十二人眼睛和咽喉不适。事后，国家邮政局对其进行了全行业通报批评。

2011 年 8 月 14 日，杭州一家快递公司营业部里的一个快件突然发生爆炸，两名员工被炸伤，原因是寄件人利用烟花爆竹材料制造快递炸弹蓄意报复。2012 年 10 月 22 日，南方航空一架航班在落地后发生货物燃烧。事后查明着火原因为快递包裹内的防风火柴自燃引起，涉事四家公司将危险品谎报为普通货物。

2013 年，天津市某物流公司运送的两瓶“氯化亚砜”试剂，导致十二名快递员呼吸道受损。事后，该物流公司被责令停业十五天，寄件人被拘留五天。

根据上海机场公安向媒体公布的数据，2013 年至今，他们共受理夹带、匿报、瞒报危险品运输案件二十一起，除了三起正在调查外，其余十八起案件中，快递类有十三起。快递行业已成为违规货运的高发地带。

问题出在哪儿呢？

直接的缺陷在于快递公司揽收快件和内部安检环节存在漏洞，同时，这一疏漏有时还会被发件人利用，恶意地瞒报、谎报、误报，甚至有不法分子利用快递服务人物分离的特点，通过快递渠道贩运枪支弹药、爆炸物品、危险化学品、管制刀具、毒品等禁运物品。但另外一方面，对快递业务稍有了解的人都会知道，一般快递员每天的包裹收寄量在三十至五十个左右。而在货物寄出的高峰区域，比如数码产品集散地，一个快递员每天面对的收货量高达两百件以上。面对如此庞大的交易量，快递员能够保证数量准确、包装严密已实属不易，包裹一一拆检似乎的确不现实。虽然快递公司在操作守则中要求快递员开箱检视货物，但实际操作的时候这一规则却被时限挤压掉或被灵活处理了。就这样，在一切以速度为导向的快递行业作业体系中，一个“快”字掩盖了太多的潜在风险。由此招致的悲剧，还在继续中……

2013年11月的一天，小丁在网上相中了一款粉红色的小童靴，想买回来给女儿当礼物。她马上打电话给丈夫小邵，让他赶紧上网拍下，现在还来得及参与网站的“秒杀”优惠。小邵遵照老婆的指示，迅速找到那款心仪的小童靴，登录、拍下、付款，一气呵成。关掉网页的那一刻，他眼前仿佛已经浮现出女儿拿到新靴子时笑成月牙的双眼。于是，他又再次打开了刚才的网页，特意多点了一下“提醒卖家发货”。没过多久，看到货物详情已更新为“卖家已发货”，小邵迫不及待地致电老婆汇报购物进展情况。夫妻二人满怀欢喜地等着新靴子的到来。对于已经习惯了网购的中国数亿网民来说，这是每天上演百万次的其中一幕。然而，谁都没有料到，这竟是一次夺命旅程的开始。

就在同一天，远在湖北的一位化工厂厂长，带着一大桶重达二十五公斤的氟乙酸甲酯来到一家快递收寄中心，打算将这批样品寄到山东的一家制药企业。氟乙酸甲酯，普通人可能不了解这五个字意味着什么，但专业人士深知这是一种毒性相当于毒鼠强的危险液体。原则上这种化学危险品是不允许通过普通邮寄系统运输的，但化工厂时常会面临向客户提交小批量样品的需求，一直以来也没有找到其他更好的运输途径。后来他们试探性地快递样品，速度很快，也没有出现什么问题，一来二去，化工厂就把快递当作了一种常规寄送样品的渠道，这次也不例外。

厂长轻车熟路地填写了运单，连同等待邮寄的货物一起交给了收件快递员。快递员的目光按顺序扫过寄件人、收货方、联系电话，均已填写完整。然而，运单上的物品名称、数量、是否违禁几个问题，寄件人一般都不愿花时间去填写。这回化工厂厂长没有主动提供相关信息，快递员也没有特意询问。来来回回地用胶带在塑料桶的外包装上加固了几圈，直至觉得包装已经足够安全妥当了，快递员才将它和其他等待转运的货品放在了一起。几个小时后，这个盛满了危险化学品的塑料桶，顺利通过扫描、封装、装车，开始了几千公里的旅行。与之一同启程的，还有另外两千多件快递物品，其中就包括小邵刚刚网购的那双粉红色小童靴。

日夜兼程地奔袭了三十几个小时，这辆货车行驶了一千多公里，跨越三省，到达了此次旅程的第一个中转中心。中转装卸的现场，一如往常地忙碌。唯一不同寻常的是，两名负责装卸的工人闻到货车中散发出来的强烈刺鼻气味后，呕吐不止，被送往医院救治。作业公司检查发现，是那个装满液体的塑料桶出现了泄漏，立即暂停了装卸工作，致电发件方确认泄漏物品性质。几经周折，发件化工厂终于有一位相关负责人的电话接通了，但却给出一个含糊不清的回复："装载物品为氯乙腈，无毒无害，只须进行通风晾晒处理。"得到无害的确认，装卸工人继续完成剩下的分拣装载，泄漏的塑料桶被当作污损件截留，而剩下的大半桶液体跟其他物品一起装车驶向了下一站。

"您的快递到了。"小邵从快递员手中接过了一个三十厘米见方的纸盒。拿到的那一刻，小邵眼前一亮："看样子就知道是网购的靴子到了，才短短两天，快得都超乎想象了。哈哈，这下女儿可要乐翻了！"妻子接女儿放学，眼看就要到家了，小邵动手拆起了快递包装，这样女儿可以在回家后第一时间试穿新靴子了。撕掉胶条，剪开包装袋，小邵的嘴角一直保持着六十度上扬。但在鞋盒打开的一瞬间，一股刺激的气味扑面而来，他的脸色微微一变。“新鞋免不了有点儿味道，看样子问题不大。”小邵安慰着自己。发现粉红鞋面上沾染了星星点点的黑色痕迹，小邵顺手拿鞋盒中的包装纸擦拭了几下。“还好，污渍一擦就掉了。小靴子的颜色真鲜艳，女儿一定会喜欢。”小邵把味道依然刺鼻的鞋盒放在了阳台通风的地方。而新靴子，被静静地放在客厅正中的茶几上，等待它的小主人归来。

“爸爸，新鞋子呀！”女儿一进门就扑向了新靴子，一秒也不愿耽搁，拿着就往自己脚上比画。

“宝贝，试穿一下，如果大小没问题，就先晾着，过几天再穿。这鞋子气味有点儿大，我刚才拆包装的时候多闻了几下，现在竟然还有点儿头晕。”小邵示意妻子，让女儿别那么激动，试完就先放下。妻子小丁拿过靴子，刚拿到手就感到一阵酸味直冲鼻腔，忍不住咳嗽起来。而身边的女儿已经咳嗽得把泪花都逼了出来。小丁心里有点儿愤愤不平：“这气味也太夸张了，跟卖家投诉去！”

小邵也觉得不讨个说法实在说不过去，拿起手机给卖家留言：“新鞋气味太冲，我们全家都快中毒了！”

“中毒？大哥，您跟我开玩笑吧？”卖家的回复接踵而至，还发过来一个小人咧着嘴嘲笑的表情，“您要是想退货也别找这种理由耸人听闻嘛。您退货吧，退货快递费我出，行了吧？”

小邵在心里思量，如果靴子一直这么大气味，还真得考虑退货。正暗自琢磨的时候，小邵突然感到一阵绞痛袭上他的腹部，像是被人狠狠地踹了一脚，疼得他当下就直不起腰了。

与之同时，妻子小丁已经将午餐的饭菜陆陆续续端上了桌，伸手招呼丈夫女儿来吃饭。小邵蜷缩着身体喘了几分钟粗气，想要独自熬过这阵疼痛，好让一家人高高兴兴地吃午饭，他不想扫了母女二人的兴。然而，疼痛一波强过一波地袭向他，他觉得这事儿似乎没有想象的那么简单，看样子腹痛是一时半会儿平息不下来了。“老婆，不行了，我得去趟医院，肚子疼得要命。你说会不会跟那个靴子有关?”小邵拿起门口柜子上的车钥匙，语气中有一丝丝颤抖，“你们俩要不跟我一块儿去看看?”

“哪会那么严重？你肯定吃坏肚子了吧。我们俩没事，还能真中毒啊？你快点儿回来，给你留饭。”妻子小丁觉得丈夫多虑了。

小邵点了点头，出门后他还体贴地将家门带上。关门的一瞬间，小丁给了小邵一个安慰的眼神，但她万万没想到，这竟是他们十三年婚姻的最后一幕。

小邵强撑着驱车到了医院。但此后的十小时，情势急转直下，他的命运仿佛进入了一个加速快进的状态：从中午一点到晚上十一点，小邵经历了抽搐、昏迷、转院、病危的反复切换，最终医治无效，撒手人寰。由于无法确认中毒原因，参与抢救的医生表示束手无策：“从医二十多年，从来没遇见过这种情况，也分析不出到底是什么中毒。”与此同时，妻子小丁也没能逃过一劫，出现了严重呕吐、腹痛的症状，被送进了重症监护室。

这原本是应该写进小邵女儿幸福记忆里的一天，原本是她的爸爸妈妈结婚周年纪念即将到来的日子。但这场突如其来的劫难将这个家庭拖入了万劫不复的深渊。

这起“夺命快递”事件，在 2013 年年底震惊了全国。谁都没想到，一次平淡无奇的网购，竟然会招致家庭破碎、生离死别的悲剧。在这桩案件中，其实有很多机会可能挽留小邵的生命：如果寄件人委托具备化学危险品运输资质的机构完成递送，或起码向承运者说明物品的危险性和防范措施；如果快递公司针对邮寄物品严格地执行验视制度，将危险物品屏蔽在门外；如果快递承运方能在发现邮包泄漏时保持应有的警醒和有效的信息沟通……然而，残酷的现实是，任何一个环节都没能守住底线。

送货上门，还是送“祸”上门？

侦探小说中通常这样描述连环杀手的特质：他们拥有令人信任的身份，可以司空见惯的方式悄然接近你；他们习惯于以隐秘的方式在城市中穿梭，走到哪里都不那么引人注目；他们能毫不费力地掌握你的生活轨迹，而你却对他们一无所知……稍加联想，不难发现快递员符合小说中黑暗角色的一切条件，如果他们真的怀有一丝歹意……

每逢佳节倍思亲，明天就是中秋了。赵石头想起河南老家的父母和姐姐，不由得一阵心酸。这是他的第一个跟家人相隔千里的中秋节。三个月前，在北京打工多年的赵二丁回老家看老爹老娘，随身带着大包小包的礼物让全村人都看红了眼，衣服、烟酒、电脑、手机，应有尽有。村里人都说赵二丁在城市里找了一份赚大钱的营生，开着小车四处跑跑每个月就能赚上万块。不管有没有水分，反正赵石头是动了心。他高中毕业半年了，一直在家没什么事儿干，父母年纪还不算太大，农活儿只需要他偶尔帮把手。村里的年轻人十有八九都外出打工了，赵石头也一直想找个机会出去赚点儿钱，起码为过两年娶媳妇攒点儿聘礼。于是，在赵二丁返京之前，赵石头找了个机会塞给他两盒烟，求他带自己一起到北京打工。当时，赵二丁一本正经地说：“我在北京干的是快递，这可不是谁都能干的活儿，辛苦得很。不过，只要你能吃苦，就能赚着钱。你看中不中？”

“中！大哥，你说中就中！”力气自己有的是，赵石头觉得仿佛一条康庄大道在眼前铺开，兴奋得两眼直放光。三天后，赵石头跟着老大哥来到北京，成为了一名快递员。

然而，送了三个月的快递，赵石头明白了赚大钱真不是件简单的事。从全是熟人乡亲的小村庄，一转眼来到人挨人、人挤人的超级大都市，赵石头感受到一种从未有过的慌张——路不认识，人不认识，连天空的颜色都不一样。可他的这份工作偏偏需要一天到晚在这个陌生的城市里穿梭，这时常让他感到晕头转向。一度他只要一出门就会犯错，不是骑三轮开进了快车道，就是闯红灯逆行了，高楼大厦找不着门，进了电梯下错层，违反交通规则经常受到交警教育，送件慢慢吞吞天天遭到客户白眼。同一个快递公司的伙计们都嘲笑赵石头是个“路痴”，别人送五件的时间只够他送一件。当然，他的收入也只有别人的五分之一，每月工资勉强够自己吃喝拉撒，根本谈不上什么积蓄。眼看中秋节到了，同事中有些人请假回老家阖家团圆去了，可是赵石头不敢回，既没有赚到足够的路费，也没有脸面回家。

这天中午，赵石头抱着一个半米见方的大箱子，爬上了一栋住宅楼的六层。这是一个老式生活区，房屋大概是上世纪九十年代建的，小区没有门卫，单元也没有防盗门。这个生活区想必连物业服务也不太健全，楼门号、房门号都看不清楚了。为找到这家住户，赵石头在附近绕了半小时。

门一打开，一位操着北京口音的胖哥眉开眼笑地接待了他：“敢情这么大一箱子啊，小兄弟，你直接帮我搬进屋吧。”

“能打听一下，您这快递里面放的是什么吗？我第一次见这么大个儿的快递，真够费劲的。”赵石头站在客厅中央，在胖哥示意的位置放下了箱子，伸手抹了把额头上的汗水。

“嗨，这不是我老婆在网上买了一套汽车座椅套嘛。广告说是有按摩功能，神道道的。这东西来得忒及时了，中秋我们全家约了朋友自驾游去，待会儿就出发了。这下好了，马上就能享受上了。”胖哥边说边开箱验货。

在等待验货的当口，赵石头四下打量起这家的陈设。看得出装修已经有些年头了，但家具和家电看起来都挺高档的。而进门右手边是一个齐腰高的红木鞋柜，鞋柜上放着一把钥匙，粗大、十字口的，像是防盗门的钥匙。“钥匙！如果我有这么一把钥匙就好了，那想要什么就有什么了。”赵石头猛地摇了一下头，对自己怎么会有这样的想法感到吃惊，鬼迷心窍了吗？

胖哥还在低头查看按摩椅套：“前座……后座……这是靠枕……”他还时不时地嘀咕出声，看样子还得再张罗一阵。

赵石头不动声色地朝鞋柜方向移动了两步，钥匙就在他伸手可及的位置。“这家主人不是说这几天不在家嘛，我过来转一圈不会有人发现的，到时把钥匙放回原处不就行了？”内心的小宇宙在左右互搏，邪恶的声音慢慢占据了上风。赵石头深吸了一口气，鬼使神差地完成了一系列动作，先身体微侧挡住胖哥的视线，右手在身后一把抓住钥匙，顺势塞进了裤子口袋里。一系列的动作没有丝毫响动，流畅得像是反复演练过。

“齐了。我说，小兄弟，把单子拿给我签字吧。”听到这句话，赵石头长出了一口气，看来胖哥没觉察出任何不对劲。赵石头努力克制内心翻腾的小浪花，双手略有些颤抖地递上单据和笔。胖哥接过，草草地写了几笔。赵石头把右手在裤缝边摩挲了两下，擦掉手心的汗，才又伸手接回底单：“大哥，谢谢您。我走了。”

“谢你才对，辛苦了，小伙子！”胖哥拍拍赵石头的肩膀，目送他离开。

走出胖哥家的门，赵石头头也不回地直冲楼下，虽然脸上没有丝毫表情，但他心里仿佛有十五只兔子上蹿下跳炸开了锅。“就凭你这个送快递法儿，什么时候能够赚到钱？没事的，没人会发现，就这一次，真的就这一次。”赵石头在心中反反复复自我催眠，试图给自己的所作所为找一个合理的借口。

午夜两点，这是赵石头有史以来第一次顺利地摸到了住户的家门口。一路上没有任何阻碍，他心里也没有徘徊。赵石头在防盗门上试探性地敲了三下——低沉，有节奏感。在深夜的静寂中，这样轻柔的敲门声被放大数倍。赵石头屏住呼吸，侧耳倾听，屋内没有回应。赵石头接着又敲了三下，依然没有任何回应。他掏出钥匙，左三圈右三圈，“咔嗒”一声，门被打开。赵石头轻手轻脚地走进屋，在各个房间转悠了一遍，空空如也，真如白天胖哥所说的，全家外出了。赵石头一颗悬着的心落下了，索性开了灯，开始闲庭信步地搜索屋里值钱的东西。这种感觉真是美妙，简直就像是在自家找东西，走走停停，值钱的东西揣进兜里，不感兴趣的东西拿起来看两眼又放回去。两个 iPad、一块手表、一千五百元现金和一条金项链，赵石头权衡了一下，决定选这几样容易出手的带走。临走时，赵石头去厨房转了一圈，发现台面上放着半盘饺子，他毫不客气地拿起来吃了。磨磨蹭蹭地又过去了几分钟，赵石头觉得玩够了，是时候离开了，遂将钥匙放回原来的位置，带上房门扬长而去。

胖哥回家立即觉察出失窃，向公安机关报案，涉案物品价值两万元以上。民警从被盗物品入手，在二手金饰品商店、电子产品市场等地进行走访和调查。通过排查，民警在一家数码产品回收店找到了被盗的苹果平板电脑，通过对店主的询问，获悉了嫌疑人的线索。两天后，赵石头被刑事拘留。

对普通人来说，快递服务最受欢迎的一点就是“点对点，门对门”，但也正是这般便利让我们毫无防备地敞开了大门。有时，这招致的不只是财物受损，而是更大的悲剧。

方芳，又是方芳。

快递员张绍平暗自打量着手上待送包裹的快递单。“真记不清这是第几次给这个漂亮女孩儿送快递了，二十几次？应该有了吧。”看看快递单上的物品名称，有时候是化妆品，有时候是电子数码产品，但更多的时候是爱美女孩儿最喜欢的衣服、饰品。“这次想必是个名牌吧，连包装都这么精致大气。”

房门打开，方芳略施粉黛的脸出现在了门后，像一束阳光照进了张绍平的心里。张绍平感到一阵暖流从心脏蔓延到全身，但也仅仅是一瞬之间的恍惚而已——除了“快递”两个字以外，张绍平没有更多的话，例行公事般请方芳签字，收底单，走人。快递员与客户之间就是这样，永远不可能有更深的交集。

张绍平这次下楼的脚步仿佛带着一点儿不舍，“靓丽，独居，生活滋润”——这样的女孩儿想不惹人注目都难。不过，以后他再也没有机会见到她了。张绍平在心里默默地跟这个自认为很熟悉的姑娘告别。他一周前已经向公司提出了辞职，这是他最后一天送快递。真正干了快递员才知道，这行太辛苦——夏天里冒着酷暑走街串巷，被汗水浸湿了一遍又一遍的工作服简直可以抖出盐来；应对风吹雨打更是家常便饭，最艰难的一次他硬是冒着暴雨，趟着半米深的水给客户按时送达了快递；张绍平最怕的是冬天，数九寒天的季节里整日整日地奔波在户外，双手双脚全是麻木的，骨头缝儿里都渗着疼。这个冬天，说什么，他都扛不过去了。这一年半载，挣扎得挺累，也没攒下什么钱，像其他陆续离开的兄弟一样，他也打算另谋一份营生了。

而住在那间公寓里的，是二十七岁的方芳。她自幼有一副天赐的好嗓子，从师范学校一毕业，就来到了北京当起了北漂歌手。但一夜成名的好梦哪有那么容易实现？好在方芳也没有一定要成名成腕儿的野心。几年下来，常驻酒吧唱歌，加上偶尔有点儿小演出，过得也算是衣食无忧。这小半年，她渐渐有了点儿积蓄，一发不可收拾地迷上了网购。女孩儿天性使然，见到好看的东西就收不住手。方芳发现网购尤其好，不用费尽力气四处逛街，鼠标一点，应有尽有，可谓其乐无穷啊。最近几个月，方芳每隔两三天就会忍不住上网淘个小东西，因此永远有快递在路上。

一晃，一个半月过去了，告别了快递行业的张绍平还没能找到新的工作，而手里只剩下一千多块钱的积蓄，如果这也能算作积蓄的话。向来沉默内向的他是从不肯因为钱向别人张口的，但眼瞅着这个季度交房租的日子就要到了。“还要不要在这个城市待下去？即便离开也不能这么身无分文地走吧，捉襟见肘的状况到哪儿还不都一样？”张绍平感到了从未有过的压力。这天晚上，躺在床上，他脑中突然掠过一个邪恶的念头：“反正都打算离开了，要不，找个熟人‘借’一笔？”张绍平暗自盘算起“借”钱的可行性。

第二天下午五点，不听使唤的双脚鬼使神差地把张绍平带到了方芳所在的生活小区。这正是他以往送快递到这一片生活区的时间。唯一与往常不同的是，他的快递包里多了几样“借”钱工具：一把水果刀、一卷胶带和一个自制的包裹。“就她啦，看在我一年到头为她跑腿的分儿上，一个黄毛小丫头，谅她也翻不出几朵浪花。”心一横，张绍平敲响了方芳的家门。

“快递！”方芳记得最近有两个网络订单都在送货途中，当听到有人敲门说是送快递时，就三步并作两步，丝毫没有迟疑地开了门。“呦，是你啊，怎么好久没见你来了……”话还没说完，眼前这个黑影就蹿了进来，以蛮力带上了房门。

“我只要钱，不要人，拿出点儿钱就好。不许叫！”一把尖刀顶在了方芳的脖子上。

“别，别伤害我……”方芳丝毫不敢乱动，生怕反抗会激怒对方。她打算先稳住张绍平再找对策，于是故意表现出一副乖乖就范的姿态，“钱全都在包里，要多少就拿走吧。”

“你，你，你坐下。”张绍平觉得自己简直比方芳还要慌张。这可怎么行？必须找个地方先把她捆住，于是张绍平把方芳带到了椅子边，用带来的胶带把她的双手反绑在椅背上，让她动弹不得。“钱在哪儿？”根据方芳目光指示的位置，张绍平找到了钱包，一把翻出了一千六百块钱。这是方芳昨晚刚拿到的酬劳，因为下班太晚，还没来得及存。

“钱你可以全都拿走，求求你不要伤害我。”破财消灾有时也不失为一种保全自己的方法，方芳喘着粗气央求张绍平。

怎么？一切就这么简单？“借”钱过程实在顺利得超乎想象。这姑娘真是一点儿反抗能力都没有，让干什么都照做。张绍平有点儿不敢相信自己的耳朵，他回望方芳，想得到一些确认，可目光刚一触及这个被他绑住的女孩儿，顿觉时间凝固了。她脸颊通红，杏眼圆睁，小嘴半合半张，紧绷的神情因恐惧而起，但却透出一种别样的惹人怜爱之态；雪白的颈子上微微青紫的血管历历可见，仿佛氤氲着一股湿气；玲珑有致的前胸伴随着粗重的呼吸剧烈地起起伏伏。张绍平发觉心脏如万马奔腾般狂跳，浑身沸腾的血液往脑门直冲。

“豁出去了！”张绍平不顾一切地扑到了方芳身上。谁料之前一直顺从的方芳开始剧烈反抗，最大限度地扭曲着身体，用双脚使尽全身力气向张绍平猛踹，同时竭尽所能地大声呼救。

“让你叫，让你叫，不许叫！”惊恐的张绍平情急之下用手肘压住方芳的脖子，试图阻止她的呼喊。他收缩全身的肌肉向手肘施力。“不许叫，不许叫，不许叫……”张绍平喘着粗气，用低沉的声音喝止方芳的求救，也试图用重复的默念让自己从战栗中冷静下来。只有冷静，才能找到让自己脱身的办法。

一瞬间的失神，张绍平突然感觉到手肘下方芳的身子软了下来，呼救声也听不到了。张绍平的心里“咯噔”一下。他的手颤抖着去方芳的鼻孔处试探，那里已然没有呼吸。

意识到自己杀人后，张绍平脱光方芳的衣服，试图伪造强奸的假象。随即，他带着抢得的钱财逃离，在回老家的火车上被警方控制。

一次看似平常的快递，招致的竟是杀身之祸，方芳因被扼压颈部导致机械性窒息死亡，而张绍平入户使用暴力抢劫他人钱财，并致人死亡，行为已构成抢劫罪和故意杀人罪，被判处死刑。

综观近十年，借由快递送货上门之便实施的暴力犯罪触目惊心。根据《法制晚报》报道，统计结果显示，2002 年至 2013 年，国内至少已发生快递员或冒充快递员犯罪的案件三十五起，涉及受害者六十三人。其中七成案件发生在 2010 年之后。三十五起案件中，所有的受害者都在“快递员”敲门时直接打开了门。之后，他们遭到抢劫、强奸、绑架、诈骗，其中，有十一人被杀害，占总数的 17%，受害者中女性占 98% 以上，并且过半受害者经常网购。通过这些骇人听闻的案例，我们应该意识到，在快递登门时，居民要有警醒意识，有必要先辨别真伪再开门。独居者，尤其女性，更应谨慎应对，收件寄件尽量选择不太私密或不易被快递员轻易探知底细的场所。

我的安危谁人知？

毫无疑问，快递行业是近十年中国发展最迅猛的行业之一，而成长于“草根”的中国快递员是功不可没的。他们骑着载满货物的电动车走街串巷，他们带着人们的惊喜踏遍全城。毫不夸张地说，他们托起了繁荣的快递产业，也作为不可或缺的节点触发着中国经济。

小潘，就是千千万万快递员中的一位。“太忙了！不敢耽搁一分钟，否则快件晚一点儿送达，就有可能被客户投诉。”从上午九点到晚上九点，依靠电动车的骑行和双脚的奔跑，小潘要“扫”遍北京海淀区里的三个生活小区、两家工厂以及三栋写字楼内的三十多家公司。海淀区的这几个街区人口密集，小潘平均每天的取送量在一百五十件上下，高峰的时候超过两百件。工作的时候，小潘不喜欢喝水，也很少上厕所，这样他就能节约出时间，哪怕只是多送一件。

“双十一”刚过，这原本是快递员收入最丰厚的一个月，但小潘的心情跌到了谷底。

11月27日下午四点三十分，小潘的电动三轮车刚开进海淀桥附近的一个生活小区，一个中年大姐就迎了上来。大姐说：“我是六号楼的住户，家里有二十几本书要寄给外地的儿子。东西特别沉，我腰也不好。小伙子，你看能不能麻烦你上楼收个件？”

小潘看了一眼还装有二三十件货物的电动小三轮，表示有些为难。

大姐沉默了一下，抬眼看见院门口一个穿条纹衬衣的年轻人走过来，朝他兴奋地招手：“真巧了，我外甥回来了。我让他站在楼下帮你看着你的车。你放心跟我上楼，行不行？”

实话实说，以前这样的情况也经常发生。北京11月的大风天里，眼看大姐只穿了一件薄薄的绒衫，想必是连外套都没来得及穿就匆匆下楼来找他的。小潘没有多心，仔细地给电动车上了锁，就跟着大姐往小区右手边的第一个门洞走去。刚走到楼下，大姐的电话突然响起，她看了一眼屏幕跟小潘说：“这不，我儿子打电话催我寄东西了，我跟他说一声。我老伴儿在家，你自己先上去搬书，610。我接完电话马上上楼……喂？”没等说完，大姐就走到一边接起了电话。家家父母都这样，自家孩子来个电话比什么都重要。“成！”小潘回了大姐一句，就一个人先去爬楼了。小潘刻意放慢了脚步，心想大姐的电话估计打不长，等等她说不定能一起上楼。可即便这样一步一回头地爬楼，小潘磨蹭到了五楼也没见大姐的身影，他在心里盘算着大姐怎么耽搁了这么久，一抬头，突然一惊。这是个一梯三户的老式建筑，五层已是顶层，“610”这个房间根本不存在。即便再粗心也没有理由会把自家房门号搞错吧。小潘意识到不对劲，立即飞奔下楼。结果，他的三轮车和一车的货物都已不翼而飞，大姐和穿条纹衬衣帮忙看车的小伙子也不知去向。小潘终于明白自己掉进了一个圈套。

发生丢件，这不是第一次了，但如此惨痛的经历着实让小潘有点儿难以承受。按快递公司规定，派送阶段丢件必须按照原价赔付，算下来这二三十件货物怎么也得超过四五千块钱。如果这里面还有特别贵重的东西，后果真是不敢想象。走出院门，这个从不叫苦的大小伙子，坐在路边结结实实地大哭了一场。这场失窃，意味着他从“双十一”以来，近二十天带病工作挣到的辛苦钱都要白白赔给客户了。

快递员被犯罪分子盯上的案件，这绝不是唯一一起。2013 年 7 月的一天，上海警方接到快递员小林的报案，他称自己可能遇到了买家和卖家之间的联合诈骗。

前一天中午，小林将一件货到付款的货物按照快递单上的地址送到了上海市杨浦区某生活小区。到了小区门口，小林致电收件人刘佳。刘佳表示自己会下楼到门口来拿快递。

没过多久，刘佳出现在小区门口。“这么贵重的东西，我得先验货。”刘佳没等小林给出回应，就不由分说动手拆了包装。快递袋、包装盒、塑料泡沫，里外三层包装被一一打开，小林看见包装里面静静地躺着一部 iPhone5 手机以及剪卡器、移动电源和手机贴膜四件物品。

“不是说好发票一起寄来的吗?”刘佳眉毛上挑，语气略带质疑。

“这个啊，这个我们快递承运方不负责。您需要自己跟卖家联系一下。”小林客气地解释。

刘佳当即给卖家打了一个电话。“好了，我跟卖家沟通完了，他让我先收货，发票随后再寄一个快递过来。我没带这么多现金，能刷卡吗？”挂掉了电话，刘佳眉宇间的疑问仿佛一扫而光。

“先生，不好意思。特别不巧，我今天送货没有带便携的 POS 机。如果可以的话，还是请您支付现金比较好。”

“哎哟，那这可麻烦了，我家里也没放这么多现金。你们公司能刷卡吗？”

小林点了点头。

“你们那个快递点我知道，反正也不远，我下午四点出门的时候顺路去你们那儿刷卡付款得了。这个货，你先拿回去。我是讲道理的人，没付钱货也不应该收，对吧？”刘佳给出的解决方案听起来非常合理，挑不出什么毛病。于是，小林没有异议，打算照办，动手将四件物品重新装好，准备带回公司交给仓库管理员。临走时，小林还特意提醒刘佳下午记得取货一事，刘佳爽快地答应了。

一晃到了下午五点半，早已过了跟刘佳约定的付款提货的时间，但他迟迟没有出现。小林有点儿着急了，这个货再送不出去，就不能算今天的业绩了。

“喂，刘先生吗？上午您跟我约好来快递公司付款取手机的，您还记得吗？”

“哦，抱歉抱歉，”一接通电话，刘佳就客气地连声道歉，“我这儿临时有点儿事耽误了，简直忙昏头了，也没来得及通知你，久等了吧？看来今天实在走不开了，明天我再找你取，行吗？小兄弟，你多担待。”

小林盘算了几秒，客户都不计较，对自己来说耽搁一天也没什么大碍，于是小林说：“那您别忘了，东西挺贵重的，明天一定记得来取。”

谁料到，这一等，又是几天过去了。眼看着手机一直没有人来取，快递公司仓库管理员按照快递单上的电话联系刘佳。此时却发现，这个电话号码已经停机。

这样的结果让小林有点儿沮丧，这一单算是白干了，赚不到钱不说，还赔了工夫。按照公司的规定，这样的无主件需要按照订单上的原始地址寄回给寄件人。

万万没想到，几天后，公司领导找到了小林，说是接到投诉要对小林进行调查。“寄件人声称收到的是一只 iPhone5 的手机模型，根本不是他们寄出的真机。由于快递包装是被拆开过的，他们怀疑遭遇调包，追讨赔偿。”这下子，快递员小林彻底傻了眼。

在快递公司的配合下，警方基本排除了快递员和仓库管理员调包手机的嫌疑。民警随后又调查到收件人所在的小区，发现这里根本就没有收件地址上的 15 号楼，也没有体貌特征相符的刘姓住户。显然，收货地址是这个所谓的刘佳刻意伪造的，他有可能精心布局了一个快递陷阱。

经过跨市搜索和将近十五个小时的蹲守，警方将嫌疑人在苏州擒获。经过讯问，嫌疑人苏强、董佳对诈骗的行为供认不讳。两人交代，他们在网络上购物时发现，快递员在收货过程中检查得很不仔细，防范意识薄弱，两人便想到可以调包货物对快递公司进行诈骗。于是，两人准备了四部高档手机的赝品，将邮寄地址编造为分散在上海的四个小区，然后特地从苏州赶到上海，坐等有人入网，收货实施诈骗。

对于快递行业来说，整个社会都将注意力聚焦在快递物品的“高效安全”上，是时候有人来关心一下快递员的安危了。

首先，交通安全。多数情况下，在城市里传递快件最常见的交通工具是电动车，而城乡之间基本依靠摩托车。实际作业中，汽车面临的局限太多，油耗高、停车难、易受交通管制或交通处罚等，往往只能在大宗投递、大规模中转运输的时候看得到踪影。众所周知，快递是依靠“速度”与“数量”发展的行业。自然而然，快递员将电动车、摩托车的性能和速度发挥到了极致，由此埋下了一系列的安全隐患：风里来雨里去，每天十几小时的高强度工作，快递员长期处于一种疲劳驾驶的精神损耗状态；追求单程承载量最大化，快递员不惜在“人包铁”的交通工具上堆起了小山丘；车辆太新，一不小心就会被小偷盯上，说不定还要搭上一整车的货物，而车辆太旧又疏于保养，无异于一颗狂奔在路上的定时炸弹。相信对于每个快递员来说，路上发生小磕小碰早已司空见惯，而一旦发生重大意外，后果可能是致命的。在交通工具和行车安全这个问题上，的确值得整个快递行业予以更多的关注。毕竟，对常人来说，“行车在路上”不过是代步，但对快递人来说，这不是代步，而是谋生。

第二，工作强度。多数快递员的酬劳是计件结算，多送一件可以多赚一件的酬劳，而且快递公司亦对每个收件和寄件的运转时间有严格的要求，超过规定时间，客户会投诉，公司会处分，快递员会被罚款，想不加快速度都不行。在这样日复一日的“急速人生”中，“快速”“高效”既是快递员的职业追求，也成了他们巨大的心理负担。2014 年 11 月，青岛的一则新闻报道：一位快递员在给客户送件后，下楼离开时发现单元门门锁失灵，无法打开。因为等不及物业人员前来检修，他选择从二楼窗口的水泥遮雨棚上纵身跳下。没想到的是，他落地时脚下不稳失去平衡，不幸摔断左腿。而当“120”急救车赶到的时候，受伤的快递员正强忍着伤痛，打电话联系其他快递员帮忙将快件送到客户手中。这位快递员被同行笑称为“业界良心”，但同时也是这一行业从业者“压力山大”的苦涩缩影。

第三，人为刁难。从收入上来讲，快递员是一份月薪并不低的工作，月收入基本与城市白领相当。但同等的职业收入，并没有换来同等的职业尊重。有些情况下，快递员为了把快件送进客户家门，可能遭到门卫或保安的恶意刁难。安徽的快递员小许在接受媒体记者采访时大吐苦水：“很多门卫必须要我们给点儿好处，比如送一两包烟，才答应让我们进门。”更让小许气愤的是，有些门卫看到有人偷东西装作没看见，“上次，我车里的包裹在一个小区的门口被偷了，那个门卫说视频摄像头坏了，他什么都不知道。但在我送给他两包烟之后，视频摄像头就奇迹般地好了……”另一件让快递员格外担忧的事情是快件丢失或破损，有时甚至会被图谋不轨的客户趁机敲诈。“比如有的顾客遗失的包裹是台二手电脑，可是他来找我们索赔的时候却说是新电脑。”为了尽量减少类似情况的发生，快递公司一般会要求寄件方在寄出货物之前标出物品价值。总之，在目前实际操作中，快递行业对投递物品的安全性考虑明显多于对从业者的保护。

终日奔波劳苦，马不停蹄，背负丢件或者快件破损的风险，工作不稳定，缺乏安全感，快递这份工作带给从业者始料未及的生理重压和心理负担。因此，作为便捷快递服务的受益者，作为普通的寄件人和收件人，请给予这个行业的辛勤工作者多一点儿宽容——请你在遇到快递员繁忙中少打了一个电话、天气恶劣时多耽搁了几分钟、不方便上楼恳请你多走几步路的情况下，多一点儿将心比心和宽宏大量。也请你在心满意足地签收快递时，不忘跟快递小哥说声“谢谢”。毕竟，懂得保护自己不意味着要对他人冷漠。

未完结的旅程

快递产业在短短十年内急速发展，已然成为中国经济的一匹“黑马”。整个行业已经连续三年保持超过两位数的增长，且长期增速超过50%，无论从哪一方面来看，其产生的商业影响和经济价值都让人无法忽视。然而，在激烈的市场竞争环境下，快递行业仍然经历着由于产业发展不成熟导致的不可避免的阵痛：内部管理粗放，信息保护堪忧，政策监管与实际执行脱节，人员素质亟待提升，等等。采取更好的政策和措施应对目前凸显的问题，将是今后几年快递行业着力发展的重点——既是瓶颈，也是机遇。与之相关的，国外一些快递行业的操作经验，或许值得我们思考和研究。

在美国，尤其是在“9·11”发生之后，针对邮寄快件安全制定了一系列政策，以确保公众安全。例如，快递公司虽不会在收件时强求快递员一一开箱检验，但会在收件后统一用扫描设备对包裹进行检验，以确保邮寄物品的合法和安全。同时，在炭疽热的隐患爆发之后，美国邮政体系采用特定的电子束消毒系统对邮件进行辐照消毒，阻隔可能造成公共危害的病菌。

英国对快递行业从业者的个人背景有着严格的要求，快递运营商需要以书面形式来担保所招聘人员无犯罪记录或无因邮政方面的事故受到过警告、解雇处分，确保其没有诚信方面的污点。而在寄件人的背景核实方面，要求寄件客户必须将个人的详细信息登记备案，比如姓名、住址、电话、电子邮箱等，以便对问题邮件的出处保持有效的监控。

在德国寄送快递，寄件人不能私自封装快递包裹，而是必须敞开留给快递收件人员检视之后才可封装。虽不强求每个寄件人进行实名登记，但匿名邮寄的物品必须经受更加复杂的安检程序，比如X光扫描、拆包查验，等等。这就相当于变相地鼓励寄件人提供实名验证。

法国快递业更加注重协调用户收货时间和收货安全的问题。快递公司因地制宜，跟便利店、熨衣店、杂货店合作设立快递代收点。快递到达时，收件人可以根据收货的短信通知到代收点就近提货，通常情况下不需额外付费。这样的方式在一定程度上规避了“门到门”埋下的安全隐患，节约了收件人等待送货上门的时间浪费，也能够有效地控制终端网点建设的成本。目前，“天猫”在全国多个城市推行的服务站计划与此有异曲同工之处。

对于普通快递使用者和受益者来说，快递早已不仅仅是一项“跑腿”服务。它早已深深地渗透进生产、生活的方方面面，其价值和作用正在被重新定义。快递行业提供给使用者的权益通常被总结为“3S”，即“速度”（Speed）、“服务”（Service）和“安全”（Safety）。三者相比，“安全”是立足之根基，“速度”和“服务”是锦上添花。若快递业务的安全性没有了，速度和服务就统统失去了意义。从普通消费者的角度来看，有哪些防范措施能更大程度地保障个人安全呢？在此贡献一些小窍门，以供普通消费者参考。

首先，尽量选择正规、可信并且熟悉的快递公司。公司品牌不仅意味着知名度，更是服务质量的参考和业务品质的保障。即便在快递投递中发生失误或不可抗力造成的问题，在成熟企业相对完善的作业体系保障之下，纠纷和意外有希望更加顺利地解决。有时在网购过程中，卖家有权决定选择哪家快递公司。遇到这样的情况时，消费者如果不信任某个快递公司，可跟卖家尽力协商，更大程度地保障自身权益。

在个人信息保护层面，建议收件人勿留详细的个人家庭住址。条件许可的情况下，收件人可将单位作为首选收件地址。若必须送货到家，收货地址不需要精确到门牌号，可以选择仅列出单元号为止，或指定就近的明显标志物、公共场所。在不强求实名取件的情况下，也可考虑使用化名。

在收件环节，最好能提前主动地与快递员约定收货地点，避免将其带入个人居所。在接到陌生的快递员来电时，有必要核实快递的出处、内容等相关信息。另外，需要注意的是，在没有达成明确的约定或委托前提下，帮熟人、邻居、陌生人代收快递是存在安全风险的。

独居女性在与陌生人接触时需要格外警惕，应着重注意不要将个人生活状态、居住场所暴露给陌生人，在非私密的公共场合交易比较有保障。

收件理应当场验货，尤其是在货到付款的情况下，小心假货和恶意调包。为避免物品“染毒”，遇到货物异常或有异味，请拒绝接收。

收件之后，喜悦之余，请在第一时间处理掉快递单据上的姓名、联系方式、地址、产品信息等，覆盖、水浸、撕碎均是不错的选择。

以上小小的贴士可为个人安全防范提供参考。而从根本上来讲，整个快递行业的进步需要立法保障、政策支持、行业自律、买卖双方互信的共同努力。希望终有一天，急速快递，不再让人忧虑重重，成为一趟既快捷又令人心安的旅程。

（原载《啄木鸟》2015年第2期）

妙光塔下一金鹏

李　迪

【编者按】本文作者李迪是我国著名侦探推理小说家，其代表作《傍晚敲门的女人》发表后，相继在俄罗斯、法国、韩国出版，开创了中国推理小说走向世界之先河。21 世纪以来，李迪多次深入公安基层一线，用饱满的激情创作了一部又一部脍炙人口的优秀纪实文学作品，其中，《丹东看守所的故事》荣获公安部金盾文学奖。近年来，李迪六下无锡，采访的民警多达 127 人，回京后潜心创作了《铁军·亲人——无锡公安协奏曲》，即将由公安部群众出版社出版。这是一部十分难得的长篇纪实文学精品，同时也是一部鲜为人知的警营法治文化实录。《中国法治文化》已于第 10 辑开始摘发其中的精彩篇章，本辑继续摘发，以飨读者。

妙光塔，始建于北宋雍熙年间，七级八角高挑，楼阁飞檐凌空，巍然屹立于无锡南隅河畔，乃南禅寺内一胜景。明代诗人冯善有诗赞："十里传闻金铎响，半天飞下玉龙来。"

无锡古城寺院林立，"梁溪十大名刹，首惠山，次南禅"。沧桑历尽，各留遗憾。惠山寺有寺有塔却无佛，崇安寺有名有塔却无寺，祥符寺有寺有佛却无塔。唯有南禅寺，有寺有佛又有塔。宋代两朝皇帝为南禅寺塔赐名，宋仁宗赐南禅寺为"福圣禅院"，宋徽宗赐塔为"妙光塔"。"南禅宝塔"遂成为"锡山八景"之一。

南禅寺的地位，得益于妙光塔的存在。相传建塔与治水有关。无锡旧时多水患，百姓惶恐，商贾堪忧。有僧持钵而来，对众人曰：水患系蛟龙作祟，宜建浮屠镇之，遂召集众人募化建造而成。"青瓦粉墙，宝蟠绝顶，飞甍凌空，金铎入云。"

闲笔写罢妙光塔，回头说说"妙光塔下一金鹏"。看字面，好像是：妙光塔下飞来一只金翅大鹏。不对。

也对。

说不对，此金鹏非金翅大鹏也，乃一社区民警，姓金名鹏。

说对，在社区百姓眼里，他就是一金翅大鹏，振羽飞来送吉祥，所以被老百姓评为"无锡市十大爱民标兵"。

哎，民警金鹏，怎么跟妙光塔连上了？

你问的，也是我想知道的。

咱们一起听听金鹏怎么说——

1998年12月，我来到南禅寺附近的一个社区当民警。这个社区的名字真好，妙光塔社区。为什么这样叫？因为社区就在妙光塔下。抬头见塔，巍然屹立；低头还见塔，水中塔影更秀丽。我来到社区，扎根社区，所以——

妙光塔下一金鹏。

说起来好听，这金鹏可不好当。

我以前没做过社区民警，倒是做过五年特警。特警是对付坏人的，社区民警是服务百姓的，老经验不好使。你要得到老百姓的认可不是那么容易的事，要靠自己摸索。慢慢地，我有了体会，社区工作重点是抓好两大块儿，一块儿是社会治安，另一块儿是邻里关系。说白了，就是让老百姓的日子过得放心、舒心。

我先说说社会治安。当然，是讲故事，而且是两个故事。

妙光塔社区原有三千多户居民，随着改革开放，外来人口如潮涌来，本地居民成了房屋出租户，房产中介公司一家接着一家开。人多了，治安问题就来了。抓治安的首要任务是管理好外来人口，建立入住登记，签订治安责任书。有的人说，我把房子交给中介出租就好了，哪有那么多事要办？我就挨家挨户讲道理，跑断腿，磨破嘴。你家万一住进个杀人犯你怕不怕？别说杀人犯了，来个强奸犯怎么样？老百姓一听，乖乖，两眼瞪成大汤圆，赶紧到我这儿登记。通过登记，我也让租住户明白，你住在这里我为你服务好，同时我也要监督你。

除了建立登记制度，我还发动门楼里的老头儿老太太当我的情报员。平时我为他们服务得好，储蓄了感情。现在，我一发动，个个都上心。金警官，这家人白天睡觉，晚上出去，不正常！金警官，这家人夫妻俩带个小孩儿，每天正常上班！

好了，哪个放心，哪个不放心，我心里有数了。

有一天，居民刘老头儿跟我说，他家旁边有一个出租户，男的是东北人，女的是无锡人，这两人老吵架，不会有什么事吧？我说，刘大爷，多亏您提醒，这个东北人没登记，我正要找他呢！

说完，我就去了。到了地方，敲门进屋，男的不在，女的在。我问她，你俩是什么关系？

女的说，他是我丈夫。

说实话，我比较人性化，你说是你丈夫，这话是不能随便说的，我不会逼你拿结婚证。我就说，你丈夫能不能登个记啊？

她说，登什么记？自己家人还要登记啊！

好吧，不愿意我也不勉强，绕个弯儿，找到女房东王姐。我问，那女的是你什么人？王姐说，是我表妹。

我说，这可是你说的，我要记录在案，几月几号，你说租户是你表妹。

她听我这样讲，欲言又止。我猜她说谎了，也不好当面揭穿，要给她留面子。我自己多个心眼儿就行。

但是，事情就这么巧：过了十来天，四个东北女人找到我，人高马大。其中一个拿着结婚证，说这上面的男人是我丈夫，现在失联了。我得到了可靠情报，他就住在你管的社区，你要帮我找！

我一听，又是失联又是可靠情报，来者不善啊！再一看结婚证，哎哟喂，正是没登记的东北男人！我脑瓜儿转了转，要息事宁人才好，不管她们是从哪儿来的，都是老百姓。既然找到我了，就要对她们负责。我说，好好，你们留下手机号，先找个旅店住下，我帮你们找，找到后告诉你们。

她们走了以后，我马上找到王姐，你不是说那个女的是你表妹吗？你表妹说那个男的是她丈夫。现在好了，人家老婆拿着结婚证找来了，你去接待一下吧。

王姐傻眼了，说金警官对不起，我错了，我骗了你。

我说，你是成年人，要承担责任。我的身份是人民警察，你怎么能随便骗我呢？你表妹勾引人家丈夫，你还提供房子，人家老婆当然要找你算账。其实，她根本不是你表妹，你说你冤不冤？

她说，我肠子都悔青了，这可怎么办？

我说，两个办法，一是我来处理，一是你自己去见这四个东北女人。

她说，妈呀，她们还不把我当饭吃了？还是麻烦你吧。

我说，那也可以。不过我要先处理你，你说了谎，没按无锡暂住人口管理条例办，要罚你款！

她说，我认罚，我认罚。

我说，罚款也是为了让你长记性。

她说，我长记性了，以后再也不说谎了。

我说，王姐，你是社区居民，我是社区民警，妙光塔下一天见好几回。本来嘛，按规定你要交出租房收入，还要罚月租金的五倍。你月租金一千，要罚五千。现在，你的房租我也不叫你吐了，也不罚你五倍了，就罚你两千块。你有没有意见？

王姐说，我谢都谢不过来，金警官，你真是个大好人……

说着，她就哭了。

我赶紧递纸巾给她。

接下来，我又找到东北女人。我说，你丈夫我找到了。但我有一个要求，如果你按我的要求做，我就告诉你。否则，我也可以不告诉你。因为你们感情上的事情，不归我们管。

东北女人说，你说吧，我按你的要求做。

我说，好，你给我写个保证书，你丈夫愿意跟你回去就回去，如果不愿意，你不许在这里闹事。

东北女人说，行，我不闹事，我写。

我拿着她写的保证书，把那个东北男人单独约出来，跟他讲了这件事，还给他看了保证书。我说，你没按规定登记，本来该受处罚，现在给你一个改正错误的机会，就是处理好你老婆和你无锡女伴的关系。你也给我写下保证书，保证不闹事。

东北男人问，金警官，你跟我老婆说我在这儿找女伴了吗？

我说，你以为我脑子进了水吗？那是要命的话！

东北男人说，谢谢你金警官，我写保证书。

东北男人写了保证书，又补了外来人口登记，我就把他老婆住的旅店告诉了他，你快去吧，一日夫妻百日恩！

东北男人一去，再也没人找过我了。

风平浪静，妙光塔铃声悦耳。

你问我他们是怎么处理的，我也不知道。

不闹，就好。

我再讲一个——

有一天，居民顾老太太找到我。金警官，我家楼上有个租房子的人很怪，我从没见他住过。他花钱租房子干什么？也不睡觉，也不见人影。

我说，顾老，您留心帮我个忙，只要有动静，马上给我打电话。

顾老太太说，行，我就当个“地下工作者”，我老看电视剧，知道怎么当！

这天下午两三点，老太太打来电话，说，来人了！我马上赶去，上楼敲门。我印象很深，这家一进门是厨房，再进去是客厅，往里再走是一个房间，房间里有阳台。开门的是个女人，我一进去就感觉有个人影往阳台一闪。

我问她，你是哪里的？

女人说，我是本地的。

我说身份证拿给我看看。她拿给我看了，没什么问题。

说实话，本地区有前科劣迹的都挂在我的心上，这叫明的。孙猴子跑不出如来佛掌心，一举一动，一问隔壁邻居就知道了，跑不掉。但是，出租房里住的是人是鬼，脸上又不写字，是暗的。发现暗的要靠功夫。我进屋时感觉有人影往阳台闪，我就往阳台走去。到阳台一看，果然，一个男人坐在那儿，两眼看着窗外。

我说，请把身份证给我看看。

他回头说，我身份证被偷了。

我问，你叫什么？他吞吞吐吐。

我说，好吧，你要早点儿补办身份证啊。说完我就走了。一出楼门，马上打电话叫增援。

这时，这个男人也出来了，一脸惊慌。我迎上去问，你去哪儿？他一看见是我，扭头想跑，我上去一把揪住，你跑什么？他抬手就是一拳。嘀，跟老特警玩儿这套！我低头躲过，顺势一个抱臂摔，摔了他个满地滚。

紧跟着，警笛大作，增援赶到了。把这家伙带到派出所一查，原来是从东北监狱里逃出来的罪犯！这个故事简单吧，嗨，这只是上集，还有下集呢。

过了些日子，顾老太太又来找我，说房东把房子又租给了一个广东人，这个人也是不来住。我说，您继续做好地下工作。顾老太太说，行！

这天，还是下午两三点，老太太来电，说来人了！

我赶过去，一敲门，很快有人开了门，正是那个广东人。我说要登记身份，他很配合。我一看，他把房间当仓库了，里面堆了很多东西，百货、文具、化妆品，什么都有，大包小包。突然，几个黑塑料袋吸引了我的眼球。这几个塑料袋，捆得严严实实，黑漆漆地堆在客厅角落里，很像毒品。

我一下子紧张起来，这是什么?

广东人也紧张起来，支支吾吾。

我立刻后退两步。想不到，我退，他跟。

我大声说，你退后!

他不听，还往前凑，一只手还往兜里掏。毒贩有枪的不少，这可不是闹着玩儿的。我急了，打开手机叫增援，谁知他过来就抢。我一看不好，转身冲进厨房，抄起一把菜刀。

你别过来，再过来我砍死你!

那时候不像现在，有单警装备。我当时是赤手空拳，幸亏熟悉房间结构，冲进厨房抄了一把菜刀。

听见没有，你再过来我就砍死你!

广东人结结巴巴地说，不要拿刀砍啦，很疼的噢!不要打电话叫人啦，我……我掏皮夹，给你拿点儿钱去喝茶好啦……

我说，你少来这套，蹲下，两手抱头!

他乖乖照做了。

我反而纳闷了。这么多毒品是死罪啊，他怎么乖成这样?

后来，增援赶到，把塑料袋打开一看，嗨，全是黄碟!

原来，这家伙以卖百货生意为幌子，暗地批发色情光碟。他有一个小本子，详细记录着每笔交易。

我们照单“请客”，把那些违法售黄的摊主一个个都抓住了。

其实，在我的社区民警生活中，这样的惊心动魄并不多见，更多的是鸡毛蒜皮家长里短，调解纠纷大事化小，让街坊邻居心平气顺过日子，妙光塔下常妙光。再有呢，就是力所能及帮老百姓解决点儿实际困难，人家不容易。如果这老百姓是你爸你妈，你又会怎样?

举两个小例子——

社区有几排老平房，八十二岁的余老汉就住在这里。他性格孤僻，打了一辈子光棍儿。这天早上，天下小雨，他拄着拐棍儿来警务室找我，说隔壁孙老太破坏他的房子，眼看房要塌了！

我吃了一惊，急忙跟他回家察看。两间小房，黑咕隆咚。靠里边一间整个墙都湿了，有一条缝儿往下流雨水。这堵墙后就是孙老太家。孙老太也是单身一人，腿脚都抖了，怎么还能搞破坏呢？我一打听，原来两家积怨已久。为什么？当初盖房的时候，孙家老汉就说余老汉的房起高了，挡了他家的风水，两人为此还干了仗，谁也不服谁。后来，孙老汉得病死了，孙老太钻牛角尖，说是被余老汉的房子害的。于是，她隔三岔五跑过来叫，老光棍儿，我要把你房子推倒！

这两家，隔着两堵墙啊。屋里一堵，心里一堵！

我说，余大爷，我看了，您这墙是年久失修！

余老汉瞪起眼，不是孙老太搞破坏？

我笑了，她是孙老太，不是孙悟空。

眼看着余老汉的房漏，我不能不管啊。怎么办呢？一着急，想起一个人来，谁呀？社区外来户老黄。

老黄经营沙子水泥，外带土建零活儿。当初办营业执照的时候，他跑前跑后，腿都要跑断了也没办成，还是我出面找了工商，这才拿下。老黄多次想请我吃饭，嘴皮子都说薄了我也没吃，更别提收红包了。老黄心里不落忍，一见到我就说，金警官，以后您有需要帮忙的事就叫我。我说，得嘞，哪天我盖大别墅就找你！现在，我真要找老黄了。

这天上午，我看见余老汉出门了，就赶快找到老黄。老黄见我找他，喜出望外。金警官，您要盖大别墅了？

我说，是啊，是啊，你有工人吗？

老黄说，有，有！什么时候开工？

我说，现在就开工。你带工人先帮我修一堵墙，我看看手艺。

老黄说，您就瞧好吧！

我领着他往平房走，指着余老汉家说，你看见没有？就是那堵墙，你帮忙修一下。说完，我又嘱咐一句，等会儿余大爷回来，问是谁让修的，你就说是他家隔壁孙老太请你修的。

老黄一听，眼珠子差点儿掉出来，金警官，您这是演的哪一出啊？

我说，你别问了，就照我的话说。

老黄翻翻白眼儿，带着工人干起来。

余老汉外出回来，发现自家门外热火朝天，搬砖的，弄沙的，还有扒墙的。啊？孙老太动真格的，叫人来拆我房啦？这还了得！他紧走两步，大喝一声，住手！

没人住手。

余老汉赶到房前一看，哎哟喂，这哪儿是拆房啊，这是谁在给我修墙啊！把外层的破砖烂砖扒下来，重砌一层新砖，结结实实，漂漂亮亮。余老汉乐得合不拢嘴。

老黄迎上来说，余大爷，您回来了？您打开门，叫工人从里边抹一层水泥，保证光滑成镜子面儿，再涂上大白粉。

余老汉说，慢着，我先问问，这是谁请你们修的？谁出钱？

老黄往隔壁一指，是孙老太！

余老汉一下子傻了。

老黄说，以后你对人家客气点儿，不要老记仇！

余老汉嘴唇哆嗦着说不出话。

当然，纸里包不住火，我这个小把戏很快露了馅儿。但从此以后，余老汉和孙老太和睦相处，胜过远亲。

事后，我跟老黄结账，他死活不要，还说，金警官，只许你做好事，就不许我做一回？

你看，就这样，矛盾化解了，街坊邻居心平气顺了。

再说个例子，讲讲真心帮老百姓——

前两天，社区居民杨大姐找到我，说金警官我有个事想求你！

我问，什么事？

她说，前两年我买了一套房子，中介公司姓王的说能帮我补交社保，补齐了我到退休就好吃社保了。我就把钱给了他，两万七千块。我给他了，他就没回音了。我打他电话不接，找他人也不见。

我说，杨大姐你别着急，你把他手机号给我。

我拿到手机号后，用派出所座机打过去，姓王的接了。

我说，我们现在接到一个姓杨的大姐报案，说你拿了人家一笔钱，没帮人办事，也不肯还给人家。

他说，没有啊，哪有这种事？我几次打电话叫她来拿她都不来，反而去报案，难道我还诈骗她吗？

我说，哦，是这样啊，那是她理解错了。她现在就在我旁边，让她跟你通电话，你别挂！

我就把电话给了杨大姐，电话机上有个免提键，我按下来，也跟着听。

姓王的说，杨姐，你什么时候有空儿来拿钱？

杨大姐说，我现在就有空儿，要不我现在就过去，你在哪里？

姓王的说，现在几点了，这么晚了，明天再说吧！

我一看表，才下午三点，哪里晚啊！

杨大姐问，明天什么时候，到哪里？

姓王的说，明天中午，你到东桥易初莲花超市门口……

我实在听不下去了，啪地抢过电话来，你叫人家到超市门口去干吗？你把钱还给人家，要不要叫人家写条？难道站在那里写？你别烦了，为了你们双方都好，明天上午九点到派出所来，你把该带的钱带好，到派出所交接，听见没有？你要不来，我们就去抓你，你跑不了！说完，我啪地把电话挂了。

杨大姐说，他以前就是这样忽悠我的，说到这里他不来，说到那里人找不到，今天要不是你说，我明天肯定白跑。

我想想还是不踏实，怕这家伙借故不来，我就拿手机发了条短信给他，说杨大姐是到派出所来求助的，他明天九点钟必须到派出所来，把这个事当面了结。如果他不来，我们就正式受案处理，不会跟他客气！姓王的马上回了个短消息给我：好的。

结果，第二天早上九点钟，他准时来了，把钱如数还给了杨大姐。

过后，杨大姐对我千恩万谢。

我说，这谢什么，我不过打了个电话。

她说，金警官，昨天你一把电话抢过去说，我就知道今天遇到贵人了。对你来说，就是一个电话的事，对我来说腿都跑断了也解决不了。我怎么能不谢谢你呢？要是警察都像你这样，老百姓就没愁发了。

杨大姐的话对我是感谢，也是提醒，我们对老百姓的需求，多用一份心，多走一小步，就可能帮他们把事情解决。对你来说，可能就是一个电话的事，对老百姓来说可就是大事。不要让他们一趟两趟地跑。退一万步来说，你尽到力了，事情就算没解决，老百姓同样会感激你。人心是秤一点儿不假，人家能感觉到你是真心实意帮他，还是敷衍了事。只有真正把老百姓的安危冷暖放在心上，及时了解他们的所思、所盼、所忧、所急，才能赢得老百姓发自内心的拥护和支持。

李老师，大道理不讲了，还是讲故事吧。

我再讲三个帮助老百姓的故事——

社区六号楼有两家人。一户住楼上，夫妻俩，男的是个农行职员，叫刘广。一户住楼下，也是夫妻俩，女的叫艾并，是小学老师。男的叫罗索，是粮食局的公务员。艾并爱生病，整天不上班。罗索很啰唆，单位领导见他都怕，说你最好不要在我眼前晃，我看见你就头晕。

刘广家漏水，漏到罗索家。罗索上去两次碰不到人，就去居委会告状。居委会把楼上楼下约到一起谈，楼上蛮好，说我承担责任，但我也不懂怎么修。居委会通过电视台《阿福帮忙》的节目，请个师傅来修。修好以后，过段时间又漏了。楼下上来敲门，咚咚！

什么事？

你家又漏水了！

没办法，你凑合过吧！

嘭！把门关了。再怎么敲也不开了。

楼下的罗索很生气，后果很严重。怎么严重啦？电表箱在楼下，罗索找出老虎钳，咔吧！你凑合过吧！

楼上的刘广赶上调休，正躲在家里看大片儿，刚到要紧处，两眼突然失明了！再一感觉，不对啊，整个儿屋子都穿越到白垩纪了。他以为电表的保险丝断了，拿起老虎钳下楼。一下楼，正看见罗索的鬼祟身形，他怒火中烧——

哪里跑，看钳！

于是，短兵器挥舞。才两个回合，罗索左眼中招，鲜血突突，老虎钳也掉了。他忍痛还击，一记老拳勾去，正中刘广鼻梁，血流如注。两人同时发出惨叫。邻居见义勇为，急电110：110杀人啦！

您倒是点个逗号啊！

闻听这声吼，全楼人都蹦了出来，杀谁啦？

谁也没杀。罗刘对决，各受其伤。

110把这事交给了我。我先带他们去医院，又为他们调解。不行，双方态度都很强硬。我说你们各自先把伤养好，养好后我带你们到法院去做鉴定。

养伤期间，我也没闲着，赶紧找人修漏水。这个毛病不彻底解决，还会引发二次大战。我联系了几家维修公司到刘广家现场比武，看谁能彻底解决漏水。工钱不是问题，刘广不出我出，关键要一劳永逸。重赏之下，必有勇夫。还别说，高手在民间，真有一户接下了这活儿，还说保五十年不漏。刘广说，用不了五十年这楼都得拆了，保那么长时间没用。行，这工钱料钱我都出了！

漏水大事解决了，接下来就解决打架的事。一个鼻梁，一个眼眶，楼上楼下两伤兵。市局法医对我说，看来楼上的伤得比楼下的重，可能会构成伤势，最起码是轻伤。听法医这样一说，我就拼命做楼下的工作。我说，楼上比你重，你赶快赔点儿钱，万一鉴定下来，构成轻伤，人家不要你赔钱，要你坐牢，你这个公务员的身份就保不住了。楼下的一听有道理，虽然他在单位混混的，公务员的身份还是值点儿钱的。他就跟楼上的谈赔钱，谈到两万块。

我跟楼上的刘广说，两万可以了，你就拿着吧！

想不到，他还尾巴翘起来，啊哈，不是要断电让我当恐龙吗？怎么，服软啦？

我说，远亲不如近邻，你就收下这两万，签了调解协议得了！

刘广说，慢，我们夫妻俩还要商量商量！

我说，过了这村没这店，协议书不签，万一楼下反悔呢？

刘广说，还能反到天上去？长翅膀了吗？

两天后，楼下的罗索果然反悔了，说我也要做伤势鉴定，我现在视力不好。

结果，鉴定一做，法医又说，哎哟，可能楼下的比楼上的还严重！

啊？结论反过来了！我前面的工作白做了。

刘广一听不服，上次法医不是说我重吗？怎么现在变成他重了？

法医为了堵他的嘴，就来了个三堂会审，法院的、检察院的、医院的主治医生，三方都到了，都说楼下的比楼上的严重。

刘广还是不服，夫妻俩跑到市纪委去告。市纪委找到我，小金，你帮帮忙，他到纪委来闹，我们不当回事儿不好，当回事儿又不是我们能管的，求你帮帮忙做做工作。楼下的夫妻俩一看，你们到市纪委去闹，好啊，我们就到你农行行长办公室闹，拿着血衣去！

你也去闹，他也去闹。结果，双方单位领导都来找我。农行行长说，金警官，我们实在没办法，你一定要帮帮忙，这个事把我头都搞大了。粮食局的头儿更逗了，说金警官，你要帮帮忙，光是一个罗索我就头晕了，现在又来个叫刘广的，真要把我逼疯了。要不，你去我粮食局当局长，我不当了，在你这儿当警察得了！说着，一屁股坐下不走了，端起我的茶喝上了。

我答应了二位，把刘广叫到派出所，整整跟他谈了五个小时。我说法院真的判下来，你就吃官司了。到时候法警一来，手铐一铐，我也拦不住。你刚修好的马桶也用不上了，到监狱里去蹲坑吧！挺好的银行工作也丢了。出来以后说不定要靠捡垃圾过日子，要不就去过街天桥上卖唱。我听说你卡拉OK唱得不错。你现在就唱给我听听，看卖唱行不行？

刘广说，得了，金警官，你饶了我吧，你说怎么办？

我说，我去做做楼下的工作，你赔点儿钱给他调解得了。都是邻居，都在妙光塔下过日子，抬头见塔，低头见人。你每天下楼都要经过他家，街里街坊的，冤家宜解不宜结啊！

刘广说，好吧，两伤相抵，我再赔他五千块行不？

我说，行，我跟楼下的说说去。

我又跟楼下的磨了两个小时嘴皮，好歹说通了。

整整七个小时，饿得我前心贴后背，眼冒五朵金花。

好在，事情解决了。楼上的赔楼下的五千块，双方签了和解协议。

过后，刘广给我来了个电话。

我吓一跳，怎么，又漏水了？

他说，没有，没漏。

我问，那你为什么打电话？

他说，想跟你谈谈体会。

我问，什么体会？

他说，过了这村没这店！

我笑了，说我今晚请你吃饭，王兴记小笼蒸包怎么样？

……

好，这个故事就到这儿，再往下讲，就是吃小笼蒸包的故事了。结果那天下楼时，碰上罗索，他非要一起去，还说，讲好了我请客，你们谁也别跟我啰唆，我啰唆是出了名的！

你看，邻居就是这样的，处好了，远亲不如近邻。

再讲一个——

社区居民老赵以摆摊儿修皮鞋为生，风吹日晒的，坐在路边两眼盯着路人的脚。他老婆是一个瘫子，离不开轮椅。老赵做活儿，她就坐在轮椅上陪着。老赵有两个女儿，大女儿在银行，不跟他们住一起。小女儿不学好，在外面瞎混，是老两口的心病，就怕外人提起。

老赵家住五楼，破轮椅平时就扔在楼下。一楼有一对老夫妻，都姓张。老太太和善，老头子用无锡话讲，臭肉！就是脾气很差不讲道理的那种人。这老头子经常为了轮椅跟老赵家生是非，你别放在我这儿，这窗户底下是我家的地方，你干吗放这儿？他要么跑出来把轮椅推远，要么一脚踢过去，嘭！有两次把脚踢肿了，躲在家里生闷气，琢磨着哪天非大吵一场，以报足仇。

这一天终于来了。瘫老太从外边回来，照旧把轮椅放一楼，自己拿两个小凳子，轮流倒换着往楼上移动。坐一个，往前移动另一个，再坐过去，再移。很困难。她一天基本上就上下楼一个来回。这天，她放好轮椅，坐着凳子往前移，刚好移到张老头儿家门口，埋伏在里面的张老头儿就冲出来，死瘫子，你前世造了多少孽啊，还不老实在家待着，窜出来吓人！瘫老太身瘫嘴不瘫，跟张老头儿对骂，说你才窜出来吓人呢，昨晚上你不是吃屎噎死了吗？

两个人越骂越难听，隔壁邻居黄阿姨出来劝架，你们不要吵了，很难听的！

瘫老太正在气头上，拿起凳子朝张老头儿扔过去。她天天移凳子，手练得老有劲儿了，一扔，凳子飞出，呼！有劲儿没准儿，啪！正砸在黄阿姨手上，疼得黄阿姨直叫。张老头儿一看，你敢拿凳子砸我，跑回家拿了一把菜刀出来，你再扔，我砍死你！

瘫老太没法儿再扔了，一个凳子出了手，另一个坐在屁股底下呢。

张老头儿更勇猛，连声叫道，你扔啊，你再扔！

这时候，我闻讯赶到，制止了大战。一看现场，双方都没伤，倒是好心劝架的黄阿姨中了一板凳，手都砸肿了。

我说，谁砸的谁赔医药费！

瘫老太说，你把他的菜刀没收了，我就赔！

我说，行，这个条件我答应！

说完，我就把张老头儿的菜刀拿过来。

想不到瘫老太哈哈大笑，说我怎么知道你什么时候又把菜刀偷偷还给他？我可不能赔医药费！

我一听差点儿吐血。好啊，这瘫老太拿我开涮呢，她根本没想赔医药费！可是，转念又想，她是老百姓，我是警察，是百姓的亲人，亲人被要弄就当开玩笑，必须忍了，不能发火。

我说，好，我明白了，你根本就不想赔医药费。我认了，你不赔我赔，这样总可以了吧？我只有一个要求，以后你们不要再吵了，街里街坊的，都在妙光塔下，大家要相互忍让，和睦相处。

黄阿姨说，金警官，我不会让你赔，就算我认倒霉，以后他们被砍死跟我也没关系！

她这样一说，张老头儿倒不好意思了，大妹子，你为我挨了这一下，我赔！

我一听，挺感动，就对瘫老太说，你看，老张多懂理啊，你要向人家学，回家跟老伴儿好好商量一下，看看怎么解决。

不料，瘫老太瞪我一眼，你活够啦？我家的事用不着你管！

这是多狠的话。我苦笑一下，什么也没说。

过了几天，瘫老太的小女儿偷钱包被人抓住，送到我这儿来了。你看看，瘫老太的话说早了，她家真出了事，我能不管吗？我一看，钱包里就五十块钱，案值不大，又看她哭成个泪人，心就软了。

我说，这次就不处理你了，你可要记住教训啊，不能再偷了，再偷就把你关起来！

小女儿连连点头。

我又说，趁这事儿还没什么人知道，你快回家吧！

她说，回家我妈老骂我。我想找个工作，不瞎混了。

我说，好啊，这就对了，我帮你找找看！

我跑断腿磨破嘴，给她找了个理发店的工作。我跟老板娘说，她会理发，你看我面子收下她。但是，她做了头发你不要马上就分钱给她，怕她乱花，还是按工资一个月发一次。发了多少钱最好也跟我讲一下，让我心里有个数。

就这样，这个女孩子相对稳定下来。后来，她理发的时候认识一个男的，就跟那个男的同居了。我听老板娘说那个男的不是好人，我马上找她谈话，劝她分手。她答应了，可背地里还跟那男的往来。结果，怀孕了。我一调查，那个男的吸毒，又听说女孩儿还跟他来往，这还了得！我跟女孩儿严肃起来，说你再和他来往，早晚也会吸毒，我把你们俩都关起来！她一听这个，就同意分手了。就在这时候，那个男的吸毒过量死了。我说，他死了，他是吸毒的，你不能要他的孩子，很可能生下来带病，去做人流吧。她答应得好好的，可是，她没做，还是偷偷去医院生下来了。生的时候不敢讲自己的真名，出生证上母亲一栏填的是假名。结果，小孩报户口，碰到麻烦了，派出所说母亲一栏不是你，你怎么来报户口？

她走投无路，只好来找我。金叔叔，我错了，对不起，求求您帮帮我吧！

我说，不是我说你，如果照我的心情，我真不想帮你，你不听劝，不值得帮，我对你实在失望透了。

她说，金叔叔，全是我的错。我妈对您说了那么狠的话，我犯了那么多错，您都没有抛弃我。我求求您，再帮我最后这一回，我再也不犯错了。求求您了！说着，她的眼泪就流下来了。

面对她的眼泪，面对刚出生的可怜的孩子，我也忍不住流下了泪水。这个女孩子多难啊，自己刚有口饭吃，还坚强地把孩子生下来。孩子无罪，母爱伟大。我还能说什么呢？

我说，谁叫我是你管片儿民警呢？谁叫我是金鹏呢？

我跑到医院，找到院长，以人格作担保，请医院帮忙修改出生证。这也是唯一能解决户口问题的办法。院长说，金警官，你是无锡十大爱民标兵，我相信你，敬佩你。我签这个字，出了事我担着！

就这样，出生证改好了，小孩儿户口报上了，女孩子又哭成了泪人。

我说，你别哭了，你要好好的，现在你是做母亲的人了，一切都要为孩子想。好好工作，把孩子带大。有什么难处，就来找我！

后来，我到处托人帮忙，终于，一个有爱心的男子来到这女孩子身边。他有工作，有房子，爱她，也爱孩子。他们结婚了。

一个温馨的家。一种全新的生活。

修鞋的老赵，用轮椅推着老伴儿来找我。还离老远，就“扑通”一声跪下，什么话也说不出来。他老伴儿更是哭得跟什么似的，反反复复就说一句，我没脸见你啊，没脸见你……

讲到这儿，金鹏讲不下去了。

抬眼远望，太湖浩荡，风起浪涌，无边无际。

沉默良久，他说，李老师，你要是阳春三月来这里更美。我带你沿湖岸一路走，一路走，一棵桃，一棵柳。

金鹏的第三个故事，就在这桃红柳绿的憧憬中开始了——

社区有个朱大妈，丈夫已经退休了，她自己早先就没有工作。她有两个儿子，大儿子是残疾人，坐轮椅，从小就这样。二儿子一身病，不能自理，后来不到三十岁就死了。她做母亲的，要服侍这两个儿子，心情很糟糕，也很敏感，哪个邻居讲话难听一点儿，她就跟人家吵，邻居关系很糟糕。不仅是跟邻居，跟居委会干部，跟丈夫单位的领导，关系都很糟糕。她在这个糟糕的环境中没有好心情，觉得自己命很苦。我怎么就摊上这样两个儿子？我这么大年纪，按道理要抱孙子了，可现在还在服侍两个没用的儿子。她一想不开，就把坐轮椅的儿子往市政府门口一推，自己扭头就走掉了。市政府工作人员一看，这是谁家的？问她儿子，哇哇呜，话也讲不清。再问，呜呜哇，谁也听不懂。只好通知公安局来认领。公安局就挨社区查，查到我这儿。我一听，坏了，是朱大妈家的，赶紧去领了回来。过了几天，她又推去展示了。一来二去，工作人员都清楚了，门口再出现哇哇呜，就直接打电话给我，喊我去领人。反复几次，人家也烦了，金警官，把你傻儿子推走！我赶紧去领。有不明白的还追着看。我说看什么看。人家说，看不出你遗传的啊，你不是挺正常的吗？

再一个，她每年年底都要到居委会去讨要补助，居委会不能满足，她就在居委会里大吵大闹，居委会就叫我去处理。

通过这两件事，我跟朱大妈的接触越来越多，话也越来越多。我说，大妈，我知道您日子过得很苦，心里很难过，我会尽全力帮助您。她开始也不相信我，谁帮过她？都是听她说说不了了之，没人真正帮过她。她看我诚心诚意的，几次把她儿子从市政府推回来，跑得一头大汗，从没有过一句怨言，慢慢对我有了好感，开始向我倒苦水了。我这才明白：一，她为什么要把儿子推到市政府门口去。她儿子小时候出了车祸，送到医院去看，结果成了残疾。她认为医院没看好，有责任，为这个跟医院也打过官司，但一直没结果。所以她对政府有意见，认为政府跟医院是皮裤套棉裤。二，她为什么跟居委会闹。她家里很困难，两个儿子要去医院看病，费用很高，又没低保，经济上受不了。虽然她丈夫是退休工人，有退休金，她本人每月有一百多块补助，但家里有四张嘴，要吃要喝要看病，困难得没法儿承受了。朱大妈说，我死的心都有！

我说，大妈，我这回全明白了。您的困难就是我的困难，我既然说要帮您，您就相信我，给我时间，让我想想办法，一件一件地解决。

朱大妈露出少有的笑，我信你，金警官，都说你是好人！

接下来，我就开始行动。我分析了一下，朱大妈丈夫的退休工资，加上她自己的一百多块，家里四口人，一除，正好不够领低保的条件。如果把她大儿子的户口从家里分出来，单独立个户口，那他一个人就符合领低保的条件了。我的想法得到所里的支持，作为特例，报局特批。获得批准后，分户成功。可是，居委会说，办低保要公示。我说，公示就公示，不怕。居委会说，朱大妈跟邻居关系不好，磕磕绊绊的，公示出来怕有人出来叫呢！我说，我相信没人反对。她家的情况在社区没有可比性，再困难的也比她强。万一有人出来反对，我去做工作。你们就大胆公示吧！

结果，公示出来，没人反对。

朱大妈的大儿子低保问题解决了，卸下一个包袱。可是，她的二儿子突然病得很厉害，危在旦夕，居委会也没办法拿出钱来。朱大妈急了，做出大举动，跑到市民政局要跳楼。

我接到消息，赶紧跑过去。哎哟妈呀，她趴在九楼的窗口，做出要跳楼的样子。天知道她是怎么进去的，反正她进去了，上楼了。我的事找你民政部门，不接待，不解决，我就跳楼，死在你们这里！民政局的人都不敢碰她，谁敢碰啊，一个老太太，吓死他们了，就打电话叫我去。

我一看不好，仰起头大声喊，朱大妈，您别跳，我来了！您等着我，我这就上去！喊完了，我就上了楼。正因为前面我跟她有过交流，帮她解决了大儿子的事，所以她还能听我的。我来到她面前，她就坐在窗口。我说，大妈，您有什么跟我说，千万别想不开！说着，我上去一把揪住她，把她从窗口拉下来。一拉，我也坐地上了，顺势抱住她。楼下的人群都鼓掌叫好。

朱大妈说，金警官，我跟你讲，今天你把我揪下来，我一点儿都不怪你，你是好人。如果换成别人，我今天就跟他走了，就抱着他腿跟他回家，让他养我。

我说，行，大妈，说明您信得过我。您信得过我，就要信到底！您先回家吧，您的事我都知道了，我来跟他们商量，您说行不行？

她说，行，我信得过你，我回家。

事后，我跟民政部门说，她家的确有实际困难，的确没可比性，你们是不是能照顾照顾？民政部门说，行，我们认真研究，能破例一定破例。回到社区，我又跟居委会商量，我说这样好不好，我们给朱大妈一个饭碗，社区现在虽然有保安看门，但再多双眼睛更好。我们叫朱大妈上午也帮着看看大门看看院子，每个月给她点儿钱，这样说出来她也是劳动所得，不要说是施舍给她的，难听。而且，她还能跟居民们融洽关系，好不好？居委会说，这个主意不错，哪怕一个月给她两百块，一年也两千四百块，蛮好。居委会同意了。

我跟朱大妈说，您老闷在家里对身体也不好，就当到外面散散心，晒晒太阳，一个上午，三个小时。也不要您干坐在那里，您在小区里到处转转。如果下雨了，您就回家好了。行不行？

朱大妈说，好的，我听你的，谢谢你！

这以后，朱大妈家的情况有了好转。她二儿子死了。她也难过，也解脱了。大儿子享受低保，朱大妈每天看看院子，也有了收人，跟居委会和邻居的关系也好了，当然更不会到市政府门口闹事了。

面对太湖，春暖花开。

后来，我离开了妙光塔社区，去南禅寺派出所任教导员。可我人离开了，心却还在。一直到现在，朱大妈都是我的帮扶对象，逢年过节我都要带上礼物去看她。

平日，她也常打电话给我，金警官，我想你了。

我说，我知道了，我这就过来看您！

我一去，朱大妈就拉住我的手哭，哭得我也掉了泪。

远远地，风中传来妙光塔的铜铃声，叮咚，叮咚……

（原载《中国法治文化》2015 年第 11 辑）

反家暴立法的理想与现实

阿 计

2002 年，随着电视剧《不要和陌生人说话》的热播，剧中男女主角施暴与受虐的变态故事，引发了无数观众的共鸣之声和同情之泪。这部首次以反家庭暴力为主题的国内电视剧，在揭开温情面纱下丑陋真相的同时，也使“家庭暴力”这一颇为隐秘、长期忌讳的社会问题，进入了全民热议的公共视野。

2015 年 8 月，随着反家庭暴力法草案正式进入立法机关的初审程序，持续多年的反家暴立法终于走出了关键一步，迎来了历史性的节点。

与电视剧的艺术控诉相比，立法行动无疑将为反家暴提供更有力的武器。那么，面对传统、观念、现实等诸多因素所共同培植的恶之花，呼之欲出的反家庭暴力法，能否真的保卫家庭的安宁，实现以法制暴的理想呢？

立法的呼唤

家暴猛于虎

我国家庭暴力的数量究竟有多少，至今尚无全国范围的准确统计。近年来，各级妇联组织受理的家暴投诉，每年均达 4 万至 5 万件次，且呈持续增长之势。另据全国妇联调查，全国 2.7 亿个家庭中，有 8100 万个存在不同程度的家庭暴力，约占总数的 30%，其中 90% 的施暴者系男性。中国法学会反家庭暴力网络对部分地区的一项抽样调查则显示，家庭暴力的发生率为 34.7%。必须指出的是，由于许多受害者不愿、不敢或不能投诉，大量的家庭暴力仍然湮没于冰山之下。

在家庭暴力的受害者中，妇女无疑是受伤最普遍、最惨重的群体。2010 年全国妇联开展的第三次“中国妇女社会地位调查”显示，24.7% 的女性曾在婚姻生活中遭受配偶不同形式的家庭暴力，其中 5.5% 的女性明确表示遭受过殴打。这意味着，每 4 名已婚妇女中，就有 1 人是家暴受害者。2014 年 11 月发布的一项最新调查显示，18 岁至 49 岁、曾有过伴侣的女性中，39% 曾遭受来自伴侣的身体暴力或性暴力，在遭受身体暴力的女性中，40% 曾受伤。

与妇女相比，儿童所遭受的家庭暴力往往容易被忽视。但近年来不断曝光的南京男童遭养母虐待、黑龙江女婴体内被恶父扎入缝衣针、南京女童饿死、杭州小学生因抄作业被生父打死等恶性事件却证明，儿童也是家暴的主要受害群体。2010 年全国妇联的相关调查就显示，我国家庭中有 33.5% 的女童和 52.9% 的男童在此前一年曾遭受父母体罚。2011 年，北京青少年法律援助与研究中心对此前三年公开报道的 300 个未成年人遭受家暴案例的样本分析则显示，近八成施暴者系孩子的亲生父母，17.72% 的未成年人曾长期反复受到伤害，其中持续时间最长的竟达 14 年之久。

另据统计，我国 65 岁及以上的老年人群体中，遭受家暴虐待的发生率为 13.3%。在一些地区，家暴受害者中的男性比例也已升至近 15%。

从近年来的调查分析看，我国家暴数量不仅居高不下，致伤致残致死的恶性案件日益增多，而且施暴程度恶劣化、施暴手段多样化的趋势日益强化。除了殴打等最为常见的身体侵害外，侮辱谩骂、冷漠忽视、限制自由、经济控制、强迫性生活等精神暴力、性暴力、冷暴力也开始不断加剧。

传统认识中，家庭暴力被视为更多发生于农村地区和低素质人群，但近年来的事实却表明，家暴已呈现出不分地域、文化、贫富的普遍性特点，不断向城市和高知识阶层蔓延。北京红枫妇女心理咨询中心接到的热线投诉就显示，半数家暴施暴者是文化程度高、职业层次高、社会地位高的“三高”人士，其中不乏电视台主播、电影导演、博士生导师，甚至政府高级官员。近年来曝光的家暴典型案例中，南京虐童案的养父母便分别具有记者和律师的“知识”标签。卷入“家暴门”的疯狂英语创始人李阳，更是戴着教育专家的桂冠。

被称为“家庭之癌”的家庭暴力，对家庭、社会都是一种致命的灾难。家暴不仅严重威胁受害者的人格尊严、身心健康和生命安全，而且直接破坏家庭这一社会组成细胞，引发婚姻破裂。据统计，我国每年解体的约 40 万个家庭中，25% 缘于家庭暴力，数量达 10 万个之多。尤其是在离异者中，家暴比例更是高达 47.1%。

另一方面，目睹或遭受家庭暴力的孩子，往往具有焦虑、厌世、自卑、孤独等严重心理疾患，轻者影响学习和生活，重者发生暴力的代际传递，使家庭暴力陷入恶性循环，有的甚至走上犯罪道路。统计显示，在暴力家庭中成长的孩子，成年后使用家暴的概率是一般孩子的 15 倍。而在青少年罪犯中，有 10% 生活在家暴环境中。

尤其是，一些受害妇女在忍无可忍、走投无路的绝望下，最终走上以暴抗暴、血腥杀夫的解脱之路。全国多地女子监狱的统计均证明，女性罪犯中因遭受家暴而犯罪的占有极高比例。尤其是杀夫型女性罪犯，更是十有八九因遭受恶夫家暴而诱发，以至有人如此形容其悲剧性的人生：“以沉默隐忍暴力，以分手离开暴力，以暴力消除暴力，以生命结束暴力。”

中国式观念流毒

从表面看，家庭暴力是个体的野蛮行为，但其幕后凶手，却是传统观念流毒所导致的集体无意识。

千百年来，“夫为妻纲”“父为子纲”等中国传统道德中的精神桎梏，不断孕育、传续着与现代文明背道而驰的暴力观念。“娶来的媳妇买来的马，任我骑来任我打”“打老婆不犯法”之类的“天理”，让恶丈夫们找到了暴虐妻子的道德“合法性”。而“棍棒出孝子”“不打不成器”之类的“古训”，又让“虎爸狼妈”们视暴力教育为天经地义。

施暴者有传统观念撑腰，受害者同样中毒不浅。在“家丑不可外扬”等观念的绑架下，同时由于施暴者威胁、自身懦弱、顾虑家庭及孩子前途等种种因素，大量家暴受害者选择了默默忍受、委曲求全。北京市朝阳区法院的一项调研就表明，涉及家暴的民事案件中，仅有15.1%的受害者有过求助行为，多数受害者都忍气吞声了事。另有调查显示，家暴受害者平均遭受35次家暴后，才会选择报警。

家庭暴力的“合法性”，甚至形成了一种社会性思维定势。“夫妻没有隔夜仇”“床头打架床尾和”等民间观念磨灭了起码的同情心和正义感，甚至成为家庭暴力的卫道士。颇为典型的事例是，河南一名农村妇女因长期遭到丈夫殴打和性虐待，多次向警方求助，当地派出所所长赶到现场处理时，竟遭到村民的横加阻拦和围攻，其理由就是：“老婆送老公蹲大牢是大逆不道。”有村民甚至编了一段顺口溜加以嘲讽：“派出所，办法多，深更半夜听墙脚；好民警，人真奇，问案专问床上戏；大丈夫，也真冤，打打老婆也坐监。”

尤其需要反思的还有社会组织、公权部门的观念误区。“清官难断家务事”等传统观念根深蒂固，导致家庭暴力长期以来被视为家庭私事，成了社会和公权不愿介入的真空地带，令诸多家暴受害者陷入邻里不管、单位推卸、司法消极的重重困境，最终丧失求助的信心和希望。一位女性曾如此描述她遭到丈夫暴力殴打后的遭遇：当她拼命挣脱跑到阳台上大声呼救时，那些平时热情洋溢的邻居全都装聋作哑，有的甚至把本已打开的窗户紧紧关上。事后她到派出所报案，派出所却认为这是“家务事”，并要求拿出验伤报告才可以介入。她又跑到丈夫单位投诉，对方却称：“这是家庭内部矛盾，单位没法插手。”最后来到居委会求助，对方答复也是“爱莫能助”。

在现实生活中，与家庭暴力的真实数量相比，被曝光、被处理的家暴案件为数寥寥，大量家庭暴力仍然遮蔽于日常生活中。可以说，正是富有中国特色的传统观念流毒以及由此带来的弱者的退让、公众的漠视、公权的回避，在客观上纵容了施暴者的嚣张气焰，助长了家庭暴力的蔓延趋势。

漫漫立法路

家庭暴力之所以在我国成为一大社会公害，除了传统观念的遗毒，立法缺失也是一个根本原因。在相当长的历史时期内，我国法律制度并未确立“家庭暴力”这一概念。家庭暴力只有达到虐待程度或造成死亡、重伤等后果，才会得到法律追究。大量未达犯罪程度的家庭暴力，实际上游离于法律的控制之外。

事实上，家庭暴力是全球性的社会问题。据世界银行统计，20世纪全世界有25%至50%的妇女都曾遭受与其关系密切者的身体虐待。联合国的调查则表明，世界范围内至少有三分之一的妇女曾遭到配偶或伴侣的殴打、性虐待等暴力。在此背景下，自1979年以来，联合国相继通过了《消除对妇女一切形式歧视公约》《消除对妇女暴力宣言》《儿童权利公约》等国际准则，以督促各国展开反家暴行动，并由此激发了反家暴立法的潮流。截至2012年，全球已有125个国家和地区以不同形式的立法禁止家庭暴力或妇女暴力，其中制定专门立法的就有 80 多个。

在我国，“家庭暴力”这一概念正式进入公共视野始于 1995 年。这一年，由北京承办的第 4 届世界妇女大会通过的《北京宣言》及其《行动纲领》，将家庭暴力列为 12 个重点关注的问题之一。以此为契机，我国反家暴政策和立法逐渐起步。

其中的标志性事件是，2001 年婚姻法修改后，在中国法律中首次引入了“家庭暴力”的概念，并增设了一系列相关条款。这一立法突破意味着，大量昔日逍遥法外的家庭暴力，将与虐待、遗弃行为一起，从此套上法律的“紧箍咒”。此后，2005 年修改的妇女权益保障法、2012 年修改的未成年人保护法和老年人权益保障法，均增设了反家暴条款。

在地方立法建制层面，早在 1996 年，湖南省长沙市就出台了首个反家暴地方性政策。2000 年，湖南省又通过了首部反家暴地方性法规。截至 2015 年，全国已有 29 个省份出台了反家暴地方性法规和决定，另有 90 多个地市制定了反家暴的政策文件。与此同时，反家暴的司法解释、指导意见等也不断面世。比如：2008 年全国妇联等七部委联合下发的《关于预防和制止家庭暴力的若干意见》，极大推进了反家暴行动；2015 年最高人民法院、最高人民检察院、公安部和司法部联合发布的《关于依法办理家庭暴力犯罪案件的意见》，则为反家暴刑事司法首次提供了全面指导。

经过近二十年的努力，我国反家暴立法虽然初见成效，却日益暴露出立法分散、过于原则、可操作性差等缺陷，尤其是现有的反家暴立法并未真正确立国家干预的立场，更多侧重于事后惩治，预防制止家暴、保护救助受害者的机制严重不足。

普遍的共识是，家庭暴力的基本特征是当事人之间存在控制关系，受害者很难自我摆脱。因而反家暴立法的目标并不仅仅是惩罚施暴者，而是必须跨越公法、私权的界域，以专门立法的形式，强调国家与社会的介入，融合成包含预防、制止、救助、惩罚等环节在内的制度体系。

另一方面，我国已加入《消除对妇女一切形式歧视公约》等国际公约，同时又是1995年《北京宣言》和《行动纲领》的发起国、签署国，能否制定一部契合国际标准的反家暴专门法律，已是兑现国际承诺、提升大国形象的必然要求。

在此情况下，反家暴立法的呼声日益高涨。八届全国人大以来，历年全国两会均有人大代表、政协委员提交相关议案和提案。自2008年起，全国妇联连年向立法机关建言，呼吁制定一部综合性反家暴法。

与此相伴的是自发性“立法”行动。早在2003年，中国法学会反家庭暴力网络就借助人大代表、政协委员向立法机关递交了家庭暴力防治法专家建议稿。2011年，该组织和全国妇联又分别向立法机关递交了反家暴立法建议稿。2013年全国两会上，全国政协委员、全国妇联副主席甄砚提交了制定反家庭暴力法的提案，同时还附上了相关草案。

作为回应，2011年，十一届全国人大常委会将反家庭暴力法纳入预备立法项目，正式启动相关立法论证。2013年，十二届全国人大常委会将反家庭暴力法正式列入本届立法规划，立法由此进入快车道。

2014年11月25日，国务院法制办公布反家庭暴力法征求意见稿并征求意见，引发举国关注，并成为次年全国两会上的焦点议题。2015年8月24日，正式成型的反家庭暴力法草案被提交至全国人大常委会初审。

至此，社会呼唤多年、期待已久的反家庭暴力法，终于走到了破局成真的前夜。

责任的追问

共筑反家暴防线

与其他暴力相比，发生在家庭内部的暴力更具隐蔽性、频发性、周期性等特点，家暴一旦进入暴力周期，往往会陷入不断升级的恶性循环。因此，反家暴需要国家和社会的介入，尤其是需要加强预防，从源头阻断暴力发生的风险。

综观世界各国的反家暴立法和实践，其核心制度是多机构合作机制，并着力于家暴的预防和控制。自上世纪80年代以来，欧美等国通过政府主导，普遍建立起了警方、家庭、社区、学校、医疗机构、非政府组织等共同参与的反家暴协同干预体系，为受害妇女、儿童提供及时、有效的救助。比如，许多国家都把反家暴列为中小学教育和公民教育的必备内容；再比如，根据本国法律规定，日本各都道府县都设立了配偶暴力咨询服务中心，美国则设立了24小时免费畅通的全美家庭暴力热线服务。

在我国，“防治结合、重在预防”的干预理念和模式也在日益成长。比如，每年3月8日妇女节、12月4日法制宣传日、11月25日国际消除对妇女暴力日等重要节点，反家暴都是公共宣传的重心。在不少地区，针对学生、家长的反家暴教育，面向司法机关、妇联组织、社区、医疗机构的反家暴培训等，也渐成常态。尤其是经过十多年的实践，我国反家暴已不断融入社会救济的色彩。由于社区、公益组织、社会志愿者等多种社会力量的参与，不少地区构建起反家暴的社会防线，及时为受害者提供法律咨询、司法援助、心理疏导等专业服务。以天津市为例，全市依托“半边天家园”所构建的社区反家暴合作网络，五年间共化解、处理各类矛盾纠纷34000余件，提供涉诉法律帮助2000余件次。2013年当地的一次民意调查显示，被调查者认为家庭暴力普遍存在的比例已大幅下降至仅为1.37%。

不过，由于缺乏明确、细化的制度机制，全社会参与、多机构合作的反家暴机制并未全面确立。颇为典型的是2013年发生的南京女童饿死事件，受害女童的母亲长期吸毒，对孩子不管不顾乃至监禁虐待，尽管当地派出所、社区、邻居等对此均有所知情，并且不时伸出援手，但由于缺乏合作联动，最终未能阻止悲剧的发生。

因此，构建以“合作”“预防”为基调的反家暴干预机制，是反家庭暴力法的首要任务。草案为此明确规定：“反家庭暴力是全社会和每个家庭的共同责任”，“反家庭暴力工作遵循预防为主、教育与惩处相结合原则”。依据这些基本理念，草案针对政府有关部门、司法机关和妇联、共青团、工会、居委会、村委会等组织以及用人单位、中小学、医疗机构等重要的反家暴力量，分门别类、详细规定了宣传教育、业务培训、调解纠纷、制止暴力、心理辅导等诸多职责。

以立法形式将反家暴纳入协作型的社会化治理框架，构建预防、制止、救助一体化的长效型干预机制，无疑是反家暴理念和制度的历史性进步，彰显的正是反家庭暴力法的深层价值。

不过，全社会参与、多机构合作的反家暴机制联动运转的基本前提是：必须有一个专门机构牵头统筹。法律草案将这一机构定位于“县级以上人民政府负责妇女儿童工作的机构”，按照目前的机构设置，实际上就是指“妇女儿童工作委员会”。但该机构既非决策机构，也非执行机构，并不具有足够的权威和资源，能否真正担当起组织、协调等职责令人担忧。因此，如何构建一个强有力的主导机构，防止反家暴合作机制陷入有名无实的边缘化，避免责任空转乃至互相推诿等风险，仍是未来立法和实践必须破解的难题。

报告制度背后的义务与权利

制止家庭暴力的前提是及时发现并向警方等相关机构报告求助。但在现实中，往往是受害者的沉默导致家暴长期处于隐秘状态。尤其是未成年人，自身缺乏抗争能力，其家庭成员出于亲情顾忌，除非出现极为严重的伤害后果，一般也不会向警方报案。因而对于此类弱势群体，更需外界的关注和介入。

2015 年 4 月曝光的南京养母虐童案，正是因为具有责任心的学校教师报警才使警方介入调查，最终保护男童免受进一步伤害。但在现实生活中，并非所有遭到家暴伤害的孩子都有这份幸运。由于传统观念的束缚，许多人认为管教孩子是外人不便插手的家务事，即使发现严重的家暴行为，也未意识到应当及时报案，或者即便有所意识也不愿付诸行动。

北京青少年法律援助与研究中心对 2008 年至 2013 年媒体披露的未成年人遭受家暴案件的样本分析显示，邻居、市民、村民等与未成年人可能存在密切接触的人员报案的占 32.85%，医务人员、教师等为未成年人提供专业服务的人员报告的案件仅占 10.61%。由于未能及时报案，不少受害的未成年人长期反复遭受暴力侵害。典型一例是，一名 12 岁女童两岁时，母亲就因不堪家暴而离家出走，其后女童便成为父亲的出气筒，滥施家暴持续十年之久，直到女童的眼睛、腿被打残，外祖母报案才得以案发。需要指出的是，媒体曝光的多为后果严重的家暴案件，现实中未成年人所遭受的一般家暴行为，几乎无人报案。

形成鲜明对比的是通行世界的反家暴强制报告制度。该制度源于美国，根据法律规定，社会工作者、教师、医护人员、精神健康专业人员、儿童看护人员、法医、执法人员发现儿童可能遭受虐待时，有义务向儿童保护部门报告，不履行该项义务的将被处以短期监禁和罚款，严重的还将被吊销从业资格。这一机制，为美国完善的儿童保护体系奠定了基础。其后，为有效地保护儿童、老年人、残疾人等弱势群体，许多国家的反家暴立法都确立了强制报告制度。

我国此次制定反家庭暴力法的一个重大进步，正是引入了强制报告制度。法律草案规定："中小学、幼儿园、医疗机构及其工作人员在工作中发现无民事行为能力人、限制民事行为能力人遭受或者疑似遭受家庭暴力的，应当及时向公安机关报案。"同时明确，相关机构和人员未按规定报案造成严重后果的，"对直接负责的主管人员和其他直接责任人员依法给予处分"。

普遍的共识是，对于遭遇家暴的未成年人，必须设计一套国家和社会主动干预的制度予以保护，将教师、医生等能够与未成年人密切接触的人员列为强制报告的主体，要求其承担不作为的法律责任，正是必不可少的一环。更重要的是，强制报告制度不仅是一种义务的设定，也是一种权利的赋予。它意味着，学校和教师、医院与医生等，拥有了理直气壮举报家暴的权利。

不过许多有识之士认为，强制报告的主体不应仅仅局限于三类机构和人员，而是应当将救助福利机构、社会工作机构等可能与受害的未成年人密切接触的组织和人员都纳入其中。尤其是遍布城乡的居委会、村委会往往是发现家暴、接到投诉的最敏感的基层触角，理应列为强制报告的责任主体。

另一个问题是，除了必须承担报告义务的特定主体，其他一般主体，比如家暴受害者的邻居、好友乃至“不相干”的公民以及公益维权组织等，是否有权举报？

耐人寻味的一个案例是，南京养母虐童案发生后，受害男孩儿的亲生父母以“名誉受损、侵犯隐私”为由，将最早发帖曝光此事的一位南京网民告上法庭。尽管法院最终认定被告网民发帖“符合社会公共利益”而驳回原告诉求，但这场“好心没好报”的诉讼，却令很多人心生寒意。

因此，反家庭暴力法除了明确报告制度的特定主体，设定强制性义务，也应支持一般主体及时举报家暴，架构倡导性权利，以解除“管闲事”的后顾之忧。事实上，2014 年 11 月国务院法制办公布的反家庭暴力法征求意见稿，曾规定“对家庭暴力行为，任何组织和公民有权劝阻、制止，或者向公安机关报案”，但正式提交一审的法律草案却删除了这一条款。在未来法律草案进一步完善的过程中，是否应当恢复该条款，乃至进一步强化法律支持举报家暴的立场，值得立法机关认真考量。

制止家暴的“第一棒”

家暴行为发生后，究竟谁有责任、有能力担当制止家暴的“第一棒”？

拥有专业素养和执法资源的警方，无疑应当是反家暴的主力军。从世界各国的经验看，警方的积极干预，是及时、有效制止家暴的一大关键。为此，多数国家对警方介入家暴事件的职责、方式、流程等都作出了立法设计。比如韩国规定，对正在进行的家暴犯罪，警方接警后应该立即制止，隔离加害人与受害人，并根据需要将受害者送至庇护场所、咨询机构或医疗机构。澳大利亚、加拿大等国还规定，警察在必要时可强制带离受害儿童。美国法律则规定，警方如果有明显证据足以相信身体暴力已经发生时，必须逮捕施暴者；当受害者在联邦法庭起诉时，执法人员还有权跨境追缉施暴者。

但在我国，在相当长的时期内，一直存在“警方是否应该主动干预家暴”的争议。反对观点认为，家暴总体上属于私权范围，警方应该遵循“民不举官不究”的原则，一旦主动介入，很可能激化家庭矛盾，反而不利于解决家暴问题。这一认识误区，直接导致家暴曾长期成为公安机关执法的禁区。许多基层派出所接到家暴报警，往往以家庭纠纷、“合法夫妻”为由拒绝出警，即便出警，家暴伤害后果如果未达到刑事犯罪程度，警方一般也只是走走过场，不会做出实质处理。许多施暴者正是因此有恃无恐，暴力行为不断升级。

具有历史意义的转折始于 2008 年，公安部等七部委联合下发的《关于预防和制止家庭暴力的若干意见》，首次明确公安机关对防治家暴负有预防、调解、出警、取证等职责。2015 年 3 月公检法司四部门联合发布的《关于依法办理家庭暴力犯罪案件的意见》亦明确要求，对家暴案件不得置之不理或互相推诿，并再次划定了公安等机关的反家暴职责。

在此背景下，从 2008 年起，公安机关逐渐走到了反家暴的第一线。全国各地公安机关纷纷将家暴报警纳入了“110”出警工作范围，许多地区的基层派出所、警务室设立了家暴投诉点，湖南、宁夏、重庆等地已实现全覆盖。这些机制架构，在很大程度上改善了以往警方对家暴事件反应迟钝、处置不力的积弊。以浙江省为例，2012 年至 2014 年，全省公安机关共受理涉家暴报警 4.3 万起，受案率达 95% 以上。其中，构成刑事处罚的家暴案件为 1270 起，刑事拘留和逮捕 1353 人，移交法院处理 760 人，训诫和行政处罚 1.9 万人次，移交社区调解 2.1 万起。

不过，由于多数地区并未将反家暴纳入基层派出所的考核机制，所以反家暴在警方业务中大多处于边缘化状态，不愿出警、疏于处置的情形仍颇为普遍。

极为典型的是2009年轰动一时的董珊珊案件。北京女子董珊珊婚后频遭丈夫暴力殴打，在短短四个多月时间里，她和家人曾先后八次报警，却屡屡得到“不好管”的答复。求救无门的董珊珊最终被家暴夺走了生命，应验了其母亲在一次报警时的哭诉：“次次报警你们次次都说是合法夫妻，是不是早晚有一天我闺女被打死了你们才会管?”

另一方面，由于在国家立法层面并未明确警方反家暴的具体职责，现实中警方对许多家暴案件的现场处置，大多以调解为主，局限于简单的教育、拉架和劝解，而不会像处理刑事、治安案件那样执行现场勘查、提取证据等流程。这不仅可能纵容家暴从轻微向严重演变，也给受害者日后寻求司法救济造成了定性难、取证难等困境。甚至，一些警察现场“调解”家暴事件时，还会站在施暴者的立场“教育”受害妇女：“你男人为什么打你?”“你听话他不就不打你了吗?”这令家暴受害者受到二次伤害。

可资佐证的最新案例是，2015年7月，河北省邢台县皇寺镇村民曹振齐因怀疑妻子曹建芳有外遇，三次持刀威胁，曹建芳家人三次向当地派出所报警，警方均未进行有效处置。最后当曹建芳及其母亲与曹振齐一起在派出所一间办公室接受调解时，办案警察竟擅自离场，导致曹振齐反锁房门，持刀将妻子和岳母残忍杀害。家暴受害者竟然惨死于派出所内，这样的悲剧足见警方职责的崩塌。

因此，明晰警方反家暴的具体职责，是反家庭暴力法的重要目标。法律草案为此明确规定：“公安机关接到报案后应当及时出警，制止家庭暴力，按照有关规定调查取证、协助就医、鉴定伤情。”以立法形式构建起出警、制暴、取证等执法框架，无疑有助于督促警方肩负起反家暴的职责。但从某种程度而言，目前法律草案所规定的警方执法权尚不充分，尤其是有必要确立强制拘捕制度，这一制度也是许多国家干预家暴事件的首选方式，如此，方能有效隔离和制止家暴施暴者。

更深刻的追问是，负有反家暴职责的警方如果不作为，应当如何追责？

尽管目前法律草案已经规定：“负有反家庭暴力职责的国家工作人员玩忽职守、滥用职权、徇私舞弊的，依法给予处分；构成犯罪的，依法追究刑事责任。”但这一规定显然过于空泛，很难起到实际的追责功能。因此，如何对应警方反家暴的具体职责，设计出有针对性的追责机制以及相应的补救措施，理应纳入立法的视野。

告诫书的力量

确立富有中国特色的家庭暴力告诫制度，堪称反家庭暴力法草案的一大亮点。而这一制度，实际上源自我国反家暴实践的一大创造。

多年以来，干预手段单一、被动和滞后，始终是我国反家暴实践所面临的瓶颈。尤其是对于情节较轻的家暴行为，警方基于家庭暴力不同于一般暴力的特殊性，同时出于行政风险和成本的考虑，对是否动用行政处罚这一硬性手段极为谨慎。而批评、教育、调解之类的软性手段，又往往无法有效解决问题。

正是为了突破这样的困境，江苏省在全国率先创建了家庭暴力告诫制度，其实质是一种治安行政指导，即对于情节较轻、不足以给予行政处罚的家庭暴力，由公安机关出具告诫书，对施暴者加以训诫、教育、警示，督促其弃暴改正。

2012 年下半年，江苏省公安厅和省妇联在南京市、苏州市启动了家庭暴力告诫制度试点，其中南京市江宁区东山派出所成为首家试点单位。2013 年 7 月，在先期试验的基础上，江苏省公安厅会同省法院、省检察院、省妇联制定出台了《江苏省家庭暴力告诫制度实施办法（试行）》，这一机制在全省全面推开。据统计，截至 2014 年年底，南京、苏州、南通三市已发出 753 份告诫书。

公安告诫书的威慑力，吓退了诸多施暴者。南京市曾对发出的 438 份告诫书进行家庭查访，结果显示，无一再次发生家暴行为。颇具说服力的一个案例是，南京江宁区东山街道一位妇女因丈夫嫌弃其“吃闲饭”，多次遭到暴力殴打，受害者屡屡报警，派出所数次上门调解、教育，均无效果。最终，警方向施暴者下发了公安告诫书，当警方要求其签字、按手印时，昔日在妻子面前蛮横霸道、不可一世的丈夫竟然吓得两手发抖、战栗不已。此后，当地派出所和妇联多次回访，这个曾经笼罩在暴力阴影下的家庭，已经彻底回归安宁。

继江苏开创先河之后，不少地区也逐渐加入了试点行列。截至2015年9月，江苏、宁夏、辽宁三个省份已在全省范围内推行家庭暴力告诫制度。此外，浙江温州市、嘉兴市，重庆潼南县、荣昌县以及山东菏泽市、湖北襄阳市、江西鹰潭市等地，也已试行了这一制度。各地的试点实践均证明，向施暴者发放公安告诫书，能有效阻止其继续施暴，二次家暴会降至极低水平。

应当认识到，基于中国的文化传统和社会现实，一些国家将所有家暴行为都作为犯罪处理的做法并不适合中国国情，因而必须寻找到既能立足国情又能有效制暴的合理机制，而家庭暴力告诫制度，正是一种经过检验、行之有效的制度创新。一方面，这一制度强化了对家暴行为的靠前干预，能有效防止相对轻微的家暴恶化升级。另一方面，这一制度也推进了反家暴机制的相互衔接。作为教育调解与行政处罚之间的过渡手段，告诫制度兼具温和与强硬、教育与训诫的色彩，更适合家暴案件的特殊性，既能减少施暴者的抵触情绪，降低警方干预的阻力，又能使受害者未来可能进一步寻求司法救济时，获得证据等方面的支持。

因此，将家庭暴力告诫制度由试点实践上升为法律制度，成为反家庭暴力法的必然选择。法律草案因此规定：“家庭暴力情节较轻、依法不给予治安管理处罚的，由公安机关对加害人给予批评教育或者出具告诫书。”在进一步明确告诫书内容、送达范围的同时，草案还特别规定：“城乡基层群众性自治组织的工作人员或者社区民警应当对收到告诫书的加害人、受害人进行查访，督促加害人不再实施家庭暴力。”

从本质而言，家庭暴力告诫制度是将教育、矫治和惩戒融为一体的反家暴干预机制，而强调基层自治组织的介入和督查，又与“社会参与、重在预防”的反家暴理念一脉相承。因此，告诫制度写入反家庭暴力法草案，可谓意义非凡。一旦该制度正式确立、全面推行，不难预见必将成为反家暴防线的一大核心机制，在反家暴实践中见证其强大的力量。

救助的路径

沉睡的撤销监护权制度

除了有效制止施暴者，反家暴的另一个重要方面就是及时救助受害者。尤其是对于遭受严重家暴的未成年人，在家长的监护职责已经完成但沦丧于暴力行为的情形下，更需外界伸出援手。

在欧美等许多国家，家长若有虐待、体罚、疏于照顾儿童等情节，都可能被剥夺监护权。受害儿童将被妥善安置到其亲属家、社会寄养家庭或儿童福利机构。正是这套后续救助机制，保障受害儿童在摆脱家暴的同时，仍能继续正常生活。

在我国，早在 1986 年，民法通则已经规定，监护人不履行监护职责或者侵害被监护人的合法权益的，“人民法院可以根据有关人员或者有关单位的申请，撤销监护人的资格”。其后，1991 年出台的未成年人保护法也有类似规定。然而在近三十年的时光流转中，撤销、转移监护权的法律规定几乎从未实际运用，成了学界所称的“僵尸条款”。只是在最近一两年才出现寥寥数个案例，且充满了制度之外的偶然因素。

最早公开报道并列入最高人民法院典型案例的判决，出现在 2014 年。福建省莆田市仙游县榜头镇梧店村一名年仅九岁的非婚生男童，跟随其生母生活。在长达五年的时间里，母亲不仅对男童不闻不问，任其忍饥挨饿，还多次用菜刀、剪刀、火钳等虐待伤害男童。当地政府部门、团委、妇联、派出所、村委会等屡屡对施暴母亲展开教育攻势，却毫无效果。最终，当地法院应村委会的申请，于2014年7月判决撤销施暴母亲的监护人资格，另行指定村委会担任监护人。这一破冰之举的一个重要背景是，这起虐待案件已引起莆田市有关政府部门和领导的高度重视，并承诺实际承担对男童的安置照料，这才解除了村委会的顾虑，出面向法院提出相关申请。

其后，全国首例民政部门申请撤销监护权资格的案件也进入公众视野。江苏省徐州市铜山区一名女童多次遭亲生父亲和邻居性侵，案发后，禽兽父亲被判刑入狱，受害女童面临生活无着的困境。2015年2月，铜山区法院应当地民政局的申请，判决撤销受害女童亲生父母的监护权资格，将监护权转移至民政局。判决下达后，民政局以每月提供救助金的方式，将女童寄养在当地一户居民家。

这样的判例只是惊鸿一瞥，现实中的普遍情形是，未成年子女即使遭到严重家暴，有关机构对施暴父母教育批评一番后，最后仍会将孩子推回父母身边，导致孩子很可能继续生活在家暴的恐惧阴影中。究其原因，一方面，没有单位和其他亲属愿意申请撤销、转移监护权，司法程序因此无法启动。另一方面，一旦未成年子女的父母被剥夺监护权，而其未来生活又无人接管，孩子必然沦为孤儿，法院因此不轻易作出此类判决。

北京青少年法律援助与研究中心曾经介入的一起案件就颇能说明问题。2011年，江西省景德镇市一名九岁女童婷婷被曝长期遭父亲和继母虐待，该中心派出律师赶赴当地提供援助，并强烈建议通过诉讼变更婷婷的监护人。但婷婷的两个姑姑碍于亲情并担心被报复，不愿提起申请，而且当地民政部门也不愿“出头”，最终只能采取临时解决方案：由婷婷父亲每月支付生活费；委托大姑进行抚养。但仅仅半年后，父亲便停止付费，婷婷的生活问题再次悬而未决。

而在2013年发生的南京女童饿死事件中，两名受害女童的父亲正因吸毒服刑，母亲则长期弃孩子于不顾，如果当地民政部门、居委会等能及时帮助女童重新找到合格的监护人，完全可以挽救两条幼小的生命。也正是这起案件，激起了全社会对于监护权问题的关注和反思。

事实上，有关部门近年来也一直试图激活监护权撤销、转移制度。2014 年 12 月，最高人民法院、最高人民检察院、公安部、民政部联合下发的《关于依法处理监护人侵害未成年人权益行为若干问题的意见》就明确，监护人有性侵害、出卖、暴力伤害未成年人等七种情形，法院将判决撤销其监护人资格。

反家庭暴力法则从反家暴的视角，重申并细化了这一制度。法律草案明确规定：“监护人实施家庭暴力严重侵害被监护人合法权益的，人民法院可以根据有关人员或者单位的申请，依法撤销其监护人资格，另行指定监护人。”草案同时规定：“被撤销监护人资格的加害人，应当继续负担相应的赡养、扶养、抚养费用。”

反家庭暴力法草案明确载入监护权撤销、转移制度，并且强调原监护人必须继续承担相关费用，无疑有利于推进该制度在反家暴实践中的运用。但总体而言，法律草案与原有的法律规定相比，并无大的突破。比如，有权提起监护权诉讼的“有关单位和人员”仍未明确，而这恰恰是监护权撤销、转移制度长期沉睡的一个重要原因。事实上，2014 年 12 月四部门下发的相关意见，已经明确未成年人其他亲属、村委会、居委会、民政部门、共青团、妇联、学校等有权向法院提出相关申请。有人因此认为，应该将这些细化规定纳入反家庭暴力法，上升到法律层面。

但在很大程度上，构建一套完善的监护权撤销、转移制度，并非反家庭暴力法能够独力承担，而是更多有赖于相关民事法律和司法解释。比如，进一步明确提出申请的主体范围和应尽义务，详细界定可撤销的法定情节等。尤其是，撤销监护权是不得已的极端救济措施，剥夺监护权并非最终目的，而是对严重失职父母的警示、惩戒手段，因而除了性侵、重伤等个别情形外，应当给予失职父母悔改的机会，在确立监护权撤销、转移机制的同时，也应设置监护权的恢复机制。

从更深的层面而言，监护权撤销、转移制度能否真正成为保护受害未成年人的利器，关键在于能否借鉴国际通行准则，建立完善的国家监护制度，在失职父母被剥夺监护权又无其他亲属接棒的情形下，由国家通过儿童福利机构长期安置、社会家庭寄养等方式，承担托底的责任。如此，才能真正为遭到家暴等侵害的未成年人提供保护、救济的坚强后盾，也才能彻底避免出于善良愿望的剥夺监护权干预而带来的悲剧。

进退两难的庇护所

家庭暴力发生后，受害者尤其是受虐妇女为逃离暴力环境，往往面临无家可归、有家难回的困境，而流行于许多国家的反家暴庇护所，为受害者提供的正是一个临时栖身、免遭更大伤害的救助场所。

追溯起来，英国是反家暴庇护所的发源地。上世纪70年代初，英国伦敦的一项调查显示，受到家暴伤害的妇女平均寻找12个机构或组织后，才能得到适当的帮助。这一令人震惊的调查，激发了为受虐妇女开设避难所的呼声。1972年，英国妇女救助联合会在伦敦首次创办了“妇女庇护所”，为遭遇家暴的妇女提供食宿、心理、法律等方面的帮助。其后，英国出现了更多类似场所，并形成了一场“避难所运动”，逐步蔓延至许多国家。以美国为例，目前各种妇女庇护所已达2000多家。

反家暴庇护所引入中国内地，始于1995年。这一年9月，曾经三次离婚、饱尝家暴之苦的湖北武汉女企业家张先芬，借助第四届世界妇女大会在中国召开的契机，在公司厂区内投资兴建了“新太阳女子婚姻驿站”，为受虐妇女提供食宿等生活保障，休息一律免费，愿意打工则按劳付酬。然而，这一创举却很快陷入重重麻烦。有舆论指责张先芬是打着救助名义变相招收廉价劳动力，更有一些施暴丈夫不停前来骚扰“讨人”，并威胁要报复张先芬。一年后，因不堪各方压力，内地首家妇女庇护所被迫关闭。

1996年1月，上海一名私营企业家也捐资开办了一家“南方妇女儿童家庭暴力救助中心”，但由于在当地民政局和工商局都无法注册，仅仅两个月后只能关门。其后数年，各地时有个人或妇联出资兴办的庇护所出现，但无一例外地早早夭折。

自 2002 年起，政府力量开始逐渐介入反家暴庇护所的建设，民政部门与妇联合作成为各地兴办庇护所的通行模式。2008 年，民政部、全国妇联等七部委联合下发《关于预防和制止家庭暴力的若干意见》，明确规定民政部门可以为家暴受害人“提供庇护和其他必要的临时性救助”。此后，政府主导的反家暴庇护所建设进一步加速，截至 2015 年，全国已有近 400 个城市依托民政部门的救助管理机构设立了家庭暴力临时住所。

值得注意的是，已进入审议程序的反家庭暴力法草案亦明确规定：“县级或者设区的市级人民政府可以单独或者依托救助管理机构设立临时住所，为家庭暴力受害人提供帮助。”可以预见，以立法形式肯定反家暴庇护所的必要性，将使反家暴庇护所建设获得巨大动力，进而提高其覆盖率。

但困惑在于，目前法律草案原则性、粗线条的规定，能否真正扭转当下反家暴庇护所进退两难的困境？

多年以来，尽管各地名称各异的反家暴庇护所越建越多，却纷纷遭遇门可罗雀甚至“零入住”的集体尴尬。试举数例：2002 年 10 月，大连市挂牌设立反家庭暴力庇护救助中心，半年内前来投诉的受害妇女达 1600 多人，却无一入住；2003 年 6 月，徐州市成立了江苏省首个家庭暴力庇护中心，一度被视为国内一大样板，该中心虽然拥有 48 个床位，但平均每月仅有六人入住；2003 年，宁波市江东区东柳街道中兴社区成立了浙江省首家妇女庇护所，但六年间仅有一名求助者入住；2008 年，福建厦门市设立了反家庭暴力临时住所，至今仅有十多名受害妇女入住；2009 年，上海市设立了反家庭暴力庇护救助中心，但五年间上门求助的妇女仅有区区 18 名……

更加难堪的是，一些反家暴庇护所由于长期空转，最终被迫关门。2002 年，青岛市市北区妇联和民政局联合成立了该市首家妇女庇护中心，但直到 2009 年，七年间仅有一名妇女前来寻求庇护，只得停办了事；2003年，济南市设立了该市首家家暴庇护中心，一时引发舆论盛赞，但因无人问津，仅仅运营两年后便无奈关停；2004年，北京市海淀区西三旗街道清缘里社区设立了京城首家妇女庇护所，但挂牌一年却无人求助，最终变成了参观旅游的场所……

一方面是家庭暴力居高不下，另一方面却是反家暴庇护所频遭冷遇。究其原因，既有反家暴庇护所社会知晓度低所导致的不知求助，也有受害者“家丑不可外扬”心理所导致的不愿求助，更关键的原因在于反家暴庇护所本身。入住庇护所需要提供医院验伤单、警方记录、妇联证明等，要经过严格的审批程序，过高的入住门槛，让许多渴望及时得到救助的受害妇女望而却步。尤其是，各地反家暴庇护所大多设置在由收容遣送站转型而来的民政部门救助站，条件不佳，隐秘性差，“庇护”常常与“收容”画上等号，仅仅只能解决吃住问题，却无法对受害妇女提供全方位的服务和支持，同时无法有效阻止施暴丈夫堵门截人之类的威胁。如此情形下，反家暴庇护所在很大程度上沦为一种“福利恐惧”，受害妇女情愿借住父母亲友家，也不愿求助政府公共机构。

由此看来，要使反家暴庇护所走出困境，亟须在反家暴立法体系中进一步构建、完善、细化相关机制，否则，仍然无法根除徒有数量而无质量的弊端，甚至难免沦为“政绩工程”的危险。

极为重要的一点是，应当改变目前由政府直接兴办、管理反家暴庇护所的模式，仿照国际经验，通过政府拨款和社会募捐，以政府购买服务的方式，由社会机构、公益组织承办庇护所，同时跟进评估和监管。如此，可有效调动社会积极性和专业资源，提升反家暴庇护所的质量。

同时，应当合理降低反家暴庇护所的入住门槛，尤其是延长庇护时限。众多反家暴调查显示，受害妇女离家求援的最初几个月是最危险的时间段，多数妇女遭施暴者报复伤害事件都在此时发生。因而许多国家的妇女庇护所不仅地点保密，而且均设置较长时间的庇护期，以帮助受害妇女度过危机时期。以美国为例，妇女庇护所的入住期限通常是两至三个月，其间庇护所将协助受害妇女寻找公寓，如届时仍未找到合适公寓，可延长庇护时间，直至入住新居。相形之下，我国各类反家暴庇护所的入住时限仅为七天至十天，庇护时间如此短暂，受害妇女自然难以妥善安顿自己的生活，甚至可能被迫回到暴力环境，面对变本加厉的施暴丈夫。

最为关键的是，反家暴庇护所不应局限于临时解决食宿问题的简单功能，而是应当为家暴受害者提供多元化的服务，帮助其修复身体和心灵的创伤，重新开始新的生活。许多国家的妇女庇护所都着力于对受害妇女的后续支持，提供生活、医疗、心理、诉讼、就业等方面的协助。因而我国反家暴庇护所的改革之道在于，应当加强与其他救助机构和公益组织的联动合作，通过法律、医学等多方专业力量的共同介入，弥补自身短板，最终建设成融合生活帮助、法律援助、医疗救治、心理疏导等多种救援于一体的平台。如此，我国反家暴庇护所才能开辟出重生的新路，真正成为护卫受害者的港湾。

为受害者撑起保护伞

对家暴受害者尤其是妇女的救助，除了提供反家暴庇护所之类的应急场所，还须有效隔断受害者所面临的现实危险，阻止施暴者继续骚扰和伤害。从国际反家暴经验看，最为主流的救济手段是人身安全保护令——由法院依据家暴受害者及亲属或者警方的申请，下达强制性命令或裁决，禁止施暴者对受害者实施某些特定行为。

针对家暴案件的民事保护令制度始创于美国，20 世纪 80 年代以来，许多国家的司法机关采用了这一机制，以各种形式的民事保护令，保护家暴受害者的人身和财产安全。在英国，法院可签发“禁止令”和“限制令”，禁止施暴者在一定时间内回家，直到警方认定施暴者已经改恶从善；在德国，法院一旦下达了“驱逐令”，施暴者必须立即交出住所钥匙，只能带上急需的个人物品离开，在 10 天至 20 天内不许靠近受害者；在美国，反家暴的民事保护令更是频繁启动，常见的内容包括在规定期限内施暴丈夫必须与妻子保持 50 米以上的距离，不得携带枪具或刀具等。

在我国，人身安全保护令的探索始于2008年。该年5月，最高人民法院中国应用法学研究所发布的《涉及家庭暴力婚姻案件审理指南》，首次提出了这一制度构想。其后，最高人民法院选择九个基层人民法院启动了相关试点。依据民事诉讼法有关行为保全的规定，家暴受害者可以在离婚、赡养、抚养、收养、继承等民事诉讼中向法院申请人身安全保护裁定，以防止施暴者在诉讼阶段实施家庭暴力。

2008年8月6日，江苏省无锡市崇安区人民法院受理一起涉家暴离婚诉讼时，签发了我国首个人身安全保护裁定，禁止有家暴行为的丈夫在未来三个月内继续殴打、威胁妻子。其后，各种人身安全保护令频频面世，经地方法院主动申请，试点法院不断扩容，湖南、江苏、广东三省更是在全省范围内主动试点。截至2011年，纳入试点的基层法院已增至73个，共发出500多份人身安全裁定。截至2012年年底，试点的基层法院已经增至222个，遍布全国11个省份。

各地试点实践证明，直指家庭暴力的人身安全保护令，既是受害者的“护身符”，又是施暴者的“紧箍咒”，有效防止了家暴的再度发生，其履行率高居各种民事裁定之首。以广东省和福建省莆田市人民法院下发的人身安全保护裁定为例，自动履行率分别达到98%、95.65%，一些地方甚至实现了零违反率。尤其是，这一司法保护机制延伸至涉家暴离婚等诉讼的全过程，将对施暴者的事后惩罚升级为对受害者的事前保护，将对施暴者的财产性惩罚，递进为对受害者人身、财产的全面保护，堪称反家暴司法理念和实践的重大突破。

不过，作为试点依据的《涉及家庭暴力婚姻案件审理指南》，仅仅是法院系统的一个内部指导性文件，并无足够效力，且试点范围有限，人身安全保护令因此并未确立为反家暴的一项法定机制。尤其是，根据该指南的设计，人身安全保护令必须以离婚等诉讼为前提，而不能单独适用。但在现实中，不少家暴受害者寻求保护的目的，并非为了打碎婚姻，而恰恰是希望通过制止暴力，进而保全婚姻。因而将人身安全保护令局限于离婚时的“分手暴力”，不仅导致大量家暴受害者无法及时获得救济，也不利于挽救那些本可避免死亡的婚姻。

因此，以立法形式确立、完善人身安全保护令制度，成为反家庭暴力法的重点追求。为此，法律草案以专章形式，浓墨重彩地架构了这一机制，明确规定：“当事人因遭受家庭暴力或者面临家庭暴力的现实危险，向人民法院申请人身安全保护令的，人民法院应当受理。”同时明确，人身安全保护令可以包括禁止被申请人实施家庭暴力，禁止被申请人骚扰、跟踪申请人，责令被申请人迁出申请人住所等措施。此外，草案还设定了人身安全保护令的申请主体、作出条件、有效期限和违反后果等。

综观目前的法律草案，最富突破意义的是，人身安全保护令可以单独申请，而不必再依附于离婚等诉讼。这标志着，束缚这一机制的一大瓶颈已被打开，家暴受害者将由此获得更及时、高效、全面的司法保护。

不过，一些困扰多年的难题仍然悬而未决。其中的一大焦点是，法律草案并未明确人身安全保护令由谁执行。而在试点实践中，各地的执行主体并不统一，执行效果也往往取决于法院与公安等机关能否有效沟通协调。这就不免令人担忧，倘若立法不能确定执行主体，人身安全保护令很可能遭遇推诿卸责、难以落实的困境。普遍的呼吁是，基于公安机关具备执法优势，反家庭暴力法应当明确将其设定为人身安全保护令的执行主体。有主张进一步提出，应当构建多元化的执行主体，分类执行人身安全保护令，由公安机关负责执行阻止家暴继续威胁受害者的措施，由法院负责执行房屋使用等财产性内容的措施，同时引入民政、妇联、村委会、居委会等部门和组织，共同承担配合、监督等职责。

另一个争议的焦点是，对于违反人身安全保护令的法律后果，目前法律草案的规定是：“人民法院应当给予训诫，可以根据情节轻重处以 1000 元以下罚款、15 日以下拘留。”但如此惩罚力度，与许多国家相距甚远。以美国为例，施暴丈夫一旦违反“保护令”，警方接警后可立刻将其逮捕，受害妻子和警方都可向法院起诉，以藐视法庭罪将违令者送进铁窗。诸多有识之士因此认为，人身安全保护令具有司法权威性，训诫、罚款、拘留之类的“轻罚”并不足以震慑违令者，而是应当构建起多层次的处罚体系，直至以拒不履行裁判文书罪或妨害公务罪等罪名追究刑责。

如果说人身安全保护令试点是反家暴实践的最大突破，那么，这一机制写入反家庭暴力法草案，无疑是最大的立法亮点。也正因此，相关立法设计仍需着力于执行有责、令行禁止等改进方向，如此，人身安全保护令方能名副其实，真正成为家暴受害者的保护伞。

未决的难题

家暴形式的宽窄之争

如何合理界定家庭暴力，是反家暴立法的基础，既反映了对家暴的认识深度，也决定了立法的实施效果。然而恰恰是这一核心议题，引发了最大的立法争议。

目前的反家庭暴力法草案，将家庭暴力定义为“以殴打、捆绑、残害、强行限制人身自由等方式，对家庭成员实施的侵害行为”。这在很大程度上意味着，家暴形式仅仅局限于对身体的明显伤害。而按照国际通行标准，身体暴力、精神暴力、性暴力、经济控制等一切造成或可能造成受害者身心痛苦的行为，均被视为家庭暴力。两者相较，可谓差距巨大，过于狭窄的家暴定义能否有效应对日趋复杂的家暴现实，也因此成为舆论质疑、激辩的焦点。

以精神暴力为例，随着家庭暴力日益受到社会谴责，许多施暴者不敢再明目张胆实施身体暴力，而是转而采用更具隐蔽性的精神暴力，其常见形式有恐吓、训斥、羞辱、冷漠、过度役使、停止或敷衍性生活以及各种手法的心理虐待、情感虐待等，由此导致的伤害程度，甚至远远高于身体暴力，因不堪精神暴力而自虐、自残、自杀的悲剧时有发生。精神暴力的复杂性还在于，与身体暴力多为男性施暴女性、集中出现在低素质人群中相比，精神暴力亦常见于女性加害男性，且频频发生于高素质人群中。

精神暴力的一个典型例证是冷暴力。有调查显示，发生过矛盾的家庭中，六成以上曾出现过冷暴力。在离婚案件中，存在冷暴力的占八成以上。在上海等一线城市，施暴者出于对“打人犯法”的忌惮，拳打脚踢的身体暴力日渐减少，而数月不理睬受害者的“冷战”却日益蔓延。尤其是夫妻双方均为高学历的知识分子家庭，家暴主要体现为冷暴力，而对于有着更高情感需求的受害者而言，所带来的精神创伤也更为深重。

再以性暴力为例：有调查显示，我国家庭暴力中性暴力的比重已占13.8%。尽管性暴力对受害者人格、身心所造成的伤害远甚于单纯的身体暴力和精神暴力，但由于“夫妻应该有性生活义务”的观念误导，“婚内强奸”、强迫性行为等性暴力更易被忽略。尤其是，由于受害女性普遍羞于启齿，大量性暴力仍处于隐秘状态。

诸多反家暴专家因此呼吁，反家庭暴力法草案应当将精神暴力、性暴力等明确定义为家庭暴力，否则，仅仅将家暴侧重于身体暴力，无法涵盖现实中的所有家暴形式，既不利于合理甄别家暴行为，也不利于全面救济受害者，势必对未来反家暴实践造成巨大障碍。

进一步的批评是，法律草案对家暴的定义过于原则化、简单，忽视了针对未成年人的家暴特殊形式。比如，许多国家都将“忽视”和“目睹”列为针对儿童的家暴行为：前者对受害儿童心理造成严重创伤，且不能为一般的精神暴力所涵盖；后者则对儿童性格、行为产生巨大影响，目睹家暴的儿童成年后，往往成为家暴的接力者，其暴力倾向远远高于正常家庭环境下生长的孩子。因此，我国反家庭暴力法理应放宽针对未成年人家暴的界定，以独立定义的方式，将体罚、羞辱、忽视、目睹等特殊家暴形式明确列入其中。

不过，扩大家暴界定范围的呼声也遭遇了不少异议。反对者认为，我国地区之间、城乡之间发展极不平衡，家庭观念、风俗习惯差异很大，如果将夫妻吵架时的辱骂等精神伤害都视为家庭暴力，或者将父母对子女的轻微体罚、训斥、管教都纳入家暴范畴，并不利于家庭稳定，也不符合中国国情。

可资对比的是，近年来，许多国家已将经济控制列为一种新型的家暴形式，主要表现为施害者无故剥夺受害者生活来源、故意损毁受害者财产等。但我国家庭大多实行财务一体化管理，与国外常见的夫妻财务相对独立迥然不同，现实中亦很难鉴定经济控制及其伤害程度，即便是力主放宽家暴定义的专家，也大多认为经济控制目前尚不宜纳入家暴之列。

耐人寻味的是，2014 年 11 月公布的反家庭暴力法征求意见稿，曾将家暴定义为“家庭成员之间实施的身体、精神等方面的侵害”，而正式提交审议的法律草案反而将家暴形式集中限缩于身体暴力，这在很大程度上反映了重点解决认识最为一致的家暴问题的立法意图。不过同样值得注意的是，有关条款列举了诸多身体暴力的具体样态后，以“等”字设计了开放式规定，亦为未来精神暴力、性暴力等家暴形式纳入立法，留下了足够的想象和解释空间。

立法保护的范围之辩

除了家暴形式，另一个争议的焦点是，反家庭暴力法草案将家暴限定于“家庭成员”之间，而诸多反家暴专家则认为，这一定义同样过于狭窄，除了应当进一步明确立法适用监护、扶养、寄养等关系外，还应当将同居、恋爱、伴侣以及前配偶关系之间发生的暴力行为，纳入反家庭暴力法的规制范围。

这一主张的基本理由是，随着社会观念的变迁，婚前同居或者“只恋爱，不结婚”的现象日渐流行，这些群体间的暴力伤害同样多发、严重，与家暴并无本质区别。同样，夫妻双方离婚后，因为探望孩子等因素仍会经常接触，也可能面临前配偶的暴力威胁。倘若反家庭暴力法不将此类群体纳入保护范围，势必留下大量治理死角，令立法功效大打折扣。

可资佐证的是，北京市海淀区检察院对 984 名女性犯罪嫌疑人的样本分析显示，被捕前曾是家暴受害者的占 35.7%。其中，受害率最高的是处于同居关系中的女性，占 19.1%；其次是未婚女性，占 13.9%；名列第三的则是离婚或处于分居状态的女性。恋人之间和离异夫妻之间发生暴力的频率和严重程度，甚至远远超过一般家庭成员之间。

从国际社会看，对于家庭暴力的界定，已经从上世纪 70 年代的“配偶暴力”，逐步发展到“亲密关系中的暴力”。目前，许多国家的反家暴立法，均已将同居者、前配偶、事实婚姻等群体之间发生的暴力视为家庭暴力。许多学者因此呼吁，我国反家暴立法理当顺应国际趋势，超越对家暴的传统认识，不拘泥于“家庭成员”的束缚。

不过对于这一呼声，同样存在不同意见。一些学者认为，将同居、恋爱等亲密关系视同“家庭成员”，纳入反家庭暴力法的适用范围，不仅不符合我国目前的法律体系逻辑，也有悖于我国的婚姻、家庭观念，难以被社会所理解和接受，由此很可能引发一系列负面效应。

颇为罕见的是，这些立场分歧，不仅体现于学界争议，也纠结于制度设计。

2014 年 11 月公布的反家庭暴力法征求意见稿，曾明确家庭成员“包括配偶、父母、子女以及其他共同生活的近亲属”。国务院法制办在相关起草说明中还特别指出，之所以将恋爱、同居、前配偶等关系人员之间发生的暴力行为排除在家暴范围外，是因为此类暴力行为与一般社会成员之间发生的暴力行为没有实质区别，应由治安管理处罚法、刑法等法律调整。

然而，2015 年 3 月最高人民法院、最高人民检察院、公安部、司法部联合发布的《关于依法办理家庭暴力犯罪案件的意见》，却明确规定在监护、扶养、寄养、同居等关系中发生的暴力犯罪视为家暴犯罪。最高法相关人士坦言，有关规定之所以与反家庭暴力法征求意见稿不完全一致，是因为同居等关系中的暴力犯罪大量存在，应该适用该意见。

显然，四部门“意见”对家庭暴力的界定更具开放性。但这样的制度设计冲突也意味着，倘若反家庭暴力法依然将家暴限定于“家庭成员”之间，势必带来严重的执法困惑。也正因此，如何妥善解决“家庭成员”的争议，乃是无法回避的立法议题。

惩治家暴的司法之难

司法，是社会正义的最后一道防线。以司法手段惩治施暴者，是反家暴链条中必不可少的一环。然而在现实中，对家暴的司法追究，却面临着诸多难题。

起诉难，是许多家暴案件难以跨越的第一道门坎。按照现有法律的规定，家暴案件只有造成重伤或死亡的严重后果，才会作为公诉案件处理，大多数未达到这一程度的家庭暴力均属于“不告不理”的自诉案件，受害者不起诉，司法机关就不介入。而在现实中，处于弱势地位的家暴受害者，由于受到施暴者的控制、威胁、恐吓等因素，常常无力自行起诉，大量家暴案件因此无法进入司法程序。

“起诉难”的困境，在虐童案件中尤为突出。按照现行法律规定，未成年人的监护人是其法定代理人，这意味着未成年人一旦被侵权，一般情况下应由其父母代为诉讼。但悖论在于，虐童案件的施暴者往往是父母中的一方，而未施暴的另一方碍于亲情等因素，不愿也不敢代理孩子起诉，甚至有时还是父母双方共同施暴。如此情形下，缺乏行为能力的受害儿童根本无法自行起诉，即便起诉也会因为诉权障碍而难以被法院受理。

颇为典型的一起案件是，一名 14 岁女孩儿在父亲去世后，因母亲对其不闻不顾而生活无着，进而向法院状告母亲，但法院却未予受理，理由就是，未成年人起诉须由其监护人代理，而女孩儿状告的母亲却是其唯一法定监护人，因而无法立案。

耐人寻味的是，2014 年 11 月公布的反家庭暴力法征求意见稿曾规定：“受害人为无民事行为能力人、限制民事行为能力人，其法定代理人、近亲属未代为告诉的，人民检察院可以告诉。”这被视为保护未成年人、破解家暴案件“起诉难”的一大突破，但出人意料的是，正式提交审议的反家庭暴力法草案，却删除了这一条款。

不过2015年8月出台的《刑法修正案（九）》，针对未造成重伤、死亡后果的自诉虐待案件，已作出重大的制度改进，明确“被害人没有能力告诉，或者因受到强制、威吓无法告诉的”，可以纳入公诉案件。

但这一立法改进，仅仅适用于构成虐待犯罪的刑事诉讼，而不适用于一般家暴案件的民事诉讼。不少学者因此认为，反家庭暴力法应当重构家暴案件的起诉机制，尤其是明确侵害未成年人的家暴案件如果无人代为告诉，应启动国家公诉程序，如此才能保证司法的及时干预，有效破解家暴案件“起诉难”的困境。

认定难，是反家暴司法实践所面临的又一普遍难题。北京市顺义区法院对61起涉家暴离婚案件的样本统计就显示，经法院审理认定存在家庭暴力并判决离婚的只有7起，认定率仅为11.5%。

“认定难”的实质症结是“举证难”，涉家暴诉讼多为离婚民事诉讼，“谁主张，谁举证”原则对受害者举证能力提出了很高要求。但在现实中，家暴通常发生在家庭内部的私密空间，证据难以固定，而受害者出于“家丑不可外扬”等心理，往往忍气吞声，缺乏收集、保留证据的意识，既不向警方或有关组织报警求助，也不留存就医记录、伤情鉴定等，甚至受伤后羞于及时就医。及至拖到离婚诉讼的地步，家暴证据往往已因时间的流逝而灭失。

另一方面，家暴知情者往往是受害者和施暴者共同的亲友或邻居，出于亲情、人情等顾虑，通常也不愿指证家暴，推诿做证，甚至不如实做证的情形极为普遍。此外，“动口不动手”的精神暴力、“不理不睬”的冷暴力、极度隐私的性暴力等，更是缺乏显性证据，令法院难以认定。

解决家暴案件“认定难”“举证难”的出路，在于合理分担举证责任、调整证据适用规则，这是学界持续多年的呼声，也是司法实践着力探索的议题。2008年5月，最高人民法院中国应用法学研究所发布的《涉及家庭暴力婚姻案件审理指南》便提出："原告提供证据证明受侵害事实及伤害后果并指认是被告所为的，举证责任转移至被告。被告虽否认侵害由其所为但无反证的，可以推定被告为加害人，认定家庭暴力的存在。"此后，一些法院在试点实践中，对涉家暴诉讼实行了一定程度的举证责任转移。比如，只要受害一方出具伤情证明，并且已经报警，被指施暴一方便须自证清白，否则将被认定为家暴。

2014 年 11 月公布的反家庭暴力法征求意见稿也曾规定："人民法院审理涉及家庭暴力的民事案件，应当合理分配举证责任。受害人因客观原因不能自行收集的证据，人民法院应当调查收集。"但这些改革思路，却被正式提交审议的反家庭暴力法草案所删除，法律草案在证据方面仅仅规定："人民法院审理涉及家庭暴力的民事案件，可以根据公安机关出警记录、告诫书、伤情鉴定意见等证据，认定家庭暴力事实。"

不少学者认为，目前的法律草案虽然将公安告诫书等明确列为家暴证据，但不足以根本扭转家暴案件"认定难""举证难"的被动局面。基于家暴案件的特点，反家庭暴力法应当构建特殊的举证规则和证据标准，明确引入举证责任倒置的机制，以减轻受害者的举证负担，彰显关怀弱者、保护人权的立法精神。

另一个争议的焦点是，根据目前的反家庭暴力法草案，"加害人实施家庭暴力，造成人身损害、财产损失的，依法承担民事责任"。但施暴者如何承担民事责任，恰恰是困扰司法实践的又一难题。现实中，承担民事责任的方式多为财产性判罚，但家暴案件的特殊性在于，受害者和施暴者拥有共同的家庭财产，如果家暴行为并未导致离婚，民事赔偿相当于家庭财产"从左口袋挪到右口袋"，此类"婚内赔偿"不仅毫无意义，而且很可能激化矛盾。

有主张因此提出，反家庭暴力法对家暴案件不应设定民事责任。但更具建设性的思路是，立法应当构建更为明确合理的民事责任，比如家暴发生后，可以采用婚内债权文书的方式，约定赔偿方式、数额等，一旦离婚才正式生效和执行。如此，既能以预期性的民事责任约束施暴者，又能避免家庭财产“自我赔偿”之类的悖论，实现制止家庭暴力与力保家庭稳定的双赢。

公权干预的尺度之惑

孕育多年的反家庭暴力法呼之欲出，其破冰意义毋庸赘言。不过与社会期待相比，目前的法律草案却令许多人感到失望。尽管不乏立法亮点，但仅仅35个条款的体量，过于原则简约、含糊笼统，操作性和执行性令人生疑。比如，虽然引入了预防为主的先进理念，但具体机制设计却犹如“宣传大纲”，难免“口号法”之嫌。尤其是，法律草案在证据规则、保护令执行主体、法律责任等反家暴要害环节均未有大的突破，甚至与此前公布的征求意见稿相比还有所“退步”。不少批评认为，法律草案更像是反家暴的国家立场宣示，而无法有效根治反家暴的现实问题。

在很大程度上，立法的这种犹豫、模糊和“退缩”，其实恰恰触及了纠结反家暴立法多年的核心困惑：公权力应当在何种时机和情形、以何种方式和尺度介入家庭这一私人空间？

在中国的现实语境下，一方面，“清官难断家务事”之类的观念误区，导致许多公权部门对家暴的干预明显滞后，甚至放弃职责。另一方面，基于文化传统和发展水平，诸多家暴现象又与亲情伦理、身份关系、经济依赖等因素相互纠缠，公权力的干预如何依法、适时、适度，成为反家暴的最大难题。

婚姻家庭生活犹如饭碗，少不了磕磕碰碰的摩擦，打得天翻地覆的两口子转瞬间又爱得死去活来的家庭悲喜剧并不少见。放弃惩戒固然会纵容家庭暴力，但公共权力和社会力量一概强行干预，也很可能放大矛盾，产生加速婚姻家庭崩溃的负面效应。现实中，一些妇联、社区组织热心介入夫妻间的小打小闹，因“批评教育”尺度不当，反而引发大打大闹、婚姻破裂的悲剧不乏其例。一些受害妇女向派出所求救，一旦警方准备拘留施暴丈夫，又追悔莫及，甚至怪罪“拆散家庭”，亦使反家暴执法时常陷入进退两难的尴尬境地。

令人深思的一个典型案例是，南京养母虐童案发生后，受害男童的亲生父母反复强调“养母没有做错”，甚至起诉最早发帖曝光此案的网民，男童也多次向司法部门表示其养母“很爱我”。及至法院一审判决认定施暴养母犯有故意伤害罪，判处其有期徒刑六个月，男童生母又愤怒指责“判决太不近人情”，并强烈要求将孩子重归其养母抚养。当事人意愿与司法判决的反差如此之大，令舆情陷入“是否执法无情”的迷惘和分裂，以至司法机关不得不向社会澄清判决此案的相关法律和事实依据。

透过国际视野，或可更为清晰地理解公权干预家暴的中国式困境。几年前在国内上映的电影《刮痧》，讲述了一个移民美国的中国家庭，爷爷以中医传统的刮痧方式为孙子治病，却被邻居误以为是虐童而报警，此后引发一系列诉讼，孩子父亲甚至被认定为虐待，一度被法院的“远离令”剥夺监护权。《刮痧》的本意旨在表现中西文化的冲突，其故事情节却令中国观众一片哗然，难以理解美国人的“多管闲事”“小题大做”。但这种反应也从一个侧面证明，我国无论是反家暴的立法建设，还是反家暴的公众认知，和许多国家相比还存在着巨大差异。

追溯起来，在相当长的历史时期内，世界各国也曾将家暴视为私权利的领域，并不主张公权力的干预，比如美国的早期法律，甚至还规定了十分荒诞的“大拇指原则”——只要丈夫所用的棍子不超过大拇指粗，就可以对妻子、子女实行所谓的“适度惩戒”。自上世纪 70 年代后，随着对家暴危害认识的不断深化，尤其是随着社会人权意识的日益高涨、妇女经济地位的不断提升，国际社会才逐渐达成公权干预家暴的共识，且干预边界不断扩展、干预强度不断加码，并为许多国家的反家暴立法所确认。

比如在加拿大，许多省份都要求警方无论是否得到受害者合作，都必须对家暴案件作出反应，即便未获得当事人允许，警方也可以破门而入带走施暴者。在美国，随着《反针对妇女暴力法》等反家暴法律的出台，反家暴也从早期的“劝解为主”转向公权强制介入，拘捕施暴者成为警方干预家暴的首选方式，受害妻子一旦报警，即便反悔也无法撤销警方对施暴丈夫的起诉。甚至，根据美国法律“被监护人不得离开监护人照看范围之外”的规定，若有邻居发现孩童单独在家，政府就可直接剥夺父母的监护权。在挪威，对家暴案件也确立了“无条件司法干预”的原则，即便受害者撤销先前的指控，警方和公诉机关也可以起诉施暴者。

而这样的变迁也启示中国，传统观念、现实国情固然可能阻滞反家暴立法的深度和力度，但政治、经济、文化、教育、就业等领域的不断进步，也将为立法改进注入新的动力，而立法本身更须承担起改造传统观念、引领社会行为的使命。

从本质而言，反家庭暴力法并非“离婚法”，而恰恰是通过公权的合理干预，划定家庭成员的行为“雷区”，预防和制止破坏家庭的暴力行为，最终维护家庭的安宁。可以预见，随着两性平等、儿童优先、人格独立、保护人权等理念日益深入人心，反家暴立法和实践终将获得坚实的社会基础，逐步奔向理想的目标。正如我国首部反家暴电视剧《不要和陌生人说话》中的一句经典台词所言：“上个世纪的这个时候，女人还没有出门工作的自由，可现在，这种自由竟然变得那么一文不值！”

（原载《民主与法制》2015 年第 32 期）

真假之间（节选）

——当代大玩家的惊天秘密

何建明

在一个充满虚假的世界里，去捍卫真理和真实，需要何等的勇气与人格力量。

求真，是人类最艰巨、最崇高的生命意义。

求真的道路上，充满了正义与魔鬼、善良与丑恶、道德与私欲的搏杀和较量。

真，是今天这个世界上可以视为胜过任何事物的最宝贵的东西。因为它既可代表着物质的本体、代表着事物的性质，也能衡量人与人之间的情感温度、交往态度、立身之本，同样也可影响一个国家、一个民族生存与发展的准则，它甚至还是整个人类社会和平、共荣的保证。

——题记

引子　你是个真实的人吗?

在现实生活里，不是所有的人都能成为真实的人，因为要做一个真实的人非常难，就像一个人做好事那样，做一两件好事容易，一辈子便不那么容易了。我们之所以把毛泽东的这句话奉为“经典”，就是因为他说出了人的本质。君不知，昨天曾经还在我们心目中有那么多正面印象的“公众人物”，为什么一转眼，现在他们都消失了？大家与我一样清楚：他们活得不真实，他们很多是两面人——表面一套，背后又是另一种嘴脸。普通人之所以有平凡中的非凡，是因为他们活得真实。然而，对“明星”和“公众人物”而言，要长期不懈地做到表里如一、永远如一，并且能将“真实的自我”以常态的方式坚持一生，其实并不容易。

我敬重这样真实的人，因为他们是今天这个社会里特别稀缺的人。在他们身上自然流露的品质，高贵而朴素，平凡而伟大，如溪流荡涤下生出的闪亮明珠，如暴风骤雨下千年不动的坚壁风骨，或许还是铁马金戈下飘摇的小草，那是自然界最可贵和最令人肃然起敬的景物。这样的人，难道你会对他不敬重？

本文讲述的就是这样一个人物，一个与我们平等却不得不仰视的人物，他叫翟健民。说来你也许不信，他竟然是一直生活在那个充斥假的世界里的古董大玩家。中国当代除了股票之外，也许最疯狂的要算古玩与收藏了。中国的古玩与收藏行当到底疯狂到什么程度，只有走进这个行当，你才知道啥叫疯狂。

我只知道，在大玩家翟健民的周围，一直有个既疯狂又精彩纷呈的世界。全球到底有多少人参与这种类似赌博的行当，我不知道。但我知道，中国目前至少有近亿人对古玩和收藏着迷，甚至弄得神魂颠倒；我还知道，今天的古玩和收藏界里，被炒得热闹非凡的那些玩物和收藏品中，大半都是假货，然而人们依然坚信它是真的，或者宁知是假也根本不想揭穿它的真相。因为真的稀不可得、贵不可得、难不可得，所以宁信其真、不言其假；若认其假，势必地动山摇、天塌河崩，多少人会家破人亡、妻离子散！

真真假假，才是这个世界的真实面目。半真半假，才是这个世界充满神秘有趣的根本所在；全假全真，会让这个世界丧失动力。人们追求真实不易，所以有人才会拼命炮制假的；一旦假的充斥世界，真的才会通显神威。这本身就极具关注点，更何况这个已经变化到了谁都不买谁账的今日之世界，难道我们还不值得去严肃地考量一下到底人与人之间、万物与万物之间，还有没有真的东西和真的东西到底还值什么价值这类看似简单却又如此关联到整个人类命运的大事乎？

写翟健民，让我认识了在当今世界上，还有这样的一种人——可以这么说，中国今天的古玩与收藏异常热闹并成为一种文化和商业大格局，这与翟健民们的功劳分不开。

第一章　1974年发生的大事与小事

很多人认为，一个人的命是“天”造的，比如基督教说的“上帝”。东方人不相信上帝，但相信“老天爷”，其实差不多是一回事。但我认为，一个人的命运，多数时候是“逼”出来的。翟健民基本同意我的观点，因为我们是同龄人，所以观点比较容易一致。

生活在中国内地的我，认为自己真正懂事是41年前的1974年，因为这一年我正好高中毕业。翟健民惊喜道：“要说我正式进入古董行业，也正是这一年。”

41年前，中国的一名少年对自己的命运一无所知。那个时候，我觉得走出校门，命运就断了——大学门关着，读书已到尽头，唯有跟着比自己年岁大的哥哥姐姐们去农村干苦活儿。记得那个夏天，江南的室外气温高达41摄氏度，水稻田地的水温高得跟滚汤似的。我就在这样的稻田里插秧，在玉米地里拔秆。望着火焰一般的太阳和被晒裂的田埂，我猜想自己很快会死去……好在没有死，后来我穿上了军装去当兵。

这是当时一个中国少年的命运。

这样一个少年的境遇放在全中国、全世界实在微不足道。1974年的中国正在继续“批林批孔”中。但1974年，在中国西部黄土高原上一个农民的发现，让中国在这一年震惊了世界，那就是秦始皇兵马俑的出土。它改变了西方人对中国的认识。从那时开始，许多外国人才知道中国除“景德镇”外，还有一个“西安”。

外国人自然还不明白，其实那些几千年前就被中国人绘制得活灵活现的陶俑人，即Ceramic，其实与china（陶瓷）是同血缘的中华民族文化瑰宝。许多中国内地人和中国香港人也不明白。这其中就包括我的主人公、香港公民、葡萄牙护照持件人翟健民。

关于1974年中国发现秦始皇兵马俑这件震惊世界的大事，翟健民没有跟我讲他在当时的所知所感，但我知道当时他在香港，所以我曾想象，他与我是同龄人，其命运自然一定要比我们这些内地的孩子要好得多吧！可后来从翟健民的口中得知，其实40年前许多香港人也绝非都是有钱人，普通百姓其实也很辛苦，甚至根本就不如社会主义制度下的内地百姓。翟健民就是生活在最底层家庭的香港苦孩子。

这一年他在师父黄应豪的古董店里做学徒。开始时，翟健民摸着那些脏兮兮、泥乎乎的瓶瓶罐罐，像之前给人家刷盘洗碗一样不当回事，但后来师父对他说：“阿民仔啊，你可别小看这些瓶瓶罐罐，它们可有来头儿，它们可让外国皇帝都为其发过疯哩！”

“真的？”翟健民瞪大了眼睛。

“那当然。我给你讲个故事……”黄应豪开始给徒弟摆“龙门阵”，说是300多年前，有个被欧洲人称为“强力王”的萨克森王兼波兰皇帝奥古斯特二世，对中国的瓷器爱得疯狂，他一生除了战争，就是收藏东方瓷器。他与普鲁士帝国开战，最后因为喜欢对方威廉一世皇帝的127件瓷器，决意用自己600名全副武装的萨克森骑兵交换这批精美的中国瓷器，两国也因此停火言和。据说这批中国瓷器在当时的价值达德国旧银币27000塔里尔，可建数个城堡。奥古斯特二世为收藏这批中国瓷器，费尽心思，特别购置了一个陆军元帅的官邸，扩建成一个取名为“日要宫”的宫殿式收藏馆，以供享用。然而这还不能让奥古斯特二世皇帝满足，他不顾争夺王位的军事开支，专门拨款400万马克，令年轻的炼金师伯特格尔举全国之力，进行效仿中国瓷器制作的研究开发工程，并在1709年成功研制出欧洲历史上最早的瓷器，从此打破了东方瓷器独统天下的霸主地位。但无论如何，中国的瓷器仍然遥遥领先于世界。后来英国之所以发动1840年的“鸦片战争”，其中主要目的之一，就是想通过进入中国市场，用鸦片换取美丽的中国瓷器等物……

“民仔，给满上水。我给你讲讲这里东西的名称吧！”师父端起茶杯，将壶提给翟健民。徒弟眼明手快，给师父沏满茶壶，双臂支颐，静静地听着。“这只叫清代雍正斗彩花卉碗，就是清朝雍正皇帝官窑烧出来的瓷碗，好东西！”

“官窑是啥概念？”翟健民好奇地问。

“官窑就是朝廷或官府创办的陶瓷窑。”师父说。

“那民窑是不是就是老百姓自己办的窑？”

“是。民窑顾名思义就是民间百姓办的窑。”

“两者有很大差异？”

“有。但非绝对。一般来说，官窑都是朝廷或皇宫里定制的东西，在制作目的、样式设计、原料选择、工艺标准、成品筛选，甚至还有法则条例上都有讲究，民窑相对就没有那么多规矩，以日用为主。但是官窑跟民窑之间又相互联系、促进。比如因为官窑一般不流传到宫廷外面，而民窑相反，哪儿需要就走到哪儿，慢慢地还到了海外，并为中国瓷器产生世界影响起了重要作用。当然，国外有钱人收藏中国瓷器后，又回过头来向中国的朝廷定制瓷物，质量和要求也十分讲究，同时随着洋人不断索要中国精美的瓷器，中国朝廷也开始把官窑里生产出来的瓷器精品馈赠于外国皇帝、政要，更让中国瓷器誉满天下。”

“难怪英文里的中国（China）与陶瓷（china）相同嘛！”翟健民感叹道。

其实，关于“China”为什么就是中国，本身就是一则中国瓷器在世界文明史中产生重大影响的美妙传说。说它为“传说”，是因为最初的西方人对中国的了解尤其是中国瓷器的了解确实很有兴趣。有一点让所谓的“文明世界”的欧洲人感到自卑的是，在他们还在用手抓食物时，我们中国普通人都已经在餐桌上普遍使用那些精美的瓷具了，至于喝茶用的茶杯更不用说，要多美就有多美。难怪13世纪末欧洲探险家马可·波罗到中国后大为吃惊道：“中国的文明与发达程度早已先于欧洲各国几百年了！”

翟健民最初进入古玩业，听师父讲得最多的是洋人们如何到中国收购与掠夺中国瓷器的故事，脑子里装满了我们中国自己的故事——

早在青铜器时代，奴隶主和贵族就已经把收藏贵重的工艺器视作与国家存亡同等的大事。那时的收藏器主要以鼎为主，鼎是倾国之绝品。《左传·宣公三年》记载：“昔夏之方有德也，远方图物，贡金九牧，铸鼎象物，百物而为之备，使民知神奸。”《墨子·耕柱篇》曰：“九鼎既成，迁于三国，夏后氏失之，殷人受之；殷人失之，周人受之。”这是说，夏朝大禹传九州，州牧铜铸九鼎象征九州。从此九鼎成了夏商周三代传国重器。夏亡后九鼎迁于商，商亡后鼎又迁于周朝，周成王正式将鼎迁至今河南洛阳，史称定鼎。公元前606年，“春秋五霸”之一的楚庄王率兵讨伐陆浑戎，路过洛阳，摆开阵势对周天子示威武力。周定王派王孙满前去慰问，楚庄王虎视眈眈，询问九鼎大小轻重，大有取而代之的意图。王孙满答：“治理国家在于德行而不重鼎之大小轻重。从前夏朝政治贤明，贡金九牧，铸鼎象物，使百姓能辨明神奸，夏桀无德使鼎迁于商，商纣暴虐使鼎又归于周朝。”王孙满指出，“周德虽衰，天命未改，鼎之轻重，未可问也。”楚庄王听后，十分尴尬，又深感愧意，最后率师而返。几千年前的中国古代，以收藏一鼎而稳定天下，足见中国历代列宗对罕奇贵器之看重。

在近代民间，我们人人皆知的徐悲鸿大师，不仅是位著名画家，同时也是个高端收藏家，他生前曾不惜重金收购古董和名画，其中有幅《八十七神仙卷》，徐悲鸿得而失、失而复得之过程，可见一斑。抗日战争期间，徐悲鸿在香港办个人画展，与一外籍人士马丁·路德·金夫人相识。马丁·路德·金夫人十分喜爱中国画，特慕名邀请徐悲鸿欣赏她的收藏品。那足足四大箱名画，令徐悲鸿大开眼界，尤其被一幅《八十七神仙卷》所吸引。当时的徐悲鸿甚至有些失态，全身激动得发抖，因为画上的87个神仙列队行进，诸神仙各有动人风采，个个神态优美，栩栩如生，活灵活现。徐悲鸿知是一幅千年难得的国宝，他决意不让这样的国宝落在洋人手中而流落异国他乡，于是便当场要买下此画。哪知马丁·路德·金夫人是位古玩场上的高手，虽碧眼金发，却是个中国通，见大师徐悲鸿如此求画心切，便开了个令买主吃惊的价码。徐悲鸿一听尽管皱了皱眉头，但还是答应了。可当时他身边只有一万元现金，余款如何办？徐悲鸿便提出以自己的七幅画补偿。马丁·路德·金夫人一听，心头窃喜，因为当年徐悲鸿的画已值几万、几十万之巨。马丁·路德·金夫人便答应了这桩交易。徐悲鸿得此《八十七神仙卷》后，兴奋得日不思食、夜不能眠，除了请名师将画重新装裱，还亲自写了题跋，并特别刻了一方“悲鸿生命”印章，郑重地盖在了画上，以表爱此画胜过自己的性命。可怎知在抗日战争的纷乱年代，这幅万金难求的珍贵收藏画，早已让盗贼瞄准。日军飞机轰炸南京时，有人趁乱时下手窃之。徐悲鸿为此悲愤交加，大病一场。即使在大病期间，他仍到处打探，希望有一天能物归原主。老天不负有心人，一年之后，他的学生在成都发现此画，徐悲鸿大喜，立即寄出20万元，想赎回此画。哪知对方并不买账，坚持与徐悲鸿讨价还价，并指定要用他自己的画来赎回原物，最后徐悲鸿只得又加了十多幅自己的画才算物归原主。可遗憾的是，画上的题跋和“悲鸿生命”印章被做贼心虚的小人挖去。抗日战争胜利后的1948年，徐悲鸿重新装裱此画，又请张大千先生和谢稚柳两位大师题跋。徐悲鸿为一幅画的收藏，可谓“衣带渐宽终不悔”，表现出了一位收藏家锲而不舍的追求精神。假如用现在人的眼光看，徐悲鸿收藏的这幅画的珍贵和他所付出的代价，能值多少金钱？一个亿？十个亿？恐怕都不为高。因为它是徐悲鸿用自己近20幅画作和几乎要了他命的代价换来的啊！

瓷到底为何物？开始入道时的翟健民其实对它并不了解，只知道它是可以换成钱和养家糊口之物，跟猪肉、鸡肉没什么两样。但后来变了，彻底地变了，师父和同行们口中传出的一个个有关瓷和古董收藏的故事，翟健民听多了，慢慢品出这玩意儿还有着深不可测和无与伦比的文化和诗意哩！

“形而上谓之道，形而下谓之器。”此话是《易经》之语，意思是说，对一件东西的理解称其为物的话，仅仅是个简单的形而下之意识，故称东西为器物，而精美的器物其实更有一层对人思想、意识、品德、审美的影响意义，那便是形而上，即道。中国瓷器就是这样的一种器、道兼具之品，除它有光洁如玉的物质形体外，还“以一种隽永的诗性方式，将中国文化的精髓与气韵，深深地浸染到中国人的举手投足、一颦一笑中来，让个体的生命在悲苦多于欢乐的人生中尽可能地沐浴愉悦，让整体的命运在变幻不定的世界上表现凛然的气质和坚定的存在感”。（著名学者胡平语）

“其实何止如此。”现在的翟健民曾对我说过这样的话，“瓷对我来说，是命，是生命中最激活我情感和力量的源泉！为它活着，为它奔忙，你会不觉啥是累，啥是苦，而且永远有新鲜感和无尽头的企盼。”

然而年少时的翟健民在玩古董时，绝对没有半点诗意。那时，像他这样生活在底层的苦孩子，想在香港生活得下去，不用说做生意，没有英语的基本功，就好比哑巴瞎子。翟健民“瘸腿”——英文水平差得不能再差，还不如一个五六岁的本地出生的香港幼仔。

到师父黄应豪的古董店之前，翟健民在另一个小店里当小伙计。有一次一位外国顾客指着柜子里一件 70 元的东西要买，用英文问翟健民多少钱。

当时只会一至十的数字英文单词的翟健民憋了半天也说不出“70”的英文词来，最后只好用“seven”（7）和“zero”（0）告诉那个老外。“17 元?”老外有些疑惑，反问道。翟健民硬着头皮点头：“是。”等老外走后，邻店的伙计过来，看了看柜子里的标价，问翟健民："民仔啊，你怎么把70元的货，17元就卖出去了呀？"翟健民当时窘得满脸通红，只恨没有地洞可钻。

"香港仔"怎么会不懂最基本的英语呢？这得向读者交代一下这位当今世界古董收藏大侠的身世和儿时的经历。

开头说过，翟健民手里持有一本葡萄牙护照，这是因为母亲生他时翟氏一家人在当时葡萄牙政府统治的中国澳门。翟氏非中国澳门土著，翟健民的父亲翟玉树和母亲于雅珍都是山东人，在那个兵荒马乱的年代逃到澳门。在澳门安顿下来之后，翟玉树凭着吃苦耐劳的精神和豪爽侠义的为人，渐渐地在澳门闯出一片天地，后来开了一家叫"北平"的商店，一家人过上了安逸富足的生活。

从内地逃到澳门的翟氏一家，尤其是与我同龄的翟健民，其童年时代的命运竟然与我们在内地的孩子没有什么差别：甜苦交加，跌宕莫测。唯一的区别是，我们的童年是在"大跃进"和啃树皮的"三年自然灾难"中度过，翟健民则因为父亲有钱，又生活在资本主义社会的澳门，每天吃得饱饱，又穿着白衬衫、小皮靴，头发理得光顺地去教会学校上课，而我们只能饿着肚子、拖着破棉鞋去学校背书抄字。从照片上可以看出，当年的翟健民在家里完全是个"阔少爷"和"贵公子"，三个花一样的姐姐宠着他、护着他、爱着他。而从1965年他穿着小西装与父母的合影照片，可以看出当时的翟健民一家的境况：和美、幸福、富足、有教养。

这张照片对翟健民来说，是命运的分界线。

1966年，我不曾想到这位远在澳门的同龄人怎么可能也经历了"文化大革命"的冲击，从而彻底改变了一生的命运……

我记得那年的一天夜里，突然有一群举着"造反有理""打倒走资派"纸旗的人围住我的家，后来进行了近一个小时的翻箱倒柜，临走时重重地将我家的大门用打着"×"的纸条封上了。这一夜，我一直躲在一个暗处，浑身吓得发颤，但眼睛里充满了愤怒，因为带头到我家抄家贴封条的是我熟悉的人——我父亲介绍入党后又当了干部的邻居"阿伯"。

翟健民这时在澳门。澳门是葡萄牙殖民地，怎会也染了"内地病”？以前不知，听翟健民讲后才明白“北京患感冒，澳门打喷嚏”这句话的道理。

澳门小，不像香港自 1840 年后基本听英国人的话，虽然葡萄牙政府管理这块弹丸之地并非难事，但澳门人多数与内地有千丝万缕的关系，所以内地一有风吹草动，那边的人便会跟风拔草。1966 年，北京天安门广场上隔几天就有一场红卫兵造反的声势浩大的活动，远在南边的澳门就会跟着刮一阵“文革台风”。这年 12 月 3 日，澳门的一场“政治台风”，差点把澳督政府推翻，最后的结果是：当局警方向“造反派”开枪镇压，造成严重伤亡，有名的“12·3”事件指的就是这件事。

别看翟健民的父亲是山东人，平时有股天不怕地不怕的豪气，但他对政治风暴极为害怕，尤其是“红色暴动”，一想这样的事他会捂肚子——当年从山东逃亡时，游击队的一颗子弹就是擦着他肚皮飞闪过去的。

“看来澳门也待不住了，我们到香港去吧！”此时已年过半百的翟玉树，实在不想让自己好端端的一家七口（最小的儿子还在襁褓之中）困于四面是海的弹丸之地。

“别再犹豫了，快过来吧！”就在这时，山东老乡刘福荣也在香港那边一再催促翟氏一家。刘福荣后来成了翟健民的岳父，其爱女刘惠芳嫁给了我的主人公。这是后话。

翟健民记得清楚，就在这年年末的一个夜晚，父亲突然把全家集合起来，又让他和姐姐们带上自己的东西，一分钟也不耽误地登上了一条去香港的轮船。“我们乘的那条船叫‘大来号’，父亲虽然没有跟我们说清到底为啥仓促离开澳门，但我心里猜测肯定未来的命运凶多吉少。果不其然，到了香港，我这个一直在家当‘阔少爷’的人，从此成了穷小子……”翟健民在采访时对我这样说。

翟健民的父亲以为在香港英国势力强大而稳定些，哪知香港受内地的影响也不小。“澳门暴动”没多久，“香港暴动”闹得更厉害，最后成了“打砸抢”的一场震惊中外的惨剧：近千百姓伤亡，无数港民开始往加拿大、英国等国迁移。翟玉树留在香港，日子总得要过。待暴动稍平息后，翟健民的父亲回到澳门，将所有在那边的财产和货物，变卖成约6万港币带到香港，从此他们一家人定居香港。

翟玉树同时带回香港的还有十几个大大小小的箱子。这些箱子里的东西，也使幼年的翟健民第一次接触和认识了瓷器古董为何物。父亲到香港后，不知干什么为好。听人说有笔生意可发财，于是翟玉树把6万港币一齐押出，哪知被奸商骗了个精光！

6万港币，当时在香港也算是个大数。翟健民说，他父亲和母亲曾经在刚到香港时准备拿出6000港币买一套可供七口之家住的大房子，可想而知6万港币是个什么概念。

“我活该！我死了算了！”被骗的翟玉树恶气冲胸，中风不起。

翟家瞬间败落！为救夫命，翟健民的母亲无奈做出决定，从原先住的山东老乡和各路商贾云集的尖沙咀，搬到了偏远的“贫民窟”——观塘。“这里都是打工仔住的地方，房租便宜。”翟健民说。

母亲做的第二件事是变卖自己仅有的“家产”——她手上、耳上的金银首饰……还是垫不够看病的医疗费。翟健民每每在这个时候，看到母亲暗暗抹泪，然后打开父亲从澳门带回的那些箱子，从里面取出一两件瓶瓶罐罐，出门而去。过几个小时后，母亲回到家，从口袋里掏出钱票，让女儿到药店买药，同时又从草编袋里掏出一些最便宜的日用品和食品。

“从那个时候，我才知道，原来那些瓶瓶罐罐的古董可以换钱。这是我生命中第一次对古董和瓷器有了一个强烈的印象。应该说，那是生活所迫给我留下的深刻记忆。”几十年后，许多人在北京电视台的《天下收藏》节目里，听翟健民讲过这段颇为心酸的回忆。

翟家的生活境况随着顶梁柱翟玉树的病情每况愈下而仍在继续往冰点坠跌。翟健民的大姐退学，继而他的二姐、三姐也跟着退学。而此时，翟健民又发现母亲不再有可能时不时地抱着瓶瓶罐罐出去换钱回来，因为他看到父亲从澳门带回的所有箱子都已空了。

“老师，明天开始我就不来上学了……”一天，翟健民低着头对老师说。

“为什么？”老师非常吃惊，“你进初中学习学校已经很照顾你的，为啥不上学了？”

“我知道……”翟健民欲言又止，他不想让学校和老师知道家庭的窘境，所以只说了“对不起”三个字，便像逃亡似的离开了学校。那一天，翟健民背着书包坐在街边，默默地流了不少眼泪……这是他第一次心灵上受到巨大打击。

“从小我在澳门长大，那个时候家里条件好得让人羡慕，我是家里的少爷，有两个用人伺候我。到了香港就像掉进了冰窟窿里，家里的事先不去说。在澳门时我念的是教会学校，那边是葡萄牙语，除了葡萄牙语我就会山东土话。转学到香港后，看到父亲病后我的姐姐们先后退学，我作为长子越想越觉得应该给家里长志气，可偏偏不行。论干活儿，我年岁还小，而且从小娇生惯养。上学吧，因为我不懂英语，而香港的学校都是用英语上课，我一句都听不懂，每节课都像木头人似的坐在那里，学习成绩一塌糊涂。到了小学毕业的时候，同学们开开心心都去拍毕业照，我因为英文成绩不及格，所以连毕业证书都拿不到。再看看家里的境况，更是巨大的心理打击。有一天心里憋屈，偷偷在家拿了父亲抽的一支雪茄烟，躲在一个地方吸起来。结果被母亲发现后，追着打我，母亲愤愤中不小心将雪茄烟头烫着了我的耳根，这块伤疤至今还留在我的颈部……”翟健民给我看他的伤处，“那是我小时候受到刺激最深刻的一次。当时可以说是心境最悲惨的时候，小小年纪死的心都有。因为我懂事了，看到家里这个样子：父亲病在床头，母亲整天忙着，又照顾父亲，又要照看小弟弟，还得想着几个儿女嘴巴的问题，姐姐们不能上学，出去做苦力，我又念书不行。总之觉得一辈子完了，翟家全家完了。当时就这么想。我退学也没有跟父母商量，自个儿退的，回到家又遭了一通打，是不是觉得没有什么活头了？”

“你为啥不想上学了？”母亲追问儿子。

“爸爸病了，我要去挣钱，挣钱养活你们！”翟健民抿着嘴说。

“你？你才多大！”母亲的嘴唇在抖动，内心痛楚万分。

“我是男人！我行的！”翟健民昂起头，对母亲说，“再说，我是家里的长子！”

在翟健民的心里，“长子”的意识，强烈而坚定，就像一个牢不可破的不可颠覆的信仰一样支撑着他儿时的全部精神世界。为了这个信仰和精神支撑，他以14岁的年龄走上了漫漫人生道路，一直走到今天。

在最初的人生目标里，只有两个字：赚钱！

赚钱是翟健民的全部目的。退学后，在家里帮助母亲干了几天活儿后，翟健民就步入了他的打工生涯。先是在尖沙咀的一个姓纪的老板那儿干活儿，管事的是老板娘。这位近60岁的上海老太太，早年毕业于上海圣约翰大学，英语特棒，翟健民在她那儿学到了比学校更好的实用英语。“这让我一辈子受益。”翟健民日后说。

生意场上，靠的是诚实和技艺，这两点在这家抽丝店老板娘身上，翟健民学到了。所谓诚实，就是做买卖时，不能靠偷工减料、偷梁换柱、坑蒙拐骗，要一是一，二是二，虽然交易时会说些漂亮话，但归根到底还是卖你的信誉和货物质量，所以诚实是第一位的。技艺是指业务能力、知识面和脑子的灵活程度等，俗话说，技不压人，就是说技能和专业本领是没有止境的，本领是练就出来的。讲信誉、专业能力强、知识面广的人才能做成大生意，这是翟健民在走向社会后学到的第一门课，也是最重要的一课。当然作为最底层的打工仔，他还学到了如何吃苦及精打细算的许多“窍门”——

翟健民的第一份工钱是300港币。因为店里不包吃饭，所以他必须每天花七毛钱买一份盒饭，月底他向母亲上交300港币后，母亲会在每天儿子出门时在他口袋里放上一块钱。“当时我想，我中午买一份盒饭是七毛钱，母亲为啥给我一块钱？原来她给的另外三毛钱是我的交通费。但从我住的尖沙咀到打工的抽丝店那儿，来回要三个来小时，每天坐公共汽车的车费不止三毛钱。怎么办？我想我必须再找一份工，于是就很快找了一份在长沙湾的饭店刷碗帮厨的活儿。这份活儿是晚上七点开始一直干到十一点。非常非常辛苦！”翟健民回忆儿时的经历，总会用这样的特别语气，“那是最底层的打工，那时我就像拼命三郎，每天在抽丝店一下班，就脱下白衬衣和小西装，换上又脏又臭的工作服，直奔饭店。在那儿除了帮厨师切菜端盆递东西外，就是刷盘刷碗，每天总是满头大汗，但我学到了人生中特别重要的东西，一是勤奋劳动，二是吃苦耐劳，再就是忍气吞声。你想想，我当时才十四五岁，年龄最小，谁都可以欺负你，你又没办法反抗，所以有什么倒霉的事都会推到你的头上，你就得忍。但在那段时间里，我也交了不少朋友，是最底层的朋友，他们中有不少人还是很善良的。不过也有恶人，一些人品质不是特别好，好吃懒做，喜欢赌钱，输了就到我这儿借钱，我不肯，他们见我人小好欺负，有一次一个家伙竟然借着喝醉酒要向我借钱，我当然不会同意，他哪知道我辛辛苦苦挣钱就是为了给家里的父亲看病用的，于是这家伙举着刀满厨房追打我……虽然没追上我，但真把我吓坏了。”

童年的辛酸，会让人一辈子记忆。而童年的辛劳与勤奋，也能让人一辈子受用。这是我们那一代人的人生体会。翟健民能在后来出道后仍然保持平民的心态与勤奋精神，与少年时候的艰辛经历有着密切关系。“自古雄才多磨难，从来纨绔少伟男”这话大概说的就是此理。

十四五岁的翟健民每月要为家里挣回400港币，对当时的翟家和翟健民本人来说，都是件极为了不得的事。而翟健民从中收获最大的是奠定了他人生最重要的三样东西：勤奋的精神和不耻低贱的品质，还有就是做事一定要讲求诚实与信誉。一个人能有上述三样东西，如果再遇上“贵人”，那么他或许就可成就大业。

翟健民恰恰都有了。他在抽丝店当学徒工期间，认识了一位让他一生念恩的“贵人”黄应豪，也就是引他走上古董行的师父。

其实在跟师父黄应豪之前，翟健民还干过一阵子古董店的小差，那是大约在1973年年底的时候，是在父亲翟玉树的好友、翟健民的干爹刘福荣和一位河北人开的“东茂业”古董店里。当时翟健民一则因父亲朋友的面子，二则因干爹刘福荣之邀。

“民仔，看你瘦成这个样子，干脆跟我干吧！”一日，刘福荣到翟家看望老友，见骨瘦如柴的翟健民后，便了解到这孩子为了省钱给父亲看病，经常饥一顿饱一顿，十分心疼，便向翟家和翟健民提出建议。

“干爹，你给多少钱一个月？”翟健民竟然开口向干爹问工资，让躺在床上的父亲翟玉树觉得很没面子。

“你小子想什么呢？”翟玉树有气无力地痛骂儿子。

“嗨，孩子没有错。既然出去给人家打工，就得问清工钱。”干爹刘福荣对翟家大公子早就打心里喜欢，便摸摸翟健民的头，打趣地问，“民仔，你看给400块一个月咋样？”

“行。比在抽纱店多100元。”翟健民欣然接受。

“这小子！”翟玉树和妻子在客人面前不知如何是好。

但翟健民想的是这每月多100港元，等于一年可以多为家里多挣1200港元哩！到了“东茂业”上班，那位管事的河北老板向翟健民提出：除了白天上班外每天夜里住店值班，早上起来给店里做些保洁和烧开水之类的杂事，这样每天再加3块钱的伙食费。“行，小活儿都包给我吧！”听说又能每月多给90港元，翟健民便爽快地答应了。

什么叫苦孩子？苦孩子除了干活儿吃苦，就是懂得每一分钱的珍贵。翟健民的少年时代就是在这种经济情形下，锤炼着自己的意志：起早摸黑，拼命干活儿。他将挣来的每一分钱上交给母亲，同时再将可以属于自己支配的每分钱掰成两半花。像所有男孩儿一样，他从小喜欢李小龙，尤其看到李小龙棒棒的肌肉和跟坏人决斗时那眼花缭乱的功夫时，翟健民羡慕死了，心想自己假如也能有李小龙的本事该多好，说不准哪天能用得上呢！

上班打工后，他觉得自己慢慢成男人了，尤其是父亲病倒后，作为长子，翟健民觉得该有个顶梁柱的身板。可惜一直以来他都骨瘦如柴，影响了男人的形象。于是到“东茂业”住店值班之后，翟健民一有空儿，就做两件事：一是李小龙的新片出来后去影院，二是去健美房锻炼身体。少年英俊的翟健民还真有一段时间快成“健美先生”了——不过，这仅仅是他内心的一个梦想而已。

“民仔，我开了个新店，叫‘大中行’，你到我那边干吧！”来“东茂业”不到半年时间，一天，干爹刘福荣来找翟健民，这么对他说，“每月再涨 100 元工资，如何？”干爹眯着眼睛冲干儿子笑。

“那——这边的师父我跟他怎么说呢？”别看翟健民年岁不大，却明白什么时候都得讲究义气，这也许是从父亲血脉里遗传过来的。

“这店也有我的股份，我已经跟他们说妥了。你过去就是。”干爹说。

“那行。”翟健民笑了。

从在抽纱店 300 港元月薪到现在的 500 港元月薪，翟健民明白，这都是因为干爹刘福荣的特别“关照”才会有的好事！翟健民心头比谁都清楚，仅此一点，他深深感到干爹的那份情意，不仅是对他，而且是对他全家的情意。父亲病重，每一分钱对翟家是何等重要！干爹的这份情意，烙在翟健民心头，母亲也常常在他面前念叨：“干爹对你和我们家这么好，你要跟着他有出息啊！”

“嗯，我明白。”翟健民多次这样向母亲承诺。

但是到“大中行”不到两个星期，翟健民做出了一个决定。这个决定几乎让母亲跟他“断绝母子关系”，更不用说干爹听后是如何气愤。这事的“主谋”是黄应豪——那个与翟家无亲无故的广东人。

黄应豪，现在还在香港活得好端端的，快 80 岁的老人家。与翟健民聊天谈事中，时常能听他带出这个人的名字。我没有见过，但从翟健民提供的照片可以看出，黄应豪先生的长相是很标准的广东人，瘦且精明。据翟健民介绍，黄老先生出生在一个古玩世家，许多亲戚在海外从事古董生意，其引路人是他的姑父、居住在美国旧金山的叶万华先生。叶在美国收藏古董界颇有名气，按名分叶万华先生是翟健民的师爷。但在翟健民认识黄应豪时，黄应豪虽说是“老板”，却很可怜，因为他的那个叫作“天宝阁”的所有员工和老板加起来才一个人，是个光杆司令。

“如果不是师父当年光杆司令一人，也许我这辈子不会走上古董这行当，更不用说成为收藏界的一名专业人士了。”翟健民很多时候都这样说。

黄应豪的店当年紧挨着抽纱店。这个光杆司令开的“天宝阁”，其实除了古董外，还卖些其他生活杂物。黄应豪最早并非是开店的老板，而是在古玩界做“跑盘”的生意。所谓“跑盘”，是古玩界的一个特殊职业，自己没有本钱开店，却懂得一些古董和收藏的知识，或者是有一定的人脉关系。这些人从古玩店里“借”出一两件东西，利用自己的人脉关系去兜售，卖掉了，收古玩品“东家”的10%佣金，有点儿像古玩店的经纪人。翟健民说，香港许多今天很出名的古董老板和收藏家，都是“跑盘”出身。

“那你应该也属于其中之一？”我问。

翟健民点头。

黄应豪后来与另外两个开饭店的老板合伙开了一个古玩店，就是“天宝阁”。不过，老板、店员仍只有黄应豪一个人。凭借着自己对古董收藏知识的眼力，尤其在瓷器方面，黄应豪执掌的“天宝阁”生意越来越忙。就在这时，小仔哥翟健民出现在“天宝阁”的近邻抽纱店里。

“民仔，我要出去一下，你帮我看一下店门啊！”就这样，黄应豪一有跑外的事，就喊一声一旁看店的打工仔翟健民，似乎渐渐成了习惯和一种默契。

“行，阿豪，你只管去吧！”翟健民干脆地答应人家。当时黄应豪38岁，翟健民14岁，两个半老不小的男人，就这样成了“哥们儿”，感情日增。黄应豪有辆破汽车，有时半夜拉货路过长沙湾，便顺道将在那里打另一份工的翟健民带回家，这让他俩感情更铁了。黄应豪没有老婆，所以视聪明灵活又诚实的翟健民为小弟，两人常常不分你我地混在一起。翟健民帮黄应豪干活儿，尽的是义务；黄应豪给翟健民的是一份保护，14岁的打工仔，独自一人早出晚归，难免有尴尬的事，但有了这位“豪哥”，翟健民感觉天下没有怕的事了。“豪哥”偶尔也会悄悄塞给他十块钱：“去弄顿饱餐!”这个时候，翟健民感觉无比幸福，因为他自己从不敢花十块钱买吃的。

男人与男人之间在最初时建立起来的交情，可以换成一生的相互依附、相互信任。翟健民同黄应豪就是这样。初涉社会世故的翟健民当时仅十四五岁，那个时候他父亲病在床榻，在外面如何做人、如何与人打交道，翟健民是一张白纸，谁跟他好、谁拿他当人看待，他就认谁为最亲、最可靠的朋友，黄应豪就是在这种情形下走到了他的身边，走入了他的人生，并且融入了他的心灵世界。这位年长翟健民 24 岁的生意人，也给足了这位少年最初涉足社会时温暖的依靠和笃诚的交情。对这样的人，在翟健民看来，除了父亲，甚至必要时对父亲都可以作某种“背叛”，然而与黄应豪则不可，必须“铁”到底——可为他而生，可为他而死，更不用说跟他一起去冲锋陷阵。

正是有了这样的一份内心的“义气”信念，一日，黄应豪找翟健民时，便出现了一幕让翟健民家人都不能容忍的事情——

“民仔啊，今天中午我要请你吃饭，一定要来啊!”黄应豪在电话里对翟健民说。

“师父，不好意思，我一个好兄弟中午要请我吃饭，我能过去一下吗?”翟健民小心翼翼地跟师父刘福荣请假。

刘福荣连头都没有抬瓮声瓮气地说：“你小小年纪还有啥好兄弟呀? 别让人骗了。”顿了一下，又说，“去吧。早点儿回来，下午我还要出去提货哩。”

“嗯。”翟健民像做错事似的，连连点头，然后拔腿就往与黄应豪约好的地方奔去。

“豪哥，啥事?”见面后，翟健民便问黄应豪。

黄应豪朝他笑笑，没说话，只把一张写着字的纸放到翟健民面前。

“民仔，这上面的字你看得懂，自己看吧!”黄应豪不动声色地说。

“是合同书呀!”翟健民一看，是黄应豪与远东大厦的业主签订的一份租赁合同，上面写着黄应豪要开一间古董店，租赁其房屋，"豪哥自己要当老板了！恭喜恭喜！"翟健民好不高兴，是为朋友高兴。

黄应豪深情地看着翟健民，然后说："民仔，你光说恭喜，难道这事跟你没有啥关系？"

"跟我？"翟健民一时愣着看黄应豪。

"你豪哥我开店，假如你不来帮我，肯定这店开得没意思，所以今天请你吃饭，就是跟你说这事——你到我店里来吧！"

翟健民一听，脸上的表情又愣住了。"豪哥，这……"他不知如何回答"豪哥"的盛邀，脸上一副为难。

"我知道你刚到'大中行'，刘师傅又是你父亲的好朋友，但我跟你不一样呀！我们好上几年了？我们是真朋友，而且谁比我更看重你？"黄应豪一口气说了许多话，但翟健民似乎一句也没有听进脑袋里。他在想：自己现在刘福荣店当差，人家刘福荣跟我爹、跟我家的关系是啥份儿上？从我爹重病一开始，干爹刘福荣是帮忙最多的人，不仅借给我们家钱，而且这钱还没有还。这份情意，咋说？再说，我又是新到干爹的店，人家给的工钱又是特别照顾，我才干了两个星期，现在要离开他的店，这怎么开口啊？

"民仔啊，我知道你有些为难，但你现在算是一个男人了。男人一辈子干啥？干事业，做大生意。怎么干大事业、做大生意？那就得靠真本事、真本领。做事、做生意，千千万，但我觉得你跟我做古董生意没错，一是这生意可以干出一番天地来，二则我有长处，懂些知识，又有人脉，你也接触过这个行当，加上你做事认真、讲信义，脑子又灵活，跟着我就可以多学多练本领，以后一定能成大器，所以我认定选你没错。你在人家那儿是当学徒，到我这儿不一样，虽说我年龄上可以当你师父，但我们是先朋友后才是师徒关系，我们相互之间彼此心胸坦荡，没有疙里疙瘩，这层关系哪个能比得上？你自己想想我说得对不对？"黄应豪是有备而来，掏心窝子跟翟健民狠狠"灌"了一顿饭工夫。

这顿午饭到底吃了什么，翟健民至今仍然想不起来，但他记得在这顿饭桌上，他做出了一个让他一生都不能忘怀的重大决定：离开干爹，跟黄应豪一起开店学古董行当。

“啥？你说啥？你要离开我？”干爹刘福荣以为自己的耳朵听差了，双手叉在腰际，两眼盯着弓着身子在扫地的翟健民，一连问了三声。

“是豪哥一定要让我去的。”翟健民的声音跟蜜蜂似的小，眼睛根本不敢直视干爹。

“你再说一遍，是不是要离开我？”刘福荣这回的问话是跟着他的双脚一起戳到了翟健民的鼻子尖前。

事已至此，翟健民不能不抬头，但抬头的那一瞬间又迅速避开干爹那刀光一般的两道目光。

“说！你把话说出来！”干爹的声音已经变形了。

翟健民无法再回避，但仍然不敢发声，只是轻轻地点点头。

“好啊你小子！你以为你是谁！当初不是看在你爹的分儿上，我要你这浑犊仔干啥？你才多大，就自己做主了？你知道这个世界是啥做成的？你以为凭你撒几泡狗尿就知道天底下的事了？不上茅坑里照照镜子，看看自己下巴上长了几根胡子……”这一个下午，翟健民活了十几岁，第一次劈头盖脸地受到了干爹刘福荣将近两个小时的臭骂，这顿臭骂可谓骂得淋漓尽致，小小年纪的翟健民仿佛感觉自己是被干爹扒掉了身上的所有衣衫，甚至连裤衩都没穿，是光着身子站在大街上，在来来去去的人眼中出丑、出洋相。干爹的话句句骂在翟健民的心坎上，戳到了心尖上，压在了气管上，让他透不过气，说不出话。

“滚！马上就给我滚！”干爹后来到底骂了些什么，翟健民根本听不见了，只有最后一个“滚”字，如五雷劈头，他听得重重实实，听得眼裂魂散。

是不是从干爹的面前“滚”回家的，翟健民记不得了，但他回到家后的情形又让他差点儿再次寻死路——“你小兔崽子！长了本事啊你！敢甩了干爹？知道你干爹是我们家的救命恩人吗？知道是谁借我们的钱去给你爹治病的？你倒是恩将仇报，拿你干爹的热脸当冷屁股啊你！”这回是母亲的骂声。

母亲的骂声让翟健民更难扛，母亲的骂声里夹着心酸的哭诉，夹着愤怒与恨铁不成钢的怨气。

“你个臭小子——”翟健民看着母亲举起的拳头在自己头顶上高高落下的那一刻，他的心碎了，因为他听母亲“啊”的一声，哭倒在一旁……

这一天，翟健民的心是揪着的痛，但年轻的他，却又感到如释重负：总算第一次做出了自己的选择。

翟健民至今仍然感觉他在那时的这一人生抉择是“英明”的。“因为我没有了在干爹手下干活儿的那种欠债似的包袱感。”他这样认为。

少年的他获得了精神上的第一次解放。这解放为他日后的人生和命运带来了巨大的愉悦，令他一生受用。

这是1974年的事。1974年是翟健民真正走向独立的人生之路的一个开端。

1974年至今已经40多年。40多年前的一位青年开始了他在古董与收藏业上摸爬滚打的艰辛人生路。

40年前的中国内地，仍处在疯狂的“文化大革命”时期，尤其是从1966年起的“批判封资修”到这一年的“批林批孔”运动，作为以古董和收藏为重要内容的传统文化，也在这期间受到了史无前例的清扫与革除，那些曾经的专家、学者早已停止业务多年，远远地躲避在劳动改造的农场甚至被投入监狱，他们不可能去继续从事和研究文物与古董了。而这个时候，香港这个“自由世界”里的翟健民则乘着日本、英国和美国等国家的收藏热的浪潮，周游四海，并在其中纵情地吸收知识、学习经验。

而中国，现今那些在收藏和古玩界叱咤风云、经常上电视做节目的所谓专家们，其实真正对古董与收藏业开始学习和入门，也基本上是在翟健民混迹古董与收藏业20年后的20世纪90年代中后期才开始的。由此，大家应该知道，其实在当代中国乃至世界，像翟健民这样具有40余年实战经验和丰富知识的古董与收藏行家，实在不多。

我当然更知道，翟健民特有的那些经历和无数次的生死交易，又使他像一个身经百战的战场元帅，其积累的经验和知识，及其练就的一双金睛火眼，更非常人能比。然而这并不是翟健民的全部，他所拥有的是作为一个世界级古玩行家的心境与品德，这就是他的真性情、真本领、真德行和做人最宝贵的求真、蔑假的高贵心灵。

在充斥假货、假市、假价和假不为耻、作假如常、真假不分、真不如假的古玩世界里，翟健民依然傲首挺立、独领风骚，是为当代奇人、奇宝也。

第二章　掌中造金山

古玩和收藏界的事对外行来说，永远是个谜，就像当代人根本无法理解几千年前先圣鬼谷子为何能够成为通天彻地，兼政治、军事、八卦占卜、游学神学加修身学和外交学于一身之人，其弟子孙膑、庞涓和苏秦、张仪等人，构筑了至今仍未有人超越的先秦诸子百家的伟大思想大厦。

一只画有“鬼谷子下山”图的瓷罐能卖两亿三千万的价，你说值不值？大收藏家认为，非常值，而且还会升值。外行人说：“去，两亿多弄个破瓶烂罐，打死我都不会稀罕那玩意儿!”

值不值，天知道。

巧事。书写至此时，恰见报上盛传上海收藏家刘益谦手托一只手掌大小的明成化斗彩杯——鸡缸杯的照片，人们好奇和那么多眼球被吸引的原因，就是刘益谦手里的那个小碗是刚刚从香港苏富比拍卖行那里花了 2.8 亿港币拿回来的。

2.8 亿港币是个什么概念？相当于人民币 2.5 个亿吧！区区一只小碗，就因为是古董，所以有了我们普通人无法想象的天价，这是什么道理？再听听收藏者刘益谦是如何解释的。他端着这只碗，喝了一口水后说：“我其实就是用这个方式来表达一下当时的兴奋心情。这碗多么有故事，我拿到手，擦也没擦过，就随手往里面倒了点茶，把它喝光了。你想想，这碗距今500多年了，当年皇帝、妃子都应该拿它来用过，我无非是想吸一口仙气。”

一只宫中用的碗，就因为有500多年历史，被皇帝和妃子用过，所以就值2.5亿元？

在古董玩家和收藏者的眼里，2.5亿元确实值；在普通人眼里，打死一片人你也无法让他们相信它值这么多钱，因为大家一起连命凑到一块儿也不可能弄到2.5个亿的钱呀！再说，这么个小碗，就算它是皇帝、妃子用过的，就算它有500年、1000年的历史，不认它的话，它还能值几个钱？

这就是收藏家和古玩界的人与普通人之间的差异。有价和无价，值钱和不值钱，尽在一种感觉之中。收藏界疯狂也就在于此。翟健民玩的行当就是这么疯狂，现在比任何时候都疯狂，疯狂到什么程度？你只要打开电视机就可以看到从央视到地方电视台节目，比如说北京电视台的财经频道，一到晚上，每天都在“玩”古董收藏，什么花样都有，只要你说得上的，真真假假且不说，节目的时段和频率就足以说明收藏热热到了什么程度！有人说，当今中国有两大热点——反腐与古玩，这不是没有一点道理。反腐抓出一只只“老虎”让许多人惊慌失措；玩古董，一件件稀世奇宝、一件件真真假假的“宝贝”天价亮出，令人时而心花怒放，时而心惊肉跳。这两年，央视的“寻宝”与“鉴宝”类节目也有几个，据说收视率接近《星光大道》。

在前些年股票大跌的时候，百姓的收藏热甚至超过了股市。这难道不算过瘾？古玩古玩，玩的就是心跳。问题是：许多玩古玩者是因想发财而玩此心跳，故而引出了当今中国古玩与收藏界的一片热闹和一片混乱。

翟健民的职业便在其中。他跟国内所有大收藏家都有密切关系，包括刘益谦。但收藏家是整个古玩和收藏界的终点与起点，言之终点是一件古董出现在市面上或市场上，收藏家出钱将其收入囊中，这是他的主要终极目标；而收藏家很多时候又是收藏品的起始者，因为他会定期或不定期地将一些收藏品再度送入市场或市面上进行出售、交易，换成钱，或者干其他事情去了，或者再去收藏更有意思或更想得到的“宝贝”。

一件古董“宝贝”从它出世到落定收藏者手中，其过程，便是翟健民从事的主要职业。行里人称这种职业为“经纪人”。但古董行当里的“经纪人”非一般意义上的经纪人，并且与许多行业里的经纪人很不一样，因为除了经纪人常规的共同点外，古董业经纪人必须还是寻宝人、识货人，当然许多时候还应该是交易人。那些砸巨款的收藏家可以不识货、不知价，但古玩经纪人必须识货、知价，而且世界顶级的古董经纪人不能有任何失误，一旦失误，就是几百万、几千万，甚至数亿钱款泡汤，其结果还会弄出个“国际玩笑”。当然，谁玩了一回这样的“国际玩笑”，谁将遗臭万年，永无翻身之日。然而，在今天的古玩界，正如我们前面多次讲过，玩假和确实假的东西太多，故而这个行当里的经纪人中浑水摸鱼、鱼目混珠者不计其数，而且有的根本就是靠玩假、弄假、制假、造假糊弄收藏爱好者。成千上万的所谓收藏爱好者，也知道这潭浑水中没几条鱼，但宁可倾家荡产也心甘情愿去蹚这潭浑水，以求一夜发财。今日中国古玩市场上，如此鱼目混珠，真假难辨，原因之一就是假“识宝人”太多，假“专家”太多，“江湖骗子”太多，故而处处乱象频生，众魔群怪兴风作浪，电视节目里有，拍卖场上有，私下里的江湖骗子就更多。就说刘益谦手托 2.8 亿港币的“鸡缸杯”的新闻图片出来后，网络上的那些“淘宝”仿品井喷而出，随意点击一下“鸡缸杯”三个字，竟能找到上千家网店都在热销此“神器”，最便宜的才十几块一只，最贵的则要几千元。真假“土豪们”都想享用一下皇帝、妃子用过的碗杯，其心境实在可笑。

这就是今天的中国古玩行业的景象，热闹又滑稽。真正像刘益谦这样的收藏大鳄难得，但“假刘益谦”的土豪和想把自己装扮成刘益谦的人可不少。

显然，翟健民想在这样的行业里清高而独傲其中，谈何容易！不过，就像真理总是掌握在少数人手里一样，真货与识货者总是并存于世，且方显金子和英雄本色之光芒。

但有一点，行内人和行外人都感兴趣的是：区区一只小杯小碗、一只旧瓶破罐，怎么着就成了几千万、几个亿的稀世奇宝和价值连城的宝贝呢？这实在是个谜。

一只“鬼谷子下山”瓷罐、一只“鸡缸杯”小碗，充其量也就是三五斤、三五两的瓷片，竟能卖出两三亿元。你看看刘益谦端起“鸡缸”喝水的样儿，那小小的“鸡缸”握在掌中，不过如纸轻重；君皆知，两三亿元人民币要是换成金子，得多重啊！普通人的十双手也未必将它托起，假如放在一个人的手掌之中，岂不是足足一座金山也！

这也就是古董行业的无限魅力所在。翟健民说，他入道40余年，每年手掌上“托”过的这般“金山银山”少说也有几十座，甚至几百座。然而你可知这样的金山银山是如何垒筑和生长出来的吗？

这定然是个谜，定然是个充满传奇和魔鬼般人生的谜。翟健民就是在这样的谜中一步步走来，而他本人也在这样的谜中练就成一个谜一样的世界级职业古玩专家。

跟了翟健民一段时间，有一天我顿然醒悟：原来他这样的人，在其行当中，会在别人不经意间，创造出一座座金山、无数座银山。

翟健民在古董、收藏行业中，经历了从最初的兴趣、爱好到事业的全过程，攀登到巅峰且独领风采，这与他来自于生命中的那份“不成则败、一鸣则惊”的不屈精神、誓做“大佬”的奋斗目标是分不开的。

古董和收藏界的水其实非常深，深不见底。你被别人玩了一辈子，可能还在自鸣得意之中。在北京，曾听说过一则传闻：某高官家里收藏了千百件古董和名家的书画作品，这些东西当然都是人家送的，有大老板送的，也有下属官员所赠，什么明清的青花瓷，齐白石、徐悲鸿的画，比比皆是。这位高官平时从不露自己的财富与权威，但对这些“收藏品”，十分自喜，经常邀同事和朋友到家里欣赏他的宝贝。中央反腐败后，他因“大老虎”的牵连，被中纪委和监察机构逮进去。纪委和监察机构要核实他的这些受贿品的价值，出乎意料的是，经专家和文物权威机构检验，发现其多数“收藏品”原来是赝品！后来据说纪委问这位高官到底是怎么回事时，这位高官愤怒地从椅子上跳起来，说：“妈的，这帮坏家伙原来都是在蒙我！他们拿假货来我这儿换真官真头衔，可恶！十万万分可恶！”这是现实生活中的一个笑话。其实在收藏界和古玩界，真真假假的事太多，只是有人拿假画、假古董去向高官行贿，骗得人家心花怒放，最后换来金山银山和高官厚禄，似乎有些不怎么够意思。当然，像这位贪心高官的受骗倒也颇有些讽刺意味。

翟健民从学徒到“大佬”的过程，也非一日之功。有人能从学徒成长到师父，甚至是超级大师父，但未必能成为“大佬”。再说，在香港当“大佬”，也不能说明就能在国际行当中当“大佬”，这中间，也有一个甚至几个高度的阶梯需走。翟健民是从学徒走到了古董和收藏界的世界级“大佬”位置，其过程漫长而又具有传奇色彩，和许多伟人的成功经验又很相似：勤奋加天赋。

翟健民属于这样的人。玩古董与收藏，与打仗相近，这个行当里的将军和元帅，不经正规的军校和身经百战的实战考验，是绝非能及的。

师父黄应豪对翟健民的一生成长极其重要的影响，是这两个年龄差异不小的男人之间，尽管是师徒关系，但从一开始，对古董和收藏颇有丰富知识的黄应豪就一直没有“师道威严”，而是将翟健民当作自己的贴心兄弟，这一点极其重要。一般来说，师父对徒弟总喜欢拿出一些架子，在业务上留一手，但黄应豪非也。从“福成行”开门的第一桩生意开始，黄应豪一见有客人来店，便会招呼翟健民到自己身边，并同时告诉客人：“这是民仔，现在我们一起做事，您有啥事的话，请吩咐我和民仔都行。”每每这时，翟健民心头热乎乎的。“师父时时处处给足了我面子，这让我从心头有了一个强烈的誓愿：得对得起师父，得把生意做好。怎么才能对得起师父和做好生意呢？那就是练好本领。本领从何而来？学呗，练呗！不停地学、不停地练，往深里学、靠苦中加苦练。我就是这么走过来的。”翟健民现在虽被许多专业机构和大学聘为“专家”“教授”，但他讲的和说的都非绉绉弯弯的斯文话，而是句句实在、充满真理蕴意。

当今中国的收藏界，特别是古瓷器鉴定界，最具权威的当数耿宝昌先生。翟健民对此公甚为敬佩，其中原因之一，就是他敬佩耿宝昌先生也是位学徒出身的大专家。

北京人耿宝昌，15 岁在北京当学徒，跟随师父在店堂学习古瓷鉴定的“童子功”，最后炼出一双火眼金睛。1946 年耿宝昌被聘任为北京振华斋的经理，1956 年又被其师推荐到故宫博物院，至今半个多世纪，耿宝昌先生为国家鉴定数万件一级文物，堪称文博界“国宝”。耿宝昌之所以能够走到中国文博鉴定界的巅峰，与当年他跟随师父实战练功有关，而其师父正是中国 20 世纪初、中阶段的古董大玩家、大收藏家孙瀛洲先生。

大器晚成的孙瀛洲恰恰也是坐店的学徒成长起来的，也是十四五岁就在古董店堂见世面、练本领，后来发展到自己开店经营，往来于南北各地，涉足古玩界的各路古董，从宋元明清瓷器到更远古的青铜器，皆在他阅目和掌握之间。孙瀛洲先生不仅本领出众，而且人品极佳。新中国成立后，他把苦心经营近 40 年的珍贵收藏品 3000 余件，慷慨捐献给了故宫博物院，受到中央人民政府的奖励，后来连自己也一起“献给”了故宫——经周恩来总理批准，当了故宫博物院的终身顾问和全国政协委员。中国现今的文物领域鉴定大家多数是孙瀛洲先生的学生或者徒弟，其中包括耿宝昌。

学徒、学徒，其中的“徒”字，观其形态，就是两个肩并肩的人一起行走而成。没有好的师父，其徒肯定不会有出息；师父大道或大家，还得他愿带、敢带和善带，当然更重要的还要有徒弟善学会学、真正想学且学无止步。

孙瀛洲与耿宝昌师徒是这样。黄应豪与翟健民这对师徒也是如此。

16 岁入道的翟健民显然首先是得到了黄应豪的真传。“福成行”开张后，由于黄应豪“路子野”、人缘好，所以各路收藏家和古玩高手云集店内店外，黄应豪对翟健民不仅从不隐瞒任何信息，相反每逢重要器物买卖和同外人交流时，必带翟健民。带了不说，还大胆让其“上手”。所谓“上手”，就是直接用眼看、用手摸其器物，再作出判断和鉴定，即我们理解的“实战”。

翟健民跟我讲，一个杰出的古董鉴定家，最离不开的就是两样功夫：眼看和上手。眼看，其实就是包含了知识，上手就是找感觉，两者归结起来，仍然是知识的积聚之和。常言这个人“眼毒”，就是说他所拥有的知识，通过眼睛的观察与判断，能够在较短时间内获得准确的认知程度；上手，是鉴赏家通过手感而获得的某种信息，这种信息又通过神经传递到头脑中积累知识和经验的中枢进行快速有效的分析，最终得出结论。一件远古时期的陶器，一只明清时代的瓷碗，在普通人的眼里和手上，可能什么都不是，可能被无情地视为废物，但在古玩家的眼里和手上，涌动的是波澜壮阔、惊心动魄的历史画卷，呈现的是色彩斑斓、有冷有热的大千世界，以及在这个世界里传递出的一个个或相连或隔断的有趣故事、骇人传说。翟健民需要练就的本领，就是从这样的死物、静物、旧物，甚至通常被人弃之的“废物”身上，极尽可能地掌握到全部的“脉络”。这样的“脉络”越清晰，古董的价值就越在掌上生成。

这，便是他慧眼识真金的奥秘所在。谁都可以学，谁都可能学不到最高境界。能够达到最高境界的人，一定是在攀登的路上走得最艰辛、付出代价最大且必须又有很高天赋与悟性的人。

第三章 试刀见锋芒

世界最著名的收藏家族，要算意大利的贝利尼家族了。凡能够成为国际级收藏家，无人不晓“贝利尼王朝”。这个已经有 17 代传人的收藏王朝，经过 600 余年的不懈努力，如今已经在纽约、伦敦、摩纳哥、威尼斯、佛罗伦萨等地拥有五座私人博物馆和近 2 万件世界顶级的艺术珍品。其藏品从乔托的壁画、米开朗琪罗的雕塑、达·芬奇的油画，到古希腊、古罗马以及古代中国等地不同时期的文物，“贝利尼家族”是世界收藏史上一个至今无人替代的传奇。

在青年翟健民的心目中，贝利尼家族的收藏故事一直深深地烙在他的心坎上。他特别愿意听师父讲一个故事，这个故事甚至令身为穷小子的他，心中也燃起了一个“翟氏家族收藏梦”——

贝利尼家族的传奇故事不胜枚举。现在贝利尼家族的第十七代传人路易吉·贝利尼，从五岁时就被家人训练必须从五件艺术品中挑出一件是假货。而且大收藏家不一定非得有大把的钱才能收藏到宝贝。100 多年前的 1910 年，路易吉的爷爷有一天在拍卖行看到一堆瓷器，约 100 多件。由于那堆中国瓷器比较旧，当时并没有引起人们的关注。然而老贝利尼凭借他的经验认为，这些中国瓷器非同寻常。可当时老贝利尼所带的钱只够买两件瓷器。怎么办？如果回家取钱，就有可能被另一位有眼力的收藏家把这 100 多件中国瓷器买走了。于是老贝利尼想出一招：他先买下两件，出门后立即转手卖掉，回来又买下 4 件，随后将这 4 件再卖掉。他把卖得的钱又买回 8 件，再次出手后，又买了 20 件。当他把 20 件卖掉后，便把剩下的那几十件全部收入囊中。这数十件瓷器后来价值连城。

老贝利尼的故事，在收藏界和古玩界，好比黑人马丁·路德·金先生的“美国梦”一样迷人，吸引着无数收藏爱好者，激荡着他们心中的“发财梦”。从学徒到世界级大师的翟健民，也有许多“老贝利尼式”的故事，那些故事既传奇，又充满了酸甜苦辣的滋味，似乎任何一个成功人士的背后都有这样的故事，只不过对从事古玩和收藏的人来说，这样的故事更具风险和冒险味道——

话说翟健民到黄应豪的“福成行”古董店做学徒不久，他便得到人称“香港古董界法眼”的师父黄应豪的亲自传教，进步飞快，年轻人又聪明好学，能说一口流利的英语，与几乎一点儿英语不会的师父黄应豪相比，翟健民在香港生意场上多了一样“活武器”。这时，“福成行”来了位古董收藏家——20 世纪 50 年代的著名乒乓球运动员钟展成先生，钟先生有事没事就往“福成行”跑，很快成了黄应豪和翟健民的好朋友。

转眼到了 1975 年夏天，经钟展成先生引见，“福成行”又多了一位常客——时任英国牛津大学教授、华裔名家李艾琛先生。李先生学问高、人缘多，又喜欢喝茶论艺，同样很快又成了黄应豪和翟健民的好朋友。李的出现，对“福成行”和翟健民来说，都是一个福音，而且是走出香港、面向世界的福音。用翟健民的话讲，是“具有划时代的意义”。

“要做大香港和内地的收藏业，就得到英国等西方国家闯荡。那里的交易正规且活跃，市场上又有最多的中国古瓷古董出现……”李艾琛的这句话，深深地烙在初涉古董业的翟健民心上。

“怎么样，我的白马王子，什么时候跟我一起到英国伦敦闯一闯，见见世面？”博古通今的李艾琛十分喜欢翟健民，称他是香港版的白马王子。说起这，还有一个小故事：一日，李艾琛到“福成行”喝茶聊天，离开时，天下起大雨，行走在街头的李艾琛有些狼狈。翟健民一见此景，便向邻居借了把伞，然后冲进大雨之中，恭敬地为李先生撑伞遮雨，一直将其送到酒店。后来李艾琛先生特意给黄应豪打去电话表达谢意，说：“黄师傅啊，当时我回头看了一眼民仔，好小伙子，帅极了！他真是我们香港少有的白马王子啊！”

李艾琛眼里的翟健民就是这样成了香港版“白马王子”。其实，青春时代的翟健民，一米八的个头儿，山东大汉的魁梧身材，加上见人总是笑眯眯的和蔼神态，在香港男孩儿中，确实是位少有的美男子。很多人喜欢翟健民，跟他的形象与亲和待人有直接关系。

“怎么样，我的白马王子，我们一起到英国走货去？”李艾琛劝说翟健民和黄应豪到英国闯荡。不用说，这也正合原本血脉里还涌动着不安分基因的黄应豪之意。

“民仔，去？!”黄应豪问翟健民。

翟健民求之不得：“去！”

于是三人合伙，开始第一次“英国走货”。所谓“走货”，就是“进货”“买货”的意思。“福成行”是家古董店，其货有自然托卖者，多数则由店主黄应豪、翟健民四处搜集而来然后卖给收藏爱好者。商店嘛，都是一样的经营形态。到境外，比如到英国这样的海外大老远的地方，进货到本店，距离比在香港进货远得多，因此叫“走货”。

香港人很务实，有赚钱的机会，不管是小贩还是学问斗车的教授或公务员，只要合理合法，谁都会去做买卖，不丢脸、不丢人，且是有脸面的事。牛津大学教授李艾琛搭黄应豪、翟健民师徒俩的“船”，一起到伦敦做古董生意也就成了顺手牵羊的一件好事。

第一次到伦敦的翟健民真是大开眼界。在李艾琛教授的带领下，他和师父黄应豪走访了伦敦大街小巷内的每个古董店。翟健民很快发现，伦敦这样的一个世界市场上，其古董市价却远远低于香港市场，这是为什么？

李艾琛告诉他：“古瓷在历史上一直是中国主要的对外贸易货物。中国瓷器销往欧洲曾出现过两次高潮，一次是明代嘉靖和万历年间，另一次是清代康熙、雍正、乾隆三朝。明朝以郑和下西洋为代表，让西方世界对中国瓷器的爱好变成一种痴迷。而清鼎盛的三朝，是中国瓷器对外最活跃的交易时期。史载，仅乾隆三十九年，东印度公司运往英国的中国瓷器就多达 40 万件。而乾隆十五年至四十六年的 32 年间，销往瑞典并有记载的中国瓷器就高达 110 万件。1840 年的鸦片战争后，西方帝国主义列强又多次侵略中国，掠夺走了大量文物，其中相当多的还是宫廷文物。西方的收藏和古董市场又比中国开放得早，20 世纪 70 年代香港古董市场才刚刚起步，远不成熟，使得中国香港和伦敦两地的市价呈现倒挂现象。

“太好了。把伦敦的东西买回去再出手，不就可以赚大钱了吗？”翟健民把自己所想的，跟师父和李艾琛一说，两位长者都笑了，说：“我们把你民仔领到这里，就是为了一个目的，跟你说的一样：进货，到香港去赚钱！”

“李先生，你一定要多带我们到处看看，这里的宝贝太多！满地是黄金！”初涉世面的翟健民兴奋不已。

“怎么，我们的白马王子来一回就被伦敦给迷住了？”李艾琛打趣道。

“那当然，我们做古玩，就是做生意，有钱就赚嘛！”翟健民也不含糊，直截了当地回答道。

“看，黄师傅，你的徒弟都这么厉害，你还不赚钱?”李艾琛不由转身对黄应豪说。

黄应豪早已乐得直咧嘴：“我的福成行，靠的就是民仔。”

牛津大学教授跟两个生意人一起遛街弄古玩看似有些不相称，其实并不难理解。李艾琛先生并不是穷人，但却是没有钱的人。他地位很高，文学素养更深，对古董和收藏也是非常内行，而且特别看中高档的古董艺术品，如果发现市场上有好东西，他志在必得，且从不轻易出手。如此一位牛津大学教授，即使再有钱，最后肯定也会沦落成“穷人”。你想，假如李艾琛原来有千万资金，偏偏现在有件价格几百万、几千万的古董宝贝放在他面前，李教授怎么能撒手不去得到它呢？于是一两件宝贝收藏后，我们的牛津大学教授便成了彻底的穷人。

如此教授、师父和一位学徒三人组成的“古董走货”团，也算搭配得当。这时，另一位老朋友钟展成听说后，说啥也要跟着去，于是三人淘宝团就变成了四人团。说明一下，除李艾琛教授外，黄应豪师徒和钟展成先生都是第一次到伦敦。

既然出行淘宝，就得身上带足现金。可那个时候，翟健民的师父黄应豪其实也只能算个穷人，因为除了店里进货外，手头的现金也没几个，东挪西凑，他带了 1000 英镑，合当时的人民币 8000 元。钟展成比黄应豪强，带了 3000 英镑。在香港出发前，李艾琛听说三人的情况后，口气很豪，说你们到了伦敦啥事都甭操心，有我呢！但一等飞机落地伦敦，堂堂牛津大学的教授就对黄应豪师徒俩声明：“我现在正处经济危机时期，身上只剩一英镑了。”

“这、这……我们好不容易来一趟，加上钟老兄的 3000 英镑，总共才 4000 英镑，能干啥吗?!还不算吃住和回程机票……”黄应豪一听就急了。

他话音没落，钟展成就立即声明：“我有话在先，如果你们要动用我的 3000 英镑，我们几个人在平分利润的基础上，每花我 1000 英镑，得付我 200 英镑利息。”

翟健民听了目瞪口呆地看着师父黄应豪。好可怜啊！干瘦的黄应豪耷拉着眼皮，瓮声瓮气地“嗯”了一声算答应如此条件。“真是无钱志短。”翟健民当时感慨万千，在缺钱时，朋友之间也是如此啊！

但毕竟是朋友，在伦敦那几天，李艾琛教授尽了地主之谊，天天带黄应豪、翟健民、钟展成三人到处转悠，看遍了大街小巷的各类古董市场。开眼界的不仅是翟健民，黄应豪和钟展成同样眼里放光。伦敦市场确如李艾琛教授所言，遍地皆是宝。

第一天出去，黄应豪和钟展成身上带的4000英镑就基本上花了个精光，实在是市场上宝贝太多，他们一下吞进了好几件。通常是把挑来的宝贝先由黄应豪把关，翟健民在一旁登记造册，由李艾琛教授出面跟古董店老板询价、砍价，再由“大股东”钟展成掏钱。

钱花光了，宝贝到手了。黄应豪、钟展成睡得那个香啊！呼噜惊天动地。可唯有翟健民睡不着，他睡不着是因为看到伦敦市面好东西太多太多……可他们没钱再进货了！可惜呀。

他睡不着，又想不出什么办法，毕竟他是个小伙计。钱的事是老板考虑的。

迷迷糊糊之间，突然第二天一大早，李艾琛教授“咚咚咚”地跑到酒店来敲翟健民他们的房门，说有更好的宝贝去挑。

“李先生，您忘了，我们的钱都已经花光了呀！”黄应豪抱歉地说。

哪知大教授李艾琛习惯地昂着头，咧着嘴巴又拍拍黄应豪的肩膀说：“阿豪兄啊，你是第一次来伦敦，还不趁机会多见识一点儿。这走货的必须把路蹚熟了，以后的生意才能越做越大。”

是这个理。黄应豪便对翟健民和钟展成说：“走，机会难得，出去养养眼也是收获嘛！”

可是到了古董店，李艾琛教授还是按照前一天的套路行事：选货、砍价、订货，再到包装。只是翟健民发现这回李教授多了一个他想不到的程序：“谢谢老板，请把我要的这些货留好，明天我们还要来挑，一起结账。”

“OK!”瞧人家英国人做生意，脸上笑眯眯的，既热情又周到。

“走，明天再来!”李艾琛转身朝黄应豪等一挥手，自个儿先出了店门。

“好东西太多了!”黄应豪和钟展成太兴奋了，这一天他们挑的东西比前一天还要多，足有价值一万英镑的古董。但到了晚上，黄应豪跟钟展成就急了：“你身上到底带了多少钱？有钱就借出来嘛！我黄应豪做事啥时候不讲信用？每 1000 英镑付 200 英镑利息，我一分不会少你的嘛!”

钟展成觉得自己很冤枉：“阿豪啊，我能瞒你什么？我就带了 3000 英镑，不信你来搜……”

两个老朋友红了脸。李教授似乎根本没有听到，只管在一边的床上闭目养神。

翟健民有些看不下去了，悄悄过来轻声问：“李教授，我们真的没有钱了，怎么付人家的款呀？我师父和钟先生在伦敦可都是两眼一抹黑的人，我们谁都不认识呀！要不，你想想法子借我师父点儿钱吧?”

谁知李教授看看翟健民，一手伸过来，摸摸他的头，笑了：“白马王子，别急，到时候会有办法的。你就多长些眼睛就行。”说完，他从床上翻下身子，从酒店的柜子里找出一本黄页电话本，翻一阵后，开始打电话。

“你好啊，我是牛津大学教授 Mr. 李，对对，我有一批贵重货物要运往香港，可是我不知道贵公司是否能够承担此项工作。可以啊？OK！那这一次我暂时先委托你们承运其中的一部分。我的货在……”李艾琛随即把白天他们买货的古董店地址和名称跟对方说了，然后很客气也显得很贵族似的谢了几声，便放下电话。

“OK 了!”李艾琛教授朝翟健民和黄应豪等打了个响指，笑着哼起英文小曲。

“民仔，他借到钱了?”黄应豪摸不着头脑，因为听不懂英语，所以还以为李教授打电话从朋友那儿借到了钱。除了借到钱，还有什么可以“OK”的吗？

翟健民正想说时，李艾琛教授自己先开了口：“你们担心的问题嘛，已经解决。现在我们去大吃一顿，庆贺一下这次我们满载而归！”

满载倒是真的，可怎么个“归法”呢？黄应豪和钟展成完全搞不清教授在玩啥戏法，只是满腹狐疑地跟着教授到了一家中餐店吃饭。

翟健民一直在偷笑，他不敢说，因为李教授没有摊出底牌，事实上这时的翟健民也是一知半解。

酒足饭饱后，李艾琛教授一副贵族派头，便开心地讲出了他的“空城计”——

原来，在英国包装托运公司有个传统规矩，凡是遇到有信用的客户，不仅可以以赊账办理托运货物，而且还可以为客户垫付货款。如果你的货物是在英国购买的，你只要告诉他们货物在什么地方，托运公司就会先将你的货款垫付完后，再将货物运到目的地，见货一周内结账即可。

“真有这样的好事啊?!”“香港老土”黄应豪和钟展成简直以为是在听教授讲故事一样，怎么也不相信。

“有啥不信的，人家是大英帝国！这样的市场信用关系已经建立一百多年了，再说，你们面前站着的是谁？教授！大名鼎鼎的牛津大学的教授!”李艾琛教授说完这话，扬扬得意地在翟健民他们面前转了一圈。

“哈哈……是，大教授！李大教授！太谢谢您了!”黄应豪这才明白过来。明白过来的当然还有翟健民。相比之下，年轻的翟健民内心所产生的触动真是太大了。从李艾琛教授身上学到的这些东西，日后也让他多次运用，受益匪浅。

几天后，翟健民随师父和钟展成先生回到香港，伦敦方面果然很快将他们购买的50多件古董全部运到。这可都是些明清高档瓷器。

货到的第二天，黄应豪立即请来“福成行”的老客户、时任香港上海商业银行的大班某先生。此人是上海人，极爱收藏，出手又大方，独自一人包揽了翟健民他们从伦敦买回来的一半货。收钱后，黄应豪让翟健民立即将欠款汇给了伦敦托运公司。

如此，简简单单，一盘转，翟健民明明白白看着师父赚了至少五倍以上的钱。

这不是“空手套白狼”吗？这不是跟老贝利尼的做法差不多吗？一趟伦敦之行，师父黄应豪和钟展成赚到的是钱，而学徒翟健民可是学到了让他终身受益的知识和经验。

与翟健民同龄的我，1975 年还在与亿万中国青年们一起高举“反击右倾翻案风”旗帜，忙活着写批判邓小平的文章呢！不用说，今天电视上和行内传得神乎其神的中国古董界、收藏界的大腕儿们，也跟我差不多，根本不知道“收藏”“古玩”，更不会知道到伦敦购买东西后可以不付钱先把宝贝运回家里，转手赚大钱的事！

翟健民则不一样，当我们内地的人还都没有从“文化大革命”的枷锁中解脱出来时，他已经在世界舞台上展翅飞翔了……难怪他现在的古玩经验与鉴别收藏方面的水平远远地走在了行内人的前面。

第四章　尼泊尔淘金

说翟健民是位国际级古董鉴赏家和收藏家，并非是信口开河，这与他驰骋古董界 40 余年的经验积累有关，更与他在这 40 余年里独闯天下、世界各地游侠般的传奇生涯有关。

自 1975 年与师父黄应豪一起赴英国“淘宝”捡漏起，翟健民便没有停过每一年的“寻宝远征”旅程。特别是他单挑置店后，生意做遍世界各地，可谓东西南北，只要哪儿有中国古董，他便像一只嗅觉异常灵敏的猎犬，定会出现在当地现场。正是他的这种勤奋与勇敢，才可能练就今天独一无二的能力与本领。而这期间，他的一次次寻宝旅程也变成传奇和冒险，同时也折射出古董行当的一幅幅善恶之景。

1988年，翟健民自己的“永宝斋”开店不久，他和好友赵胖就开始跑欧洲、美洲，主要是去英国的伦敦和美国的纽约进货。

有一天，“永宝斋”迎来一对穿着盛装的不丹妇女，她们是母女，与翟健民是老熟人了。母亲叫丽妲，女儿叫兹妮。据她们自己讲，母亲丽妲曾是不丹王国的一位公主，但翟健民并不知道是什么原因让这位小国的公主逃亡并长期定居在了尼泊尔。不丹和尼泊尔都是中国的邻国，尤其是不丹，在地图上小得像颗米粒。那个高得像在天上的神秘小国到底发生过什么事，身为邻近大国的我们几乎一无所知。翟健民认识丽妲是他跟随师父黄应豪在“福成行”的70年代中期。那会儿丽妲每次从尼泊尔来香港，都住在香港的重庆大厦。这里是尼泊尔、印度、巴基斯坦商人以及西藏人的聚集区，而重庆大厦与“福成行”所在的远东大厦是邻居，两座大厦之间只隔一条马路。“不丹公主”丽妲天生喜欢中国的古董，尤其是瓷器，所以每次回国的时候总要买上一两件古董瓷器，渐渐成了“福成行”的常客。翟健民就是这样认识她的。

丽妲不仅自己买货，而且也会给翟健民他们说一些尼泊尔的事，比如她说在尼泊尔民间也散落了许多中国古董瓷器，样儿很诱人。这让心有灵犀的翟健民牢记在脑：什么时候到尼泊尔淘宝去，说不准能“捡大漏”呢！

“你敢去？听说那个地方可是连老虎都不敢上去的野蛮之地！”师父黄应豪对徒弟的“远见”心存疑惑。

“就是因为一般人去不了的地方，我们才应该去，才有可能捧得大元宝！”翟健民是初生的牛犊，在他的脑子里，只要有“肥肉”，他的勇气和精神就会勃发。

“也是，是福是祸，去一趟？”黄应豪内心特别欣赏徒弟的这份执着与敏感。淘宝不冒险，老天爷是不可能捧着金元宝到你家里来的。

“去！”翟健民只用一个字就把去尼泊尔的事跟师父定了下来。

师父毕竟老谋深算，他突然想起：“哎，民仔，你二姐夫不是去过那里嘛！让他给指指路。”

翟健民眯着眼笑了："我早想到这个了！"

黄应豪用手指指徒弟，再没说话，心里暗喜：我的徒弟就是灵光。

说起翟健民的二姐夫，翟健民内心也有一份敬佩之意：那才是真正的胆大者。翟健民的二姐夫娄镜忠，或许是香港人中最早去尼泊尔的经商者之一。不过娄镜忠去那边并非是为了古董，而是去采购他所喜爱的尼泊尔新近制造的铜佛像。世界屋脊之上的尼泊尔，是佛祖释迦牟尼的故乡。在那个信奉宗教的国家里，盛产铜制佛像，非常有名，东南亚信徒们都很喜欢，尤其是香港人，能在家里供奉一尊尼泊尔铜佛像，是一份虔诚的佛心。

在娄镜忠的引荐下，翟健民与师父黄应豪第一次到尼泊尔"吃螃蟹"是在1978年，他们的目的地是尼泊尔首都加德满都，但那一次两人基本上毫无收获。因为交通和信息的不灵，两人去后几乎是两眼一抹黑，留给翟健民的唯一记忆是：首都加德满都，像中国西部一个很落后的小县城，那里的人生活节奏慢得像大马路上晃晃悠悠的老黄牛一样，除了一些早起清扫马路或者送牛奶的当地工人外，大部分人上午十点钟以后才开始上班，就连孩子们也是在这个时候才背着书包去上学。生活条件更不用说，住的是"酒店"，却连干净的饮用水都没有。早晨起来想漱口，那酒店水管里冒出的水跟泥浆一样浑浊，他们只得用自己随身携带的可乐漱口。洗澡更谈不上，翟健民年轻体健，就利用积攒的屋檐冰水，简单地在身上擦一擦。师父黄应豪就惨了，索性躲在被窝里不洗不漱……

也许是这次"苦难经历"和"颗粒无收"的原因，之后的十年里，翟健民跑遍世界各地，唯独再也没有去珠穆朗玛峰南缘的佛国尼泊尔。

"翟先生，你也开店了！恭喜恭喜！"无巧不成书，十年后的一天，那位"不丹公主"丽姐和女儿兹妮突然出现在翟健民的"永宝斋"。

"谢谢丽姐！谢谢兹妮！"翟健民在自己的店里见到老朋友，十分高兴。

在过去的十年里，丽妲一直与女儿合伙跑单帮，非常不容易。老朋友再度见面，丽妲给翟健民送来两件清代的高足杯。翟健民一看是乾隆官窑，虽然器型较小，也算是不错的古董。

“是从你们那边收上来的？”翟健民一边看杯子，一边问，因为在他的记忆中，当年他去尼泊尔几天淘宝根本就没有见过这类小宝贝。

“翟先生，这几年情况可就大不一样了！”“不丹公主”丽妲时年五十来岁，虽然已经完全变成生意人，但是身上依然散发着某种贵族的气质，其女儿兹妮芳龄二十左右，出落得如花似玉。丽妲告诉翟健民，近年来，由于香港商人去尼泊尔的越来越多，特别是各路古董商，她们那里的人们也开始翻山越岭往加德满都送货，使得尼泊尔的古董市场渐渐活跃起来。“生意好得很哪！”丽妲知道此时的翟健民已经在香港声名显赫，所以约他再度到尼泊尔淘宝。“你去了，我给你当向导。”丽妲异常热情地说。

“谢谢。我一定要去的！”翟健民连连致谢。

1988 年再度来到尼泊尔时的翟健民已经是古董场上的高手了，他的眼力和鉴赏水平远在同行之上。这回他到尼泊尔，目标明确——他要的是古董瓷器。

按照尼泊尔政府的规定，尼泊尔本国的历史文物不允许出境。翟健民心知肚明，到一个异国他乡收购中国古瓷器，弄清当地法律是第一门课，其次才好去碰货。尼泊尔的社会很特别，上流社会与下层百姓，泾渭分明。好在上下流社会通用英语，这样翟健民与他们的交往没有语言的障碍。特别是有丽妲母女帮助，翟健民如来到乡土。每次去尼泊尔，翟健民最多住上五六天。通常是第一天到达加德满都，就由丽妲母女接风洗尘。第二天就开始等待母女去通知那些准备出售古董的人，告诉他们说香港人又来了，于是有古董的各家便开始准备他们出手的瓷器。加德满都没有古董市场或古玩商店，一切沿袭着最原始的交易形式——来自民间的散式交换。第二天或第三天开始，翟健民便在丽妲母女的带领下，挨家挨户上门看货谈价。一旦交易成功，翟健民便按行规付给丽妲母女一定比例的佣金。第四天或第五天办理回程手续。一趟尼泊尔之行，翟健民总是满载而归。这样的佛国寻宝之路，平稳而有序地走了若干回。

一般出售古董给翟健民的人，大多是早年移居尼泊尔的西藏人。从他们家里收购的瓷器许多是清三代（康熙、雍正、乾隆）的高脚杯。这种杯子，藏人有三个用处，一是吃糌粑，二是饮酒，三是祭祀用。高脚杯的产地是中国的瓷都景德镇，是在明清时期，朝廷赏赐给他们祖先的。还有一种说法，是西藏的喇嘛去宫廷诵经之后，皇帝赏赐给喇嘛的。藏族人非常珍视高脚杯，回到高原后，他们用皮革等材料制成杯套，方便骑马时携带，因此藏人又称之为“马上背”。它的收购价格，在 20 世纪 70 年代是几十美金一只，到了 80 年代约为 1000 美金，到 90 年代初就已涨到上万美金了。也就是说，大概每过十年，价格就会上涨十倍。这样的生意，平平稳稳，时长价涨，符合一般商品价值规律。翟健民是个从不求“一口吃饱、终身不饿”的古玩商人，所以在尼泊尔之旅的若干时间里，他与丽姐母女的合作愉快而惬意。这是因为，翟健民对尼泊尔这个国家的古董藏家们的生活方式很感兴趣，并且在收宝过程中，让他了解到了许多普通尼泊尔人的生活习性。比如，尼泊尔人的房子都很奇特，大多建在半山腰上。房子一般都很矮，进出的门只有一米来高，像翟健民这样一米八个头儿的男人都得弯腰低头才能进去。听当地人说，古时候有位皇帝是个侏儒，害怕别人瞧不起他，所以皇帝就命令臣民们必须在建造房子时把门建得低低的。当然这只是传说而已。更有趣的是，翟健民他们离开加德满都去郊区寻宝时，会让他有很多惊喜。他去一个人家，会习惯性地看一下人家的厨房，因为说不定在当地老乡家的厨房里摆着的那一摞他们平常吃饭的碗里就有他所需要的古董瓷器。这在翟健民看来，贫苦的尼泊尔人实在太奢侈了——他们居然用世界上最美丽最珍贵最值钱的中国古董瓷碗在吃饭！有一次，翟健民在一户老乡家的厨房翻腾，结果从十七八个摞着的碗中，居然挑出了两只康熙、三只乾隆共五只官窑瓷碗！我们的古玩“大佬”开心得三天没合拢嘴！

遗憾的事也常有，因为当地人没有文物保护意识，把古董也当作日用品，所以有些高档、漂亮的瓷器，不是磕了碰了，就是磨损严重，破了相，从收藏的角度来说，价格就会相差很大，这个时候的翟健民总是口中不停地发出叹惜声。遇上这等事，换了谁都一样。

去一次尼泊尔，翟健民总想把发现的宝贝“一扫而光”，而且他也几乎都能达到目的。那些年里，翟健民基本上每隔三四个月就往尼泊尔走一趟。问题来了：既然那边货色多，捡漏机会层出不穷，为何非得过三四个月才成行一次？是翟健民当时手头流动资金短缺？非也。那为何？

“那个地方不像我们香港和内地，所有的货都是靠民间的人手传手、口传口，当地人相互之间的关系都是靠千丝万缕的社会和血缘关系联结。你有没有货，要靠人与人托信儿。当确定可以出卖后，才有人再把古董瓷器送出来。这个过程，看似并不太复杂，但由于交通的极度不发达，尽管像中国内地上海到杭州的路程，可在尼泊尔可能就得翻山越岭，需要几个月才能把一件货弄到加德满都或首都郊区。当然还有价格上的问题……”翟健民这样解释。

生意人必须讲究价格，生意成不成，关键也在于价格。有件事翟健民可谓耿耿于怀：在 70 年代，那时他到尼泊尔淘宝，看上了一件乾隆青花缠枝莲高脚杯，其纹饰漂亮，且是藏文装饰，当时极其罕见。翟健民最初开价 5000 美金，这已经是不低的价，可那人非 10000 美金不卖。过了一年，翟健民再把价格提升到 8000 美金，那人又涨到了 15000 美金！如此循环往复，他们两人相持了 20 年，翟健民始终没有得到。好友劝他说，你不如一咬牙把它买下，省得他下次又涨价了。翟健民说：“没有这个道理！因为我是经纪人，一方面，我是有成本的，除了路费等杂七杂八的开支外，还要按行规给介绍人 10% 的佣金，这样算下来成本就不低了；另一方面，虽然我能够在交易现场按临时出现的新价格替自己的客户买下，但这里面就有了风险，作为经纪人，我不能轻易把这份风险搁到客户身上。如果事先没有说到，这样的事绝对不能做。这也是我作为经纪人所长期秉持的原则。”翟健民把自己的客户当作上帝，不是放在嘴上，而是真正嵌在心里。

相反的例子也有。1985年，翟健民在尼泊尔看上了一只乾隆黑地绿釉花鸟盘，持有人也是尼泊尔的行家。对方上来就“吼价”，非要卖30万美金不可。翟健民就笑，说：“你不妨去找别人试试运气，看看能否卖掉？咱们买卖不在人情在。”整整十年后，也就是到了1995年，那个持宝人又来找翟健民，这次开价是15万美金。翟健民笑了，将手伸过去：“成交！”这就叫正路子上的买卖。

数年涉足尼泊尔，在翟健民眼里所看到的加德满都人手中的古董瓷器，元代以前的老窑瓷器罕见，明代的瓷器也少，绝大多数是清代的瓷器，并且以清代官窑的瓷器居多。这种情况与香港的市场相比较，给翟健民“走货”形成非常有利的局面，因为香港的收藏家大多喜欢官窑的瓷器，原因是价格要比民窑瓷器高出许多倍，从投资角度看，收益自然颇丰。

从1988年年底到1995年期间，翟健民到底从尼泊尔购买了多少瓷器，没有人知道，恐怕连他自己也说不清楚。我们可以从他的流动资金上做个简单的计算：初始，他每次去尼泊尔所携带的资金折合港币是一两万港元左右；到90年代初期，他每次可以使用的现金折合港币是一两百万港元之巨，每年他至少要去尼泊尔四趟，也就是说，这个时候的翟健民仅在尼泊尔一地一年的交易量最少在四五百万港元之间；到了90年代中期，他一年在尼泊尔动用的现金加起来就达到了1000万港元左右。七年时间里，他在这个高原小国所使用的资金量等于翻了1000倍。

“民仔了不起！”此时已经离开香港的师父黄应豪听说后，不禁大加夸奖自己当年的徒弟。有同行说，那些年里，翟健民到尼泊尔做生意，就像是到了天堂一样“滋润”。

果真？在我采访中问起这个话题时，竟然想不到我们的“大佬”翟健民一听便连连摆手：“NO！NO！”

“说去尼泊尔是上天堂的话，那还不如说是去下地狱更准确些。”翟健民感慨万千道。

怎言“地狱”？

“就说最简单的吃饭吧！”翟健民说，他的肠胃功能原来就不好，有严重的胃病。最初到尼泊尔时，他主要依靠自己从香港携带的饼干和罐头度日。其日常的饮用水，是他事先在泰国转机时买好的可乐或矿泉水。后来，他在加德满都认识一家日本料理店的老板，也是尼泊尔人，成了朋友。于是翟健民每天自己带矿泉水和罐头，然后在店家那里买一碗米饭，再炒一个素菜。这就是他在尼泊尔的“五星待遇”了。妻子刘惠芳曾经跟着丈夫到过尼泊尔，目睹丈夫的艰苦，十分心疼。翟健民就一笑了之，说：“咱是苦孩子，小时候忍饥挨饿过，这点儿困难算是毛毛雨啦！”

其实，在尼泊尔生活最大的隐患是当地的卫生条件甚差。流行的传染病很多，特别容易将像翟健民这样的外国人击倒。“但我好像是条‘变色龙’，从来没有被击倒过。”翟健民很为自己的独特适应能力而自豪，但翟健民的二姐夫娄镜忠等人就没他这个能力了，有一次二姐夫娄镜忠就差点儿因得了一种叫阿米巴痢疾性传染病而命归尼泊尔。

“要奋斗就会有牺牲！”翟健民生在澳门、长在香港，但由于从20世纪70年代末开始常往内地走，所以对内地说的一些“政治语言”也很熟悉。他总把这样的淘宝苦乐与冒险趣事，学着我们的腔调自嘲、自励一番。困难和死亡谁不怕？但对玩古董者和淘宝人来说，苦难和死亡，几乎是他们成功的相伴物。没有哪一个大古董商和著名淘宝人没在死神的殿堂里溜达过。人不怕死是假话，但对淘宝人而言，怕死就别干这行当。

第五章　不赌怎活

翟健民曾发誓一辈子不赌博，然而，古玩场上，又怎能不赌、无赌？无赌的古玩场与超市有何区别？不赌的拍卖场，与喝白开水一样的报告会有何区别？

还是赌。然，此赌非彼赌。

古玩场的赌，是战场，是战场上的搏杀，是战术上的谋略，是心理上的计策，是精神上的盛宴，是学理上的本领和智慧的总和与考验，是所有这个行当里的成与败、荣与耻、穷与富、高尚与卑鄙、光明与黑暗的全部较量与呈现。

那是一种光彩，有时让你炫，有时让你晕，有时让你心跳，有时让你胆裂，有时让你热泪盈眶，有时让你血管断裂。

那还是一种本钱，你如果有一分钱未必就会输给亿万富翁；你如果瞎闯乱行、兴风作浪，可能会跌入深渊，也可能瞎子摸象。当然，好运通常只垂青于那些准备好了的、有实际能力者。

看你会不会赌。

看你敢不敢赌。

看你赌完后懂不懂为什么赢了，为什么输了。

还看你赌后如何总结，如何进步，如何重整旗鼓，如何淡然如水……

有人在赌的一瞬间升华了人生。有人赌了一生却不知自己是何种人。

聪明者赌，如迈碎步一样，稳扎稳打，步步为营。

愚笨者赌，如捷飞天梯，失去重心，头破血流后仍不知错在何时何处。

古玩场上的赌，是哲学，是数学，是科学，是社会学，是计算学……但最终是不同人的个人学。

这世界有万千、万万千人，于是在古玩场上也有了万千、万万千不一样的“个人学”支配下的赌性、赌样和赌果。

翟健民其实也是一生都在惊心动魄、心惊肉跳中豪赌，因为他入道的这个古玩行当，其原本就是大赌场——不赌怎活？

30 多年前中国改革开放的大门刚刚开启，各行各业皆在并不正规的乱象之中。翟健民闯荡到内地玩古玩的所有事情，也就成了“合理合法”的行为。

时间仍然需要拉回到 30 多年前的 1982 年春。

1982 年的北京，满街都是浙江人摆摊的补鞋队伍。

1982 年的中国，正忙着分田，包产到户。

1982年的中国人民对“万元户”羡慕得直流口水……

翟健民就是在这种情形下，跨过罗湖桥，到了内地这边。一切都是新鲜的、紧张的、不安的，又是令人好奇的，和天堂一般。

他干的是古玩。那时我们都不知道“古玩”为何物、何事！只知道那些破旧的瓶瓶罐罐，在前几年的“文化大革命”中被叫作封建“四旧”。当然，改革开放后，它们又被归为“文物”。成为“文物”后，大家就视其为“国家的东西”了，只有那些少见的博物馆及文化部门才能见到。至于将它作为买卖的商品，只有极少的大城市里才有的“友谊商店”一类的柜台内方能见到。“友谊商店”在当时只有外国人和持有“外汇券”的人才能进去，普通百姓见了“友谊商店”就像20世纪初上海外滩公园门前有块牌子写着的“华人与狗不得入内”一样惧怕和好奇。

翟健民是香港人，那时对我们内地人来说，他基本上属于“外国人”。他可以进“友谊商店”，因为除了他的香港人身份外，他还有洋钞票。我们都没有。听人说，内地的“友谊商店”里有古董能买，于是翟健民心动了，决定闯荡一下他的祖宗故地。

一个人不敢去，大年初九那天，翟健民拉上一个朋友，两人怀揣共计8万港币，悄然到了内地。事前说好，这8万港币货款两人各占一半。翟健民当时还贫穷，自己没有钱，只好从朋友那里借，外加妻子的私房钱，凑了4万港币。别小看这4万港币，那时的内地，连国家都睁大眼睛盯着翟健民口袋里的这笔外汇！所以，国家在当时也提倡出口文物来换这样的钱。

但当时对出口文物也有规定，主要由各省、市的文物商店、工艺品公司等单位组织货源，再统一由外贸进出口公司出口，当时我国的三大外贸口岸是北京、天津和上海。

于是，翟健民他们进入内地的第一站就是上海，并且一脚踩进了名震一时的上海友谊商店。那个时候对我们来说，“友谊商店”里面的东西，即使一包香烟、一块手绢，都是稀罕品，甚至根本就没有见过。但看惯了英美日等发达国家的翟健民，眼睛一扫大上海的友谊商店柜台上摆着的那些可以卖给他这样的“洋人”的所谓古董，实在太一般。

“同志，师傅，能不能带我到你们仓库里看看货？”翟健民的聪明之一就是他到哪儿都能迅速适应水土。到了英国伦敦，他的英语叽里呱啦，跟大鼻子的洋人们谈得头头是道。到了内地，他开口闭口不管见了男的女的都叫“同志”“师傅”，这一招还真管用。加上他父亲遗传的个头儿和长相，人家虽知道他是香港人，却并不对他见外。

友谊商店的店员师傅见翟健民一点儿没有香港“资本家”的狠毒劲，而且还悄悄递过来一包“555”烟，便高高兴兴地带他进了店面后的仓库里……有时店员是女性不吸烟咋办？翟健民更有绝招——他的口袋里总会放上一两盘邓丽君的录音带。有了洋烟和邓丽君的歌带，翟健民在80年代初到内地几乎任何一个地方，都像怀揣了一张“特别通行证”。

在上海友谊商店使的招也不例外。

第一次踏进大上海的这家友谊商店的库房时，翟健民的心都快要跳出来了——其库房之大、堆积的文物之多，简直就像阿里巴巴推开了那座藏金洞一样……那个时候，中国内地人并不知道那些落满尘土的古董值多少钱，而且多数是被看作“四旧”，谁也不敢、不愿去沾手的东西。“我记得当时那个大仓库内就一盏20瓦的灯泡，光线特别暗淡，在里面靠眼睛挑货很吃力。但里面的宝贝实在太多，我恨不得全要了。只可惜一是口袋里钱不多，二是虽有胃口，但心里还有些担心，所以不敢贪吃太多。大概那一次在这个友谊商店买了4万港币的货，其中最令我得意的是挑选到一只35厘米高的康熙五彩花园侍女跑马棒槌瓶……”翟健民回忆说。

那只康熙五彩花园侍女跑马棒槌瓶，摆放在一堆晚清仿前朝的棒槌瓶之中，当时仓库里约有这样的棒槌瓶五六十只之多，唯有一只是康熙年间的。翟健民毫不犹豫地花了7000港币将它买下。

这一趟上海之行，翟健民带着那位同行朋友特意参观了上海博物馆。藏有大量珍品的上海博物馆，令他对中华古瓷大开眼界。

接着两人北上至镇江、南京和扬州等城市。虽一路有所斩获，但数量不多。最后抵达天津和北京，然后返回广州，再出境返回香港。

北上之路，在天津外贸仓库发生的一件事，长久以来一直记忆在翟健民心头——

在天津外贸公司，翟健民原先就认识一个朋友。在朋友的关照下，他们很顺利地进到了该公司的库房。翟健民没有想到天津的外贸公司库房竟然比上海友谊商店的库房还大，而且里面堆积的古瓷器更多。“人一进入库房，两只眼睛就花了，一时不知道该从什么地方下手！”翟健民的心头真叫乐开了花。

在库房里转了半天，翟健民的眼睛一面盯着每一件都不想舍去的古瓷器，又一面在心头盘算着如何使用口袋里有限的资金。当时的翟健民就恨自己为什么不是霍英东、不是李嘉诚！

只能量力而行。翟健民看中一只堆放在上百个清代天球瓶中的粉彩牡丹天球瓶。他上手仔细观赏，认定是雍正的官窑品，心中不由暗喜。因为翟健民认为，早期的康熙粉彩瓷器还处于初创阶段，主要是民窑，施彩浓重，多数无款，产品流传也很少，图案和施彩的风格比较简朴，纹饰以龙凤、花卉、仕女为主。粉彩瓷器发展到雍正时期才开始广为流行，景德镇御窑厂为了满足雍正帝的爱好和宫廷陈设、使用的需求，大量烧制了粉彩瓷器，终于取代了五彩的地位，成为清代釉上彩瓷器的主流产品。这只粉彩牡丹天球瓶，无论是瓷器颜色，还是手工描绘技巧，都比前朝的产品有了长足的进步，并形成自己独特的艺术风格和特点，所以他认定它不仅是雍正官窑无疑，而且品相极好。

说来也巧，就在翟健民把这只瓶和另外挑选的四只天球瓶放在一起等待工作人员前来定价时，仓库里出现了另一批人。他们是国内的文物专家，约八九人。这些专家是因公务来天津外贸公司挑货的，这让翟健民十分紧张，因为他怕自己挑选的那五只天球瓶被这些文物专家顺手牵羊拿走了……人家是公事，拿走是天经地义的。

“千万别！别……”这当口，翟健民是不能出现在专家面前的，一出现就更惨了。于是他只能通过玻璃窗观察，焦虑地等待。

翟健民佯装店里的伙计，站在距专家30米左右的地方，乜着眼，注视着专家们的一举一动……

坏大了！只见专家中有一位走到翟健民挑选的五只天球瓶前，然后不偏不倚地伸手抓起了翟健民最想要的那只雍正官窑粉彩牡丹天球瓶。

隔着玻璃窗的翟健民浑身开始冒汗，心想：这宝贝买不到了！

就在这个时候，其他人也陆续围向那个拿天球瓶的专家，他们在讨论什么，翟健民听不到，急得在窗口外直踱步。

那种焦虑和等待，不是玩古董的人是体会不到的。无法忍受的翟健民干脆跑到库房外去抽烟了。

一个多小时后，翟健民跑回库房，问公司的工作人员，他刚才选的五件东西是不是可以定价了？他想的是先下手为强。

“现在不行。得等专家们确定哪些是文物哪些不是文物后才能确定能不能卖给你。”公司的人回答道。

我的天哪！翟健民暗暗叫苦，但脸上还堆着笑连声说：“那是那是。”

又是一个多小时后，专家们终于走了。“翟先生，你快过来吧！”公司工作人员招呼道。

翟健民进门一看，他挑选的那只雍正官窑粉彩牡丹天球瓶还安安静静地站立在原处，好似一位亭亭玉立的佳人，在多情地向他期待着……翟健民的心这才掩不住狂潮一般的喜悦。

工作人员给那只雍正官窑粉彩牡丹天球瓶的定价为1.5万港币，而其他的天球瓶的定价也是1.5万港币。这个价让翟健民肯定：那位眼力厉害的专家的鉴定意见并没有被多数专家认可，他们认为这不是雍正的官窑，否则不可能给他捡了这么个大漏。

又是近4万港币从口袋中掏出。翟健民与朋友两人满载而归回到香港。

随即，他把从内地买回的古瓷送到香港苏富比拍卖公司。在1983年的拍卖会上，那只他从上海友谊商店购得的康熙五彩花园侍女跑马棒槌瓶成交价是4万港币，从天津外贸公司购买的雍正官窑粉彩牡丹天球瓶成交价是 9 万港币（2010 年在法国巴黎的拍卖会上，此件天球瓶的成交价为 470 万欧元）。

初涉祖国内地，翟健民大捷而归，虽仅获得几万港币，但对当时身为“穷小子”的他来说，可谓打了个翻身仗。然而翟健民对自己当初从天津外贸公司购买的雍正天球瓶等古瓷认识上的偏差，深感遗憾。因为后来证明，当时他发现的那件雍正天球瓶，全世界目前存世的仅有三只：第一只就是这件他自己从天津购买的，1983 年在香港苏富比以 9 万港币拍卖成交；第二只也是翟健民于 2001 年从英国伦敦花了 350 万港币购买的，与天津的那只一模一样，瓶口还有残破，后来他请人把瓶口修复后让给了一位客户，2006 年那位客户委托翟健民在香港苏富比拍卖会上，卖出了 1199 万港币的高价！香港苏富比给这件天球瓶冠以“清雍正粉彩牡丹玉兰蜂蝶图天球瓶”的名字；第三只雍正官窑粉彩牡丹天球瓶，也是有残破的，现在收藏在日本国立博物馆，被日本文化省定为国宝级文物。

古玩行当里没有后悔药可吃。吃进的不是苦就是甜，个中滋味只有玩古玩的人自己知道。

古玩古玩，既然是玩，玩的当然就是心跳。年轻时，在古玩场上叱咤风云的翟健民，自然比一般玩家玩过更惊心动魄的事——

下面这件事，翟健民跟我说的时候，一再担忧该不该说，我坚持认为并不存在问题。因为这事中的古董是中国的，但事情发生在越南，所以绝对没有什么问题。

“那我跟你讲讲……”翟健民重重地抽了一口烟，看样子这事在他人生中记忆深刻。

越南紧挨中国，但许多事比中国慢了一拍。不过，文物盗墓一类的事在中国改革开放初期就开始盛行。极其敏感的翟健民的腿在这个时候便伸到了越南——

1985 年，翟健民的一个师弟兴奋地跑来告诉他，说越南那边有一件货，是元代青花原品，货是一群农民从一位不识货的当地人手中低价弄来的，现在他们开价 80 万元。“我另外的朋友已经凑了 40 万元，哥我没有钱，你能不能帮我出 20 万，另外 20 万元留给你，算你的一股，这样我们四个人合 80 万把那货买了。元青花原品啊，到手就可以翻倍！哥你无论如何帮我一把……”师弟说。

“你们去搞吧，我不想做这事。”翟健民断然拒绝。拒绝的原因是他不想沾这种危险而不着调的事，因为当时中越两国关系有些紧张，而越南尚处在封闭解禁的“黎明前”，社会环境还比较黑暗，尤其是古玩这类东西还处在地下交易，弄不好不仅赔了本，还有可能连小命都得搭上。

“哎呀民哥，那边有我兄弟担保着呢！不会有事的。”师弟恳切道，一遍又一遍地向翟健民打包票。

从晚上一直磨到第二天早上，这师弟看来是穷疯了，软磨硬泡非把翟健民给说服不可：“你出 20 万，再借我 20 万，这样我们四人合起来正好 80 万。把东西弄过来一转手，很快就赚一大笔。哥，你辛辛苦苦从师父那边独立出来四五年了，你想想自己赚了多少钱。”

翟健民心想：四五年下来，手头也就 40 万元存在银行……

“你想想，如果我们这趟生意成功，几天工夫每人就能赚几十万！”师弟的如意算盘算得两眼放光。

“如果不赚反赔了呢？”翟健民担心的不是赚钱，而是各种可能出现的意外。

“不可能不赚嘛！元代青花原品，80 万拿过来，肯定稳稳当当地翻一倍价，那不等于我们每人赚 20 万！这是少说的，哥你最清楚，元代青花原品，如果弄好了，就是几个 80 万！”师弟一心想着成功之后的收益。可翟健民想的是另一个账：自己辛辛苦苦干了几年，除了养家糊口，手头就 40 万元现金，一旦出现意外，赔了家底，他和全家人咋活？你师弟就一张嘴，我翟健民自己饿着肚子可以，但家里还有四五张嘴咋办？让老婆和孩子还有老娘饿着？

“不干不干！要干你们自己去干！”天亮时，翟健民还是不同意。

“哥，我是求你啊！你总不能看着师弟我永远是个穷光蛋连老婆都娶不上是不是？我们就做这一回行不行？”到了早餐时间，师弟仍在讨好和恳求翟健民，一直快到上午9点，翟健民无可奈何地长叹一声，对师弟说："就这一回啊！你给我死盯着对方，探明那边的情况，不得有任何纰漏，否则我立即退出！"

"行行，哥你说什么都行！全部按你的意思办！"师弟见翟健民终于同意"入股"，十分兴奋，连连点头。

"还有，"翟健民伸着右手指，叮嘱师弟，"既然你们非要亲自去看货，就必须按我的要求做——我们要在当地交货饭店租下三间房子……"

"要那么多房间干啥？"师弟不解。

翟健民摆摆手，说："你不懂。你想想，我们对对方一点儿情况不了解，假如人家给我们设了个陷阱，是想抢我们的钱你怎么办？抢钱还不算是最倒霉的事，如果他们抢钱又害命你想过没有？"

"不至于吧！"师弟喃喃道。

翟健民瞪圆了眼："报上这类的事登得还少？"

师弟不再吱声了。

"我要三间房子是有用的。"翟健民解释道，"我必须有一间单独的房间，我得休息好，休息好才能集中精力看货……"这其实是翟健民的一个习惯，每逢重大事情，尤其是验货，他必须集中一切精力，排除所有干扰，否则就可能在真假货面前判断有失。

"第二间房子是放钱的。钱绝对不能与人在一起。如果对方真是想谋财害命，那么即使我们几个被他们劫持，见到我们身上没钱，他们一般是不会杀我们的。相反，如果我们人和钱放在一起，绑了我们人，又抢走了我们钱，那结果肯定是又会将我们人头砍下。所以这一间房子也是必需的。"

师弟对翟健民的分析和安排从心底敬佩。

"第三间就是你们几个待的地方……"翟健民安排完毕后，心头仍然极不爽和担忧。因为先不说越南那边到底是个什么样的情况，单从目前可能预计的风险来看，翟健民心里比谁都明白：师弟是空手套白狼，他的20万元是由他翟健民代为凑成的，一旦越南那边出现了问题，他赔的何止是四分之一？他要赔的除了自己的20

万元外，师弟的 20 万元其实也是他翟健民的血本呀！

换了谁都一样，一下子要拿出自己的全部家当去冒一次根本没有把握的风险，而且完全是被一份“情谊”所逼才去冒这样一个极不情愿的风险，心头能爽吗？

“我这个人最大的毛病就是心软。”翟健民常这样反省自己，但其实多数时候又改不掉这个毛病。客观而言，心软并不能算毛病，心软其实是一种善良的表现，但心软确实有时会害苦了自己。心软者常把自己逼到一个险境之中。1985 年翟健民这次因师弟而作的决定，让他悔了整整一年多……心悸自然不用说。这是后话。

从香港到广西，再到越南，拐几道弯。那是那个年代的路程。这对走南闯北的翟健民来说，倒也没有感觉特别的异样。但这回情况有些特殊，所以一上路，他内心就感觉比上次去中东寻宝遇险和拯救二姐夫及亲弟弟的印度之行还紧张，因为去中东和印度的危险是事先并不知道的，而此番越南之行显然是明知山有虎，弄不好会丢钱舍命。在 20 世纪 80 年代的越南，各路黑道势力已呈衍生初盛时，而且警匪一家，颇为嚣张，当地报纸上常看到某某地方有尸体被抛荒野或扔在阴沟等，听起来毛骨悚然。

现在，翟健民知道自己就要去推开这样一道鬼门关……

那是一个夏日。炎热的越南某市大街上赤膊的男人满街皆是，女人们自然已经有不少人穿着“桶裙”在大街上招摇，持枪的“民兵”到处都是，很像今天的某些非洲国家。穷极了的越南人，对已经富起来的中国人既羡又恨，从他们的眼里可以看出这种复杂的心态——暴力与黑道随时会出现在你的冷不防中。

现在，翟健民要闯的是越南国土上的黑道，一个当地多数人还并不熟悉的古玩黑道——

大热天他穿着奇怪，西装革履，旁人看他时眼神都有些怪怪的：论长相，他高大魁梧，标准的中国北方人，可他西装革履，又只有香港人才如此穿着！翟健民之所以这么穿，其主要原因不被外人所知——他的西装里面是塞满的现金，他和师弟在离开香港前就做了精心准备，为以防万一碰上明抢者，把所带的现金绑在身上，再罩上西装，外人看不出他俩是“有钱”人。

11点从香港起飞，中午便到了南宁，再转机至河内，又从河内乘长途车抵达某市的一家破破烂烂的小酒店。

入住后的第一件事，翟健民赶紧脱掉西装，进了自己休息的房间，然后把钱交给了住在另一间的师弟。再由师弟与另两人会合，集中起80万元放好。然后开始与当地的越南人接头“交易”。

似乎一切都安排停当。

“按我们的计划行动吧。”翟健民在休息间准备安静养神，以便应付马上到来的“识货”阶段。

师弟应诺后，便去与货主们联系。翟健民刚刚躺下准备养神时，“咚咚咚”，突然响起一阵急促的敲门声。“谁?”翟健民一个鱼跃跳起，警惕万分地吆喝一声，“谁?”

“哥，是我。”师弟的声音，但有些变声。

“就你一个人?”翟健民不得不警惕。

“是。就我一个人。”

翟健民这才开启房门。

“麻烦了哥……”师弟进门第一声就报来不祥之音。

“怎么回事?”翟健民忙问。

“他们要求到他们住的地方去验货。”师弟一边甩汗，一边说，“而且要我们带现金去，一手看货，一手交钱。你看怎么办?”

“不行不行！我们不能去!”翟健民一听就头发涨，当即下定决心，“我们回香港，这生意不能做!”

师弟一听，两眼发直，眼泪都快掉下来了：“大佬，我们都到这儿了，求求你了！把这桩生意做完了再走好不好呀！我求求你了!”

翟健民心头顿怒，压着声音冲师弟说：“你有啥好求的？你知道对方是些什么人？知道这是啥地方吗？是越南！我们面对的都是些全民皆兵的跟美国佬打了多年仗的越南人！要是我们的卖家设了陷阱让我们伸着脖子去上他们的屠台你怎么办?”

“横竖我们一条命呗!”师弟的眼泪掉了出来，“我们就做这一回生意好不好？我们赚一次以后再也不干了，行不行老大?”

翟健民真火了：“你光棍儿一条就一条命，我怎么办？我孩子老婆怎么办？”

“这……”师弟没话可说，胆怯地瞅着翟健民。两人在房间里长吁短叹，不知如何是好。“老大，还是求求你了。事情可能没你估计得那么严重。我朋友说人家是真想卖货……”师弟又开始恳求，喃喃地一次次向翟健民恳求。

“烦了！烦死我了！”翟健民被师弟逼得在房间里直踱步，最后，他的心又软了，“我上辈子欠你的！”

“老大，你同意了?!”师弟高兴得抹干眼泪，跳了起来。

“我不同意你让我走吗?”翟健民无可奈何道。

可是怎么去？怎么带现金？师弟的眼睛又瞪得跟金鱼眼似的不知所措地看着翟健民。没辙。翟健民拍拍脑袋，心想如果让师弟带着，他不放心，此人有赚钱发财之梦想，却没有几分头脑，更关键的是他缺乏应变能力；我翟健民自己更不能带，我的任务是看货，我不带是最保险的，带了是最危险的。还有什么办法？让另两个合伙人带？不行不行！外行人更不能带。还能有谁担此重任？

“把中间人找来！”相比之下，翟健民想到了这一招——中间人如果不能把钱保管好，一旦被中途劫走，翟健民他们是可以找他要回的。如果生意做成，由中间人交钱、交易也符合生意场上的“规矩”。

“来了来了！”师弟很快把中间人叫到翟健民的房间。

“行，你行！”翟健民一看中间人的装束，心头放下半块石头。此人穿着一件马夹式的摄影服，前后左右、里外上下，尽是口袋。“你把80万元钱分装在各个口袋里，外面再罩一件外套……”翟健民让师弟帮助中间人将现金分塞在他上衣口袋里。

检查一遍后，翟健民挥挥手，对师弟和那个中间人说：“上街后，我们分乘两辆的士……”

“这里哪有的士？只有少许摩托车……”师弟说。

“摩托？你敢坐摩托？人家等你上了摩托，往哪片香蕉林里一带，你还能有活路?”翟健民一听就跳了起来。

“这是没有办法的……人家根本还不知道怎么开的士公司呢！”师弟长叹一声。

翟健民瞪了他一眼：“你、你让我和你们坐摩托，是不是想今天就把我和你们几个给越南人当美国佬屠呀？”

“这是没有办法的事呀，谁让越南这个国家那么穷嘛！”师弟瓮声瓮气道。

“我要回香港！马上就回！”翟健民简直要疯了，但最后又不得不泄了气。还能有别的办法吗？他知道这不能怪师弟，这个时候再埋怨又能解决什么问题呢？古玩古玩，不就是玩命嘛！认命吧。翟健民用拳头狠狠地捶了几下自己的脑袋，警告自己以后长些记性。

“当时，我无论如何也没有想到自己会陷入这么个困境，太不可控了！”30年前的事了，翟健民回忆起来，仍然清晰如初，“上了越南人的摩托车后，我就开始后悔。中间人讲的那个与货主接头的地方简直烂得不能再烂，是个地摊式的小街后面的一家烂客栈，一看就像是电影里专门玩黑道生意的地方，根本不用特意装饰，太像了！我一看那地方，心里就紧张得不行，害怕，真的怕得浑身都有些颤抖。你想，我是硬被师弟牵着到这里来做这桩生意的，而且是把自己的全部家底带过来做一件毫无把握的黑道一样的生意，太多‘万一’在我头脑里涌出来……”

藏着翟健民他们80万元现金的中间人抬头指指烂客栈的顶层，说：“他们就在上面一个房间里。翟先生，你们是跟我一块儿进去，还是……”

“你先进去接头。”翟健民几乎毫不犹豫地脱口道。

“那好，你们等几分钟。”“马夹”独自上楼而去。

“老大，他可是带走了我们所有的钱，我们怎么不跟着他呀？”师弟着急起来。

翟健民跺着脚，压着嗓子，冲师弟说：“你知道上面是什么情况吗？如果是警察和‘民兵’设的套让我们钻呢？”

“那也不能因为是警察和‘民兵’，我们的钱就白白丢了呀！”师弟这回似乎明白过来了，脖子上的青筋“噌”地鼓了起来，“我上去！”

“送死呀你！”翟健民一把死死拉住他，“命要紧还是钱要紧？”

师弟的嗓音都变了：“可是 80 万哪！何况，其中一半还都是哥你的全部家底呀！”

翟健民的嗓子在冒火，不提还好，一提“家底”，他的嗓门就燃了火。火烧得他心枯胆裂……“如果是警察和‘民兵’设的套让我们钻，那我们就起码得坐上三年五年牢，你光棍儿一条兴许挺得住。我家上有老下有小，怎么办？所以不能上去！”

“要、要不是警察和‘民兵’呢？”

“要不是警察和‘民兵’就更可怕！”

“为啥？”

“如果今天碰到黑道，那就是人家想要我们的钱。若真是这样，我们现在上去，等于是白白送命去。”

“天哪！老大，那你说怎么办？”

“最好就是赶紧离开这个鬼地方！”翟健民有些气急败坏地说。

“那怎么行？你的钱都不要了？”师弟快要跳起来了。

翟健民不理他，说：“我宁可保小命，也不想这么被人逼死呀！”

“不行！既然都到这一步了，不能就这么走人嘛！”这回是师弟倔强起来。

“你不走我走！”翟健民真的生气了。但生气归生气，毕竟 80 万元现金就这么被“黑”了也实在太冤枉！

“那段时间是最难受的，想走又走不了，不走又怕丢了小命。总之，当时的我，站在客栈的一楼那个地方，就像被烤在热锅上的蚂蚁，那才真叫急得团团转哪！”翟健民回忆说，“大约等了十来分钟，‘马夹’从楼上下来，说让我上去。我问什么意思，他说让我去看货。这本来是求之不得的事，因为我们从香港带了现金来就是为了看货买货的，但那一刻我实在不想上去，心想，上去后要是掉在他们设好的圈套里，那就彻底被动了。怎么办？我瞟了一眼师弟，他的眼神里满是乞求，这等于没看，越看他心里越感觉憋气。上就上吧，已经没有啥退路了……”

就这样，翟健民和师弟在“马夹”的带领下，到了摇摇晃晃的客栈顶层。“就在里面。”“马夹”指指顶头的一间房间，意思是让翟健民往里走。

“我不能不往里面走呀，是不是!”翟健民说，“我跨进去的第一感觉，就是呛死人了——全是熏鼻的烟味，烟雾腾腾。我迅速扫了一眼，里面共 12 个人。看他们的打扮，完全是清一色的‘民兵’——头戴钢盔、身着绿军装的越南青年人。我感觉进去后，那 12 个人的眼神全都一下变了，跟几十天没有吃过任何东西的饿狼一般，一双双眼睛像是在钩你心似的。我紧张得快要窒息一样，但又不能表现出一点点胆怯的样子，因为若要那样，可能危险更大。眼前凶多吉少是必然了，所以在双脚迈进那个房间后，我却不知如何是好。最后还是中间人扯了扯我的衣角，说大哥你坐。于是我就坐在板床的一角。然后见一个人从床底下拉出一个黑包，里面装着那件我们所要的货。‘翟先生，你看看怎么样?’有人把东西提到我的手里，而我几乎是仅用了两秒的时间就明白了这件东西的真假。为什么只用了两秒不到的时间？当然了，害怕呀！我哪敢在狭窄的小房间里被 12 个人团团围着的情况下多待哪怕是半秒呀。当时我心里想的就是必须迅速离开房间，如果多待一秒就有可能丢了性命。所以看完东西后，我马上退到房间的门口。我怕他们对我动手，因为万一他们知道他们的东西是真的，倘若起歹心的话，我不是人财瞬间两空吗？在那么个小屋子里，他们可是 12 个人哪，等于我和师弟两人被他们放在剁肉砧上……”

“嗨，大哥，给不给钱?”这时，那个中间人问翟健民。

翟健民灵机一动，对站在一旁的师弟说：“阿黄，检查一下东西有没有毛病。”

“我当时并没有直接回答中间人的话，借着问话向师弟使了个眼色。我师弟还算明白人，马上领会了我的意思。他立即应了我一声，意思是说那我检查一下。他这么一说，全屋子人的注意力就落在他身上。这时的我，拔腿就往客栈的楼下跑，那真的是像飞一样往楼下跑。为啥？就怕他们追杀我呀！我下楼后也没有停住脚步，立即飞奔到大街上，看见一个越南人骑的摩托车搭上后便像赶马似的催他飞跑，直奔原先住的那个小酒店，又在当天晚上赶到河内，再搭乘到南宁的火车……第二天晚上便赶回到了香港。”翟健民回忆起那次舍命冒险的经历，依然大气喘嘘道，“当时我真的比兔子还蹿得快地回到了香港的家中，唯一的原因，就是怕那帮人追杀！”

“你离开了他们还有啥怕的？”我对此不解。

“你可不知道。”翟健民解释道，“对方他们都知道我是谁，而且我又看过他们的货，并且亮明要他们的货，也就等于直接告诉了他们货是真的，那么他们追杀我就是为了杀人灭口、图财害命后又能把手里的货抬高价格，卖给其他人；如果我认为是假货，那他们也要对我灭口，因为不这样他们就无法把手中的东西继续玩下去。这就是我为什么赶紧离开那帮人、赶紧逃回香港的原因。”

原来如此！古玩行里的道道真是很深。

那次翟健民人虽回到了香港，但心却牢牢地套在越南某市的那间烂到家的小客栈。“当时真的越想越后怕，越想越生气，又焦急。几天几夜的惊心动魄的经历，又不敢告诉太太，只是躲在一边忧心忡忡地、焦虑地等待着师弟的归来。”翟健民说。

数天后的晚上，师弟终于像鬼似的突然出现在翟健民面前。“你可回来了呀！”翟健民恨不得将师弟抱住狠狠地啃上几口。

师弟则似乎惊魂未定地说：“哥，那天你走了是对的。否则要再晚十几分钟，我们肯定全都被警察抓了……”

“咋回事？”翟健民一听，全身汗毛顿时又竖起。

师弟简述道：其实在他们到达越南某市前，那 12 个越南“民兵”早就一直在市面上卖那只瓶，从中国和其他地方闻讯而来的各路买家一拨又一拨地去看货。翟健民他们可能是几十拨中的最后一拨了。当翟健民等人出现在客栈时，由于他们的装束格外引人注目，大热天穿着西装，一看便知或是中国大陆来的，或是日本、香港来的。这就更加引起越南当局及小客栈工作人员的警惕，于是有人马上给当地警察局打了电话。“要说运气也算吧，越南的警察也是骑摩托车执勤，所以我在那个客栈待了十几分钟，加上师弟后来又在验货、点钱总共等了十几分钟，这半个来小时的时间，正好是警察骑摩托走在路上的时间。我师弟回来说，他和那个穿马夹的中间人点完钱，从那些越南‘民兵’手里拿走那只瓶刚离开小客栈，当局警察就赶到了，12 人全部被抓了起来……你说危险不危险？”翟健民像是在问我。

故事还没有完。

当翟健民与师弟在香港会合后，他们最关心的还是那件花了 80 万元的东西到底如何了。师弟回来了，翟健民自然最关心一件事：“东西呢？”

“没带回来。中间人说他保证一星期内带过来。”师弟说。翟健民一听，整个儿心仿佛一下沉到了万丈深渊。

“妈呀！一个星期后……可如果一个星期后没到怎么办呢？”翟健民气得脑袋都要裂开了，但师弟一脸茫然地说：“不会吧！都说好了的。”

江湖上的事，“说好”顶个屁用！没见货，钱给了人家，一旦发生不测，你又能拿人家怎么样？我们自己白白辛苦和惊吓了一场不说，80 万元钱就这么给人家送去了？翟健民真想举起拳头，狠狠地揍一顿师弟，但他的拳头始终没有举起来。这能全怪师弟吗？你翟健民不是内行，见多识广吗？你吃干饭的？你是师兄，你的脑子怎么用的？

翟健民越想越觉得这件事办得窝囊，窝囊的头一份就是自己的原因。一切都不在自己的掌控之下，听天由命吧！

等。等一个星期。

一个星期过去了，货根本没到。

“怎么回事？”翟健民便起急地问师弟。

师弟告诉他：“快了。”

过几天后，货还没有到。翟健民再问，回答还是“快了快了”。

如此一连十天二十天过去了，“快了快了”就是没见货。“那些日子，我真的度日如年。”翟健民感叹，“那是我的身家性命，我都要急死了！但就是不见货，一天一天拖着，直到第 29 天才总算见到了货……”

“你怎么有白头发了？”一天早晨，太太刘惠芳突然拉住丈夫的胳膊，认真地从翟健民的一头浓发中挑出一根细长的白发，给拔了下来。

“赚不到钱着急呗！”翟健民不敢将实话告诉太太，怕她跟着着急又生气，便佯耍一句玩笑话推舟而过。

俗话说，好事多磨。可有些好事的结果则是会在后来彻彻底底地变成坏事。翟健民他们玩的这次越南货，便是如此。

货到后，对翟健民他们来说，赶紧出手把本钱或所得那部分收益拿到手，就算完事。80 万元买来的货，加一个月的利息、运输和往返香港、越南等成本，此时的这只瓶的总成本应在 100 万元。按照翟健民家里的实际情况，太太刘惠芳已经跟他讲了，孩子成双了，全家人得有个“窝”了，她刚看好一处总价 70 万元的房子，准备买下。“假如我支出在这只瓶子上的 40 万元钱拿不回来，太太要买房子却见不着钱，我还不得上吊呀？”翟健民心头之苦犹如一片大海，所以等师弟把货送到他手上后，第二天他就约了一位老客户来看货。

“210 万我要了。”客户看完货，对翟健民说。

“行。因为这件货是几个人合股的，所以我要跟师弟他们几个商量一下。”翟健民觉得客户出这个价很不错了，等于翻了一倍价。尽管担惊受怕了一阵子，毕竟现在眼看有了不菲的收益。于是翟健民就当着客户的面给师弟打电话。师弟阿黄当时还在黄应豪店里当差，接到翟健民的电话后，一口追问翟健民能不能再把价往上高抬几十万，翟健民摇头说：“人家客户是诚心诚意想买，我看 210 万可以出手了。”

“不卖！我们好不容易干了这一回买卖，就赚个翻，太少了！”师弟在电话里冲翟健民说，“如果不把价往上抬，打死我也不卖！”

“你！”翟健民气得直想骂师弟，可又不便当着客人如此耍横，只得换一种口气问师弟，“那你不卖，我把自己的那股卖了，你把 210 万总价的四分之一给我……”

“那也不行！哥，你比我内行，我们这个瓶肯定不止210万元，我和其他两位合伙人都不同意你卖！”师弟用他们三人压翟健民。

翟健民气得把电话挂了，转头只得无奈地跟客户说“对不起”。

当日下午，师弟和另外两位合伙人来到翟健民家，抱走了瓶子，说他们要出去卖更高的价。翟健民再不想掺和他们的“大买卖”，但说：“我只要按刚才的210万元的四分之一股拿回约65万左右的钱。”

“大哥你这不是亏了吗？万一我们卖个大价钱怎么办？”师弟似乎很有把握地对翟健民说。

“谢天谢地，我只要这么多！”翟健民摆摆手说。

“那行，一言为定了。”师弟等三人抱起瓶子走了，说一个星期内给翟健民那份钱。

可是就在当天傍晚，师弟等抱着瓶子回来对翟健民说：“大哥呀，这生意还是你来做……”

翟健民问：“为啥？”

“我们卖不出去！没人认我们呀！”师弟哭丧着脸说道。

“我不做。好马不吃回头草。上午不是已经跟你们谈定了，我只需要拿回自己那份股钱。”翟健民摇头。

“求求你了大哥，这香港古玩市场上，非你莫属，你出面才行呀！求你了大哥！”师弟又是一阵“苦肉计”。

面对这样的师弟，翟健民只有摇头和叹息的份儿。

“你们到底去碰了什么运气？”翟健民要弄明白师弟他们失败的原因。于是师弟告诉他，上午出了翟家后，他们就去找一个叫船木的日本买家，此人在香港和澳门古董买卖场上，算是一位大家。找到船木后，师弟开价400万元。

船木没有接。显然400万元人家嫌高了。

古董场上或生意场上，无论是黑市还是公开市场，一般来说都有其自身的“行规”，也就是说，一旦某一件货因为过度叫价，有可能从此再也不会被买家看好。用翟健民的话说，做事情，尤其是做古董生意，千万不能赶尽杀绝——“一定要给对方留有余地。通常情况下，收藏家是不太懂价位的，这种情况下，你是他的经纪人，你就得给买方留有利润空间，也就是说，你得给第一个甚至是以后的第二、第三个买家留出利润空间，这是一个做经纪人的道德和基本守则，也可以说是他的职业操守和基本道德。几十年来我是一直抱着这个准则对待自己的客户和藏家。换句话说，一个没见过大钱的人，容易心胸狭窄，没有度量，而没有心胸和没有度量的人，怎么能做大事呢?”翟健民特别希望我把他的这段话写进本书之中，他继而说，“我的师弟他们想一锤子打死人，这样的结果，看起来是打死了别人，实质上打死的是他们自己。所以说，心有贪念的人，是不能做经纪人的，真正的经纪人必须为对方和别人着想，这话听起来有悖于‘有钱不赚是傻瓜’的道理，其实它才是真正的生意之道。俗话说，放水才能养大鱼，水放得越多，以后所能见到的大鱼也会越多，就是这个道理。”

“好好人”翟健民无奈地又从师弟手里接过瓶子，再度去操劳，因为这瓶子系着他全家的所有本钱——太太那一头正等着钱买房呢！

“长田先生，得空儿请你来我这儿一趟啊……”晚上，翟健民给一位叫长田的日本客户打电话，希望尽快将手中的瓶子卖出。长田不像船木那么有钱，但对中国瓷器十分钟爱，所以翟健民想到了他。

长田见瓶子后，便与翟健民讨价还价。翟健民跟这位非大收藏家的日本人，从100万元起价，一直追加到140万元定槌。

“我已经跟客户要到140万元这个价了。卖吧！”翟健民马上给师弟打电话，告诉他这个结果，并希望把瓶子出手。

“太少了！我不同意卖！”那边电话里，师弟说得斩钉截铁。

“你……不管了！”翟健民觉得自己又一次被别人当牛牵着鼻子走路。

“告诉你，师弟，如果再不卖出去，市场上没有人再会高过现在我说的这个价了。你没有我清楚这行情，一般情况下，你一件货来回几次在市场上出价后还没有卖出去，越到后来越是没人要……”翟健民苦口婆心劝说师弟，不想对方一句话便把他噎死了：“没有人买，还有拍卖行！我们可以送拍卖行去卖！”

天哪！翟健民一听，再次头脑“嗡”的一声巨响，犹如五雷轰顶。驰骋古玩场上的翟健民虽几乎天天月月要与大大小小的拍卖行打交道，可如果是自己的货，他最怕的便是拍卖行。

“送拍卖行去的货，其命运只能是三个字——未知数，或者是四个字——听天由命！”吃尽拍卖之苦的翟健民，深知一件宝贝进入拍卖行的命运，所以他才十分、百分地害怕。

后来的结果完全证实了翟健民的预测——

因为只占“四分之一”股，翟健民只能按师弟等其他三人的意愿，走拍卖行这条道。几天后，四人一起抱着那只瓶，到了苏富比驻香港总部的拍卖行。

这已经是9月份了，翟健民知道，到拍卖行的结果并非像他师弟他们想得那么简单。所以在进了拍卖公司的办公室后，翟健民还在劝说他的师弟等人，说进拍卖公司好进，可这也是未知数啊！

“不会吧翟先生，我有时也看看电视里的拍卖节目，那场面很激动人心的。一样宝贝只要一出场，那么多人抢着抬价，一抬就是几倍，甚至几十倍、几百倍都有嘛！”

“是啊，既然来了，不能再犹豫了！拍！”

“拍！”

此时的师弟和另两人，完全进入了高度亢奋的状态，似乎在他们面前已经有金山银山在等待。翟健民只能无奈地摇头。

香港苏富比拍卖行，对翟健民来说，是再熟悉不过了。这家在英国起家的老牌拍卖行，是世界有拍卖史以来最久远和最负盛名的专业拍卖行。1744年，一位叫山米尔·贝克的书商，在伦敦科芬园的花卉市场里举行了一场书籍拍卖会，结果他的这一新鲜举动轰动了全伦敦。近代世界拍卖史就这样被拉开了帷幕。在过去的270多年里，苏富比一直是拍卖行里的龙头老大，与后来居上的佳士得各领风骚，且两家皆在香港设有总部。苏富比拍卖行更具英国人的经商风格，在拍卖规则上也独具英国人的“贵族”遗风，也就是说，它的规矩很规范也很死板，比如你把东西交给他们后，先给议个价，然而你放在那里就得听从拍卖行的一切权限，这便是有名的“苏富比之规”。这一条在苏富比公司的介绍上非常醒目地以“苏富比之身份”条款写着：“‘苏富比’乃以代理人身份为‘卖家’出售物品，唯其以当事人身份全部或部分拥有任何物品则除外。‘苏富比’可以对物品拥有法定或衡干权益或以有抵押债权人作出财务承担者（或其他身份）。如‘苏富比’以代理人身份出售物品，任何出售均将导致‘买家’与‘卖家’直接订立合约。”意思是说，一旦你把物品交给苏富比后，他就是你的全权代理者，有权根据拍卖规矩拍出，一旦拍出，就是你与买家的法律契约。

“这样硬碰硬好。”翟健民的师弟和另两位合伙人念着苏富比公司的条款，满脸泛着红光，唯有翟健民一脸阴气。

拍卖官出现了，非常职业地对那只瓶进行真伪鉴定和论价。最后给出了 15 万英镑的价。15 万英镑是多少钱？一英镑当时的市价等于 15 港元。也就是说，翟健民他们的那只瓶在苏富比香港公司被定价为 225 万港元拍卖价。

“太好了！”翟健民的师弟等人高兴得手舞足蹈。“怎么样？还是没白来吧！”师弟甚至忍不住凑到翟健民的耳畔这样说。

“别高兴得太早。”翟健民则警告道。

“谁签字？”按行规，这时“卖家”必须在苏富比拍卖公司的代理协议上签字，完成这一手续后便意味着“卖权”的正式转移。

“大哥，你来签吧，我们不懂。”师弟让翟健民代表他们四人签字。

“我看还是退拍吧，风险很大的。”翟健民依然极不情愿，劝师弟他们再考虑考虑，以免吃亏。

“15 万英镑议价！还退啥嘛！”三人异口同声。

翟健民自知无力劝阻师弟等人，叹着气，签上了自己的名字。

事已至此，等着来钱？否也。“倒霉才刚刚开始。”翟健民说。

这是为何？原来，拍卖行接货后，要等到下次拍卖会才将货拿出去拍卖。师弟他们不知道，以为把瓶交拍卖行后就等着拿钱了，哪知这一等又是一年。这一年对翟健民来说是要命的时间，一则他要买房，二则他手里没本钱再做其他生意，关键是一旦拍卖出现意外情况怎么办?

身家性命！身家性命啊！那一年里，翟健民几乎每天都要到观音菩萨像前面求“阿弥陀佛”，保佑他40万的老本能够平安无事。至于在太太面前，他更是抬不起头来。面对两个嗷嗷待哺的儿女，他更是羞愧难当，异常心痛——全家人因为他囊中羞涩，本该过着的小康平安日子也变得越发紧巴。

一个人走麦城的时候，似乎总是背运。

终于等到第二年的苏富比大拍卖在伦敦拉开帷幕。翟健民事先赶到伦敦，欲亲自在现场看他的“身家性命”结局如何。

“NO！15万英镑太高，此物不值这个价，只能定为8万英镑起价。”拍卖行在最后鉴定与定价时，给翟健民他们那只瓶的估价低了一半。

“这种情况允许吗?你们不是已经跟苏富比香港公司签订协议了吗?”我是外行，问翟健民这种情况的变化有何根据。

“可以的，伦敦的苏富比公司是总部，它有权作拍卖的最后更改价。”翟健民说。

“这个时候你们可以因为他们的更改价而提出退拍吗?”我又问。

“可以。”翟健民说，“我也是看到这个变化，立即与在香港的师弟他们商量，认为现在退出是个机会。”

“退啥哥，拍吧！8万就8万，最后拍个翻倍价也赚了！我们三个都同意拍!”香港那边的师弟回答得很干脆。

“你们哪……”翟健民不想再同这帮无知无畏的人纠缠了，那一刻他感觉自己真的被放到了剁肉砧板上，完全失去了任何自由。

拍卖会开始。现场人山人海。翟健民不想看到又不得不看到的那只瓶终于出现在拍卖现场。

绅士一般的英国拍卖官潇洒地介绍一下瓶子后，便一挥手，喊出了一个叫翟健民差一点儿哭出声的价：“4万!”

“4万英镑有没有人要？”拍卖现场只有一个声音在回荡。那回荡的声音如万钧巨炮在翟健民的耳边隆隆作响，震得他双耳发胀、两眼金星飞溅……

“不是定的8万吗？”我不解。

“是8万。但拍卖官在现场可以按照自己的意思进行喊价，这‘喊价’因为是非正式定价，所以在英式拍卖行里被允许。”翟健民进而解释，“如果在这个时候，没有买家接，拍卖官可以自己空口喊到与起价差10%的价位，这样都是允许的。问题是，我当时根本没有想到拍卖官会喊出4万英镑这么低的价！最最要命的是，没想到他这一喊，立马就有一个买家举了牌。这一举我更感觉像是有人把屠刀戳到了我的脖子上……”

“怎讲？”我更不解。

“因为这个人接的是4万英镑，他之后再没有人举牌子了……”翟健民说。

“也就是说，4万英镑把瓶子拍出去了？”

“拍出去了！”

“怎么会是这样呀？”我真是外行，弄不明白拍卖场上竟如此变幻无穷。

“可不是。谁能想到会是这个结局。”翟健民说。

因为低于原定的起拍价，此瓶的整个拍卖被行里作为“流拍”退场。在具有国际影响的大拍卖场，一件流拍的东西，等于像一个人被“枪毙”一样，差不多全世界古董行里的人都会知道。

“你知道这样的事发生在自己身上会是什么样的结果吗？”翟健民问我，我摇头，表示不知，也真猜不出来。

他说：“当晚，不知怎么回事，我就开始发高烧。在回程的飞机上烧得更厉害。那时，从伦敦飞回香港是先到阿联酋的迪拜，再转机到印度，再从印度飞到香港。每次转机时，乘客都得下飞机，等加油完毕后再登机。我因为烧得不能自主，转机时动弹不得，乘务员要我下机，我就是不走，头痛口渴得难受极了，一边还要看住那个倒霉的瓶子。空姐拉我下飞机，我就求她们，就差没有下跪……”

为了一只倒霉的瓶子，为了一次本不该去参与的买卖，翟健民拼出了身家性命，白白花掉了两年工夫。“我有时感觉自己很蠢，很懦弱，下不了狠心。这是毛病，害我自己多次。”翟健民在接受我采访时，十分后悔道。

我跟他说是因为他善良所致。还说，一个人的善良对善良者可能是起作用和管用的，但对不善良的人毫无用处，甚至最终也把自己给害了。

“你这话有道理，但我就是本性难改。看谁可怜，一求我，就会发慈悲，所以事情的结果就往往与自己的愿望相反。这是我的毛病。”翟健民解剖自己。

而我则十分看重他这一点。翟健民如果不是内心和本质上这么善良和具有同情心，他也不可能在行里拥有如此高的地位和声望。

可善良对他本身来说，有时是巨大的伤害。

翟健民自己说，那一次他从伦敦回香港的心境，是有生以来最坏的一次。带着心的伤痛和身体的高烧从飞机上下来，走出空港的那一刻，师弟见了他，只说了一句：“所有事情不要算数了！”意思是说，啥都别去想了。

“你一句话说得倒是轻松！是啊，你一分钱没出，倒可以啥都‘算数’了结了，我呢？我为啥？我把身家性命搁进去了两年时间，担惊受怕，东奔西跑，结果败得一塌糊涂！我能算得了数吗？啊，算得了数吗？”这是翟健民心头怒喷的话，他实在想把没头脑的师弟训个狗血喷头。可有什么用？你翟健民不是香港古董场上新闯出的“黑马”吗？你不是有本事吗？你不还是师兄吗？现在事情落得这么个下场，你就没有责任了？人家是师弟，还有两个合伙人也都是外行，外行人贪心想赚大钱，情有可原，可你翟健民不是内行吗？不是有能耐吗？不是识时务者吗？狗屁！你啥都不是！回家待着吧！

翟健民臭骂了自己一通，而这次自我反省也着实让他再一次体味到了古玩场上的风险与残酷，同时也告诫自己：任何无为的恩赐和犹豫，以及带有稍许的贪欲，都可能让智者失去本色，坠入深渊。

关于这只瓶的厄运，至此并没有结束。大约两个月后，有人向翟健民提出要买瓶。卖吧，这回合伙人们，尤其是翟健民的那位一分钱没入股的师弟，早已销声匿迹，不闻不问了。

“你想出多少价？”已如弃婴一般的货，轮到翟健民倒问买货者。

“嗯——这么说吧翟兄，现在我买你这瓶，也算救你们一把。你说吧。”买者说。

“落水”的翟健民心里恨得咬牙切齿，可脸上还得装出感激人家的笑容：“是，是。你给价吧——”

“一口价，65万。”

翟健民抬头盯着对方，心想：你是趁火打劫？这瓶到目前为止，一分钱不多算，成本也要110万了！你给65万啥意思？恶心我翟健民不是？

“你……你翟兄别生气嘛！我，我出65万可是比你们在伦敦拍卖行流拍的价还高出5万元不是？我、我可是诚心来跟你做这桩生意的呀！”

是啊，伦敦拍卖场上叫出的价是4万英镑，也就是60万港币。全世界现在都知道翟健民手里的这瓶流拍了，流拍的价是4万英镑、60万港币！翟健民已经是屎布盖头，臭气熏人了，你有啥气势跟买家吆喝？

“65万就65万吧。”翟健民觉得自己已经成了晚市的卖萝卜的菜农。他自嘲一声，说：“人背运的时候，四头牛都拉不住。”

“怎讲？”

“没过两天，开价65万的那家伙又说不要了。我一听就生气，说你也太不拿我翟健民当回事了。人家回答我说：‘不是我不拿你翟兄当回事，实在是你这只瓶都知道在伦敦走背运了。我真要65万从你手上买回来，也是跟着往下赔。’这时候我有些赌气了，说那你认为多少价要吧。人家顿了顿，说50万。50万就50万吧，我回答他。”

“你就50万出手了？”

翟健民又是一阵自嘲后摇头：“交钱时，这家伙又跟我砍下了10万元……”

“哈哈哈……香港古董大佬翟健民也有任人宰割的时候啊！”我听后终于忍不住幸灾乐祸地大笑起来。

我发现坐在我面前的翟健民也在笑，不过笑得不太自然。毕竟这是他古董场上荣耀几十年里罕见的一次“走麦城”，而且几乎是血本无归的“走麦城”。

关于上面这个故事，在最后定稿时，翟健民多次提出“别放书中了吧”，但由于我一再坚持，读者方有幸看到了现在的文字，我对他慎重地说：“年轻时，我们谁没有失误过？你翟健民也不例外。”

……

（原载《中国作家·旬刊纪实》2015年第12期）

中国“失独”家庭调查（节选）①

韩生学

“我们不需要怜悯，只是希望更多的人同情和理解……”

——代题记

引 子

2015年5月5日，上午9时，北京知春路国家卫生和计划生育委员会（以下简称国家卫计委）办公楼前，一曲由呼唤亲情、劝导游子的《常回家看看》改编而来的《“失独”者之歌》

---

① 文中部分人物为化名。

突然响起——

> “失独”老人，命运悲惨，孩子没了，谁来家看看，日夜抱着一丝幻想，希望国家能帮我度过残年。心中的孤独，有谁能理解，身上的病痛无钱住院。谁来家看看，来家看看？哪怕轻轻安慰几句嘘寒问问暖。只生一个孩子，为国家作多大贡献啊！孩子没有了，国家千万别视而不见……

歌声在人群里流淌，泪水在眸子里涌动，悲情在空气中弥漫。歌者哭了，路人哭了，前来采访的记者哭了，维持秩序的警察也哭了。这是怎样一个群体？他们身上到底发生了什么？因什么聚集在这里？为何如此悲悯？

循着悲苦的歌声，我走进了他们中间。从头戴的白色小帽、分省打出的各色旗子以及含泪的诉说中，我很快知晓，他们就是上世纪八九十年代响应国家号召只生一个孩子，如今因孩子的意外夭折失去独生子女的“失独”老人。

据有关资料反映，“失独”现象出现在本世纪初，随着时间的推移，日益增多。卫生部《2010 中国卫生统计年鉴》《中国老龄事业发展报告（2013）》及其他有关资料做过统计，目前我国有“失独”家庭一百万，且以每年 7.6 万的数量持续增加。

这些失去独生子女的老人，面临生活照料、大病医治、养老保障、精神慰藉、后嗣传承、丧葬善后等各种困难。虽然政府相关部门相继出台了一些关怀、关爱“失独”家庭的政策和措施，但还远远不够。于是，这些老人们走到了一起，自发组织来到了北京，来到了国家卫计委门前，开展他们自己定义的“柔性陈情”活动。

据组织者透露，本次“陈情”从 2014 年 12 月开始筹备，历经五个多月终于成行。参与本次活动的“失独”父母有近千人，来自全国二十六个省区市。这次他们带来了由 2693 人签名的《给国家主席、国务院总理的信》和由 1753 人签名的《全国部分“失独”

者“5·5”诉求》。诉求提出：一是为“失独”家庭准确定位正名，不能将他们视为一般的困难家庭；二是要求政府承担赡养人责任；三是逐级设立政府主导、社会参与的“失独”管理机构，让这些“失独”家庭有一个真正的“娘家”……

我采访了几位“陈情”人员，用心聆听他们含着泪水的诉说——

她，来自重庆，今年五十二岁，网名叫“向往天堂”。她说：“参与这样的活动，心里十分难受。这么一大群年过半百的老人聚在一起，目的只是想让整个社会再次聆听我们的呼声。我们真的非常爱国，也都是遵纪守法的公民，当年都积极响应国家的号召只生一个孩子，现在却面临着生存的困境和无人赡养的问题。有的家庭，因为‘失独’而返贫，正常的生活状态被打破，生活质量急剧下降；有的老人，因为‘失独’，生病无人护理，手术无人签字；有的老人，因为‘失独’，没有担保人，就连养老院都无法入住。因为失去了唯一的法定赡养人，导致许多法定的义务无人承担。我们真的不怕死，因为那是瞬间的事，我们害怕的是没有尊严地活着。”

他，来自山东日照，网名叫“孤独无助”。他说：“在失去了唯一的女儿的那一刻，我便失去了所有的幸福和快乐。此后的日子，求生不得，求死不能，人生最大的悲哀莫过于此！特别是在中国人绵延几千年的‘不孝有三，无后为大’的传统观念影响下，失去孩子让我们感到死后没脸见列祖列宗，活着无颜见亲朋好友。我们会一天天地老去，未来的日子里，谁来嘘寒问暖？谁来养老送终？我们失去的不仅仅是孩子，更是生命的传承、血脉的传承、基因的传承、文化的传承、财产的传承……”

他，来自湖南怀化，网名叫“贺德”，昔日的计划生育工作者。他告诉我，大学一毕业，他就分配在乡镇工作，之后担任该镇计生办主任，从事计划生育工作多年，是一名名副其实的计生功臣。通过他做工作，落实节育手术至少在一千例以上，减少人口出生至少在五百人以上，其创立的“三无工作法”（无政策外生育、无大月份引产、无违法行政）更是在全市推广。他因此多次被评为省、市、县计划生育先进工作者，并被所在市的市委、市政府记功表彰。然而，他“失独”了，女儿在用热水器洗澡时煤气中毒身亡。“我的痛比其他‘失独’者更痛，因为有痛说不出。自己搞了几十年计划生育，别人不骂你咎由自取就算好了。当年自己做计划生育工作时，讲得最多的一句话就是‘计划生育利国利民利家’，写得最多的一条标语就是‘只生一个好，政府来养老’。可如今，我却没有了底气。”

……

他们一个个说得涕泪横流，我更听得泪眼婆娑。这是一个对国家有特殊贡献的群体啊，怎么会陷入如此尴尬的境地？他们太需要有人去为他们排解痛苦、抚慰伤口、反映渴求、诠释困惑、送去慰藉、给予扶助了。而我，作为一名计划生育工作者、一名纪实文学领域的写作者，更有责任和义务听一听他们的呼声，理一理他们的诉求，访一访他们的生活，问一问他们的疾苦，尽我所能去为他们鼓与呼。

于是，我走遍大江南北，走进了一个个悲伤的家庭，与他们面对面、心连心。终于，我触摸到了那欲说还痛的“失独”之因，体味到了那沁入灵魂的“失独”之痛，感受到了那殃及家国的“失独”之殇，感知到了那动人心魄的自救之路，领略到了那正在路上的关爱之美……

第一章　欲说还痛的“失独”之因

发源于巴颜喀拉山北麓的冰峰雪地、一路喧嚣奔流的古老黄河，不但孕育了一个黄肤色的民族，更塑造了世界上独一无二的中华文明。中华文明的优秀因子，使这个民族受到世界的瞩目。但，裹挟在它中间的多子多福、重男轻女等封建文明的沉渣，也像淤积在黄河河道里的泥沙一样，积淀在民族的血液里，浸润于人们的灵魂中。多生、生男，一度成为整个民族在婚育领域的价值取向和崇高追求，由此导致的人口繁殖速度，世界上其他民族都难以企及。

新中国成立后，社会安定，经济发展，人民的生活水平及医疗卫生条件不断改善，中国人口出现了高出生、低死亡、高增长的新特征。人口增长的快速列车就此启动：1953年第一次人口普查，大陆人口5.8亿；十一年后第二次人口普查增加到6.95亿；1982年第三次人口普查猛增到10.08亿。

有识之士无不为共和国如此快速增长的人口数量担忧，开始发出振聋发聩的声音："我们将被自己的繁殖逐渐湮没。"著名经济和人口学家、北京大学校长马寅初更是以《新人口论》直接向共和国谏言：必须控制人口。

共和国的领袖们皱紧了忧虑的眉头。1957年2月27日，毛泽东在最高国务会议上指出："要提倡节育，要有计划地生育。""计划生育"一词就此诞生。此后，他又在不同场合多次强调"人口非控制不可"。周恩来、刘少奇、邓小平等国家领导人也都不止一次作出了实行计划生育的指示。

1980年9月25日，以"一对夫妇生育一个孩子"为主要内容的《中共中央关于控制我国人口增长问题致全体共产党员共青团员的公开信》正式向全国发布，几千万共产党员、共青团员带头响应党中央的号召，只生一个孩子。

于是，一个全新的、富有中国特色的、带有鲜明时代标签的名词诞生在中国大地上——"独生子女"。据统计，自实行计划生育以来，中国目前有独生子女2.18亿。就是这2.18亿对父母及其他落实节育避孕措施者的大爱付出，使中国这块繁殖能力超强的古老土地在短短三十多年间，创造了少生四亿人、给中国发展带来四十年"人口红利"期的伟大奇迹。著名的英国《独立报》称，中国的计划生育是世界上迄今为止在社会工程领域里最大胆的试验；联合国官员也盛赞其贡献不止在中国，更惠及世界。

但，贡献与风险同在。这些独生子女家庭在"只生一个"的同时也为自己埋下了诸多风险，疾病、自然灾害、意外事故……任何一种灾难来袭，都将使独生子女家庭风雨飘摇甚或一夜倾覆。

……

第二章　沁入灵魂的“失独”之痛

一位“失独”母亲曾这样对我说：“医学上把痛分为十个级别，生孩子的痛是最高一级，就是十级。我忍受十级的疼痛把儿子带到了这个世界，而最终他还是先我而去。把他带到这个世界的痛我能忍得住，可是他离开这个世界的痛我真的忍不住了。这证明痛不是只有十级之分，还有比十级更高、更让人难以忍受的级别，只是在医学上分出十级痛的人没有经历过这种痛。”

一位“失独”父亲在他的日记里这样写道：“想你一次，心痛一次；心痛一次，想你一次。心痛是你留给我的唯一，想你却是我拥有你的全部。心痛的时候，用手紧紧抓住胸口，想要把心揪住；心痛的时候，将胸抵在膝头，任泪水肆意横流；心痛的时候，是那样孤独而又无助，好想找一间远离尘世的森林小屋，在没人听见的地方放声大哭……”

痛，是肌体的喧嚣；痛，更是灵魂的痉挛。痛，成了他们生活的全部；痛，更成了他们生命的毒药。为了缓解这种痛，他们苟活在痛的缝隙里，用另一种痛来麻醉自己。

……

第三章　殃及家国的“失独”之殇

之所以痛之切，是因为伤之深。

来北京参加“陈情”活动的计生干部“贺德”说：“‘失独’对于计生家庭来说，其伤害是无法弥合的。首先，我们失去了唯一的孩子，我们的子嗣传承至此就永远结束了，这对于在传宗接代这一传统文化氛围里生存的我们来说，是难以接受的；其次，唯一的孩子去了，我们的养老赡养人、生活照料人、精神慰藉人、死后送葬人都没有了；其三，我们经受了白发人送黑发人的打击，身体都垮了，这无疑又给我们的悲剧雪上加霜……”

是的，失去孩子，对一个家庭、一个家族的打击都极其沉重。

家殇之首：子嗣链条轰然断裂

“清明山间路，坟头有泪痕，别人奠先祖，我却祭传人。”这是某大学外语学院 2013 级学生何景怡的父母在 2015 年清明节这天写下的诗句。

2014 年 7 月 23 日凌晨，以 665 分的高分如愿考上某重点大学的何景怡，因学校停电，忍受不了炎热的天气，便搬离寝室，来到学校附近的宾馆睡觉。只是在炎热的室外来回搬东西跑了几趟，没想到，她竟然毫无预兆地死在了宾馆的床上，未留下片言只语。

当时学校为了安抚她的父母，只说她昏迷了，要送医院抢救。当她的父母坐了五个多小时的火车赶到学校时，才知道女儿早已离他们而去。在殡仪馆里，夫妻俩紧紧抱着女儿冰冷僵硬的身体，妈妈用自己的脸贴着女儿冰冷的脸。可任凭他们哭天喊地，女儿也不能再睁开眼睛看他们一眼了。

女儿的离去，带走了夫妻俩的一切希望，他们的人生从此没有了方向，没有了盼头。2015 年 4 月 5 日清明节，他们来到位于家乡某陵园女儿的墓前。“孩子呀！人家祭祖坟，我却祭传人。天苍苍，泪两行，今日祭儿爹娘在，他日爹娘谁来帮……”

人生的残酷唯此为最。凡已过最佳生育年龄的“失独”者，留给他们的都是这种后无传人的残酷现实。

著名哲学家黑格尔早就说过：“重视生殖是东方文明的重要特征。”屹立于世界东方、沐浴着儒家文化的华夏民族，在漫长的进化历程中，一直对自身的繁衍非常看重。儒家文化的创始人孔子说：“生，事之以礼；死，葬之以礼，祭之以礼。”说的就是为人子者要做到孝，就必须生儿育女以延续宗嗣，没有子嗣，祖宗的祭祀就会结束，香火就会断绝。孟子继承了孔子的思想，将传宗接代作为“首孝”加以绝对化。他说：“不孝有三，无后为大。”在孟子看来，无后是比陷亲不义更为不孝的事。《礼记·昏义》上也说：

“昏礼者，将合二姓之好。上以事宗庙，而下以继后世也，故君子重之。”这清楚地说明，婚姻的实质就在于宗族的延续。

古代还有“七去”的规定，即“不顺父母，去；无子，去；淫，去；妒，去；有恶疾，去；多言，去；盗窃，去。”去，就是休妻。也就是说，有七种情况可以休妻，其中第二条就是无子，无子仅次于不孝敬父母，比淫、妒、恶疾、多言等都严重，甚至比盗窃还可恶。

就是在这样一种绵延几千年的强大的传统文化氛围里，这些独生子女的父母失去了他们唯一的孩子，其传宗接代之链轰然断裂，留给他们的是断子绝孙的残酷现实。这对于中国的父母来说，还有什么样的痛苦能与之相比？

家殇之二：无处安放的余生

2012年7月2日，广州市某医院的门诊大楼前。大清早从清远赶来的向米满头大汗，捂着肚子，在妻子李琼的陪同下，坐在医院的候诊区等待叫号。身边还有十多名候诊者，其中六名是老人，几个年轻人围坐在老人身边。

“妈，快了，下个就是咱们。”向米身边的一个女孩子这样说。

向米像被电击一般，迅速站起身，拉着妻子说：“外面转转，里面闷。”

两年前，向米唯一的儿子死于车祸。此后，他仿佛精神出了问题，不能听到“妈”“爸”这样的字眼，更不能看到别人家的孩子簇拥着父母的场面。

终于轮到他们了。走进诊室，医生简单诊断后对向米的妻子说：“要做胃镜，挂号人多，你陪你先生坐坐，还有家属来没？”妻子赶紧回答：“哦，没有，孩子都忙。”紧接着，拿着单子拽着丈夫走出诊室。站在缴费大厅里，向米和妻子一句话也没说，默默地等候着。他们觉得，自己就是患者中的另类。

当晚回到家，向米坐在房间里，眼睛直勾勾地望着天花板，对妻子说：“死，也要有尊严，你走了，我可能会自杀吧。”他不敢想象自己一个人躺在偌大的房子里，行动不便，甚至大小便失禁却无人照看的场面……

青岛市市南区“失独”父亲邹云九十一岁高龄的老母亲突然生病了，他手忙脚乱地将母亲送进医院。刚入院时，要签各种各样的字，办各种各样的手续，医生还不能马上给老人输液。邹云急了，问怎么回事。医生说：“没有亲属在场，不能给药。”直到医生确认了邹云的身份，才同意给老人输液。

这时，邹云才突然意识到——“我老了，病了，该怎么办？”

邹云和妻子黄霞1976年结婚，同年，儿子出生。此后，邹云被调到兰州军区，黄霞则调到原乌鲁木齐军区。1979年，国家提倡计划生育，他们成了较早的一批执行者。

“对于国家的号召，我们积极响应。”邹云说。儿子出生后的第三年，即1979年，他们成了原乌鲁木齐军区首批办理独生子女证的家庭。从部队转业后，夫妻俩带着儿子回到青岛，而1997年的一场车祸，彻底改变了这个家庭的生活轨迹。

“儿子出门前，我们还特意嘱咐他下午早点儿回家吃饭。”邹云永远不会忘记十五年前那个黑暗的日子。那天，夫妻俩正在包着儿子喜欢吃的水饺，突然接到电话，说儿子出车祸了。等他们心急火燎地打车赶到医院时，儿子已经离世。那时，他们的儿子刚刚找好了工作，一段崭新的人生刚要开始。

此后的痛苦不言而喻。他们尝试着忘记自己的孩子，可总也忘不掉。每当别人问起，他们就敷衍一句，孩子出国了。他们尝试着换个环境努力活下去，于是搬到了现在住的地方。但他们总是不自觉地去和别人做比较，和那些有子女的家庭做比较，越比较，心里越难受。直到后来他们在网上找到了“失独”者QQ群，靠着两百多同命人的互相鼓励和慰藉，才好受一些。

2008年邹云退休后，在一家公司当顾问。这么做的目的，一是为充实自己的生活，找些事儿做；二来，也是想为以后和老伴儿住养老院、去医院看病多攒些钱。他还对妻子说，没人可以依靠了，要自己靠自己。

但有些问题不是靠钱就能解决的。这次母亲住院让他意识到，不但要钱，还需要签字办手续，还必须有家人陪在床前才能给药。“等我们老了该怎么办？谁给我们签字？谁陪我们输液？”

不仅如此，就是进养老院也不是那么简单的。

他咨询过青岛的几家养老院，对方的回复中都包括一个必要条件——入住养老院时老人有自理能力，且需要监护人（多为子女）的签字。

前文提到的潘教授也遇到了同样的问题。如何养老成了两位老人最大的心病。他们利用空闲时间去咨询了多家养老院，但所有的养老院都将他们拒之门外。唯一的理由就是，养老院接收老年人，需要子女签字。但现在他们没有子女了。

潘教授的老伴儿想用出家的方式度过自己的余生，然而，却没有任何一座寺院接收她。一位住持告诉她：“我们只接受六十岁以下的人，你已超龄……阿弥陀佛。”

连出家都不行，哪里才是我的去处啊！潘教授的老伴儿只好在家中修行。

此外，死后的安葬问题也让两位老人十分揪心。2007年，在安葬儿子的时候，潘教授给自己和老伴儿也买好了墓地，就在儿子的旁边，他们希望能够离儿子近一些。他去问墓地的工作人员：“我先买好墓地，等我们死后，你们能把我们的骨灰安葬在这里吗？”

工作人员觉得他提的问题很奇怪，愕然好一阵，以为老人在开玩笑，但看看对方的表情，才意识到他是认真的。可工作人员真不知道该怎么回答，因为以前从来没遇到过这样的问题，只好如实说：“墓地管理处没有这项业务。”

像被人兜头泼了一瓢冰水，潘教授顿时透心地凉。从墓地回来，潘教授凄凉地说：“我们活着，还能为儿子扫扫墓，如果死了，连把我们送进墓地的人都没有了……”

不是吗？因为没有人照顾，“失独”老人死在家里很久才被发现的事件时有发生。

2014年11月21日，重庆市北碚区石马河街道一位叫赵国华的

“失独”老人，死了几天却没人知晓，后来邻居闻到一股恶臭，报了警。打开房门一看，老人的尸体已经腐烂。房间里的电视机还开着，正在播放着新闻，可看电视的人却悄无声息地永远离开了。

同样是 2014 年 11 月，长沙市岳麓区一位六十二岁的“失独”母亲，孤单地死在她租住的房屋里，直到尸体发臭才被人发现。

没有孩子的我们，余生该怎么安放？“失独”老人们无时无刻不在问自己，问政府，问社会。一位网名叫“随心”的天津“失独”者于 2015 年 7 月 18 日在网上发了一首名叫“明天我该怎么办”的诗——

明天我老了，走不动了，
我该怎么办？
不能去买菜了，取不了工资了，
不会自己做饭了，自己洗不了衣服了，
我该怎么办？
生病了，看不清药品说明书了，
自己去不了医院了，住院需要陪伴了，我该怎么办？
年龄大了，记忆力差了，
钱财不能自理了，做饭忘记关火了，忘记关水了，我该怎么办？
我害怕明天，因为我越来越老了，
饿了没人端碗饭，病了没人递杯水，
陪伴的是孤独，等待的是绝望，
明天我该怎么办？

这首诗发到网上后，立即引来网友围观和疯狂转帖。因为它说出了所有“失独”者共同的心声——

明天我该怎么办？

……

国殇之三：人口安全又添新愁

2014年11月11日，一封由五千名“非独”（夫妻双方都不是独生子女）家庭联名上书的《非独家庭要求全面放开二胎的建议信》，分别寄往国务院法制办、全国人大常委会以及国家卫计委。原文摘录如下——

> 我们是非独家庭（以下简称“非独”），是目前计生政策规定不可以生育二胎的群体。自2013年11月15日起，我们这个特殊群体从13亿人中被划分出来。
>
> 我们不是独生子女，可这并不能成为我们必须生育独生子女的理由。2013年11月15日，对于每一位有生二胎意愿的、期盼计生政策的“非独”来说，无疑是沉重的打击。
>
> ……
>
> 每一项政策的出台，都应该体现公平和公正。单单把“非独”挡在门外的“单独”政策，对于我们这个群体公平吗？难道我们“非独”，尤其是“70后非独”，就应该成为计划生育最后的牺牲品吗？每当看到“失独”的报道，每当看到老无所依的报道，我们的心都在揪着。后独生子女时代涌现的种种社会弊端，正拷问着每一个有良知的中国人。不敢想象，未来的日子，我们要生活在一个老无所依的社会……我们更不想在“失独”的恐惧中度过今生。
>
> ……
>
> 我们每天在煎熬着、期盼着。我们不想在有限的时间里望穿了秋水，等瘦了心。人将老矣，又有什么事情是比“儿孙绕膝”更为幸福的呢？我们更不愿去想，如果有一天，“失独”的结局发生在我们身上该怎么办。皮之不存，毛将焉附？

故此，我们建议并呼吁：全面放开二胎，让中国全体公民都拥有生育二胎的权利……

据参与这封信起草的来自广东的“非独”家庭代表、广州涉外经贸学院经济学教师李润发介绍，其实，这封信在2014年年初“单独”二胎政策陆续在全国各地实施时就已经草拟好了，因为种种原因，拖到2014年11月11日“单独”二胎政策公布一周年才发出。

“双独”和“单独”二胎政策先后实施，使得“非独”家庭感受到了不能公平享受生育权的痛苦。2013年就有“非独”代表致信中央，希望政府能够考虑“非独”群体渴望公平生育权的呼声。他们之所以强烈要求生育第二个孩子，其中最主要的原因就是挥之不去的养老压力和“失独”梦魇。

“失独”，确实如阴霾般笼罩在国人的头上，笼罩在共和国的大地上，直接威胁着人口安全，给本来已经危机四伏的人口问题带来更多的挑战。除了直接减少了劳动人口、增加了养老压力外，许多“失独”父母受到打击和刺激，精神出现异常，甚至歇斯底里，极易出现极端行为，危及社会稳定。

一位“失独”父亲对我说，女儿死后，他向当地政府反映问题，总是得不到解决。“我相信，只要我杀了人，政府就会重视了。如果我的死能换来政府对‘失独’家庭的重视，我死了也值了。”为此，他甚至制订了三套“方案”……

尽管这些所谓的“方案”听上去有些异想天开，但我依然感到震惊。我对他说：“那些生命都是无辜的啊，你怎么可以这样！”

他说：“我什么盼头都没有了，大不了就是一个死。如今过的这日子比死还难受，我还有什么可怕的？”

他说得慷慨激昂，我听得毛骨悚然。我不得不终止采访，在劝慰无果的情况下，与当地计生部门联系，协调派专人与他建立长期帮扶关系，积极想办法为他解决困难，以消解他心头的怨气。

为了本文的写作，为了与更多的“失独”者建立联系，我也加入了多个“失独”QQ 群，在里面经常看到一些“失独”父母激愤的言辞。对他们，我除了劝慰，没有一点儿办法。而这些劝慰连我自己都觉得没有任何力量，更不用说去说服一个因痛苦而偏激的“失独”老人了。

我为那些老人担忧，更为我国的人口安全担忧。

有专家说，人口安全与经济安全、政治安全和军事安全一样，是国家安全的重要组成部分。而构成人口安全的主要因素，包括人口数量、人口结构、人口素质、人口分布以及与之相适应的资源、环境等。适度的人口数量、合理的人口结构、较高的人口素质、均衡的人口分布，是人口安全的重要保证。然而，我国长期的低生育率、失调的出生人口性别比、连年的劳动人口减少、快速的人口老龄化、偏高的出生缺陷发生率、无序的人口流动等现象，都对人口安全构成了极大威胁。“失独”现象的发生，更增加了对人口安全的威胁程度。

2003 年 6 月 12 日，在中国人民大学人口发展研究中心举行的“人口、社会与 SARS”研讨会上，有学者率先提出了“人口安全”的概念，并指出要进一步强化全社会的人口安全意识，建立人口安全警戒线。许多专家一直在积极呼吁，尽快放开二胎政策，以缓解人口安全的威胁。

中国政府一直把人口安全问题摆在重要位置。

在工作部署上，强调在继续坚持计划生育基本国策的同时，着手对生育政策的不断完善和调整，以促进人口长期均衡发展。比如实施“单独”二胎政策，就是一种有益的尝试。它的实施，在调节生育率、缓解人口老龄化、促进出生性别比平衡、降低“失独”家庭风险等方面，无疑会起到十分积极的作用。这无疑为社会各界普遍关心的人口安全问题注射了一针“稳心剂”。

……

第四章　动人心魄的自救之路

“横在每个‘失独’者面前的都是一道永远也跨不过去的坎儿，如果不想办法走出来，只有等死。”

“只要从那个家里走出来，一条命就算有救了。”

“早出来，早得救。”

……

许许多多的“失独”者不止一次这样说。

他们说的“走出来”，就是建立一些关爱“失独”者的组织，通过参加这些组织的各种活动，同命人抱团取暖、相互慰藉，摆脱过去的阴影，以达到自救的目的。

“失独”协会，施放人间第一爱

2015 年 5 月 22 日深夜，我突然接到一个电话，对方是湖南省怀化市“失独”家庭关爱互助协会会长聂和平。聂会长很客气地问我：“明天有空儿吗？我们协会明天在迎丰公园搞活动，想邀请你参加。”

我当即答应。

聂和平，女，六十五岁，湖南省怀化地区轻化建材公司原副总经理。2004 年 9 月，她二十九岁的独生儿子突患重症离世，这一重大打击令她一度陷入痛苦的深渊，整整三年时间足不出户。直到丈夫老王患胆结石住院手术，她才意识到，儿子不可能再回来，自己必须从痛苦中走出来实现自救。于是，她从网络走向现实，寻找身边的同命人。终于，这些过去不曾谋面的人走到了一起，相互倾诉，相互慰藉。通过一系列的活动，大家渐渐淡忘了痛苦，重新振作起来。在尝到抱团取暖的甜头后，大家都迫切希望成立一个自己的组织。2014 年 10 月 27 日，经怀化市民政局批准，怀化市“失独”家庭关爱互助协会正式成立，聂和平当选为会长。

正如协会《章程》所说，“失独”家庭关爱互助协会的成立，旨在加强对“失独”人群的精神慰藉和经济帮扶。通过义务咨询、心理疏导、陪伴慰问、情感服务、座谈交流、互帮互助等形式，以及开展丰富多彩、寓教于乐的文体活动，及时解决“失独”人群在生活中遇到的各种困难，让他们在社会的关爱中得到心灵的慰藉，缓解他们的孤独感和无助感，从初始的“抱团取暖”发展到融入社会，获得社会归属感，携手共渡难关。

在这一宗旨的指引下，聂和平带领她的团队，劝说一个又一个处在万分悲痛中的“失独”者加入到协会中，通过各种活动，使他们渐渐从悲痛中走了出来，创造了一个又一个奇迹。

王京，怀化市某医院职工。孩子走后，她一度断绝了与外界的一切往来。聂和平主动联系她，却被她拒绝。但聂和平并不气馁，一次不行就两次，两次不行就三次，通过不断交流，终于说服她加入了协会。如今，王京因积极为其他“失独”者服务，被选为协会秘书长。

林松的儿子于2002年3月因车祸离世，夫妇俩过度悲伤，均得了重病，特别是妻子患上了绝症，为治病举债二十多万元。老两口不但要承受失子之痛、忍受病痛的折磨，还要为债务忧心。聂和平带领协会成员来到林松家，安抚劝慰，想方设法帮他们渡过难关。

1998年，唐季夫妇十七岁的儿子病逝。夫妻俩把房子卖了，租住在一个狭小的地下室里，对生活一度失去了信心。协会成立后，聂和平经常组织人去探望，为他们排忧解难。2015年春节，协会给他们送去了一千元的慰问金和粮油等生活用品，让他们感到自己并没有被社会抛弃。

2007年12月，姜莲马上就要结婚的儿子突然走了，紧接着，她的老公因无法承受痛失爱子的打击，一命呜呼。痛苦不堪的她更不想活了，生病不去医院，水饭不进，只差在家里等死。协会人员知道后，马上赶到她家里，将她强行送往医院，才救了她一命。这件事终于让她感受到社会的温暖，感受到活着还有意义。

惠心夫妇的儿子多年前被歹徒杀害，至今没有破案。她终日足不出户，在家里以泪洗面。协会人员得知这个情况，主动上门，帮助她重建生活的信心……

聂会长常对那些一时不能从悲痛中走出来的“失独”父母说：“有一群天使，在天堂里各自捧着一根蜡烛，玩得很开心。但有个天使手里的蜡烛总是熄灭的，别人问他为什么会这样，他说，蜡烛又被爸爸妈妈的眼泪浇灭了……孩子已经去了天堂，父母过得不开心，他也会难过的，所以你们一定要快乐起来。”

聂会长告诉我：“既然选择了生，就要好好地活下去。我之所以要这样做，就是想把这种正能量传递给大家，把大家从悲痛中带出来。像我们这样的人，有许多常人所无法理解的苦和痛，一定要由懂我们的人来管，而真正懂我们的人，就是我们自己。因此，我们必须团结起来，化悲痛为力量，战胜苦难，这样，我们每一个家庭才有救。”

……

第五章　正在路上的关爱之美

有这么一代人，牺牲自己的权益乃至幸福来响应国家号召、支援国家建设，整个社会都应感谢他们。当他们遭遇不幸时，理应得到全社会的理解和支持。

当年，中共中央发出《中共中央关于控制我国人口增长问题致全体共产党员共青团员的公开信》时，就预见到了今天的计生家庭养老问题：“实行一对夫妇只生育一个孩子，到四十年后，一些家庭可能会出现老人身边缺人照顾的问题。这个问题许多国家都有，我们要注意想办法解决。将来生产发展了，人民生活改善了，社会福利和社会保险一定会不断增加和改善，可以逐步做到老有所养，使老年人的生活有保障。”

这是党中央的声音，更是共和国的承诺。为了兑现这一承诺，各级政府已经出发。

特别的爱给特别的你

2001年12月29日，中华人民共和国颁布了第一部计划生育法——《中华人民共和国人口与计划生育法》，第一次明确规定：“独生子女发生意外伤残、死亡，其父母不再生育和收养子女的，地方人民政府应当给予必要的帮助。”

虽然只有短短的数十个字，但它明确地以国家法律的形式对“失独”家庭的帮助问题予以规定，表明了国家的态度和责任。

一年多后的2003年3月9日，由所有中央政治局委员和各省、区、市主要领导参加的中央人口资源环境工作座谈会在北京召开，时任中共中央总书记胡锦涛发表重要讲话，他说，目前实施计划生育家庭特别是独生子女家庭，由于子女病残、死亡等原因，生活遇到困难，养老缺乏保障，这些问题要妥善解决，抓紧建立社会救助机制。

在这么高规格的会议上，党的总书记就“失独”问题进行重点部署，语言中肯，情真意切。

不久后，国务院出台了《关于开展对农村部分计划生育家庭实行奖励扶助制度试点工作的意见》，提出对部分农村独生子女和两女户家庭按人年均不低于六百元的标准发放奖励扶助金，直到亡故为止。

2004年3月10日，又一次中央人口资源环境工作座谈会召开，胡锦涛总书记再次语重心长地要求，重点对独生子女和双女家庭进行奖励，对因独生子女伤残、死亡和计生手术并发症造成的困难家庭进行扶助。

而后，《中共中央国务院关于全面加强人口和计划生育工作统筹解决人口问题的决定》出台，“计划生育家庭为国家做出贡献，国家应使计划生育家庭优先分享改革发展成果……积极探索建立独生子女伤残死亡家庭扶助制度”。

2007年8月31日，国家人口计生委、财政部联合印发《全国独生子女伤残死亡家庭扶助制度试点方案》。9月24日，在京召开全国独生子女伤残死亡家庭扶助制度试点工作会议，并在全国西、中、东部地区的十个省市试点，由政府给予符合条件的独生子女伤残、死亡家庭每人每月不低于八十元或一百元的扶助金，直至亡故或子女康复为止。

2008年3月5日，在第十一届全国人民代表大会第一次会议上，“失独”问题被写入了国务院总理温家宝所作的政府工作报告：“全面实施计划生育家庭特别扶助制度，扩大实施农村计划生育家庭奖励制度和少生快富工程范围，提高奖励扶助标准。”

同年11月28日，《国家人口计生委、财政部关于实施“三项制度”工作的通知》下发，规定从2008年开始，在全国范围内全面实施计划生育家庭特别扶助制度。

2013年12月18日，国家卫计委、民政部、财政部、人力资源和社会保障部、住房和城乡建设部五部委联合下发了《关于进一步做好计划生育特殊困难家庭扶助工作的通知》，拟从加大经济扶助力度、做好养老保障工作、提高医疗保障水平、开展社会关怀活动、切实加强组织领导五方面对“失独”家庭给予扶助。应该说，这是关爱“失独”家庭划时代的一份文件。这份文件参与的部门多、涉及的范围广、涵盖的内容宽，特别是文件首次明确，自2014年起，将独生子女伤残、死亡家庭的特别扶助金标准分别提高到城镇每人每月二百七十元、三百四十元，农村每人每月一百五十元、一百七十元，并建立动态增长机制。

这份文件出台后十二天，中共中央、国务院印发了《关于调整完善生育政策的意见》，就关爱“失独”家庭作出指示：“进一步完善计划生育家庭特别扶助等利益导向政策，实行奖励扶助标准动态调整机制。妥善解决计划生育特殊困难家庭的生活照料、养老保障、大病治疗、精神慰藉等问题。”

为了落实中央文件精神，2014年1月3日，国家卫计委、中国计生协会下发了《关于开展计划生育特殊困难家庭社会关怀的通知》，要求各地全面做好开展特殊困难家庭生活关怀、养老关怀、健康关怀、精神关怀、生育关怀等各项工作。

2014年7月9日，全国计划生育特殊困难家庭扶助关怀工作座谈会在北京召开。会议再一次要求各级政府和有关部门不断增强工作的责任感和使命感，确保计生特殊困难家庭“老有所养、病有所医、难有所帮、精神愉快”。

短短几年时间，党中央、国务院及相关部委专门为“失独”问题下发了这么多文件，召开了这么多会议，做出了这么多规定，而且一层一层抓落实，这不仅在中国历史上，就是在世界历史上也属罕见。

这一切，完全是为了把“特别的爱给特别的你”。

不过，对于失去孩子的父母们来说，虽然出台了这么多规定，但多是政策性的，离具体落实还有一定的差距。特别是“失独”家庭扶助的法律支撑问题，《人口与计划生育法》只是说提供“必要”的帮助，太笼统，因此需要补充和完善；还有“失独”家庭定位问题，最开始叫“独生子女死亡家庭”，后来又改成“计划生育特殊困难家庭”，这些定位都不准，都没有体现计生家庭对国家的贡献。此外，还有地方政策出台问题、中央政策在地方执行问题等，都需要一些更加规范、更加切合“失独”者实际需求的具体规定。

于是，这些“失独”者走到了一起，从乡里到县里，从县里到市里，再到省里，最后来到了共和国首都北京。

北京，我来了

“失独”父母集体进京，比较大的有五次。

第一次是2012年6月5日。近百位来自全国各地的“失独”代表带着2431名“失独”者亲笔签名的《关于要求给予“失独”父母国家补偿的申请》来到北京，来到国家人口计生委。一位来自安徽的网名叫“海琴”的参与者详细地记下了这次活动的全过程——

2012年6月3日夜，我作为安徽省唯一的参与者，独自登上了合肥开往北京的直快列车。次日早七时许，列车准时到达北京站。

此次活动的组织者安排缜密，考虑周到，并且受到了北京一位“失独”大姐的鼎力相助。她通过朋友关系，将几十位“失独”者集中安排在青年旅社，每天房费只要五十元。房间虽然不大，但干净整洁，左右两张上下双层木床，竟让人一下子找到了学生宿舍的感觉。安顿下来后已近中午，其间，仍不间断有后续到来的兄弟姐妹入住，只要听到走廊里突然响起高分贝的问候声，那一准儿是又一拨人到了。

傍晚时分，众人步行大约十几分钟，来到一家中档饭店用餐。在这里，我见到了我们圈内大名鼎鼎的达人们，较熟悉的有“笛儿妈”“渴望真诚”“JI 守望 L IN”“天津乐乐”“田姐”“山东月光”“云南守望天堂”“三明梦在天堂”等兄弟姐妹。

6 月 5 日上午，依照安排，由五位代表前去国家人口计生委递交《补偿申请》，余下的人自由活动。因五位代表没有达到目的，下午三时许，经与前方五位代表沟通，大家兵分几路，乘地铁同时前往位于北京知春路的国家计生委信访室，要求见面。

最早与“失独”者正面交涉的，是国家人口计生委办公厅的一位副主任。此时，我不知哪儿来的胆量，直接与这位副主任谈起了条件。他首先问我是哪个省的，叫什么名字，我一一作答，只是在说到姓名时，我只报出了网名。我说：“如果全体参与座谈有困难，那我们可以每个省各派一名代表。”

对方答：“可以，有多少个省来了人？”

我赶紧问“笛儿妈”，身边的知情人对我小声说：“十六个。”于是我不假思索地报出：“二十个。”

对方称：“可以。”

6月6日下午四点，国家计生委领导接待了“失独”父母中的五名代表，并在计生委的会议室里召开了座谈会。会上，“失独”者们表达了自己的诉求，希望相关部门出台相应的制度和法规，明确管理“失独”群体的机构，让我们知道出了问题该去找谁……

计生委领导还承诺，会在三四个月内研究出台一个制度框架报国务院，并且答应建立沟通机制，随后双方互留了电话。

……

此次集体进京，引起了全国各地“失独”者的共鸣。

半年过后，由于认为诉求仍然没有得到国家计生委的重视，全国四百余户“失独”家庭自发组织，推请网友“无奈”等人为代表，于2013年1月7日、2013年5月20日两次进京。这应该算是第二次和第三次。

第四次，是2014年4月21日。国家卫计委等五部门《关于进一步做好计划生育特殊困难家庭扶助工作的通知》在网站挂出后，“失独”者们发现，通知中没有他们提出来的行政补偿方面的内容。2014年1月6日，几名“失独”者代表进京同计生委沟通，希望在行政补偿方面能给予明确答复。几个月后，卫计委发布答复意见书称，“对独生子女死亡家庭给予国家行政补偿没有法律依据”。

于是，4月21日，他们再次进京。这次进京的主要组织者之一“笛儿妈”在接受记者采访时明确表示：“去年年底发的那个通知，只是把我们当成一般困难家庭对待了，对于这个认定，我们不能接受。”

记者问：“不能接受的原因是什么？”

“笛儿妈”答：“我们不是一般困难家庭。通常说，一个家庭贫穷、有残疾人、失业、有重大疾病等，这是自然原因造成的。但‘失独’群体面临的困难是国家独生子女政策造成的，实施这项政策时，我们履行了义务，有义务就有权利，现在我们要政策保障这个权利。另外，困难家庭的定位，没有体现出我们的牺牲，我们是‘失独’家庭，不是困难家庭。‘独生子女政策受损害者’的身份对许多‘失独’者来说，意味着尊严，所以相当重要。”

也就是说，此次进京，他们不再仅仅是为钱而来，更多的是想维护“失独”父母的自身权益。所以，这次他们带来的是1780人签名的《全国部分“失独”公民关于请求修改“计生法”的公开信》。

他们在《公开信》里表示：“‘失独’公民是为国家人口政策和经济发展作出贡献和巨大牺牲的群体。国家实行计划生育这三十多年里，少生了四个亿的人口，为经济腾飞争取了时间，取得了巨大的人口红利。这个人口红利是实行计划生育公民贡献的成本，在国家繁荣富强的今天，应该考虑给予在赢得人口红利战役中作出牺牲的‘失独’公民以经济补偿，这才是合法合情合理。如果行政机关因为法律不健全而无法通过正常的行政程序来进行弥补，是法律的不公平、不完善，是法律出现的漏洞，全国人民代表大会法律委员会理应尽快地填补这个漏洞。”

第五次，是2015年5月5日至7日，来自全国二十多个省区市的“失独”父母代表来到国家卫计委表达诉求。在广泛征求各省区市“失独”者意见的基础上，其诉求主要有三条：一是要求政府将目前用来定义“失独”家庭的“计划生育特殊困难家庭”提法中的“困难”二字摘除，不把“失独”家庭视为等待国家救济的弱势群体，而应视为对计划生育政策作出贡献和牺牲的家庭；二是要求政府部门承担“失独”家长在法律上的赡养人责任；三是要求各地政府在民政、卫计或其他部门逐级设立专责处理“失独”家长问题的职能部门。

本文开头的那一幕，就发生在这次进京期间。大家换上了统一的服装，戴上统一的帽子，打着统一的横幅，还唱起了他们由《常回家看看》改编而来的《“失独”者之歌》。

此次活动参与人数较以前多，但秩序非常好。一位组织者说：“我们跟大家千交代、万交代，一定要冷静理性，离开的时候，我们连纸屑都要捡干净。”

5月6日12时30分，国家卫计委与“失独”代表座谈会在卫计委会议室召开。会上，网名“为了谁”的“失独”者代表向卫计委递交并请求转呈了由2693人签名的《给国家主席、国务院总理的信》和由1753人签名的《全国部分“失独”者“5·5”诉求》，并就诉求书的内容进行较详尽的说明。

针对“失独”者的“诉求”，国家卫计委相关部门领导很快作出回应，他们表示，计生家庭对缓解人口压力、提高综合国力等作出了巨大贡献，这一点是举世公认的。国家对“失独”群体的帮扶工作非常重视，一直在努力，近两年正在进行提建议、调研和征求意见等工作。但客观地说，许多事情涉及人大、民政部、社保部等部门，不是卫计委一家就可以解决的，而且立法有程序，到具体实施需要很长一段时间，其间还需要逐步完善。

代表们所反映的主要问题，其中有许多卫计委都考虑到了，但执行起来的确存在具体的困难，比如再生育费用由政府全负担的问题，比如对“失独”政策如何完善的问题。这些问题，政府方面会努力协调，政府与“失独”家庭的立场是一致的，也一直在努力。2013年的5月20日“失独”家庭代表赴京之后，卫计委马上与五部委协调，半年时间内便形成并印发了“41号文件”。卫计委多次召开会议，重点就是“41号文件”的贯彻落实。

这次代表们提出的诉求，有些内容已在考虑之中，有的可以予以考虑。虽然不能当场承诺，但一定会尽量把工作做得更完善，比如代表们要求对于“计划生育特殊困难家庭”重新定位的问题。这个提法是征求了相关专家、学者及部门的意见后才定的，现在大家反映说，这个提法容易导致地方政府以困难为由对多数家庭不作为，卫计委方面可以对此再进行研讨。

总之，政府会进一步完善制度，改进工作作风，总结介绍和推广各地好的做法，并做到制度化和经常化。

5月7日晚，各地“失独”代表陆续离开北京。先后三次进京的“笛儿妈”说：“对于我们大多数人来说，进京是奢侈的，是不得已而为之。”

是啊，进京不易。几乎所有的“失独”者年龄都在五十岁以上，有的甚至是七十多岁，身体状况不佳，这么来回折腾，不但要花钱，身体也吃不消。

总的来说，这五次进京，“失独”者代表们是理性的，是本着解决问题的目的，而非一味宣泄情绪。这样也有助于和政府部门的沟通和相互之间的谅解，有助于“失独”人群的困境尽快得到改善。

呼声从人民大会堂传出

2015 年 3 月 3 日和 3 月 5 日，政协第十二届全国委员会第三次会议和第十二届全国人民代表大会第三次会议，先后在人民大会堂开幕。参加本次会议的 2153 名全国政协委员和 2907 名全国人大代表，带着全国人民的重托，走进大会堂，共商国是。

在这次“两会”上，“失独”问题再一次成为代表和委员们关注的热点。全国人大代表胡瑞峰发言说，“失独”者们真的就像鲁迅先生笔下的祥林嫂一样，因丧子的打击失去了精神支撑和寄托，濒临崩溃边缘。她在基层调研中发现，农村“失独”家庭的经济状况更拮据，面临的生存挑战更严峻，城镇“失独”家庭的精神创伤则更大。而且，“失独”家庭普遍存在患病率较高、生活资源缺乏、养老困难等特点，如何养老就医成为他们面临的最现实的问题。她还说，社会公众的理解也很重要。大家应该有这样一种意识，“失独”家庭并不是问题家庭，媒体报道也不要把他们标签化，要加强心理疏导服务，积极引导和鼓励“失独”家庭参加社会活动，用丰富多彩的文体生活来冲淡他们的伤痛，社会各界合力帮助他们在关爱中找到心灵的慰藉，安度晚年。最后，她大声疾呼，应加快推进“失独”群体帮扶法制化建设，明确政府的责任和义务，使帮扶政策常态化。

全国政协委员王名、刘大钧在 2014 年的全国“两会”上就提出了《建立国家基金，全面开展“失独”家庭社会救助》的建议案。2015 年的“两会”上，他们在上年提案的基础上，根据一年的实证调研又进行了修改补充。他们在提案中说，在独生子女时代大量存在且不断增加的独生子女家庭，使得“失独”家庭成为突出的社会问题，丧子（女）导致的不仅是少数家庭的不幸，更成为所有独生子女家庭都可能背负的恐惧和不安。“失独”家庭是计划生育政策的产物，对这项政策的后果，国家应当承担责任。由此，他们提出救助“失独”家庭的建议——

第一，重视“失独”家庭问题，明确在“失独”问题上不可推卸的国家责任。建议总结各地已开展的“失独”家庭救助工作的经验，加快修订和完善《人口与计划生育法》《社会抚养费征收管理办法》，出台国家层面的救助政策，明确国家责任。要充分利用中国计生协会及其遍布全国的组织网络，设立统一机构，对口管理“失独”家庭工作，落实国家对“失独”家庭的各项责任。

第二，建立救助“失独”家庭的国家基金并以之为基础设立非公募基金会。在各级政府主导下开展“失独”家庭现状摸底调研，掌握“失独”家庭存在的问题，制定相应标准，并尽快实施对“失独”家庭的救助政策。在此基础上建立救助“失独”家庭的国家基金，可将历年征收的社会抚养费集中起来作为原始基金，以此为基础成立接受社会捐赠的非公募基金会，其宗旨明确为救助“失独”家庭，并按照基金会相关法规纳入依法监管和社会监督的范畴。

第三，培育一批致力于“失独”家庭服务的社会组织，尤其是“失独”者自己的组织。对“失独”父母的心理疏导与生活援助，有赖于社会组织的工作。当前，网络上已经出现多个“失独”者网络社群，这些社群中的“失独”者互相支持，抱团取暖。建议在已有网络社群的基础上，根据“失独”者的实际特点与客观需要，出台相应的政策加以引导和扶持。可借鉴上海、深圳等地政府建立公益组织孵化基地的经验，培育、孵化和发展一批条件成熟的组织进行合法登记注册或采取备案制等形式，通过购买服务的方式推动“失独”社会组织的成立与发展，实现对“失独”家庭的心理疏导与生活援助等全方位服务。

全国人大代表汪宏坤提出，“失独”家庭有极大的养老风险、疾病风险、护理风险，国家应关注他们的命运，理当由国家制定法规，尤其是全国人大立法，构筑“失独”家庭保障安全网。他说，赔偿是必要的，政府应承担起责任。

全国人大代表梁凤仪说，她专门对某地 2014 年年底的居民户口作了数据调研，发现其“失独”人数为万分之四点二，比例之重令人忧心。为此，她建议尽快建立起一套至少包括住房保障、养老保障、经济扶助、医疗救助、临终关怀等在内的养老保障机制，以帮助“失独”家庭。

全国人大代表、暨南大学教授卢馨说：“想起‘失独’父母晚年孤苦的生活，我就心痛。‘失独’对家庭的伤害是多方面的，不能仅仅发点儿钱了事。”她指出，现在对“失独”家庭的扶助，主要是经济支持，这太单一。“失独”家庭在养老、住房、医疗等方面均遭遇各种困难，要解决这些问题，仅靠一次性或定期发放扶助金是不够的，需要各级部门在制度建设方面有所突破，专门针对这个特殊群体设计扶助渠道。

此外，全国人大代表黄云、郭新志、石文斌、张苹英，全国政协委员高体健、杨玉学等，都提出了强化立法、为“失独”者提供法律保障，建立与国民经济发展水平相适应的“失独”群体社会救助体系，加强专项制度建设，建立专门国家基金等建议和提案。农工党中央、民进中央等民主党派也将落实“失独”家庭帮扶政策的提案提交“两会”。

……

在地方“两会”上，“失独”问题也成为热点。

2013 年 1 月 26 日，湖南省人民政府的政府工作报告提到“抓好独生子女父母奖励、独生子女死亡或伤残家庭特别扶助等工作”，这令长久以来一直关注“失独”家庭的省人大代表薛开伍感到欣慰。他说：“省长的工作报告能够明确提到扶助‘失独’家庭，真是我没想到的。”就在这次人大会上，薛开伍提交了议案，建议省政府完善对“失独”家庭的扶助政策，加大财政补贴力度，大幅提高“失独”家庭生活补偿标准。

2013年，浙江省的人大会议收到的首份议案就是嘉兴代表团王丽萍代表提交的关注“失独”家庭的议案。

河南省的“两会”上，民革河南省委提出，政府和社会应该携手帮助“失独”家庭走出人生低谷；省人大代表董广安呼吁，“失独”者曾在我国人口控制中起到模范带头作用，不能让带头执行计生政策的人晚景凄凉。

江苏省的“两会”上，省人大代表秦马兰提出要从法规和制度上完善对“失独”家庭的保障。

上海的“两会”上，朱鸣委员代表上海市妇女联合会发言，建议调整对于“失独”家庭的扶助金、补助金。

黑龙江省的“两会”上，省人大代表张剑秋提出，只有上升到法律高度，才能从根本上给予“失独”家庭永久的保障。

……

如此众多的人大代表和政协委员将“失独”问题带到参政议政的神圣会场，带到党和国家的决策中枢，这无疑是“失独”家庭之大幸，更是中国民生之大幸。

用“制度手杖”撑起“失独”者的余生

2015年2月17日，离乙未羊年春节还有两天。

中共中央、国务院在人民大会堂举行春节团拜会，习近平总书记发表了重要讲话。他在讲到家庭建设时说，家庭是社会的基本细胞，是人生的第一所学校。不论时代发生多大变化，不论生活格局发生多大变化，我们都要重视家庭建设，促进家庭和睦，促进亲人相亲相爱，促进下一代健康成长，促进老年人老有所养，使千千万万个家庭成为国家发展、民族进步、社会和谐的重要基点。

总书记的话语还在耳边萦绕，3月5日，国务院总理李克强又在第十二届全国人大第三次会议上向全国人民承诺，民之疾苦，国之要事，我们要竭尽全力，坚决把民生底线兜住兜牢。

党和国家领导人的铿锵之音，宣示了共和国的信心和决心。各级党委、政府在党中央的引领下，在国家规定的基础上，竭尽全力，出台了一项项最优惠的政策，打造出一把把坚强有力的“制度手杖”，为“失独”父母们提供有力保障。

陕西省人民政府率先出台了《关于建立完善“失独”家庭养老扶助制度的意见》，对“失独”家庭提出了五条“真金白银”的关爱措施：一是提高“失独”家庭扶助标准，农村居民每人每月提高到八百元，城镇居民每人每月提高到一千元，同时建立“失独”家庭养老补助标准动态调整机制，随着全省城乡居民年人均生活消费的增长，逐步提高“失独”家庭的扶助标准；二是对“失独”家庭给予一次性补助，农村家庭两万元，城镇家庭三万元；三是鼓励“失独”家庭再生育，所需经费由省级财政承担；四是完善“失独”家庭优先优惠的社会福利政策，由户籍所在地县、区人民政府按照就地就近和自愿的原则，安置在敬老院生活；五是积极开展关爱关怀“失独”家庭活动，组织志愿者队伍，开展对“失独”家庭的心理咨询、精神慰藉、生产帮扶、生活照料等关爱活动。

北京市人民政府出台了《关于深化公办养老机构管理体制改革的意见》，首次明确公办养老机构可根据计划生育特殊困难家庭中失能或七十周岁及以上老年人的实际需求，参照困境家庭保障对象或优待服务保障对象为其提供政府基本养老服务。为了使文件规定落到实处，市政府根据“失独”老人们提出的希望建立专供“失独”老人养老的福利机构的要求，决定将坐落于环境优美的亚运村，毗邻北京市老年病医院，交通便利、设施齐全，集老年人颐养、健身、休闲、娱乐和医疗保健于一体的市第五福利院改造为专门接收“失独”老人的示范性养老机构。

贵州省卫计委、民政厅、财政厅、人社厅、住建厅、教育厅、司法厅、扶贫办、妇联、残联、计生协会等十一部门联合出台《关于进一步做好计划生育特殊家庭扶助工作的实施意见》，要求政府相关部门按照“少生育，多保障”的基本原则，着力解决计生特殊家庭最关心、最直接、最现实的问题，不断提高计生特殊家庭的生活质量、保障水平、幸福指数，建立“政府主导、部门协同、社会参与、多方关怀”的工作模式，从经济支持、养老保障、医疗健康、社会关怀等四个方面，逐步建立完善与经济社会发展水平相适应的计生特殊家庭扶助政策体系，每一项工作都确定牵头单位和责任单位，并实行严格的考核问责，确保各个环节的工作落到实处。

广州增城市制定出台的《增城市“失独”家庭养老扶助制度实施方案》规定，在广东省和广州市现行扶助制度的基础上，每人每月增发1500元扶助金，使城镇的每月可获补助金达到1950元，农村达到1650元，为目前全国最高。

江西省对采取辅助生殖技术的“失独”家庭最高补助八万元。

浙江省杭州市下城区文晖街道给每个“失独”老人免费安装一套援通呼叫器，老人遇到任何问题都可以通过按钮呼叫，后台有工作人员二十四小时值班，再将求助信息反馈给街道的值班人员，值班人员会迅速派人前往老人家中查看；给每个“失独”老人配备一名心理咨询师，对老人进行心理慰藉和开导；每年发放一千五百元的居家养老服务券，老人可以用服务券支付洗衣店洗衣、理发店理发等费用；提供托管中心服务，老人可以住进托管中心，中心配备医生，并提供食宿等。

……

各社会组织也各尽所能，搭建起各种平台，为“失独”家庭提供最便捷、最贴心、最有效的服务。

广州市妇联启动了“玫瑰计划”，专门为“失独”母亲开展活动，关爱“失独”母亲的心理状况。目前，已经建立起了十余个“玫瑰服务站”，吸引了近两百名“失独”母亲及其家人参与，定期为妈妈们开展活动。

中国妇女发展基金会发起了“‘失独’母亲关爱计划”：2015年，在北京建立“失独”母亲社区帮扶站十五所，2016年达到三十六所，由专业人员为“失独”母亲提供音乐理疗、心理咨询等服务，“失独”母亲们在服务站还可享受免费午餐，并进行技能展示等各种交流。此外，还将为每个服务站配备一辆健康巡诊车，为“失独”母亲和家庭提供义诊服务。

中国计划生育协会发起了“生育关怀”“幸福工程”等活动。特别是“幸福工程”，在全国二十九个省、市、自治区设立了六百六十九个项目点，累计投入资金近十二亿元，帮助近三十万名母亲脱贫，成为中国最具影响力的公益慈善项目之一，惠及人数近一百三十万人，而其中有很大一部分就是“失独”母亲。

还有一些地方建立了专门的“失独”家庭救助基金。一方面，国家及地方财政每年拨出足够数额的专项资金，作为“失独”家庭扶助基金的专项经费注入“失独”家庭基金账户；另一方面，卫计、民政等部门通过动员社会各界向“失独”家庭基金捐资，作为“失独”家庭基金的有益补充，在“失独”家庭遇到经济困难时，可得到及时的救助和帮扶。

还有的地方成立了“失独”家庭的心理咨询机构，由卫计、民政等部门组织心理专家对“失独”家庭成员进行心理辅导，帮助其逐渐走出“失独”阴影，将心理抚慰纳入社会保障。一旦有“失独”家庭出现，除了心理辅导外，还定期组织“失独”父母参加有益身心健康的文娱等社会活动，为“失独”家庭释放精神上的压力提供渠道。

一项又一项制度在中国大地上诞生，一波又一波喜讯从四面八方传来。这些制度和喜讯都凝结成一句话——对国家有过贡献的人，最终都将得到人民的尊敬，得到社会的回报。

……

（原载《啄木鸟》2015 年第 11 期）

“乌坎事件”调查

朱晓军

历史往往包含着未来。

2012年3月，中国华南的一个边陲渔村——广东省陆丰市乌坎村村委会重新选举引起世界的关注，美国、法国、英国、日本、澳大利亚，中国大陆和香港、台湾的三十多家媒体记者，以及一百多位关注乌坎选举的志愿者和观察家，连美国驻广州领事馆副领事也跑了过去。

有人说，乌坎是中国基层民主选举的一个样本；有人说，乌坎的民主选举“开启了内地农村民主选举新纪元”；有人说，乌坎是又一个“小岗村”，“小岗村拉开中国经济改革的序幕，乌坎拉开了中国政治改革的序幕”；也有人说，根本就不存在什么“乌坎模式”与“乌坎经验”，这不过是丧事当成喜事办的典型而已……

乌坎到底发生了什么？如何发生的？结果如何？我们该如何看待？该有哪些反思？腐败到底给我们的社会、我们的生活造成哪些重创？在“两个一百年”建设过程中，应该处理好哪些关系？注意哪些不可忽视的问题？为此，朱晓军教授数次深入乌坎，先后采访几十人，又历经三载艰苦的创作，终于将他所了解的乌坎事件的来龙去脉记录下来。正值乌坎村委会重新选举三周年之际，我们刊发此文，以飨读者。

——本刊编辑部

一、古老村落骤然敲响“起事锣”

“当当当，当当当!”锣声骤然响起，紧迫而急促，沉闷而锐利，似乎能穿透人的胸腔，震得心脏发颤……

这是 2011 年 9 月 21 日，被称为“汕尾第一村”——乌坎的早晨。

乌坎是广东省陆丰市的一座拥有 800 多年历史的渔村。村里 48 个姓氏都各有一面铜锣，平时用来拜神祭祖和做法事。可以说，乌坎人是听着锣声长大的。可是，这种敲法还是第一次听到，这叫“起事锣”，老辈人说，上次起事锣是在 100 年前敲响的，乌坎与邻村因土地纠纷引发械斗，死了一个人。

乌坎依山傍水，陆丰第二大河流——乌坎河以无可争议的姿势穿越邈远的岁月，流入村南的乌坎港。338 省道犹如老师激奋中在试卷上打的巨大的“√”，在村南边从西勾到东，顺着海岸线情不自禁地一路勾了下去……

省道的北边是一片别墅，玻璃幕墙与阳光遥相呼应，一片辉煌。每一幢别墅都张扬着自己的个性，有西班牙情调的，有地中海风情的，还有田园式的，还有中西合璧、半土半洋的……每户都有不小的庭院，里边树木山石，亭台楼阁，小桥流水……

从村南的别墅区到村西不过一两公里，却有着半个多世纪的落差，这边的房子像耄耋之年的鳏寡老人，“弯着腰，拄着棍，刮风下雨掉眼泪”，像抱团取暖的乞丐墙挨墙、壁贴壁地挤在一起……在这个拥有13000多人口的村落，大多数村民集中在这里。

这是中国社会的缩影，财富向富人集中，贫富分化状况令人担忧，基尼系数超过国际警戒线水平。

村民张炳钗闻声从村东南那幢孤零零的、灰头土脸的小楼走出来，匆匆忙忙地朝村里走去。

村民杨色茂笑了，终于有人跟薛昌叫板了！薛昌是乌坎村党支部书记。

杨色茂住村东，这边的房子既没有别墅区的咄咄逼人，也没有村西的老态龙钟，像素面朝天的村姑，不是裸露着红砖就是灰色水泥。他对今天的事儿没抱多大希望，一个月前搞过一次，只有三五十人，没搞起来。薛昌是那么容易扳倒的吗？人家薛昌是全国劳动模范，还连续多届当选省党代表和人大代表。在他的领导下，村党支部多次被广东省委和中央组织部评为“先进基层党组织”，村委会不仅连续五次被评为“广东省文明单位”，这里还被中央文明委命名为“全国文明村镇”。

“当当当当……”

敲锣的是背着书包的小学生，十二三岁，一脸稚气，铜锣却被他敲得波涛汹涌，一浪接一浪。

“你们干吗？”有人问。

“九点到小广场开会！”几个跟在敲锣学生后边凑热闹的小孩吆喝道。

小广场位于乌坎的主街——金港大街的路边。这条街像一条刚刚从338省道游进乌坎的鳗鱼，呈游动的S状。小广场位于鱼腹，往南上溯100多米是乌坎边防派出所，往东下游100多米就是村委会。

张炳钗赶到时，小广场四周已拉起标语。红布黄字写着：“我村 400 年历史祖业将败于贪官，人杰地灵的文明村庄岂能容忍”，“还我土地，还我祖业”；白布红字写着：“还我祖先耕地”。字迹干涩，似乎写时奋笔疾书，激愤不已，一气呵成。

26 岁的洪锐潮举着白色喇叭吆喝：“请大家到这边签名，快进来签名!”

地面铺着四条十来米长的白布，上面摆放着记号笔和印泥。

洪锐潮在忙着终身大事，再过九天就要做新郎官了。新娘郑爱萍也是乌坎人，她的老爸是农民，失地后一直在打零工。郑爱萍支持洪锐潮参与维权，不过给设立了一道底线——不能冲在别人的前边！明知做不到，他还是答应了。

早晨过来，见扩音喇叭没人拿，洪锐潮顺手就拿起来，这喇叭就像粘在了手上，再也交不出去了。随着锣声，小广场的人越聚越多，村民像看耍把式卖艺似的站在边上，边看边议论，就是没人签名。

年逾不惑的张炳钗走进圈里，在白布旁蹲下，拾起记号笔，一笔一画，竖着写下工整而内敛的三个大字“张炳钗”。字有羊头般大小，摞起来有点儿“顶天立地”，“钗”收笔像坚韧的根须扎在下边。签罢，他又在“钗”的头顶连摁两枚鲜红的指印。他是特意从深圳赶回来的。他已在那边做了多年海鲜生意，收入还说得过去。

杨色茂也走进圈里，将自己的名字横写在顶端，位于张炳钗之右，相距盈尺，字大如碗，规矩而秀气，遒劲而有力，手印规规矩矩地按在“茂”字的左侧，有点儿像书法家盖在作品上的一枚印章。

真是“人无头不走，鸟无头不飞”，见有人带头了，犹如溃堤，在边上看热闹的“呼啦”一下拥过去，纷纷签名。一位年近六旬的老妪蹲在白布旁像相面似的看了好一会儿。旁边的年轻人看明白了，她不识字。他过去帮老人签上名字。老人在自己的名字上摁了手印，满意地站了起来。

上午 9 点钟，小广场已是人山人海。四条签名布上密密麻麻，差不多有2500多个签名了。

“我们乌坎人今天这么团结，这在乌坎的历史上是罕见的。”身穿白短袖衬衫、留着短平头的男子站在高处，两手捧着麦克风兴奋地说。他的体态语言得当，既不夸张，也不呆板。

他叫孙汉场，是东海镇一所中学的教师，年纪仅三十六，教龄已十六载，在年轻人中具有一定的影响力和号召力。

孙汉场跟村支书薛昌沾亲。在乌坎方言里，“薛”读雪，“孙”读霜，雪和霜读音接近。有村民说，100多年前，一个薛姓后生成为孙家的上门女婿，生了六个儿子，按约定一半姓薛，一半姓孙。可是怎么分呢？他们拿出六只灯笼，三只写“孙”，三只写“薛”，让六个儿子去摸，摸到写“薛”的姓薛，摸到写“孙”的姓孙。乌坎的薛与孙是一家。

“碧桂园的征用地已经动工，就在合泰工业园那个地方。据说已经卖了，我们村民到现在一分钱都没拿到。”孙汉场说。

两个月前，一场寒流卷走了村民的最后希望，陆丰市政府公布7000多亩土地被征用。

“这已是乌坎最后一块土地。这块地要是失去了，村民不仅没了耕地，连子孙后代建房的地都没了，可真就成了‘亡村奴’。”有村民说。

“这不是明火执仗地抢劫吗？土地是乌坎的，不管村民同不同意就给卖了？”

孙汉场粗略估算一下，每平方米按200多元计算，被征用的土地4000多亩是乌坎的，总交易额起码有6亿多元，上交市政府1亿多元，剩下分给村民，每人能分几十万元，人口多的家庭可分到数百万元！老百姓图的是什么？是利益！

他望了望黑压压的人群，接着说：“现在我们大家就到碧桂园的工地责令他们停工，然后到市政府讨回公道，讨回我们全乌坎人民的尊严。由于这次出动，关系到我们整个乌坎人民的威风，所以一定不能离场。”

可能怕村民不敢去，孙汉场说：“在市政府门前，他们要抓人，我们一个都不能让他们抓！”担心发生肢体冲突，又叮嘱一句，“但是，我们这次是‘文戏’，千万不能动武，千万不能动武！我们用文明手段，问一下那片地究竟有没有卖，卖多少钱，我们该分到多少钱。大家说这个方法好不好？”

“好啊！”群情激昂。

孙汉场下去了，身着白衬衫蓝裤子的杨色茂站上去，先环视一下，然后彬彬有礼地说：“各位乡亲，大家好！”

杨色茂在外闯荡多年，三个月前刚辞去深圳一家模具公司的副总回村。他从小就爱出风头，越是没人敢干的事越想干，哪怕是门板都挡不住。他抬起左手，左右摆摆，让会场安静下来，然后大手一挥，大声问道：“40年来，村干部卖掉了我们所有的土地，这笔账我们应不应该算？”

他与孙汉场不同，矛头直指村干部。

“算！”

“好！”众人举着拳头呼喊。

“拉白布的走前面，到合泰工业园去讨回我们的土地。”孙汉场从杨色茂手里接过麦克风对村民说，又不放心地叮嘱一句，“要用文戏，勿用武戏啊！”

人群像潮水似的在小广场打个漩儿，顺着金港大道向村外涌去。村民有步行的，有骑摩托车的，有骑自行车的，还有蹬三轮车的，三轮车上坐着行走不便的老人。洪锐潮和庄烈宏等人边走边领呼口号：“打倒贪官，还我耕地！”

庄烈宏比洪锐潮大一岁，个子不高，长得敦敦实实的，说起普通话来结结巴巴，不过面部表情却特丰富，似乎在与言语争夺着话语权。不论什么事，他都能说得眉飞色舞，甚至有点儿戏剧范儿，说到冲动时眼睛暴突，似乎连天王老子都不惧。

一位拎着铜锣的十三四岁的男孩儿走在最前边，每喊一句口号就像跟贪官有不共戴天之仇似的狠跺一下脚，铆足劲儿狠狠地敲一下锣。后边则是扯着“还我祖先耕地”的横幅和四条几米长签名布的年轻人，虎头蛇尾，越往后越稀疏，甚至像电影散场似的三三两两，边走边聊着。

碧桂园工地位于村西，那片土地闲置已久，荒草丛生，新支的帐篷像雨后的蘑菇似的拱出来，一群工人和几台挖掘机正在作业。见村民高呼“讨还土地”拥过来，施工现场陡然紧张起来。

村民上前质问：“你们凭什么在这儿施工？这块地是卖给你们了，还是租给你们了？”

“土地是我们乌坎的，你们不能在这儿施工！”村民围了上来，七嘴八舌像吵架似的说。

工地上犹如攻下的阵地漫山遍野到处都是人，工人不知所措，茫然地望着这群被激怒的村民。

“叫你们老板出来！”有人高声喊道。

“老板不在。”

几位村民一拥而上要砸工地。孙汉场等人慌了，忙上前阻拦。

东海镇派出所、乌坎边防派出所的警察来了，东海镇党委书记黄雄率几位镇干部也赶了过来。

杨色茂抱怨地对黄雄说：“这你都看到了吧？我跟你说过，你不相信……”

他们是同学。几个月前，杨色茂去找黄雄，想聊聊村里的事儿，不巧的是连去两次都没见到他。杨色茂想：礼尚往来，我都登门拜访你两次了，你总该拜访我一次吧？再说了，我找你谈乌坎，对你而言是公事，又不是私事。你不来找我，我也就不会再找你了。

黄雄有点儿气急败坏地说：“你们操之过急，乌坎的事情哪是那么好解决的？你们闹这么大，怎么收场？”

汕尾市委组织部在 8 月 29 日已发了“市管干部任前公示通告”，黄雄和现任市长杨来发、常务副市长邱晋雄等 51 人均在拟提拔之列。也许再过十几天黄雄就由正科升为副处，拍拍屁股走人了，偏偏这时候杨色茂他们集聚村民讨要土地，这不等于给他上眼药吗？

“我们去市政府问问，这地到底卖没卖……”

村民在孙汉场等人的带领下，高喊着“打倒贪官，还我耕地”，顺着宽阔的东海大道，浩浩荡荡地朝七公里之外的市政府而去。

村民像乌坎河的水，黄雄哪里阻拦得了？

二、市委副书记说，那块地“也就是说还没卖出去……”

陆丰市政府门前空旷，大院深处有三幢四棱四角的办公大楼，中间的主楼悬挂着国旗和国徽，似乎不论外边发生什么都无法撼动它的和谐、稳定和宁静。新世纪以来，政府衙门化的倾向似乎越来越重，哪怕是欠发达地区，甚至贫困县，政府办公大楼都巍峨挺立，威风凛凛，拒百姓于千里之外。

11时许，敲着铜锣、扯着标语的乌坎村民抵达市政府大门外。他们把数米长的签名白布横在大门口，然后站立门外，高呼“打倒贪官，还我耕地”！一位四五十岁穿着花衬衫黑裤子的妇女铆足劲儿地敲着铜锣，在门前来回走；背着双肩书包的小学生也许走累了，坐在了门角……

有村民说：“后门，后门，马上堵住，别让当官的从后门跑掉。”

40多岁、身材高大的蔡景群领着十几位村民就跑到后边，把后门堵住。午休的政府工作人员想从后门出去，只有跳栏杆了。

乌坎村民第一次上访是2009年9月21日。

“清明时节雨纷纷”，那年清明，乌坎下的不是雨，而是白花花的传单——《给乌坎乡亲们的信：我们不是“亡村奴”》。上面说，乌坎的土地被村干部一块接一块地卖掉了，眼看就卖光了，“没有几亩耕种土地的百姓算啥农民，我们誓死不做亡村奴……”落款是：“乌坎村民·爱国者1号（QQ：1109480608）”。

犹如风暴席卷整个乌坎，家家户户都在谈论“爱国者1号”，谈论乌坎的土地、财务和民主选举。村干部惊慌不已，派人到各家各户以五角钱一张收购传单。

庄烈宏说，“爱国者1号”的话像火种，在他心里燃烧着，让他热血沸腾。他说，如果你不站出来，他不站出来的话，乌坎的土地就让薛昌他们卖光了，最终沦为“亡村奴”。

庄烈宏住在西边，那间老屋实在是太老了，墙体似乎已撑不住沉重的岁月。屋里狭窄，没有窗户，像巴士底狱般黑洞洞的，不点灯什么都看不着。他家里人口较多，上有父母，下有兄弟三个，床摆不开，只得向空中发展——床摞床，下边住人，上边也住人。屋顶漏雨，一块塑料薄膜像妥协与告饶的白旗悬在棚顶，尽管阻挡不了雨水的侵入，却可以让睡在床铺上的人不被雨水淋湿。

这间屋子不是他家的，是租的。在乌坎，按他的话说，他家是房无一间，地无一垄。

他说，他跟“爱国者1号”取得了联系，大有相见恨晚之感。他们一起创建了“乌坎热血青年团”QQ群。这个QQ群在乌坎引起强烈的反响，不仅许多“80后”“90后”年轻人加入了，连部分小学生也加入了。不到一个月QQ群就爆棚了，有六七百名成员。晚上，天南海北的乌坎人在QQ群相聚，交流信息，探讨乌坎的土地问题，热聊至凌晨3时。

4月份，几位村干部的别墅在QQ空间曝光，那么富丽堂皇，那么流光溢彩，那么炫人眼目。

5月份，QQ空间又出现“爱国者1号”与村支书薛昌、副书记兼村委会主任陈舜意等村干部的通话录音。村干部强硬的口气，威胁与哄骗的语言，在群内引起强烈反响。QQ群出现高温和高湿的大气，出现大气负压，一场风暴即将形成……

6月初，“爱国者1号”呼吁，乌坎人不能沉默下去了，在空间发出指令：“6月21日11时，在广东省政府旁的吉祥路口集合，22日集体上访……”

洪锐潮是第一个在QQ群公开真名实姓的，也是最先被村干部找上门的。来的是位副书记，对他老爸说：“你儿子要去省里上访，你知道吗？”

“你怎么知道的？”他老爸洪天彬莫名其妙地问。

洪锐潮在250多公里外的河源市做服装生意，他要上访，当老爸的都不清楚，村干部就知道了？

“你儿子在 QQ 群上说的。”

洪天彬有口气压抑了几十年，一听说儿子要上访就高兴了。不过，当老子的不能让儿子吃亏，他打电话叮嘱洪锐潮小心谨慎，别小瞧薛昌，他跺跺脚，别说乌坎会颤抖，恐怕连陆丰和汕尾都会有反应。

村干部挨家挨户做工作，要求家长劝阻在外地打工或做生意的子女不要上访。有村民说，他们对弱势姓氏或老实人家威胁和恐吓。这一招很见效，父母纷纷给儿女打电话，或严厉制止，或好言相劝。QQ 群上有关上访的热议冷落了，许多表示过要上访的村民动摇了，畏缩了。不过，仍有两百来人表示参加上访。

2009 年 6 月 21 日，村里派两位副书记率领 20 多个治安队员去广州截访，将集合地点的几个路口把牢，见到上访的村民就劝阻。有的村民见到村干部就溜了，最后仅有庄烈宏、洪锐潮、张建城、张炳钗等 20 人出现在集合地点。“爱国者 1 号”派人送来的 150 盒盒饭和 10 多箱矿泉水，像一群还没来得及登台演出就结束的群众演员，沮丧地蹲在路边，最难堪的还是用面包车运来的 1.2 米宽、2 米长的《给广东省政府的一封公开信》，被卷成一卷落寞地戳在围墙边上。

不过，庄烈宏等人没有作罢，次日将上访材料递交到广东省信访局，诉求是：“一，乌坎村村务一直不公开，村民对村里的财务、土地出让、资金流向等均不知情；二，村里从来没公开选举村委会；三，村干部非法出卖土地。”

他们得到的答复是：你们这样是越级上访。要先到陆丰信访局上访，解决不了再去汕尾市信访局，还解决不了才能到省信访局。

他们回去后用五个月的时间走完上访程序，不出所料，在陆丰、汕尾都没得到解决。2009 年 11 月 30 日，他们满怀信心地再次到省里上访，可得到的答复却是：我们会密切关注，认真督办。

他们觉得从省到县级市、地级市，再到省，上访一圈结果为“0”。有人失望，有人心灰意冷，QQ 群萧条冷落，村里恢复了平静，没人再提这件事了。

庄烈宏等人不甘心，又去广东省信访局两次，去广东省人大信访办和广东省国土资源厅各上访一次，得到的答复都是“关注与督办”。他们已上访11次，去过14个部门，仅省城就跑了6趟。

上访系统似乎患了肠梗阻，失去功能与作用。另外，土地与拆迁又是全国性难题，在广东、在汕尾、在陆丰、在东海，这类问题有多少？若解决一个，其他的怎么办，解不解决？功能虚弱的信访部门哪里消化得了这样的骨头？

在东海镇走完镇、县、市、省四级上访程序的又何止乌坎村？

据东海镇炎龙高厝村村民反映，小组长高锦龙非法卖地长达十年之久，311户村民告了三年半，从镇内告市里，从省里告到中纪委、国家信访局、最高人民检察院，结果山还是那座山，树还是那棵树，高锦龙也还是那个高锦龙，一根汗毛都没伤着。

高锦龙得意地说：“我多卖一块地就告到你死！”

言外之意，我有钱的还怕你们没钱的？

这是共产党的天下啊！共产党打天下时，不就是打倒像“南霸天”那样的恶霸，让穷人过上好日子，让老百姓当家做主吗？

村民不服。2009年3月18日，40多位村民代表商量后作出决定：悬赏百万惩办腐败村官！

还是东海镇，龙光村支书李华盛在短短的五年时间内，将村里的耕地卖掉700多亩，村民人均土地由0.4亩陡降为0.2亩。

2009年6月，李绵、李景泉等700多名村民被迫走上上访告状之路。

村民说：“就差去北京了，马上就‘大满贯’了。”

结果呢？除“等候处理”的答复之外，就是一纸上访回执。

第一次到省里上访，12个村民凑了6000元盘缠，结果白跑一趟，往后就再也凑不起来盘缠了。

年已六旬的李绵咽不下这口气，拿着卖血所得的300元，再次去广州上访。

“李华盛是怎么告也告不倒的。”有人劝他。

李绵愤然发誓：“哪怕卖掉最后一滴血，我也要把李华盛告倒！”

结果，李华盛没告倒，他李绵倒下了，这话刚说完就得了脑中风。

村民悲愤地表示：“卖血悲情维权，誓死夺回活命田！”

据统计，土地问题已占中国全部农村群体性事件的65%，成为影响农村社会稳定和发展的首要问题和焦点问题。三农问题专家于建嵘认为，当前导致农村土地纠纷的四大原因是：一是不经农民同意强迫征地，二是补偿过低，三是即使补偿低还发不到农民手中，四是补偿款被贪污挪用。改革开放以来，至少有5000万到6000万农民彻底失去了土地。近20年来，农民被征地约1亿亩，获得的征地补偿费与市场价的差价约为2万亿元，于建嵘将之称为“城市对农村的又一次掠夺”。

碧桂园征地的事出来后，有知识、有文化的孙汉场带几个人加入进来，有想法的杨色茂也参与进来。他们达成了共识：乌坎的问题必须回到乌坎来解决，大闹大处理，小闹小处理，不闹不处理，所以要闹。前两天，庄烈宏、张建城等在外地打工和做生意的年轻人为此回到乌坎。

在一片喧嚣中，身着白色短袖衬衫、藏蓝西裤的陆丰市委副书记、政协主席蔡森走过来。庄烈宏、洪锐潮等人连忙摆手，制止喧嚣，并带头鼓掌，表示欢迎。

“各位乡亲们啊，大家辛苦了，我非常同情大家，你们的心情我很理解啊。刚才呢，我和你们几位同志啊……”在稀稀落落的掌声中，蔡森接过无线扩音喇叭说道。

也许村民不想听这话，嘈杂声如涨潮的海浪越来越大，渐渐将蔡森的声音淹没。孙汉场不得不举起双手，让大家安静下来。

“讲一下关于碧桂园这件事，现在合同还未签，也就是说还没卖出去……至于卖还是不卖，到时补偿怎么样，在十个工作日内，市里派个工作组，一起和镇政府去你们村，你们村民们去商量要怎么做。”

“好!”村民回应，掌声热烈了许多。

三、村民砸了工地，又像龙卷风似的扑向畜牧场……

村民从市政府回来就去了村委会，把那幅“讨还祖先耕地”的标语悬挂在大门口。

村委会像水漫金山，楼上楼下，院里院外，连街上都是人。激愤者挥舞拳头，声嘶力竭地高呼口号；凑热闹者或打着伞，站在路边，目光穿梭于人群，抱孩子的寻高处站立，像看好莱坞大片似的专注；一条大黄狗在人群中钻来钻去，不知是对这像四川火锅似的火爆场面有了兴趣，还是企望能有意外收获。

庄烈宏、洪锐潮等人上了二楼，除薛昌之外，村委会主任陈舜意、副书记薛玉宝和薛祖专等村干部都在。

“叫薛昌出来，把碧桂园那块地给说清楚。”洪锐潮毫不客气地对陈舜意说。

陈舜意说，薛昌今天不在，明天九十点钟会在。其他村干部或许不知所措；或许不愿出头，怕承担责任；或许幸灾乐祸地寄希望于村两委洗牌，有机会当上村书记和村主任。

大约僵持半个小时，年逾古稀的陈舜意走出办公室，站在二楼平台上拿着喇叭说：“乡亲们……”

“下来说!”也许他的声音太小，下边听不见，也许见他还摆村主任的架子，村民气恼地喊起来。

村民将矿泉水瓶等杂物扔上来，陈舜意面色苍白，慌然左躲右闪。在警察和庄烈宏、洪锐潮等组织者的保护下，他走下来，站在一楼的台阶上继续讲话：“碧桂园的土地没有卖……请大家都回家吃饭吧……”

他镜片后的目光似乎难以聚拢，手也抖了起来，尽管喇叭放在唇前，声音却像蚊子似的微弱。

“你说没卖，市政府也说没卖，为什么人家在那里施工？你骗谁啊?”

村民越说越来气，“咣”一声，宣传橱窗的玻璃被砸碎，院内大乱。在警察和庄烈宏、洪锐潮等人的保护下，陈舜意狼狈不堪地逃向办公室。

“既然你说那块地没有卖，那么你叫上村干部，跟我们一起去工地，让施工队停工，马上撤离，这样村民也就散了。”洪锐潮对陈舜意说。

“我不去，要去你们自己去。”陈舜意说。

下午3时许，村民像决堤之水从村委会大院拥出，“突突突”一大群摩托车犹如浪头冲在前边，穿着校服的小学生跟在后边狂奔，中年村民急行军似的追着……

村民冲到工地，把帐篷拆了。“哗啦!”挖掘机的玻璃被孩子用石头击碎。场面失控了，村民各自为战，风卷残云，转眼之间工地上面目皆非，玻璃碴儿遍地，狼藉一片……

“砸畜牧场去!”

“砸南海庄园!”

村民和孩子朝合泰工业园旁边的、被村民称为“畜牧场”的丰田畜产有限公司跑去。

村民与畜牧场积怨尤深。上世纪90年代那里还是坟茔地，一篇“正面报道”是这样说的：“在与港商取得合作意向后，薛昌不信鬼邪，带领干部搭个遮风避雨的茅草棚就干了起来。”杨色茂说，薛昌他们征地时特别霸道，根本就容不得百姓说话，叫你迁坟你就得迁，哪怕是明宋时期的祖坟古墓都得迁，拒迁则按无主坟处理，迁的话所赔无几。

所谓的港商即汕尾市政协常委、陆丰市政协副主席、丰田畜产有限公司老板陈文清。上年纪的村民一脸鄙夷地说，上世纪60年代，陈文清还是乌坎的社员，当过民兵队长。1962年左右，他偷渡到香港，靠走私发了财。一位年纪跟他相仿的村民说：“陈文清这个人可以定为蛀虫、乌坎的蛀虫！千方百计想占我们乌坎的土地。”

村委会这边，张炳钗等村民还在围着村干部讨说法。

张炳钗把一卷陈旧的纸摊开，手指着上面问陈舜意：“你看看，这些地你有没有卖？我的土地有十多亩啊，你最好还给我啊……”

他手里拿的是地契，是陆丰县人民政府1953年颁发的地契，有九张之多。半个多世纪过去了，纸已经泛黄变脆，上面印的两行字仍然清晰可见：“私有产业，有耕种、居住、典卖、转让、赠与、出租等完全自由，任何人不得侵犯。特给此证。”

这些土地是土地改革时分给他家的，共有九块。过去，农民最大的梦想就是拥有自己的土地，“两亩地，一头牛，老婆孩子热炕头”就是那一代农民的梦想写照。川陕省苏维埃政府所列举的参加红军的好处有：“穷人参加红军，家里分顶好田地……”黄安县苏维埃政府张贴的宣传单上写着：“老乡，参加红军可以分到土地！”为了土地，无数农民参加了红军，甚至献出了年轻的生命。

如今，打土豪分到的田地没了，陆丰县人民政府颁发的地契成为一纸空文。走合作化、集体化道路时，村里所有耕地和牲畜都归了集体——生产队所有。再后来那些地或被征用，或被村里卖掉，被开发商一片片地圈去了。

“人民公社时，我家还有五分闲田，现在只剩下一分地了，其他的都被你们卖了……”张炳钗对陈舜意声讨着。

一分地仅有四垄，他年逾八旬的老母亲在耕种，地太少，只能种点儿番薯和香芋。可是，他们的地被圈去后没有开发，荒在那里，野草狂长。他看着心痛，还偷偷地翻进去，在“他家地里”种过番薯。

“你们卖地时，第一没通过村民大会，第二没有通过村民代表，第三我们村民也没得到利益……”张炳钗不停地说着。

薛玉宝接过一个电话后说：“哦，惨了，丰田畜牧场给砸了。”

陈舜意叹口气，无可奈何地说：“事情闹大了。”

薛玉宝疲惫地说：“我累了，我要回家睡觉了。”

村民的打砸不仅让杨色茂目瞪口呆，而且焦灼不安。虽然他只是初中毕业，可是书读得却不少，什么历史哲学、天文地理、兵法谋略、经济管理，均有所涉猎。他认为自己算得上乌坎的读书人，读书人是反对暴力的，尤为反感村民的这种丧失理性的、野蛮的打砸。他想制止，但谁会听他的？另外，自己只不过在村民集会上讲几句话，不能算是组织者，如果站出来制止的话，就有可能被认为是组织者。

杨色茂眼睁睁地看着畜牧场被砸，转瞬间一片狼藉。

“还有南海餐厅，那也是陈舜意的，把它敲掉。”

孩子和村民像一股强劲的龙卷风扑向一公里之外的南海餐厅……

杨色茂赶过去时，南海餐厅已被“解决”，这股“龙卷风”已转向S338省道旁的富荣针织厂，犹如免费午餐，不砸白不砸，砸了也白砸……

完了，完了，闹大了，真的闹大了。杨色茂望着眼前的一切，沮丧像乌坎河水，转瞬就把他淹没了。

五六点钟，庄烈宏和洪锐潮在陆丰的广场与孙汉场等人会合，商量如何处理这烂摊子。

孙汉场说：“只要我们不被抓进去，维权就有希望；要是都被抓进去了，那就前功尽弃了。必须要撤离，不过不能走得太远，要作好随时回来的准备。”

在他们中，孙汉场年纪大，读书多，威望也高。他们围绕着“撤”，商量了几句就匆匆分手，各奔东西。

孙汉场等人走了，庄烈宏、洪锐潮和一薛姓村民没离开。

村里打来电话：“村干部说了，警察今晚就要抓人，你们千万别回村，去外边躲一躲吧。另外不要再打电话，电话可能被监听……”

“撤”说穿了就是跑，就是逃。别人跑得了，他洪锐潮跑得了吗？九天后就是新婚大喜之日，难道让爱萍抱着公鸡成亲？他思前想后，不知怎么想起陈舜意说的一句话：明天上午九十点钟，薛昌会在村委会。

脑袋遽然一闪，明天让村民找薛昌讨说法！这事不能停下来，停下来就彻底失败了。我们要跟村民捆绑在一起，他们要是胜了，我们也就没事了，否则会背负通缉犯的罪名，甚至被判刑。他和庄烈宏商量一下，然后分头打电话布置第二天的行动。

"我们几个年轻人是成不了大事的，得请在外的乌坎贤士帮助才行。"庄烈宏又想了想，嘟囔一句。

夜色沉沉，心亦沉沉，他们三人匆匆赶到高速公路口。半夜11时多，终于拦到一辆开往深圳罗湖的快客。他们望着窗外茫茫夜色和星星点点的灯光，痛苦在心里扫荡。

当晚，汕尾党政信息网报道说：案件发生后，汕尾市委、市政府高度重视，"陆丰市随即成立处置案件领导小组，以陈增新书记为组长，杨来发市长、邱晋雄常务副市长为副组长，负责统一指挥整个事件的处置工作。一方面派工作组连夜进村入户做群众思想工作，教育引导群众认清案件真相，同时做好有关企业和人员抚慰工作，化解矛盾。另一方面组织警力坚决打击为首犯罪分子"。

四、村民将30多名防暴警察赶出村子

9月22日清晨，"当、当、当、当……"乌坎又敲响了起事锣。

传言像萧瑟的秋风，不仅从村南刮到村北，从村西刮到村东，还在村民的心头刮来荡去。

"昨天，有人劝薛昌出去避避风头，他说，不用害怕，你明天就知道结果了。"

"陈文清说，决不放过砸他的畜牧场和餐厅的人！"

"有三个村民半夜在博美吃夜宵时被抓走了。"

"村干部说，带头儿的和打砸的一个也跑不掉，都得抓进去……"

传言搅得人心惶惶，不知所措。另外，碧桂园那块土地像没扔下来的靴子悬在村民的心头。

9点半，杨色茂现身小广场时，已人山人海，水泄不通。

"孙汉场、庄烈宏他们几个在哪儿，怎么不见了？"洪天彬故意问道，接着又说，"我只知道我儿子去深圳买婚礼的东西去了。"

"事情闹大了，他们决定走上访路线了，一路去国务院，另一路去中纪委。"杨色茂犹豫一下说。

大清早，庄烈宏的老爸庄松坤就找上门来。庄松坤个头儿不高，满面风霜，镶着金牙，看上去有点儿苍老，其实他不算老，才60岁。不过，他这几年身体不好，54岁那年患了糖尿病和肺结核，三年没有讨海（下海捕鱼）。他负担很重，大儿子有四个孩子，他得帮衬一下；二儿子有智障，自然什么也干不了；仅小儿子庄烈宏不用他负担。他要不讨海，这个家就没了来钱道儿，生活就维持不下去，于是又强挺着身子骨去讨海了。

采访时，我问庄松坤："你是不是在很早以前就维权了？"

"维权，维什么权？"他瞪大眼睛，惑然不解地盯着我。

"你跟薛昌是不是很早以前有过冲突？"我只得换一种说法。

"没有哇！"他像遭人诬陷似的说。

听说庄松坤在上世纪80年代就站出来维权。这是怎么回事儿，是失实，还是我的记忆有误？我有点儿发蒙了。

"你是不是在80年代就起来造反了，造薛昌他们的反？"停顿片刻，我又换种说法。

"有，有，有。"犹如陷入语言困境的人突然听到母语，他两眼冒光地说。

一个时代有一个时代的语言，跨越时代就需要翻译。"造反"是地道的"文化大革命"语言，那时流行语言有"造他妈反""砸烂他的狗头"，这些语言沉积在我们心底。难怪"二战"后德国人要重学德语，要找回德语中最具复杂性、文学性、思想性和原创力的元素，也难怪有人说，"文化大革命"语言对汉语的伤害是犯罪。但愿再过二十年或三十年，有人说起维权、维稳和群体事件来，就像问"90后""造反"一样茫然不知。

提起薛昌，庄松坤就气不打一处来："1981年以前，薛昌就卖地了。土地被他们卖、卖、卖、卖没了，我看不惯就号召人民起来反对他，人民不敢嘛。"

乌坎的土地来得容易吗？那是血汗和生命换来的。上世纪60年代，乌坎地少，组织上号召社员围海造田。那年头物资匮乏，没有推土机和挖掘机，填海用的土石泥沙全靠肩挑背驮，还得没日没夜地苦干。庄松坤17岁就跟着其他社员去工地，天一见亮就爬起来，到星星点灯才回家，累得脚步像生锈的枪栓似的拉不开，恨不得倒在泥水里睡去。

1981年，庄松坤和在村委会当过文书的伍谭安想挑头造薛昌的反。庄松坤说：“伍谭安说，你去串动大家开会，要写的我来写。那时没有上访一说，他写了，村民在上面签名和盖手印就可以去告薛昌。乌坎当时仅有二十几个姓氏，我把他们串动到一起，一个姓去一人，全部去了。让大队知道了，给压下去了，他（伍谭安）不写了，他骗了我。”

1990年，庄松坤又“造反”了，要求薛昌将收上去的土地分给村民，薛昌不答应。“后来我就造反，我看不惯。可是没成功。”庄松坤说。

庄松坤把希望寄托于儿子庄烈宏他们了，谁知村民砸了工地和畜牧场等，把事情闹大了，儿子“撤”了，杨色茂还在，他早晨爬起来就来找杨色茂商量。

杨色茂与孙汉场他们失联后，思维像泛滥的洪水改变了河道，对孙汉场的动机和目的产生了怀疑。这些人是为乌坎着想吗？是真心想推翻薛昌吗？有没有可能想通过这种方式来要挟薛昌，从中谋取好处呢？

得知孙汉场、庄烈宏他们都“撤”了，曾昭亮、孙礼展等三人被捕，杨色茂想，他们就这样逃走了，被他们鼓动起来的村民怎么办？是偃旗息鼓，还是继续斗争下去？如果就这样逃的逃了，抓的抓了，这场维权行动也就彻底失败了。薛昌他们胜了，今后再也不会有人站出来维权了。

传言在官方的“黑名单”上，他已由十名之外跃居第二了。看来昨天上午的演讲“卓有成效”，这场牢狱之灾是躲不过去了，这么一来，他反而不那么紧张、担忧和恐惧了。他想自己反薛昌也不是一天两天了，不是一时冲动，而是“蓄谋已久”的。这说明什么？自己做了自己想做、该做的事，有何后悔呢？

1993年，修东海大道征地，村里分给每人500元钱，那仅占补偿款的三分之一。26岁的杨色茂拍案而起，要跟薛昌讨个说法。父母和族人愣是把他压了下去。这也是他离开乌坎去外地打工的原因之一。

杨色茂去三叔家取一面铜锣，交给庄松坤："不敲锣人不会多，你先去敲，我不好敲。我9点半后再过去。"

他想，这种事儿是喽啰干的，不管怎么说自己也是黑名单上"二号人物"，怎能走街串巷敲锣吆喝？他还有一层顾虑，昨天市委副书记蔡森说，市里要成立工作组，下到乌坎清查土地，三天之内给予答复，他们接受了。还没到三天，你就再次聚众闹事，这样理亏。

村委会又喧闹起来，锣声、喊声像惊涛骇浪似的拍打着那幢三层小楼。村干部像昨天下午似的躲在自己的办公室里，任由村民去喊去敲。

"他们骂我们是疯子！"一个趴窗口往里看的孩子回头喊道。

"谁是疯子？他骂谁是疯子？他们才是疯子呢……"村民不禁怒火万丈。

"哗啦"一声，一扇窗户的玻璃被孩子砸碎了。

"哗啦啦"，不一会儿的工夫，一楼、二楼、三楼的玻璃被砸碎了。

性情鲁莽的村民冲进一楼的办公室，把转椅和电视机掀翻，文件和资料被从抽屉和柜子里翻出来，丢在地上……孩子钻进了库房，党旗、国旗和彩旗都翻了出来，像美国抗议者占领华尔街似的楼上楼下地挥舞着……

上午10时许，30多名防暴警察进入乌坎。他们身穿迷彩服，头戴钢盔，手持盾牌和警棍，列着方队，边走边威武地吼叫着："哈！哈！哈！"

警察靠近村委会时，被洪天彬等村民拦住了："你们来干什么？"

"这是我们乌坎村民与村干部之间的矛盾，这里没你们的事，请你们退回去！"洪天彬说。

砸村委会的村民以为警察抓他们，不禁火冒三丈："薛昌他们那帮贪官把村里的土地都卖光了，你们警察不管不问。我们砸了村委会几块玻璃，掀翻桌椅板凳，你们警察就来了，这个世道还讲不讲理？”

几个鲁莽的村民冲上去，用身体抵挡住盾牌。双方僵持在那里。

坏了，这些村民的脑子肯定坏掉了！洪天彬想。他焦急地大声喊叫，想阻止那几个村民。可是，现场喧嚣，哪里听得见？

逃学的孩子是哪儿热闹往哪儿钻，挥舞着党旗、国旗、彩旗跑过来。见警民对峙，这些不知深浅的孩子捡起了石块。

“咣”，石块砸在警察的盾牌上。这声音犹如发令枪，路边看热闹的老人和妇女纷纷捡起杂物向警察扔去。警察没有还击，他们弓腰低头，边用盾牌抵挡飞来的杂物边向后撤。

僵持被冲破，村民压过去，冲在前边的是背双肩书包的孩子和妇女。妇女边往前走，边吵架似的双手在空中比画着，挥舞着，嘴里嚷着，骂着；学生边呼喊着，边扔东西，边向前冲……中间光溜溜的水泥路面，两边铺着步行砖的人行道，想找块砖头、瓦片等可掷物不容易。一个年过古稀的老者转几圈没找到可扔的东西，情急之下将自己的鞋扒下来，撇了出去。

警察向村南口退去。村民和孩子步步紧逼，砖头、瓦块、鞋子雨点般地落在盾牌上。警察退进了位于三岔路口的乌坎边防派出所。

五、村民将市领导和100多名警察围困在派出所

“警察打人啦！”突然，一声凄惨的号叫顺着金港大街传过来……

派出所门前的三角地带陷入混乱，逃的逃，追的追，打的打，防的防，惨叫声、喊叫声、叫骂声、吆喝声交织在一起。一个村民慌不择路，“扑通”一声跳进路边的臭水沟里。

若发生在别处，人们也许一哄而散，乌坎村民却没有，他们让

开马路，或站在路边观看，或掏出手机拍摄。

“一个小女孩儿被警察打死了。”几十分钟后，突然传出。

有人举起一块白布，上书：“警察打死两个小孩儿!”

村民愤怒了，村民魏永汉敲响了起事锣，那锣声紧迫而震颤，再加上他那粗哑的喊声：“武警打乌坎村民，大家快出来！让他们滚出去!”让人心惊肉跳。

魏永汉57岁，做过小本生意，文化不高，敢想敢干，不计后果。

村民开始反击，用砖头瓦片投掷警察，找不到东西，将路边一道土墙扒了，甚至有人把垃圾桶的垃圾掏了出来，向警察投掷过去……

也许“小孩儿被打死”的传言让警察震惊，他们毕竟是执法者，清楚这意味着什么；也许领导害怕了，下令不让回击。

光天化日之下，打死了两个孩子，至少有一个女孩儿，这如何说得过去？在任何一个文明国度，儿童都是重点保护对象，境外媒体报道出去，会造成何等负面影响，谁负得起这个责任？

警察撤离了，一部分退到村外的338省道，一部分退进派出所。派出所的大门朝南，对着那条像鳗鱼尾巴似的大街，一道高墙把一幢白色的、升着国旗挂着警徽的三层小楼圈在里边。院门的上方是深蓝牌匾，中央是警徽，两边是白色的大字“公安”和“police”。

村民把派出所团团围住，把停在派出所门前的几辆警车掀翻……

听说有村民受伤，杨色茂找两个箩筐放在街边募捐，村民纷纷将十元五元的钞票扔进箩筐，也有扔进一千元两千元的。突然邂逅薛玉宝，杨色茂眼里含泪指着薛玉宝骂道：“一个小女孩儿被打死了，你们得意了吧？我就是把屁股洗干净去坐牢也要跟你们玩到底!”

杨色茂又到派出所，代表乌坎村民与被围困在里边的陆丰市常务副市长邱晋雄、东海镇党委书记黄雄谈判。他提出“警民冲突是政府处理不当造成的，村民不负任何责任”“释放被抓的村民”

“政府要承担被打伤村民的医药费用”等六个条件。

也许邱晋雄作为常务副市长没法答应这六个条件，杨色茂在黄雄的陪同下，搭乘村民的摩托车去见陆丰市一把手，即汕尾市委常委、陆丰市委书记、处置乌坎案件的领导小组组长陈增新。

他杨色茂是谁？乌坎认识他的人不多，他却要代表乌坎村民去谈判，要收拾这个烂摊子，是不是有点儿自不量力？村民认可他吗，授权给他了吗？没有哇，他有种前所未有的孤苦无助，李鸿章的“秋风宝剑孤臣泪，落日旌旗大将坛”盘桓于心头，说不清到底是悲壮还是悲怆。

在市政府的信访室，杨色茂与陈增新见了面。陈增新已55岁，毛发渐稀，眼睛变小，那两道八字眉，不论撇还是捺似乎都变短了。不知是老了，还是发福了，年轻时那张鹅蛋圆的脸不知何时倒了个儿，变成上小下大的鸭梨形。他是海丰人，在海丰当过基层党支部书记和乡镇干部，五年前调任陆丰市委书记，三年前由正县晋升副厅，任汕尾市委常委，兼陆丰市委书记。谁知官上去了，举报也跟了上来。有人以“一群离退休老干部”的名义在网上举报他，说他是“陆丰市史上最疯狂的市委书记”，说他卖官鬻爵，任钱为贤；有人说他“长期与黑恶势力、走私贩私分子和贩毒分子沆瀣一气、同流合污”；也有人说他是政治流氓，“用种种欺骗手段瞒上欺下，达到他做官捞钱的目的”；还有人说他是“当代和珅”……

也许乌坎让即将调任汕尾市政法委书记的陈增新很闹心，陆丰的维稳问题都处理不明白，怎么担当偌大汕尾市政法重任？也许觉得一个山野农夫竟然跑来跟他这位副厅级高官谈判十分恼火。

“共产党是那么好欺负的吗？我就不相信共产党收拾不了你们……”陈增新不禁勃然大怒。

接着，他对杨色茂破口大骂，骂的是海陆丰的脏话，非常难听。

也许陈增新、杨来发，以及汕尾市领导比杨色茂还头痛，邱晋雄和黄雄等市、镇领导，以及100多名警察被村民困在派出所，用武力解围不行，僵持下去也不行，夜长梦多，村民彪悍鲁莽，做事不计后果，万一哪个愣头青扔进去一枚燃烧瓶，造成重大伤亡，谁负得起这个责任？

对乌坎村民的打砸，政府不能装聋作哑。如将抓的村民释放，那还不如不抓，不仅港商陈文清没面子，政府与法律的尊严又何在？前有车，后有辙，以后再发生类似事件还要不要抓人，要不要维护法律的尊严？土地纠纷岂止于乌坎，几乎覆盖东海镇、陆丰市，其他村的村民若纷纷效仿怎么办？

事态像一团面在膨胀、发酵、扩散……

亚洲电视本港台和 TVB 翡翠台的记者从香港赶过来，张建兴也赶回村来了。

两年前，18 岁的张建兴捡到“爱国者 1 号”的传单后，就以“爱国者 2 号”的网名在 QQ 上加了对方。他长这么大，还很少像佩服“爱国者 1 号”这样佩服过谁。读初中时，他自称“八神”，还把头发染成黄色。高一时，他弃学，在家中上网，看电影，打游戏，每天玩至凌晨两三点钟才上床，然后就一觉睡到日西歪。起床后，继续上网，看电影，打游戏，周而复始。他心里有股莫名之火找不到地方发泄，认识“爱国者 1 号”后总算找到了。

“9・21”前，他在佛山一家手机店当店长。庄烈宏觉得他年纪小，事业刚有点儿起色，劝他不要回来。

这两天，他随时在微博和 QQ 群关注村里的动态。看到“两个孩子被打死”的传闻，他惊呆了，给老板打个电话就跑了回来。他路上不断给广东和香港媒体打电话，要求记者关注和报道乌坎，直到话费告罄。

张建兴进村时夜幕已降临，派出所门口仍被侧翻轿车封住，几辆警车还横躺竖卧在门前。

这时，亚洲电视本港台正在播放：“广东陆丰市东海镇，连续两日发生大规模警民冲突，有网民指民众不满当地政府收地时未作出赔偿，怀疑有官员侵吞卖地款项。暂时未知是否有人受伤，涉及的开发商未有回应……

“从网上流传的图片见到，陆丰市东海镇的乌坎村，近日有大批民众上街抗议，政府的相关企业被人入内破坏，多辆警车被推倒，防暴警察在派出所布防，禁止民众进入……”

随之出现一组组镜头：村民拉着白布红字标语“还我祖先耕地”，高举拳头呼喊口号，浩浩荡荡前往市政府；派出所门前，一个穿绿T恤衫、黑长裤的十几岁男孩儿正抡起长棍砸侧翻的警车……

这组照片可能是“鸡精”拍的。他是15岁的男孩儿，本名叫吴吉金。读初中时，学习成绩不好，被父亲训斥后，他一气之下就弃学，跑到深圳去打工。听说村里要讨土地就跑了回来，就是想凑凑热闹。他说，自己差点儿被警察打了，一气之下就开始用手机拍摄。下午5时许，他拍了一组派出所门前的图片发到了新浪微博，没想到不到两个小时就转发了1000多次。

乌坎事件随着电视信号传出后，产生很大反响，香港《文汇报》《星岛日报》，还有路透社纷纷派记者赶往乌坎。

晚上10时许，警察释放了被抓的村民，围困在派出所门前的村民撤去……

这时，村民才知道派出所内有一两百人。

下令撤退的不是陆丰市委书记陈增新，而是汕尾市委书记郑雁雄。

“我一看参与的人比较多，大家的怨气也比较大，对立的情绪比较激烈，我就下令，撤!”郑雁雄还说，“我们共产党人，人民警察不存在大规模跟村民冲突这种必要性，都是自己的村民，都是自己的子民。”

郑雁雄对“9·22”事件的处理提出三点要求：“第一时间公布真相，说明警察没打死人，不要让谣言满天飞；第一时间打开对话通道，有什么事咱们好说；第一时间撤出队伍，不要在里面对抗。”

人去楼空，派出所院外一片狼藉，到处都是砖头瓦片和汽车玻璃碎屑……一条白布红字的“官商勾结出卖人民耕地”的草书标语挂在大门旁边的墙上。

有人说，党支部、村委会瘫痪了，派出所撤离了，治安队也解散了，乌坎陷入了无政府状态……

六、没证据，这不是自己挖坑自己跳吗

9 月 28 日清晨，乌坎睡眼惺忪打量着这个世界，像个迷路的孩子，前进，不行，后退，也不行；左走不对，右走不对，不走还是不对，怎么办？

65 岁的林祖銮开始新的一天的第一个项目——跑步。

林祖銮当过兵，还乡后当过乌坎生产大队革委会副主任和民兵营长，后来下海经商，年过半百回到乌坎，深居简出，不问村事。这几年不断有人劝他出山，挑头维权。他说，我年事已高，这年龄人该赋闲在家，不该再管其他事情了，如有其他念头，那都是非分之想。

警民冲突的第二天，他站了出来，在小广场的村民聚会上发表讲话，公开表示支持村民维权，从此被村民视为领袖。

24 日傍晚，杨色茂和张德家来见林祖銮，把手机放在桌子上，将谈判的录音放给他听。他们 13 位代表刚跟市工作组谈判完，年近花甲的张德家脸上还挂着难以掩饰的兴奋，提的三个条件工作组不仅全部答应，还提出给每位代表每月 1000 元的生活补贴。

林祖銮越听心越凉，还没等听完就彻底泄气了："完了。"

张德家蒙了："这样不好吗？我们提的三个条件，政府都答应了。"

"清理土地，怎么清理？你们有证据吗？没有。清理财务，你一个农民懂什么账啊？你们说薛昌他们贪污腐败，表面上看是那么回事，可是你有证据吗？"

"重新选举村委会，你们不是搞'文化大革命'吗，把大印抓过来就是村委会？"林祖銮停顿一下，接着说，"我的判断是你们受骗了。他们答应了，他们拖你，你就完了。"

转瞬间张德家就蚂蚱的眼睛——长长了，像霜打的秧苗似的戳

在那里。

另外，杨色茂提出对“9·21”和“9·22”不能秋后算账，工作组没有答应。这就意味着政府还要“组织警力坚决打击为首犯罪分子”，甚至还要抓在“9·22”传播“两个小孩儿被打死”谣言的人。事后，记者和村民找了一夜都没找到被打死的孩子和他们的家。有人说，看见有女孩儿倒下了，当时以为她死了。可是，医院也没见到传说中的两个孩子。

这怎么办？代表们已在协议上签字。

“这是你们的事，我不管。”林祖銮冷冷地说。

说不管，哪能不管，他想了一夜，最后决计釜底抽薪。这些临时村民代表不是选出来的，而是杨色茂拿着喇叭在街上招募的。假如张三李四都跑到大街上吆喝几嗓子，招来几个村民，代表村民跑去谈判，签协议，你们政府招架得起吗？

25 日，杨色茂在修真仙翁戏台向村民宣布：“我们这些临时村民代表有辱使命，没资格继续代表乌坎村民，我宣布集体解散。”接着又公布新的临时村民代表选举方案：全村 47 个姓氏，每个姓氏推荐一名临时村民代表候选人和一至五名姓氏代表。由姓氏代表投票表决，选出 13 位临时村民代表，然后重新跟政府谈判。这一推选办法是林祖銮提出来的。

跑步，林祖銮已坚持多年，已成为习惯，犹如唱歌的前奏，假如删去就会找不到感觉，甚至哪儿都不对头。资深的跑步者大多有自己的路线，跑在固定路线上什么都不用想，脑袋像清空的剧场，这是一种享受。

林祖銮平时是往村外跑的，今天突然改道往村里跑了。边跑边想着昨晚没想完的，确切地说是没想出头绪的事儿。有心事儿就难以跑出往日的感觉，似乎脚在地上跑，心在胸膛跑，绕着事儿跑，一圈，两圈，三圈，不知道跑了多少圈还没跑出圈外。

没有证据，这不是瞎胡闹吗？他还在想这件最让他头痛的事儿。犹如漂在乌坎河里的芭蕉叶，蜻蜓落得上去，蚂蚱跳得上去，青蛙也爬得上去，人能踩上去吗？踩上去还不就掉进河里了？没有证据你上什么访，告什么状，打什么官司？那不是扯淡吗，那不是自己挖坑自己跳吗，不是搬起石头砸自己的脚吗？这都什么年代了，说话做事都要有证据……

年轻人有失稳重，听风就是雨，冒冒失失，上帝都会原谅，你林祖銮怎么能跟他们一样呢？你这辈子一步一个脚印，谨谨慎慎，清清爽爽，怎么到了晚年就“老夫聊发少年狂”了呢，怎么就卷入这场旋涡了呢？你告诫自己不要参与，不要参与，最终怎么就参与进去了呢？你经历过“文化大革命”，经历过“与天奋斗，其乐无穷！与地奋斗，其乐无穷！与人奋斗，其乐无穷！”，怎么还没斗够？

骑虎难下啊，自 23 日“出山”以来，悔意就像一道阴影紧跟着他，或浓或淡，或深或浅，从没被他甩出半步之遥。

这几天，乌坎犹如被龙卷风卷入暴风眼，瞬息万变，难以预测。

26 日，已偃旗息鼓，销声匿迹，犹如不存在的村两委又冒了出来，大张旗鼓地启动了人大代表选举程序，成立了选举领导小组，在街头巷尾张贴起陆丰市第十四届、东海镇第十五届人大代表选举公告。

“9・21”和“9・22”事件像两枚锋利的钢针刺破乌坎上空那个绚丽的气球，薛昌他们跟着跌落下来，威信扫地，狼狈不堪。杨色茂等人估算，投薛昌票的村民绝对不会超过三分之一。薛昌已连续多届连选连任陆丰市人大代表、广东省人大代表，这次如落选将会给他 41 年的辉煌画个凄凉的句号。

村里哪是跑步的地方，不仅人多车多，他不认识的村民远比认识的多，可是不认识他的却很少。不认识的打招呼要回应，认识的要主动打招呼，熟悉的还要收住脚步聊几句。

“选人大代表，你选谁啦？”一位熟悉的村民问他。

“我家里都选我，我孩子选我，我老婆也选我，我自己还选我……”他笑着说。

这话听起来像是笑话，却传递着一个信息，宁可把选票投给自己也不投给薛昌！汉语不仅是门艺术，而且博大精深，犹如一把二胡，它可以拉出《二泉映月》，也可以拉出《梁祝》，还可以拉出《喜送公粮》和《万马奔腾》，可拉出不同风格、不同意味、不同含义的曲子。

这步跑得断断续续，思路也是时行时塞，证据和选举像觅不到出路的蚂蚁在脑海盘桓着，乱窜着，而且越来越焦躁，越躁越乱。若不非法操纵选举，薛昌他们注定一败涂地，他能甘心吗？不能！他们肯定孤注一掷，哪怕是豁出老命也要连选连任。要是选上呢？那注定是非法操纵选举。证据呢？又是该死的、无论如何也绕不过去的证据！证据、证据……

骤然，盘桓在他脑袋的蚂蚁见到光亮，觅到出路了！28 日是法定选举日，他们 27 日就派人到七个自然村发选票收选票，这不就是证据吗？真是“众里寻他千百度，蓦然回首，那人却在灯火阑珊处”。他的思维兴奋起来，身体轻盈了，健步如飞了。

林祖銮立即着手搜集证据。

七、走投无路时，意外获得第一份证据

29 日上午，姓氏代表选举产生了临时村民代表理事会，林祖銮推荐杨色茂任会长。杨色茂提议薛锦波、蔡礼绸、庄汉璧为副会长，张德家为秘书长。

薛锦波在“9·21”去市政府上访时冲在前边，这很不容易。他不仅跟薛昌是没出五服的宗亲，与副书记薛祖专是堂兄弟，村主任陈舜意还是他的表姐夫。杨色茂认为，薛锦波做事认真，肯于投入，敢于担当；蔡礼绸为人正派，性格耿直，而且读过高中，在乌坎算得上高学历了；庄汉璧家里较穷，他的祖父和庄烈宏的祖父是亲兄弟，庄姓在乌坎属于小姓，仅 300 多人，易受排挤，庄汉璧敢作敢为，比较靠得住。于是，选他们三人为副会长。张德家读过高中，字写得蛮漂亮，稿写得也有文采。

尽管这一机构是临时的，可是意义和作用重大。在村党支部和

村委会近乎瘫痪、村干部难见踪影、村里近乎无政府状态时，它就是乌坎的最高议事机构，不仅可以代表乌坎村民意愿与政府谈判和沟通、监督和配合市政府工作组的工作，而且还承担着村民自治的职能。

临时理事会办公地点设在离小广场不远的天后宫戏台后边的门房，它不仅位于村中心，而且还临街。

杨色茂认为，临时代表理事会的核心是林祖銮、伍谭安和他。林祖銮是临时理事会的灵魂，是真正的决策者，他是执行者。在临时代表理事会第一次会议上，林祖銮叮嘱代表："第一不要签名，第二不要表态，第三不要看，也就是说，不要监督市工作组的工作。"

不签名，不表态，不监督，还代什么表？

代表们大惑不解地望着这位智者，究竟是把话说反了，还是他的哪根神经搭错了？

"这个你们不懂，清查土地，你们没证据；清查财务，你们不懂。你们不要表态，不要说好，也不要说不好，只能看，不要说。你们要按照我说的去做。"

现在做什么呢？

他将收集人大代表选举证据的事讲给代表。有人摇头，把脑袋摇得像拨浪鼓："我们搞的是土地诉求，这是政治，我们搞它干吗？政治跟我们有什么关系？"

林祖銮一下就火了："这一点你们不懂！只有把这抓住，你们才有证据，有证据才有活路，没有证据就死定了！我们这次就围绕选举调查取证，让投薛昌和陈舜意票的和没投他们票的村民都签名，按手印，有多少人就签多少人，这样我们不就有证据了吗？"

两天后，伍谭安神色严峻地来找林祖銮："形势不妙，人家薛昌高票当选为陆丰市人大代表，陈舜意也当选为东海镇人大代表了……"

林祖銮没惊慌，反而释然了，炸弹被薛昌自己引爆了……

杨色茂拍案而起："不可能，绝对不可能！村民反对薛昌、陈舜意的怒海狂波在 9 月 24 日才平息，9 月 28 日投票选举，他们就当选人大代表了？这才三四天的工夫哇，谁会选他们？没人选他们，鬼才会选他们！”

这结果说明了什么？说明薛昌和陈舜意在乌坎深得人心，说明他们有扎实的群众基础，深受村民拥戴。同时也说明，那些上访者和“9·21”“9·22”参与者仅仅是一小撮！

可是，林祖銮他们收集的证据却表明：9月28日上午7时至11时是法定选举时间，选举地点是“中心会场设在乌坎村委会院内”。实际上，村干部在27日下午就派人到七个自然村分发选票和收选票。

蔡加虾等四位村民证言：9月28日上午，中心会场——乌坎村委会院内，有东海镇选举委员会的干部数名，村干部有薛玉宝、孙来国等人，没有召开选举会议，参与选举投票的村民寥寥无几，仅看到黄玉仔、陈知仔等三人。

全村有5193名选民，4000多人出具了“没有投薛昌和陈舜意选票”的书面证明。多数选民压根儿就没参与选举投票，而参与投票的大都是在27日（非法定投票时间）自己所在的自然村（非指定的地点）投的票。也就是说，绝大多数选票是无效的，仅有极少数选票有效。这样看来这次选举没达到法定人数，远不是公告所言的“选民总数为5193人，参加投票的选民4179人，占选民总数的80.5%”。

村民由此想到七个月前的乌坎村委会换届选举，薛昌他们也是这么干的。村民气愤地说，投票到计票这段没有监控，薛昌他们想往票箱里塞多少票就可以塞多少票，想得多高票就得多高票。陈舜意就是这样连续五届当选村主任的。

10月8日，杨色茂以乌坎村临时代表理事会会长的名义，向陆丰市人大提交了《乌坎村民的诉求》。诉求有两点：

一、陆丰市第十四届人民代表及东海镇第十五届人民代表乌坎选区选举无效；

二、要追究此次违法选举责任人的法律责任。

10月13日，市政府派驻乌坎的协调员朱茂铨在临时代表理事会办公地点传达：乌坎村 9 月 27 日的人大代表选举结果无效。

杨色茂对此很不满意，气愤地对朱茂铨说："你们这样也太不规范了吧？即使不登报纸也要张贴公告啊，大庭广众不好贴，贴在厕所里也可以啊。再说，你来宣布选举无效也不符合法定程序啊，应该是选举委员会，或者是市人大来宣布啊。"

朱茂铨说，算啦，没用的，没用的。

"瘦死的骆驼比马大。"薛昌和陈舜意输此一局，但这并不意味已是死老虎，他们随时都有可能反扑。村两委瘫痪了，村支书和村委会主任还没免职，在陆丰和汕尾还有着坚挺的人脉关系，乌坎在外的贤士——成功的生意人还支持他们，听他们的。

林祖銮意识到必须充分利用手中的唯一证据，而且反复使用，用到极致，让一发子弹发挥十发百发的作用。他们派薛锦波将"恳求上级人大常委会责成有关职能部门对东海镇乌坎村党支部、村委会干部毁田卖地、造假选举等犯罪行为，对乌坎村民申请重新公开选举新一届村民委员会屡遭漠视等违法问题，依法作出严肃处理的申诉"和证据递交到陆丰市信访局、市人大、市纪委和东海镇政府及人大，派张炳钗、林水清和张建兴将申诉材料递交到汕尾市人大，派庄烈宏将申诉材料递交到广东省人大、省民政厅、省信访办等机构。

广东省人大批复由汕尾市人大处理，汕尾市人大批复由陆丰市人大处理。

杨色茂说，汕尾市人大的批复在陆丰市人大羁留一个月之后，转批东海镇人大处理。

林祖銮将东海镇、陆丰市和汕尾市三级人大对乌坎村违法选举人大代表的批复收集在一起，派人递交到广东省人大，再次恳求解决。这也是没办法的办法，林祖銮清楚这一证据就像一贴反复用过多次的强力拔毒膏，没完没了地贴下去效力将会越来越小，终将失效，甚至还会误事。再说，有的病与那膏药也不挨着，毫不搭边，你能用它来贴胰腺癌或心肌梗死吗，能贴老年痴呆和脑瘫吗？即使没当过医生也知道对症下药，辨证施治。薛昌他们违法操纵人大代表选举的证据，怎能证明他们以权谋私、违法卖地、贪污腐败？

林祖銮用的是缓兵之计，想通过广东省人大对汕尾、陆丰两级政府施加压力，借以获得喘息，好搜集下一个证据。

村民要搜集薛昌他们违法卖地的证据岂止是难，而是难于上青天！薛昌等人违法操纵人大代表选举的证据在民间可以搜集到，有关土地的证据民间哪里搜集得到？找不到证据注定要失败，这场维权就等于在少数人煽动下的胡作乱闹，那少数人就要承担法律责任，有可能要坐牢。

林祖銮的心理压力太大，有点儿喘不上气了。

八、“11·21”，村民的第二次游行上访

11月21日，早晨7点多钟起事锣就响了。

天有点儿阴，天际涌上一片片像海浪似的灰云，有几分沉重。气温陡降几度，风冷飕飕地刮着，村民都穿上了夹衣。薛锦波却只穿件白衬衫，早早就在小广场忙活起来。他个儿不高，长着一张国字脸，蓄着短短的小胡子，面色黝黑。

村民集合后，薛锦波站在一边，戴着耳挂式麦克，右脚踏在摩托车座上，右手握着对讲机，左手不停地指点着说：“万一有其他人插队伍，以横幅标语当绳。”

“维安队，维安队负责好！大家手拉手，手拉手……”

杨色茂也到了，戴着一顶红色棒球帽，帽檐上方的耐克商标像谁给他打个对号似的。他身穿白色T恤，外套白色的夹克衫，拉链没有拉，敞着怀儿，不像是上访游行，反倒像旅游度假。穿得休闲，心里却一点儿也不休闲。作为这次“非正式上访”的主要组织者之一，他不仅压力如磐，还要面对错综复杂的变数。这不，还没等出发，一位临时代表就提出异议：“我们今天就不要去上访了，记者没来，上访有什么意义？”

杨色茂想，这是不上访的理由吗？恐怕是不想去了吧，是动摇了吧，反悔了吧？这几天来，政府不断加大工作力度，强攻之下，

不会一点儿效果都没有吧？不能排除个别人在压力或利诱下发生变化，反过来为政府工作吧？

“上访跟记者到没到有什么关系？他们到了就报道，没到就不报道。另外，你怎么知道记者没到？”林祖銮说话了。

那人没话说了。

9 时许，约四千五百之众从乌坎出发。

一辆车把上挂着一面铜锣，插有一面“真修仙翁”令旗的摩托车在前边开道。为请这杆令旗，林祖銮和理事会主要成员大清早就去了华光庙。这庙亦称仙翁庙，位于仙翁戏台的正对面，有人说两者中点相连就是乌坎灵魂的中轴线。据说，真修仙翁是乌坎自己的神，每逢大事，乌坎人都要先请示自己的神。

林祖銮等人请庙里的老人占卜，三次皆吉，不禁大喜，随即请了这杆令旗。

一位敲铜锣的年轻村民紧跟摩托车后边，他上半身像团火——红色棒球帽，红色运动衫。随后是两位扛着红旗的村民和一辆三轮摩托车。三轮摩托车的喇叭播放着《中华人民共和国国歌》《没有共产党就没有新中国》等歌曲，五六位手执绿色信号旗的年轻人围在左右。

再后面是头戴小红帽扯着标语，以及印在广告布上的批文和图片的妇女。批文是盖着鲜红公章的陆丰县政府“同意乌坎港实业公司从事一次性房地产开发业务”的批文，图片是一片顶着白花花芦花的苇草和赤裸着红土地的荒野，两边是“毁掉良田，罪大恶极；官商勾结，祸国殃民”16 个大字。

三条 30 米长、6 米宽和两条 20 米长、6 米宽的白布黑字的巨幅标语，分别印着：

“毁掉良田，罪大恶极；只手遮天，扼杀民主!”

“官商勾结，毁我家园!”

“打倒贪官，还我土地!”

一位扯着巨幅标语、身穿灰色圆领衫、戴着项链的中年妇女右手将标语扯在肩上，很女性地用左食指指着天，领喊口号。

“打倒贪官，还我土地!”后边的喊声此起彼伏。女人大多随意，有的肩挎着包，拎着矿泉水瓶，像逛街似的；有的拎着有点儿分量的兜子，像从菜市场满载而归。

洪瑞卿的穿戴有几分匪气——歪戴着小红帽，穿着黄色短袖T恤，夹克衫系在腰上，赤裸的左胳膊上系着红丝巾，边走边领喊口号。

几天前，邻近几个村的村民听说乌坎村民要上访游行，纷纷找了上来，想要加入。临时代表理事会开会研究，有人赞同，有人反对。赞同者说，这样人多势众，声势浩大，有利于土地问题的解决；林祖銮和杨色茂认为，其他村加入会让诉求变得复杂，不利于问题解决，尤其是对其他村村民的情况也不甚了解，万一有人挑起事端，再度发生打砸事件，后果难以预料。最终，采纳了反对的意见。

唯恐在路上发生意外，薛锦波骑着摩托车，载着庄烈宏来回巡视；戴着小红帽的、系着红布条的维安队员走在队伍两侧。张德家脖子吊着对讲机，右手握着麦克风，迈着八字步行走在队伍外边……

村民队伍像条绵延一两公里的溪流，顺着东海大道涌向市政府。大道的两旁，农田一块块地被开发商圈去，寂寞地荒着，已许久没与农民有过亲近接触，半人多高的荒草在口号声中摇曳。村民队伍所到之处，货车和农用车都停靠在路边，赶过来看热闹的沿途村庄的农民或把摩托车支在一边，或腿跨在自行车上，有的把两手抱胸，有的用手机拍照。

邱晋雄、郑胜坤，还有三位官员赶到距乌坎派出所近两公里的亿达洲集团门口劝阻。张炳钗走过去，对他们说：“你不让我们去上访，你看后边围的土地，能不能还给我们?”

“工业用地，他没有建设，这个中央早就有政策了，国土资源部啊，都有法律法规了。因为，这个土地买来是发展工业的，让村民到你厂里面打工，能够提供生活的保障啊。所以，他这个地买了到现在是十多年了，他连一块砖头、一粒沙子都没有建，这个就等于是违法……”张炳钗滔滔不绝地说。

这位农民为讨土地不知看了多少相关的政策和法规。

突然，一辆卡车横冲直撞地从陆丰方向开过来，速度很快，险些撞着村民。邱晋雄迎上去把车拦下，训斥司机：“路上这么多人，你还不靠边停车?”

卡车像闯祸的孩子，老实地卧在路边，等待村民走过。

邱晋雄对走过来的杨色茂说：“你们就不要去市政府啦，我们在这里接访好了。”

张炳钗站在一边，举起拳头，高呼口号：“打倒贪官!”

迎着走过来的妇女犹如激流撞在巨石上，纷纷举起拳头和标语，跟着高呼：“打倒贪官!”

头天上午，乌坎召开上访游行誓师大会。

“乌坎的事情，概括起来，只有一个字，叫作黑、黑、黑!”林祖銮歪着头，一句一字，右手食指指点着，用力说。

乌坎人不仅用嘴巴说话，他们的肢体语言和面部表情都极其丰富，而且一点儿都不夸张，分寸拿捏得恰到火候，这一点即便是初入行的演艺人员都很难做到。林祖銮在愤怒时面似一座冰山，只要一张嘴说话，随即融为奔腾的不可遏止的江河，他说着说着，嘴角就会重重地抿一下，偶尔还会露出一丝笑意，是不屑还是嘲谑，是冷笑还是快意，让人难以猜度。

“对!”台下有位男子喊道。

接着，台上台下响起一阵暴风雨般的掌声。

林祖銮举起右手，掌声停下。他接着说：“黑到什么程度?我以证据和事实，在这儿跟这位同志交代一下。乌坎之所以造成目前这样千疮百孔的现象、高度腐败的情况，是因为原班子勾结港商，相互合谋，共同策划。第一，他们共同策划了一个叫作所谓陆丰佳业开发公司可行性报告。”

这是他们找到的第二个证据，即陆丰县人民政府下发的乌坎港实业开发公司成立的批文，以及一系列相关文件。乌坎港实业开发公司在获得一次性房地产开发权之后，薛昌与港商陈文清又成立了合资企业——陆丰县佳业开发有限公司，董事有五席：乌坎占三席，分别是村干部陈舜意、薛祖专和彭镇，陈舜意任总经理；陈文清方占两席，陈文清那边的一人任副总经理。

林祖銮越讲越激动，每说一句话，身体就前倾一下，似乎把所有的力量都化为声音，毫不保留地传递出去。他用双手将那份《合作经营“陆丰佳业开发有限公司”的可行性报告》复印件举到头顶说：“里面的具体内容可以到宣传栏去看。他们利用引诱欺骗这些手段，向县里向东海镇申报董事会，董事长由港商陈文清担任，副董事长由乌坎的原书记薛昌担任，副书记、支委都去当董事了，连村的副书记、村委主任都去当他们的总经理，副总经理就是陈文清的儿子。”

林祖銮继续讲着：“把其他成员都安排去管猪场（即丰田畜牧场），管码头。我敢这样说，从1993年以后，乌坎党支部就不存在了，乌坎的村委会也不存在了。他们去参加黑组织、黑集团。”他右手举起，说一句在空中狠狠用力抓一把，似那“黑组织”“黑集团”就在半空飞着，想把它们抓住。

“在这段时间，乌坎村民养活了乌坎原党支部村委会的一切工作人员，具体的工资和餐费都是由乌坎人民来负担的，他们去做自己赚钱的事。虽然文件说到利润分成，现在查起来，还非常困难。这种现象，这种行为，这种组织法，在全国几乎没有，世界找不出第二家……”

这些日子，时常有几十位，甚至几百位村民聚集在一起，争吵着要上访。还有人跑到临时代表理事会，质问杨色茂和薛锦波他们：“你们为什么不组织村民上访？”

张建兴对村民说：“我们要确保绝对安全，所以不是说上访就可以上访的。”

这是一计，林祖銮、杨色茂的这种态度犹如一道水闸，将村民上访的情绪拦截，从而越憋越高，到时候一开闸就汹涌澎湃，势不可当。林祖銮早已确定上访时间，只是不说而已。

“明天要上访的，现在大家就签名。”掌声息偃，林祖銮正式宣布。

“我，我，我来签！”一位三四十岁的男性村民走到林祖銮身边说。

台下的男女老少都挥拳呼喊，戏台沸腾了，乌坎沸腾了……

昨晚6点半，陆丰市委书记杨来发、市长邱晋雄、市委副书记林耀彩和东海镇委书记黄雄等一行七人来到林祖銮家。赶得很巧，杨色茂也在。

这是“9·21”以来，陆丰市党政主要领导第一次同时下到乌坎这一弹丸渔村。杨来发、邱晋雄无意周旋，开诚布公，要求乌坎村次日不要上访游行。

林祖銮说，这不是游行，是特别上访。

杨来发要跟林祖銮单独沟通，两人进了里边的房间，把门关上。他们话不投机，甚至是水火不容，林祖銮不仅毫不动摇地坚持他的“特别上访”，而且还要冲到东海镇政府门前去，这不是要杨来发的命吗？东海镇政府处于繁华地段，人口众多，道路复杂而狭窄，要是数千村民扯着横幅喊着口号拥过去，不仅会导致交通堵塞，而且各种人等混搅在一起，说不定会引发骚乱或动乱，他怎能不紧张？他们俩越沟通越激动，声音穿过门板传到客厅。客厅里也是一片战火，杨色茂与其他官员争论激烈。

两个小时过去了，除消耗体力和唾液之外，似乎无其他结果，几位领导铩羽而归。

队伍在行进，林祖銮的心在悬着，游行队伍若漫堤之水，随意性极大，难以掌控，在这四千五百余众中难免有两三个鲁莽之人，他们一旦有不理智之举动，后果难以预料。

如何让这乌合之众收得拢，散得开？林祖銮着实费一番脑筋，最后根据他当兵与带兵的经验，采取了四个措施：

一是让每个村民都不空手，而且要互相牵制。怎么做到这一点呢？林祖銮让庄烈宏等人去碣石地区制作了标语。几十位村民扯着一幅标语，相互之间就有了牵制，这样就将乌合之众形成了一个组织。

二是汲取“9·21”的教训，成立了以薛锦波为队长，有洪锐潮、张建城、庄烈宏等年轻人加入的维安队。每个维安队员头戴小红帽，左臂系着红丝带，行走在队伍两侧。一则维护秩序，防止出现“9·21”那种骚乱和打砸现象；二则维持交通秩序；三则防止别有用心的人混进来。他们十人一组，配备一台对讲机。

三是上访游行时，林祖銮与临时代表、维安队负责人之间的沟通与联系一律用对讲机，一防监听，二防被别人钻空子。为防对讲机被抢盗谎报军情，制造骚乱，林祖銮又配备了信号旗，旗语很简单，绿旗举起是行，红旗举起是停，旗放倒是坐。

四是为防止学生滋事，通知学校看牢在校生，不准他们参与上访。

林祖銮对外宣称的上访游行路线是先去东海镇政府，再去市政府。据说，官方特别紧张，从外调来警力，布置在城里，以防不测。

这不过是林祖銮所施的调虎离山、声东击西之计，真实的路线图是先到位于城外的陆丰市政府。

林祖銮用对讲机下达的第一个指令是：“如果遇到警方阻拦，你们就坐下来，不论什么人阻拦都要做到骂不还口，打不还手，坚决杜绝类似‘9·22’的冲突；如果没有阻拦就前进。”

游行队伍从乌坎到陆丰市政府一路畅通无阻。在路线设计上，林祖銮他们考虑到渔民的习俗：出海船头向东。游行队伍出村后先向东走一段，再朝市政府而去。怕路上节外生枝，遭到沿途村庄的村民拦截，薛锦波在两天前拎着大橘（在当地表示大吉大利）分别拜访了几个村子，恳求借道通行。

各村对“乌坎事件”不仅早有所闻，而且十分关注。土地是农民的命脉，他们也希望乌坎讨回土地，以撬动这一硬层，带动周边村庄的土地问题解决。不过，当地忌讳有人拉着白布标语从村子经过，怕带来晦气。薛锦波表示理解，答应路过时将白布标语收起，卷好。

10点35分，乌坎村民抵达市政府，现场有人指挥，有维安队引导，井然有序地进入市政府门前的广场。起风了，村民手里的标语扬了起来，旗帜在手里抖动，远远望去犹如一道道翻滚的波涛。

市政府大院的电动伸缩门关着，身着藏青警服的警察和穿便服的官员站在门口向外观望，还有人用手机或相机拍照。院内和办公楼里站着一群警察和武警，戴着头盔，持着盾牌。

“请邱市长出来接诉求信。”11时许，张德家见邱晋雄从市政府大院走出来，对村民大声说道。

邱晋雄身穿白底蓝细纹衬衫，兜上别着一支笔。他跟张德家礼节性地握握手。

邱晋雄从张德家手里接过麦克风，还没等讲话，下面有人喊道：“您不能再骗我们了！”

“望青天做主！”有人跟着喊一句。

邱晋雄没有在意，右手举起麦克风，左手背在身后说：“各位乌坎村的群众朋友啊，我已经代表陆丰市人民政府啊，将大家反映诉求的请求书，已经接收下来了……”

邱晋雄在掌声中跟站在身边的几位村民代表一一握手，跟杨色茂握手时不放心地交代了几句，然后将握着诉求信的左手背在身后，在几位官员的簇拥下，穿过有一辆车宽的伸缩门回去了。

一位男村民不满地喊了一声：“现在，这样就好了，给骗一下又走了。”

村民感到很不尽兴，回村后继续游行，累了就坐在道路两旁，不断高呼“打倒贪官，还我土地”等口号。晚上，数千村民在仙翁戏台观看了70分钟的纪录片《乌坎！乌坎！——誓保祖地》。这是庄烈宏、张建兴等“80后”“90后”年轻人在收集村民“9·21”“9·22”现场拍摄的视频基础上，委托一家广告公司制作的。

没想到最喜欢看这部片子的却是孩子，他们看过还要看。虽然他们对“打倒贪官，还我耕地”还不理解，可是这句口号却进入他们幼小的心灵，玩得开心了或者生气了就喊一声：“打倒贪官，还我耕地！”三五岁的孩子喊着喊着就喊颠倒，喊出：“打倒土地，还我贪官!”

村民听见不禁捧腹大笑:“你要贪官干什么?贪官都是坏人,是霸占我们土地的恶人……”

九、庄烈宏在佛山被抓

12月3日凌晨,庄烈宏在佛山被抓。

山雨欲来风满楼,乌坎的气氛陡然紧张起来。

几天前,村民在悬挂着“誓死捍卫耕地,乌坎人民决不妥协!”等标语的街道再次举行声势浩大的游行,边走边高呼口号:“打倒贪官,还我土地!”一位白发苍苍的老人高高举着白底黑字的纸板标语:“还我民权!”一个两岁的孩子用胖乎乎的小手扶着戳在地上的标语牌,上面写着:“拥护共产党,拥护党中央!”

十几个男人扯的那幅十几米长的白布上用墨笔写着:“希望媒体尊重职业道德,报道事实客观真实。”

他们对某一媒体的报道表示愤慨,“约400村民聚集市政府上访”,连上访人数的十分之一都不到!那两位记者到现场了吗?谁看见他们了,他们采访谁了?他们长没长眼睛,小学学没学过算术?

“‘少数村民对该市工作组一个多月来的工作不满意,认为没有实质性进展’,‘少数村民聚众滋事’,‘仍有少数村民认为政府不能满足其诉求’,何为‘少数村民’?他们数没数过那几条白布上有多少村民签名?在一个一万多人的村子,四五千人算不算少数村民?”

当晚,张建兴等年轻人就将11月21日在市政府广场拍摄的全景图片和某一媒体的报道送到陆丰市的一家打印社,制作成八米宽、两米长和两米宽、两米长的墙贴,第二天就贴在村委会的院外墙上。

“他们答应给我们解决,之后就反悔了,出尔反尔,说我们400人,”张建兴站在墙贴旁,气呼呼地指着那篇报道说,“假,假,假！全部都是假新闻！”

上访前，张建兴和庄烈宏等人开过会，对“鸡精”等年轻人提出要求，让他们随时随地把拍摄的图片发到微博和 QQ 空间上，广泛传播。可是，这仅仅是对内传播，要想对外传播的话必须要借助于媒体。张建兴把收集的记者名片统统翻出来，一个接一个地打电话，邀请他们进行现场采访。TVB 的记者当即对他进行了电话采访，并进行了报道。11 月 21 日中午，TVB 的记者就来了。

第二拨是新华社记者，22 日从北京赶过来的，一位资深记者，想写一篇内参。

第三拨是香港的阳光实务、三联生活周刊。

第四拨是亚洲周刊等媒体。TVB、阳光实务报道后，亚洲周刊、荷兰的《新鹿特丹报》、日本的朝日新闻、财经新世纪等媒体与张建兴取得联系，进入乌坎。

为配合媒体的采访与报道，村民一遍遍地走上乌坎街头，抗议游行。从烈日中天到夕阳西下，又从夕阳西下到暮色苍茫，从暮色苍茫到夜幕降临，街灯昏黄，村民走累了就坐在大街的两侧，中间留出不足一米的小道。在记者的相机举起的一刹那，村民纷纷把拳头高高举起，使劲地呼喊着口号。中小学生也不在家温习功课了，打着五花八门的旗帜，扯着各种各样的标语站在道路的两旁，跟着呼喊口号。

庄烈宏走之前去见林祖銮。他一说要去佛山，林祖銮立马劝阻：“你不要出去。”

林祖銮凭直觉隐隐约约地感觉到风声紧了，政府很可能改变策略，采取强硬措施。

几天前，杨色茂接到邱晋雄的电话，让他立即解散临时代表理事会。

杨色茂蒙了：“我们解散了，谁来代表村民与政府协商？”

邱晋雄解释说，临时村民代表我们还是承认的，临时代表理事会这个组织就不承认了。

“你们要求我为政府做事时，我说：‘我没法做。’你们就说：

‘你是会长啊。’那时候，你们承认我是会长，现在不承认了？你们这是出尔反尔。”杨色茂气愤地说。

邱晋雄说，不管怎么说，临时代表理事会不存在了。

在这之前，协商沟通的大门还敞开着，政府官员还带着“陆丰市委书记杨来发回复村民代表的讲话要点”进村，并请村民在上面签字。

杨来发在税务系统做了九年官，不仅懂得经济，而且还是经济学博士。2009 年 9 月，也就是庄烈宏他们第一次上访的三个月之后，被任命为陆丰市委副书记、副市长，11 月任市长。2011 年 9 月，陈增新到汕尾任政法委书记后，他接过这个烫手的山芋——陆丰市一把手，估计是一半欢喜一半愁。虽然市长和书记是平级，实际上从市长到书记还有一道相当高的坎儿，甚至说半级都不止。中国人民大学的一项研究报告指出，近年来内地六成贪腐官员为各机构“一把手”，国企有近八成贪官有党委工作经历。也就是说，贪官大都是在当“一把手”（如县委书记、市委书记）期间出的事。

乌坎村民觉得杨来发的四个要点基本上是虚的：“如乌坎村委会换届选举存在违法违规行为，市政府将坚决依法依规处理”，这存在认定的问题，市政府不予认定也就不能“坚决依法依规处理”了；宅基地问题要“报上级政府和国土部门批准后，公平公正公开安排给住房困难的群众”，如上级政府和国土部门不批准，住房困难的群众也就没宅基地可分了；“市委市政府争取筹集资金 200 万元，建立乌坎村教育基金”，争取不到的话，也就一分钱都没了；“将陆丰丰田畜产有限公司的土地收益绝大部分归乌坎村民所有”，这土地收益怎么计算，绝大部分又是多少？

两位官员被一群村民围住。

“你们专门来做这些见不得人的事！”一位村民愤愤指责。

其他村民纷纷用指头指点着那两个官员，不停地嚷着骂着。

年逾不惑的官员在争辩，年近而立的官员面露怯色，边后退边解释着，想要溜掉。

一位妇女冲上去，挥手给他们的脸上抹了几道锅底灰。

两位“花脸”官员满面尴尬与无奈地站在那里，不知所措。

总而言之，村民认为政府就是在骗他们，而不是真正为他们着想。临时代表理事会告诫村民要提高警惕，不要轻易上当受骗，还让村民举着喇叭走街串巷呼吁大家不要签名。

庄烈宏对林祖銮说：“不行啊，我的服装店在那儿，女朋友一个人守在那儿，不放心哪。我过几天就回来。”

“9·22”后，庄烈宏回村没待几天就回佛山了。他再回来时，临时代表已经选出。他不是代表，可是仍然十分活跃，与张建兴担负起了宣传任务，把媒体的报道制成墙贴，弄到村委会外边的墙上；把网上有利于村民的政策和评论截图下载，制成广告。

庄烈宏说：“我把薛锦波告诉我的东西，通过QQ发给‘爱国者1号’。‘爱国者1号’整理一下，又把这个东西发到QQ群的空间，同时也发给我，我们打印出来，叫‘乡音’，然后就有‘乡音一’‘乡音二’‘乡音三’，到‘乡音四’就没有了。”

“你能不能不去？”做过服装生意的林祖銮知道把投资20多万元的店扔下是什么感受，可是仍不希望庄烈宏在这时去佛山。

“不会出事的，我出去就把手机关了，今晚赶过去，明天或者后天就赶回来。”

结果，他有去无回，被抓住了。

十、镇政府敲山震虎，杀鸡儆猴

12月3日上午，杨色茂接到镇政府通知，要临时代表到东海镇政府开会。接到通知的不仅有杨色茂他们，还有乌坎的全体党员。

去还是不去，去的话会不会自投罗网？传说，林祖銮是“黑名单”的一号人物，杨色茂是二号人物，薛锦波是三号人物，庄烈宏是四号……四号人物已经被抓，二号和三号送上门去，会不会照单全收？

可是，政府通知开会不去合适吗？会议的主题和内容是什么？不去会不会说你们拒绝沟通和协商，不履行临时代表的职责？杨色茂拿不准主意了，只好去找林祖銮商量。

林祖銮心里有数地说：“你们都不要去，没什么事。他们抓了庄烈宏，想敲山震虎，杀鸡给猴看，吓唬吓唬你们。”

杨色茂问：“我们要不要营救庄烈宏？”

林祖銮说：“不用营救。庄烈宏公开称自己是‘爱国者5号’。假如下级向上级汇报说，‘乌坎热血青年团’是反动组织，他们受境外势力指使，企图颠覆共产党政权，那么庄烈宏就是在公安和国安挂号的了，我们营救的话就会使乌坎的性质变得复杂，也给当地政府提供了把柄。如果‘乌坎热血青年团’被认定为反动组织，那么公安和国安势必要深查下去。说他受境外势力指使，必须要查出他们之间的联系方式，如电话、邮箱、接头地点等，另外还有资金往来、账号等，这些查不到就是谎报案情。等查清了，庄烈宏也就出来了。”

“要不要给庄烈宏请律师呢？”杨色茂又追问一句。

不管怎么说，庄烈宏也是乌坎村民，为维权抓进去的，营救不妥，不管则无情无义，给他请个律师还是必要的吧？

“暂时不需要，还没到那一步，让庄烈宏在里边受几天苦吧。他们查不出他有叛国行为，这对我们的诉求反而有利，这样乌坎问题的解决也就回到合理的轨道了。”林祖銮自信地说。

林祖銮料事如神，据去开会的党员说，这次会上先是汕尾市市委常委、政法委书记陈增新讲庄烈宏被捕之事。后是镇政府官员的劝导，说乌坎事件是少数人勾结境外反华势力所为，它的性质已经变了，这是叛国罪，是要抄家的，为首的犯罪分子要赶快投案自首，争取宽大处理。庄烈宏硬不硬气？严刑拷打后都老实了，全都招了。可是晚了，门牙被打掉，趾甲被连根拔掉了，这下彻底完了，就是出来也残废了。不要以为“9·21”“9·22”“11·21”就算拉倒了，哪有那么便宜的事？

“政府说了两个多月的秋后算账，现在开始了。”有人忧心忡忡地说。

乌坎的天空沉郁了，空气沉滞了，许多人提心吊胆，恓恓惶惶，一想到庄烈宏被严刑拷打，门牙被打掉，趾甲被拔去，脚上的筋被挑断，变成一个生不如死的废人，不由得不寒而栗。有的临时代表害怕了，深居简出，不敢在临时理事会和大庭广众露面了。

“这是假象，他们在造假。”林祖銮气愤地说，“他们是在制造恐怖，吓唬带头人和群众。我认为，他们即便那么做，也不会那样说。”他指的是庄烈宏被严刑拷打之事。

“第一要揭露他们造假，第二怎么防范被他们抓到。”他对代表提出这两点要求。

他还要求临时代表的对讲机开通，保持联系，时不时通一下话。

接着，有村民发现三辆摘掉牌照的白色面包车在村外转来转去，形迹可疑。村民怀疑是警方派来逮捕林祖銮、杨色茂、薛锦波等人的。

杨色茂惴惴不安地拨通邱市长的电话，得到的答复是：政府在组织打黑行动。再说，政府的事情也不方便跟你说。

邱晋雄已去掉“代”字，在2011年11月30日的陆丰市第十四届人大一次会议上当选为市长。

“这些部署是不是冲着乌坎来的？”

邱晋雄说：“我也不知道啊……”

政府的动向不仅林祖銮和杨色茂察觉到了，其他村民也察觉到了。村民不仅惶恐，甚至愤怒，有人说：“乌坎要是退缩，认输了，将会死得更惨。”他们将收藏几十年的梭镖找了出来。

这场官与民的斗争越来越错综复杂，似乎林祖銮、杨色茂他们的举动，以及村里的情况，政府了如指掌，甚至连细节都清楚。林祖銮说：“没有保密，什么事情都做不好。保密就是保障我们的胜利。”他特别注意保密：一是临时代表的活动基本不参加，也不表态，他认为，不表态别人就不知道他想什么；二是除杨色茂、伍谭安、薛锦波、张建兴和庄烈宏之外，他不许其他代表去他家。

十一、薛锦波在村口餐馆被捕

12月9日中午11时50分，“当当当当”，起事锣急遽响起。

这锣声与以往不同，以往的锣声与讨土地的希望相通，尽管着急却不像这样刻不容缓，急促不安，让人惊恐不已，甚至心惊肉跳。“薛锦波、洪锐潮和张建城被抓走”的消息打喷嚏的工夫就传遍整个村子，有近千村民从家、从商铺、从海边赶过来，人群中有男有女，有老有少。

薛锦波他们是在村口的人民餐厅被抓走的。抓他们的正是这几天村民感到可疑的三辆没挂牌照的面包车。年轻气盛的村民骑着摩托车顺着S338省道追出老远，结果连车影都没看见。人群在公路打个旋儿又拥回村，聚集在临时理事会旁边的妈祖戏台，等待着林祖銮和杨色茂等人来拿主意。

杨色茂听说后大吃一惊。上午10时，东海镇政府打来电话，说下午两点钟，陆丰市委常委郑俊雄要来乌坎，电话还是薛锦波接的。8日，镇委书记黄雄被免，郑俊雄任东海镇委代书记。

邱晋雄也来电话，说下午要来找杨色茂谈话。这到底是怎么回事，市政府和镇政府是不知道公安局来乌坎抓人，还是放烟幕弹？抓人已抓到村口，接下来就进村了。警方已逮捕传说中的黑名单的“三号”和“四号”，下一步就是“一号”和“二号”了，形势已岌岌可危，不能坐而待捕。他通知其他代表：“速到理事会参加紧急会议，一点钟召开村民大会。”

开会时有两位临时代表没到，还把手机关了，派人到家找两遍也没找到，看样子是躲了。

理事会后边的妈祖戏台下人头攒动，有人焦急而激愤地嚷着喊着，有人胆怯而忧悒地站在一边看着，有人低头思考着，被抓三人的家属或号啕大哭，或哽咽垂泪。听说薛锦波被抓走，他的妻子刘玉露的天一下子就塌了下来。她最担心的就是薛锦波的身体，他患有哮喘病，脾气一上来就喘。

薛锦波参与维权时，她就劝他，你跟在大家后边走，别冲在前边。

他不满意地白了她一眼，然后斩钉截铁地说："要么就不要出去，要出去就要走前面，不要跟后面，敢做就不要怕死！"

他对被捕已有心理准备，多次跟刘玉露说："如果我被警方抓去，你不要管我，你就管好三个小孩儿，我已是村里的人了……"

他在村民大会上说："大家不要慌，需要出血的话就先出我的；他们要打人的话，我就坐在那里让他们打；他们要开枪的话，我就给你们挡子弹……"

"爱萍，你老公被抓走了！"

郑爱萍接到电话就笑了，心想，你以为我不知道啊，阿潮跟波叔去吃饭了，他们又没出村，怎么会被抓走呢？她和阿潮结婚才两个多月，难免有人开些不知深浅的玩笑。

谁知电话刚撂下，街上响起锣声，有人在喊："薛锦波、洪锐潮、张建城被抓走了！"

她一下就泪奔了。他也没多穿一件衣服，会不会冻着？刚谈恋爱时，她对他说，你有大男子主义也只能有一点点儿，有什么事要跟我商量。他爽快地答应道："好。"他的确没有大男子主义思想，不仅爱她，还特宠她。他每次回来，人没进屋声音就到了："老婆，我回来了！"高兴时他就背着她在巷子里跑来跑去，晚上散步还要拉着她的手，睡觉前和醒来之后都要跟她说一句半土半洋的话："老婆，I Love You！"爱得不知说什么好时就会说："老婆，你咬我的手吧。"

参与组织"9·21"上访前，他问她支不支持。

她冷静地说："你已经下了决心，这不是我支不支持的问题了。"

他说："你的支持对我来说是最重要的。"

她听了这话既欣慰又担心，她不想让他既干着，又心里不踏实，只得表示支持。没想到这一支持，他就冲到了前边。"9·21"如不是深夜去了深圳就被抓进去了，那次躲过了，这次却没躲过。

村民越聚越多，焦灼的、愤懑的、激怒的、忧心的情绪搅在一起，互相感染着、渗透着、互动着……

一个村民愤愤不平地喊道：“我们讨土地是合法的，他们凭什么到乌坎来抓人？”

另一个村民瞪着充满血丝的眼睛说：“他们抓我们的人，我们就抓他们的人！我们把那几个当官的家都敲了，把他们家人都抓起来，拿他们的人换我们的人。”

在乌坎的方言里“敲”即砸。

有人咬牙切齿地叫喊道：“他们不让我们好好活，我们也不让他们好好活，跟他们拼了！”

有人要求临时理事会带领村民去冲击市政府，去玩命。

俗话说，天上雷公，地下海陆丰。戏台前像一锅沸腾的水，在不停地翻滚着，泡越冒越高，渐渐有点儿失控。

“不行！你们要听话，要听林叔的，要听理事会的，不能乱来！我们去冲政府那就违法了，违法的话，他们抓人的理由不就更充分了吗？”老渔民洪天彬说。

他们急，洪天彬比他们还急，他有六个孩子，四个女儿，两个儿子，阿潮是他最爱的小儿子。儿子被抓，他能不担心吗，能不焦急吗？可是，他更害怕村民不理智，怕发生像“9·21”“9·22”那样打打砸砸的事，不仅救不了薛锦波和儿子，还会授对方以把柄。

这到底是怎么回事？杨色茂拨通邱晋雄的电话，邱晋雄说不知此事。杨色茂不信，临时理事会副理事长薛锦波被抓，市委市政府的主要官员说不知情，就是打死他也不相信。

邱晋雄解释说：“第一，如果汕尾市公安局来乌坎抓人，他们不见得跟我这个市长说；第二，我要是知道他们抓薛锦波的话，哪里还敢下午到乌坎跟你见面？”

邱晋雄说，他已到乌坎。杨色茂顿时紧张起来：“邱市长，你赶快跑啊，你们那边抓了我们三个人，我们的人要是把你这个市长抓住，我还真不知道怎么处置……”

乌坎沸腾了，邱晋雄若出现，谁能控制住局面？很可能有村民提出用邱晋雄去换薛锦波他们三人。

杨色茂想，乌坎要强烈抗议，不能官方想抓谁就抓谁，想在哪儿抓就在哪儿抓。他在村民大会上宣布："乌坎从即日起停产停业，罢工罢市，抗争到底，直到政府解决问题、释放薛锦波等人为止……"

晚上，陆丰市电视台播发陆丰市公安局的《关于敦促乌坎"9·21""9·22"系列案件违法犯罪嫌疑人投案自首的通告》。汕尾市委书记郑雁雄在答记者问时说："目前，乌坎村村民提出的村委会财务问题、土地问题、选举问题、扶贫助学、污染问题五项合理诉求已全部得到落实；公安部门依法抓获'9·21'事件打砸为首分子庄烈宏、曾昭亮、薛锦波等，并将进一步抓捕参与事件的违法犯罪分子……"

有些临时代表害怕了，动摇了，退却了。有的人唯恐自己被扯进去，躲了起来，哪怕是挖地三尺也难找到了。

十二、夜半的警笛声，村民砍树设路障封村

12月9日夜晚，万籁俱寂，乌坎却在黑夜温柔的怀抱中难以入寐。

警方不仅通过手机信息和电台发布通缉令，还将《关于敦促乌坎"9·21""9·22"系列案件违法犯罪嫌疑人投案自首的通告》在陆丰电视台24小时滚动播出，这犹如一枚枚炮弹落下，在村民心里爆炸，一位村民一气之下把自家的电视机砸了……

下午，警车开始在乌坎南边的338省道和西边的东海大道巡逻。村民慌了，怕警车进村来抓人，手持铁棍、木棒和梭镖等器械聚集在村口。

林祖銮在众人劝说下，在村里隐藏起来。

潜藏前，他叮嘱张建兴："一定要注意安全，要注意乌坎的形象，不能让政府和外界认为我们是暴民。他们要是进村的话，我们绝对不能先动手；他们抓人的话，我们可以反抗，但是决不要动用

梭镖、棍棒和汽油瓶。”

张建兴内心一片茫然，跑回家往背包塞了几件衣服，又坐在沙发上发一阵呆。最后，他站起来，背起包，去哪儿呢？他略想一下，还得去“临时指挥部”。他和庄烈宏将林祖銮家称为“临时指挥部”，那里不仅有乌坎“一号人物”林祖銮，还有电脑、录像、对讲机等重要设备和资料，平时他和手下的十几个年轻人在那儿值班。

庄汉璧见到张建兴就问：“我们该怎么办？”

村民戏称张建兴是“乌坎宣传部长”。他穿着宽松的夹克、肥大的裤子，兜里别着、挂着和揣着录音笔、聚光电筒、微型偷拍机、充电器，还有三部对讲机和四部手机，有时肩上还扛着摄像机。他的对讲机，一部直接与林祖銮联络，一部联系临时代表，一部联系维安队；他的手机都能上网，两部联系中外媒体记者，一部用于日常联系，还有一部专门用来跟杨色茂等人联系。

庄汉璧是临时代表理事会副会长，他在外边打过工，做过海鲜生意，也养过蟹苗，折腾一番也没赚到什么钱，只好回到乌坎，继承祖业，继续讨海。也许庄姓家族具有性格直爽、敢想敢干的遗传基因，也许书读得少，做事不思前想后，缺少顾虑，在乌坎人的眼里，他是条有血性的汉子。

过去，薛锦波在临时代表理事会分管安保，他被抓走后，杨色茂就把这副重担交给了庄汉璧和蔡景群。

“你把村民召集起来，守住村子。”张建兴像总指挥似的对庄汉璧下达指示。

“你呢？”庄汉璧问。

“你给我找一个网吧，让他们把网吧清空。”

晚上，张建兴领着七个小伙子背着包，带着“粮草”——食品、香烟、矿泉水、电池和录像设备走进庄汉璧帮联系的网吧。网吧已被清空，他们进去就把门关紧，每人一台电脑上网。

“你们都登录新浪、搜狐、网易的微博，不能登录QQ，防止他们利用插件进行监控，在网络上搜索到我们，全部准备好。”张建兴对那七个小伙子说。

他们每人都有好几个 QQ 号、微博账户和网络论坛的账号，用以发消息、图片、视频。

午夜，遽然警笛大作，张建兴他们紧张起来，支棱着耳朵屏息凝听。午夜的寂静犹如白纸，警笛可以尽情呼啸，令人毛骨悚然，惶恐不已，那像针芒般锋利的声音，裹挟着刺骨严寒闯进村民的梦乡。

“警察进村啦，抓人啦！”喊叫声嘶力竭，惊心动魄。

“咣当”，蔡景群推开门，气喘吁吁地跑进来说：“警察来了，进村了，有六七部警车……”

这个网吧是蔡景群开的。空气仿佛瞬间被冻住，他们相互看了看……

“准备好，马上转发……”

张建兴急忙点击发布，把图片和文字传上新浪、搜狐和网易微博，其他人慌忙跟着转发……

“赶快收拾东西走人！”张建兴早就留意到这间网吧有扇窄小的后门，警察进网吧搜捕的话，可以从那里溜走，爬上屋顶逃跑。

张建兴他们几个人仓促逃了。蔡景群打电话找锣召集村民。

薛锦波被抓后，蔡景群被补充进临时代表理事会，成为临时代表。

“这可不是什么好情景啊！”蔡景群回家后感慨万千地说。

“不是好情景你也接？”老婆抱怨说。

“我没办法啦，我也是政府黑名单上的啦。”

“9·21”带人堵了市政府的后门之后，他就听说自己上了“黑名单”。

蔡景群好不容易找到几面铜锣，让人敲了起来。“当当当当当！”一面锣，两面锣，三面锣，十几面锣焦急而惊恐地响起来，似乎乌坎也变成一面铜锣，随着那锣声颤动和抖动。

庄汉璧率领一群手持铁棍等器械的村民冲出去时，警车早已撤离。他用对讲机呼叫张建兴，让他跟林祖銮请示下一步怎么办。

张建兴哪里联系得上林祖銮，又不敢说出实情，只得让庄汉璧加强保卫。

这时，张建兴已回到“临时指挥部”——林祖銮家，翻出一沓名片，一个接一个地打电话，不仅打给记者，还打给香港的亲朋好友……

为了不让警车再进村，庄汉璧大胆地作出决定：封道，将所有进入乌坎村的道都封上。

封道需要路障，这黑灯瞎火的上哪儿去找路障？村民取来斧子和锯，将路边的树一棵棵放倒，横在路上。村民见这些树两三人就可以挪开，难以阻挡警车，又跑回村找来铁丝，把几棵树捆在一起。他又挑选12个身强力壮的村民组成巡逻队，带着铜锣，骑着摩托车巡逻至天亮。

11日凌晨4时30分，伴随着“警察进村了”的惊恐而嘶哑的喊声、惊恐不安的狗叫声，锣声再度大作，“当当当当”，几十面铜锣敲得似密集的弹雨，让人透不过气来。

昨天，警方在通往乌坎的路口设立了关卡，检查过往行人的身份证。临时代表理事会副会长庄汉璧见警察设了关卡，也在距警方关卡百十米处设了关卡，并在每个关卡布置30多人，十几个人一班，24小时昼夜把守，须臾不怠。

张炳钗跑到村西口时，见那里已聚集一两千人，一两百米外，停着两三辆警车，好像还有一辆装甲车，车旁有很多戴着钢盔的警察。警笛声和“准备战斗，准备战斗”的喊声像浪似的打过来。喇叭的分贝很高，估计村西的第一自然村均可听见。

清晨6点钟，警方调来挖掘机，开始清除路障。村民目瞪口呆地望着挖掘机轻而易举将横在道上的树木移开了。

“不好，警察要进村！”有人惊恐地叫一声。

紧张与惶恐像野火似的在村民心里蔓延和乱窜，他们没有后退，远远地观望着，几位性情鲁莽的村民纷纷抓起堆在路边的石块，有人把石块扔了过去，距离太远，石块落在距挖掘机一二十米处。装甲车似乎被激怒了，连续发射几枚催泪弹。村民脚下顿时白烟滚滚，他们仓皇地掩面后退，催泪弹还引燃路边的荒草……

“撤回来，撤回来！他们要进村就让他们进。”杨色茂突然出现在村口。

锣声敲得他实在潜藏不住，不顾亲友的阻拦跑了过来。

有人开玩笑地说：“我怎么看见军长跑到前沿阵地上来了。”

这句玩笑话让杨色茂很受用，记在了心上。他让村民立即撤回，不要在村外与警察对峙。他认为，村外空旷，难守易攻，撤到村内情境大不相同，道路狭窄，两边房屋林立，易守难攻。真要打起来，村民可以占据道路两边的房顶。

村民怕“军长”被生擒过去，急忙用摩托车将他送回了村里，其他人也随之撤回村里。张炳钗见“鸡精”跟另一小伙伴没撤，手持手机还在那儿拍摄。他不认识“鸡精”，却认识另一个，对他俩说：“你们要把武警和那个着火的都拍下来……”

张炳钗还没说完，又有几枚催泪弹落下来，还有一枚滚落在脚边，冒着刺眼的白烟。他抬脚将它踩熄了：“你们把这个打催泪弹和着火的都发到网上去……”

“已经发上去了。”“鸡精”说。

警察没有进攻，反在撤退，喇叭每喊一声“准备战斗”，前排的警察就退到后面，再喊一声，又一排退下了。

原来，警察并没想进村，而是将入住乌坎西南边南海庄园酒店的几十个客人接走。

村民见警察撤了，急忙冲出村口，继续砍树，重新设置路障。尽管挖掘机轻而易举就可以将这些路障移除，可是有路障总比没有强，起码心理上多一份安全感。

乌坎封村的消息不胫而走，国内外媒体的记者纷纷赶来……

十三、薛锦波猝死，悲痛将乌坎淹没

12月12日早晨8时，一朵硕大的白花悬于村委会大院门上，两行行云流水似的挽联若泪垂于门的两侧，沉缓的哀乐从楼顶的高音喇叭一波接一波地涌出，铺天盖地，不可阻挡……

薛锦波死了。村民不肯相信那个穿着雪白衬衫、咧嘴大笑的薛锦波真就不在了。可是，这哀乐，这标语，还有大街小巷的讣告都在证明他的确死了，这是真的。死讯像巨澜，转瞬之间将乌坎拍碎，整个村子到处流淌着不尽的哀痛与伤悲。

昨天中午，杨色茂接到刘玉露的电话，说政府来电话说，薛锦波正在医院抢救，让赶紧把病历送过去。

他连忙说：“送去，送去，马上送去，没有病历人家医生不知道怎么抢救。”

薛锦波年轻时体质还是不错的，干体力活儿一人顶仨，后来卷入一起凶杀案，在看守所被关押一年，从那之后患了胃食管反流和支气管哮喘。去北京做手术后，他的胃食管反流好了，支气管哮喘也没什么症状了，只有生气和感冒时才会发作。

2000 年，薛锦波在郴州美食街开了一家海鲜大排档，生意火爆，引起邻家同行嫉恨。他们请他喝酒时，几个人一拥而上。他见情景不妙撒腿就跑。他的大排档正在打烊，店伙计看见自己的老板被追打，拎着两把菜刀就赶了过来。当店伙计挥刀向隔壁老板砍去时，薛锦波不顾一切地扑过去，结果刀落在他的背上，被砍出一尺长的口子。店伙计眼睛红了，又一刀砍下去，隔壁老板倒在血泊之中。薛锦波被众人抬进医院，隔壁老板却失血过多死亡。薛锦波与店伙计都被关进了看守所。一年后，他无罪释放，店伙计被判处无期徒刑。

担任副会长后，他负责安保，担子很重。他对家人说，得记住“9·22”的教训，维持不好治安就会引发暴力事件，甚至出现伤亡。只要维持好，不管以后政府将来怎么处理我，至少没有遗憾。在健婉印象中，这些日子老爸给她的感觉就是很忙，很忙，很忙。不过，他的身体却没出现什么问题，总是充满生气。

刘玉露急忙找出薛锦波的病历，让大女儿健婉送到关卡，交到来人的手里，并提出要去医院护理。对方说让她先回家等待，说政府会考虑她的请求的。

杨色茂认为，对官方的话不可不信，也不可全信。只有对他们的话打过折扣之后，才会接近真实。他们说正在抢救，也许人已死了。

薛锦波死了？这一想法一冒出来，他就惊呆了，薛锦波会死吗？他要真死了，那问题可就严重了。这一不祥预感不仅他有，其他人也有。

郑爱萍吃饭时听说薛锦波被抢救，饭还没咽下，泪就涌上来。她向外跑去，洪天彬急忙追上去，在巷子里把她拉住。

“爸啊……我怕了……我怕了。”她哽咽着说。

“孩子别怕，有爸在，天塌下来也还有爸在……”他对儿媳说。

她是真怕了。乌坎的年轻人不大信佛，她却让妈妈代她和阿潮去修真仙翁庙拜佛求签。解签人说，按签上的意思，被抓的三个人不出一个月就能回来。到底是那个签不灵，还是签上说的三人是阿潮、建城和烈宏，不包括波叔？

阿潮被抓的这些日子，她一边惦记着阿潮，一边安慰泪水长流的婆婆：“妈，没事，没事的。你多吃点儿饭，多喝点儿水，不要操心，阿潮没事的，过几天就回来了。”

瑞卿姐叮嘱过：“妈年纪大了，又有高血压，情绪不好血压就会升高。妈要是出了问题，麻烦就大了。你要哭就到楼上自己的房间去哭，别让妈看见。”

弟弟和薛锦波被抓后，洪瑞卿的时装店几乎就没再开门。她没事就到街上转转，打发一下这难熬的时间。她与弟弟感情特深，不仅他们姐弟俩在河源市做过几年服装生意，而且脾气相投，想法一拍即合。“9·21”后，他们放弃了河源的生意，一起回到乌坎讨土地，他结婚之后就一天到晚忙着村里的事，她在派出所门前那条街租了一个铺，边讨土地边做服装生意。可是，乌坎人口少，消费水平又低，生意不大景气。

下午，她在街头偶遇刘玉露，得知薛锦波在医院抢救，她还安慰她：“波叔不会有事儿的，你要照顾好自己和老人。”

老人指的是薛锦波的老母亲，她跟薛锦波在一起生活。

分手后，洪瑞卿就回家了。她感觉有点儿累，想上床躺一会儿，突然接到一条短信：“薛锦波可能没救了。”

短信是一位朋友发来的，将她的倦意一扫而光。

她打了个寒战，立即回复：“不许乱说。薛锦波要是死了，第一个知道的应该是他的家属。他的家属说他在医院抢救，我们不能乱说，否则要被扣上造谣惑众的帽子！”

回复像丢进大海的石子，没有回音。一种不祥之感笼罩在她的心头，波叔会不会真像朋友说的那样不在了呢？波叔待他们姐弟特别好，每次街头遇见，他都亲切热情地说：“瑞卿，到我家坐坐，冲杯咖啡给你喝。”波叔既豪爽又心细，不仅知道她爱喝咖啡，也知道张建城、张建兴爱吃什么，洪锐潮爱喝什么，以及其他人的口味与嗜好。

薛锦波病危抢救的消息像根绳将乌坎村民的心吊到了半空，随着西北风来回荡悠。这是一个漫长而沉重的下午，薛锦波脱没脱离危险，抢救过来没有？这像钻进去就转不出来的立交桥，越转不出来越急，越急还就越转不出来，时间就在这焦虑、困苦和无奈中一分一秒地熬了过去。将近掌灯时分，薛健婉终于等来电话，说政府要派车来接她和母亲去医院看望父亲。她们母女喜忧参半，急三火四地赶到关卡外，上车走了。

在汕尾市一家酒店的会客室，刘玉露母女获悉：12 月 10 日晚 7 时 16 分，薛锦波被押送至汕尾市看守所；11 日上午 9 时 41 分，感到不适，被紧急送至看守所旁边的汕尾市逸挥基金医院抢救，抢救无效死亡，死于心源性猝死……

瞬间，刘玉露母女的天坍塌了。母女抱头恸哭，他怎么走了呢？两天前还好好的，还起早贪黑地为乌坎操劳着，还一个人顶几个人地干着，怎么说没就没了？

“9・21”那天，外边传来锣声和“到小广场开会”的吆喝声，他站在窗前望着旁边小广场上的人越聚越多，欣然地说：“哇，全村这么心齐啊！”他急急忙忙跑下楼，不仅自己在白布上签了名，还帮助那些不识字的村民签名。

刘玉露和婆婆知道后就阻拦。她对他说：“毕竟当官的都是我们亲戚，你参与了，情面上过不去，以后见面了都不好说话。”

他却说：“亲归亲，事归事。”

“亲归亲，事归事”，话说得容易，做起来哪是那回事儿？当上副会长后，有人说他在挖自己宗族的墙脚，那些既得利益的亲戚不仅对他冷漠了，甚至怀恨在心。

表姐见面不搭理他了。他凑过去，赖皮赖脸地笑着问道：“表姐，你那个脚怎么样？”

表姐患有风湿，犯病时就腿痛不已。

表姐把身子转过去，装作没看见，也没听见。

他又转到表姐的面前，关切地问：“表姐，你现在怎么样？”

表姐说：“好了！”

另外，他的经济压力也很大啊。当副会长后，起早贪黑地忙，每月仅有1000元钱补贴，健婉刚参加工作，月收入也就1000多元，刘玉露给鞋厂加工鞋面，每天赚二三十块钱，这么点儿钱哪里够一家五口人的开销，况且还有两个孩子——健堤和健莹在广州读书。

他又豪爽大方，家里没有钱还大手大脚，不管谁来了都要沏杯茶。你胃肠好，他就沏绿茶；你胃肠不好，他就沏普洱或蜂蜜水；你火气大，他就端杯柚子水，削个梨给你吃；你饿了，他拿面包和点心给你吃。这两个多月来找他的村民很多，像张建城、洪锐潮、庄烈宏没事就来坐坐，喝杯茶，聊聊天。他就一箱箱地往家里搬苹果、梨子、香蕉……

晚上7点多钟，小广场和薛锦波家门前已是人山人海，村民都在焦灼不安地等待着消息。不祥之感像一群蝙蝠在人们的心头飞来飞去，可是谁都不说，怕一语成谶。

晚上8点多钟，传来噩耗——薛锦波死了。尽管早有预感，可是噩耗传来仍然让人感到突然、震惊，像被时速180公里的宝马车撞飞了，失重了。有的女孩儿像支撑不住纤弱的躯体，一下子蹲在地上，站不起来了。顿时，哭声、喊声、吵声、叫声、骂声连成一片，悲恸、愤怒、恐惧犹如涨潮的海浪涌来，在心头翻滚着、拍打着、冲撞着……

其他几个被抓村民的家属本来就提心吊胆的，悬着的心掉下来，向峡谷坠去。薛锦波死了，其他人还会好吗？会不会也在医院“抢救”？

性情火暴而鲁莽的村民喊道：“薛锦波被他们打死了，我们的下场又会好到哪里？跟他们拼了！”

这话犹如在燃油中丢进一把火，“噗”地燃烧起来。

“对，跟他们拼了，他们不让我们好好活，我们也不让他们好好活！”村民怒吼着。

“大家要冷静，要控制好自己的情绪，不能动怒……”见群情激愤，洪瑞卿说道。

她这话似乎既说给他人听，也说给自己。

张建兴在接受香港《文汇报》采访时得知薛锦波死亡的消息，痛苦像波涛似的涌到脸上，记者安慰他：“你别伤心，别伤心……”

张建兴没哭，这一结局似乎已在预料之中。记者走后，他扑到床边欲哭，可是却怎么也哭不出来。他爬起来翻出收集的记者名片，一个接一个地打电话。他尽量让自己的声音更哽咽、沙哑一些，对记者说：“薛锦波死了，乌坎事态升级了……”

十来家媒体当即表示派人来乌坎采访。

薛锦波死后，流言像满街乱窜的流浪狗，搞得人心惶惶，不知所措。

网上出现：“昨天，他（薛锦波）猝死在看守所。有信息表明，他尸体上的指甲被拔出，骨头也被打断好几根……”

接着又传出“曾昭亮也死了，张建城和洪锐潮正在抢救”的消息。

有人报信，汕尾市委常委、政法委书记陈增新将千余名特警集中在陆丰市政府，要抓林祖銮、杨色茂和张建兴。

网络的传言更是恐怖：解放军第 41、第 42 集团军已接到命令，紧急调往乌坎“武力镇压前线”；汕尾市各派出所接到命令，半数以上的警察也紧急调往乌坎，将对乌坎形成第二道和第三道包围防线……

流言使得人心像寒冬腊月里还悬在树梢的树叶，瑟瑟颤抖。

村民紧张了，在路口备足弹药——一堆堆的砖头……

12 月 17 日，杨色茂在修真仙翁戏台宣布：12 月 21 日乌坎素服上访。全体村民身穿素服，佩戴白纱，抬着白纸糊的棺材，捧着薛锦波遗像，冲过警方关卡，到陆丰市政府讨还薛锦波的遗体，要求释放被抓的庄烈宏、张建城、洪锐潮等三个村民。

十四、上访日乌坎拆除路障，通车了

12 月 21 日清晨，海风强劲，渔船停泊在港，旗杆上除随风而动的红旗，还有黑旗与黑纱。

这是乌坎村民第三次上访游行的日子，世界五大通讯社以及其他媒体的目光都聚焦在这弹丸般的小渔村，像等待日食或月食到来似的等待着重大新闻的出现。

太阳升起来了，起事锣没有敲响。按计划此时数千身着素服、佩戴白花的村民应该抬着纸糊的棺材，捧着薛锦波的遗像，扯着各种各样的标语出发了，30 余家中外媒体的数十位记者和赶来声援的学者、大学生和网民——“公民记者”或肩扛摄像机，或手持相机，或平举手机跟随拍摄。上访游行的日子却异常平静，给人一种今夕何夕的错觉。

乌坎到底来了多少记者和志愿者，谁都说不清，有村民估计有一两百，有人说最多时有近两百名，也有人说有三百，还有人说绝对不止三百。村民认为他们是来帮助乌坎的，许多村民的家里都住满了记者和志愿者，开饭时热闹了，十几个人围着一口冒着腾腾热气的大锅盛饭，那场面特别壮观。

太阳不管不顾地往上爬，快爬到两竿子高了，村里还没有动静。不仅村里没动静，村外也没动静。

“滴滴”声传来，一辆车驶进了乌坎。警方的关卡撤了，警察也撤了；村口的路障拆除了，横在路上的大树被移到路边，守在那里的村民也不见了。两天前还剑拔弩张，今朝就化干戈为玉帛了？

形势突变，12 月 18 日，汕尾市委书记郑雁雄托人捎信，约见林祖銮和杨色茂。看样子政府要打破僵局，重新开启协商与沟通的大门。

“有什么可谈的？他堂堂一个市委书记要跟通缉犯谈判，这也太失他的身份了。”杨色茂悻悻地说。

也许是气话，也许在遮掩内心的疑惑与恐惧，谁知道这会不会是诈？陆丰电视台还 24 小时滚动播放敦促他们投案自首的通告。兵不厌诈，不去。

林祖銮给郑雁雄写了封信，信上说，他不是不想投案自首，而是时机未到。乌坎问题解决后，他自会投案自首，绝不食言。

杨色茂看后说：“等到那时候，我也投案自首啊。”

林祖銮看他一眼，幽默地说：“国家没有那么多闲饭给我们吃啊。”

薛锦波的意外死亡让政府陷于被动，村民没屈服，反而更加强硬，有的村民想拼命：“你们不让我好活，我也不让你们活好。”

张建兴、“鸡精”和“广东小和尚”等“80 后”“90 后”的年轻人不断在网上发布消息，网络大 V 转发相关微博和境外媒体的报道。

香港《东方日报》发声，乌坎村事件，原本只是村民要求法办贪官并追索征地款的案件，要求合理合法处理，当局做法却倒行逆施，借口“境外敌对势力介入”，不惩贪官反而镇压百姓，以派出上千军警封堵乌坎村，断粮、断水、断电的手段逼迫村民就范，令广东省形象一再蒙羞……

网上出现：“乌坎断水断电饿死人了……”

乌坎事件在转发、评论中发酵，成为热点焦点。境外的报道被转发在网上，像地里的韭菜一茬接一茬地往外冒。

据擎盾舆情系统监测统计，截至2011年12月15日，涉及乌坎事件的微博1735条、论坛帖312篇、博客55条，境外媒体相关报道32篇。薛锦波死后，“乌坎”两字在境内网络被屏蔽，网民以“wukan”“鸟坎”“乌·坎”或“鸟欠”来替代，网民说：“‘乌坎’变成‘鸟欠’，村干部多了一双贪婪的眼，基层政府欠了一身土地债，可怜村民耐不住等待，才会‘用脚投票’走上维权路。”

网络让中国人变得幽默了。

广东省委省政府要求汕尾市领导以各种方式和村民对话，打破僵局、创造氛围、释放善意，要把省委的判断释放给村民知道，缓和矛盾，不要对抗。

郑雁雄意识到：“赶紧把这个局势逆转，从对抗、从闹事转为不对抗、对话，从堵路到拆除路障，从尿不到一壶到可以坐下来面对面说话，从怀疑政府的善意到全面信赖政府来解决问题。”

可是，林祖銮等人拒绝见面，汕尾市领导进不了村。郑雁雄只得邀请乌坎的党员干部、学生和村民代表，再加上陆丰市委市政府的干部，约300多人在陆丰市政府礼堂召开见面会，通过这些人把上级精神和态度带给林祖銮他们。

19日，在陆丰市政府礼堂的主席台上，身着黑色紧袖夹克衫的郑雁雄讲了70分钟，着重讲了三个问题：一是乌坎发生了什么事，二是怎么看待乌坎发生的事，三是接下来怎么办。他说：“‘9·21’上访的诉求大部分是有根据的，政府是有责任的，问题是可以解决的。”他将乌坎事件列为一个等式，即“良好的愿望+错误的办法+过激的行为=好坏参半的结果”。他认为乌坎村民的违法行为：一是打砸，并且已经构成违法犯罪；二是造谣，“9·22”有人举了一个白布，上面写着“警察打死两个小孩”，后来查明子虚乌有；三是有人煽动村民对抗政府。对于薛锦波的死，郑雁雄认为，一是大家要了解真相，二是政府要勇于负责，三是家属和村民要理性对待。

对村民设置路障，他说，可以互相妥协，村民把路障拆了，政府不进村抓人。

可能考虑到“二手话”远比“二手烟”危害更大，政府把郑雁雄的完整的讲话录像制成光碟，送进乌坎。没想到这一讲话被香港有线电视记者林建诚剪辑七段，制作成三分钟电视新闻在重点新闻台播出，并通过官网传播，点击量一路飙升，逾五万之众，凤凰网转载后点击量高达20余万。一时间“像这样负责任的政府你不指望，你指望国外几个烂媒体、烂报纸、烂网站”“境外媒体信得过，母猪都会上树”“赔就赔，政府来赔，当然羊毛出在羊身上”“你以为请武警不用开销啊？好几百个武警、警察住在这里，我们邱市长的钱包一天天地瘪下来了”等话在网上传播开来。美国之音、金融时报等西方媒体也对此进行了报道……

20日傍晚，又有信捎来，省工作组已下到陆丰，并提出六点：群众的主要诉求是合理的；大多数群众的一些过激行为是可以理解和原谅的；政府保证出来与政府理性谈判的代表人员的人身安全；政府承诺不进村抓人；林祖銮和杨色茂等若以实际行动悔过自首和争取立功可既往不咎；若顽固不化，继续煽动村民与政府对抗，死心塌地为境内外敌对势力利用，必当追究。

许多村民都长舒一口气，压在心头那块“秋后算账”的石头总算是搬开了。

杨色茂不满地说：“什么立功表现，我听不懂，你的话太抽象，不够具体。”

捎信人说，省工作组约林祖銮和杨色茂于21日上午9时在南海庄园见面。临时代表开会商量，意见不统一，有人说应该见面，有人担心是陷阱，林祖銮和杨色茂还是通缉犯，可能去了就回不来了。

林祖銮的态度非常坚决，见！

于是，多数赞同“两步走”，一是林祖銮去见省工作组，二是按原计划准备“12·21”的上访游行。

“警察撤了！”夜里站岗的村民大为惊喜，立即报告。

张建兴闻讯不敢相信，特意跑过去看了一下，见关卡处除几个空饭盒之外，什么都没了。他不禁长长地舒口气，看来警察是真的撤了，这为期十天的紧张状态结束了。

村民都跑到村口，欢天喜地，七手八脚地拆除了路障……

十五、一人一票，乌坎重选村委会

3 月 3 日，乌坎重新选举村委会。乌坎小学内国旗飘飘，彩旗猎猎，操场被课桌分割出七个方阵，每个方阵有三排桌凳，每排六张桌子，每张桌子上都放一秘密投票箱，几十顶色彩斑斓的遮阳伞犹如雨后拱出来的蘑菇出现在方阵里。每个方阵即一个自然村的投票处。

两个多月来，乌坎发生了天翻地覆的变化。

1 月 15 日上午，省工作组在村委会办公楼的三层会议室，组织召开全体党员大会，公布村党总支书记、副书记和支委的任命。

半个多月前，省工作组认定乌坎村第五届村委换届选举违反了《中华人民共和国村民委员会组织法》，因此整体无效。东海镇党委决定原村支部解散，成立乌坎村党总支部。

这些年来，七旬的薛昌，七旬的陈舜意，再加上七旬的支委兼出纳邹钗，这三位老汉愣是把大家进步的道路堵得死死的，连一丁点儿机会都没有。现在就像“五一”“十一”车被塞在高速公路六七个小时，早已心烦意乱，火冒三丈，突然通畅。有机会就有活力，有活力就要活动，这年头儿谁都知道生命在于运动，进步在于活动。

这段时间，许多人的想象力获得充分发挥，各种传言蜂起，甚至变幻莫测。传言说，书记和副书记的人选镇里早已确定，代书记朱茂铨将任总支书记，林祖銮任副书记；还有人说，村总支书记肯定要从村里 133 名党员中选出，那么谁会胜出？有人说是林炳森……

网上有关林炳森的信息有二，一是城东镇淡水村村民发了一个帖子——《无处安放的灵魂——陆丰市林炳森打着国旗强行挖山逼迁坟》，文中说“乌坎圆山仔周围的地，历史以来就有大量坟墓，其中包括乌坎村、望饶村、淡水村等故人坟地”，结果村口却出现

“迁坟通知”：“各位乡亲，乌坎圆山仔周围土地已被我于1995年征用。现因建设需要，凡在该范围内的坟墓画有红色标志的必须在今年公历8月8日前迁移。如有不便，敬请原谅！补贴：坟墓补工钱1000元，金斗100元，超期不补。林炳森2011年7月7日。”帖子上还说，“与林炳森电话沟通，发觉此人不讲任何道理，更不要说法律，也许法律在他的眼里什么都不是，他还声称这样做是对的，后台有多硬。我是一介平民，不好与他正面冲突，该人霸道，社会关系复杂，村里人说他是靠贩卖毒品起家而结交一帮社会人物。”

二是陆丰市蓝海农民专业合作社企业名录，以“求仁为大，求利为小，真正服务为人民”为宗旨，联系人林炳森，经营产品和范围没有介绍，看样子像从事信贷业务。

林炳森这人不同寻常，“文化大革命”期间，作为工农兵学员上了大学，毕业后先后在两所中学当了六年教师，后因计划生育问题弃教返乡。失去公职后，又生三个孩子，拥有两儿三女。

林炳森活得可比中学教师滋润多了，住在派出所东边的一幢阔气的别墅，大门口贴着他自己的书法对联：“春观鱼变，秋听鹿鸣。”院内别有洞天，亭台楼阁，小桥流水，鱼翔浅底，占地起码有两三个120平方米。

乌坎要成立党总支，薛昌和陈舜意被“双规”了，就是村书记和村主任当惯了也不行了，原班子成员都灰溜溜的，别说竞选书记了，不受处分就不错了。林炳森有了几分自信：“如果真的是民主推荐的话，党员来选书记的话，应该是选我吧。”

林炳森衣着笔挺，早早就来到会场。会场散发着一种既紧张又期待的气氛，认为自己有望进班子的人目光闪烁着兴奋，脸上挂着难以揣摩的笑容，言谈举止却像生了锈的老设备运转起来不那么顺畅。

省工作组郑重宣布乌坎村党总支部正式成立，任命林祖銮为乌坎村党总支书记，孙汉民、张水金为副书记。省工作组给予林祖銮相当高的评价：林祖銮同志具备胜任村党总支书记的基本条件，能站稳群众立场，组织能力较强，多数党员群众认可。虽然在乌坎

“9·21”事件面临复杂形势，但他能够保持理性平和的行为，坚持反对搞打砸抢，对工作组进村开展工作予以支持配合。

这犹如一阵强劲的龙卷风，将个别人眼里的兴奋和脸上的笑容打扫得干干净净，遗留的除了失落，就是沮丧和恼怒……

“原来你是要当官啊，你要当官，你早应该说，不要把乌坎搞成今天这个样子……”林炳森恼羞成怒地站起来，拍着桌子，指着林祖銮喊道。

有几位党员也跟着林炳森站了起来，发泄着不满，还有人拂袖而去……

选票该投给谁，村民大都心里有数。三天前，参选者进行过竞选演讲。

杨色茂在竞选中说：“我的道德操守是毋庸置疑的。”

他原想参选村委会主任，因林祖銮也参选了村委会主任，而改为参选副主任。

洪锐潮、庄烈宏和张建城也都参选了副主任和委员，他们是在去年12月21日或22日放出来的。他们被抓后没遭受过严刑拷打，甚至连打都没挨过。中山大学法医鉴定中心对薛锦波遗体进行过检查，也没有发现网上流传的“死者骨头被打断、指甲被抽掉、皮开肉绽”等情况。

洪锐潮在演讲中举起拳头说：“我在此宣誓：本人不说假，不作假！一切站在村民的立场，不向恶势力低头！”最后，他把食指高高举起，使出浑身的力气喊道，“希望村民投出手中神圣的一票，给我机会为村民效力，感谢大家！”

庄烈宏的演讲是最具鼓动性和煽动性的，他说：“各位乌坎的父老乡亲，同志们，大家好！薛锦波先生生前讲过，乌坎人从此都姓齐，都姓齐。能够讨回土地——属于我们村的土地，是我的理想，也是我的目标。办好事，办实事，主动带头，讲人民所讲的话，做人民群众要做的事，做乌坎人民人人拥戴的父母官。”他的手在空中剧烈地挥舞着，随着声音而落下。

他本来想参选村委会副主任，林祖銮劝他说：“按你的情况，最好不要填村委会副主任，填了会被淘汰。填委员的话，有把握。”他参选的是委员。他和洪锐潮都很聪明，在演讲中将自己当选与讨土地紧密地联系在一起。张建城不像庄烈宏和洪锐潮那么善于演讲，相比之下显得有点儿低调。他穿着黑西装，有点儿规规矩矩地将麦克风举到嘴边讲着，讲完后鞠一躬，下去。

晚8时，戴着老花镜的洪天彬宣布选举结果：“林祖銮当选为乌坎村第五届村民委员会主任，杨色茂当选为副主任。”

经过补选，洪锐潮当选为村委会副主任，庄烈宏、张建城、陈素转、孙文良当选为村委会委员。

这一天，十一届全国人大五次会议在人民大会堂三楼金色大厅举行新闻发布会；这一天，下午3时，全国政协十一届五次会议在北京人民大会堂开幕；这一天，晚7时50分，林祖銮率村委会全体成员亮相，乌坎这座拥有四百多年历史的村落选举产生了自我管理、自我教育、自我服务的基层群众性自治组织，终于迈出了民主选举、民主决策、民主管理、民主监督的第一步。

林祖銮说：“我们一定会牢记村民们对我们的希望与重托，争取乌坎村民共同的核心利益——土地问题，实现我们应该达到的目的。我们决不辜负乌坎村民的重托……”

他还说：“民主选举对于乌坎村民是一件极大的好事，好就好在他们用自己的一票选出他们需要的、能够给他们带头的人，当选为他们的领头人。”

杨色茂说：“第一肯定做事效率要高，第二要保持廉洁，第三是公平，第四是公正。”

有记者问洪锐潮：“你的目标是什么？”

“目标，把土地要回来。”他果断地说。

有村民在采访时说：“新村委诞生了，乌坎一片欢呼，欢呼中寄托殷切期望，村民讨土地的希望几乎全部寄托在林祖銮身上了，也可以说把宝押在他的身上了。”

许多村民认为，林祖銮、杨色茂、洪锐潮、庄烈宏、张建城、陈素转和孙文良等七位维权领袖和骨干分子的当选是必然的。薛锦波死了，如不死肯定能当选村委会副主任。选举之前就有人说："不用选了，不用选了，就是林祖銮、杨色茂、庄烈宏他们几个人了，政府给他们打了那么多天的'广告'（即《关于敦促乌坎"9·21""9·22"系列案件违法犯罪嫌疑人投案自首的通告》），他们怎么能选不上？可惜，薛锦波死了，要不死也会当选。"

老村委会解散了，那些既得利益者还在，那股势力还在。部分党员给省工作组和上级党组织的信中写道："林祖銮等打砸分子与境外'民主'组织相勾结，阴谋把乌坎变成没有共产党领导的'民主试点'，全面夺取政权，然后向全国推广的反革命基地。由裹挟人民群众，披着'农民土地诉求'的外衣，进一步干着动摇共产党执政基础的'民主'政治活动。他们视党和政府的仁慈为软弱，变本加厉，气焰嚣张至极。为维护党的权威，保护中国不变色，我们必须严打这一小撮反革命分子，唤醒广大被蒙蔽的人民群众，还乌坎一片正气和光明。我们已经深切认识到：对敌人的仁慈就是对人民的犯罪……"

3 月 22 日，林炳森等七人去广东省政府上访，他们质疑："被公安机关通缉的林祖銮、庄烈宏、杨色茂至今逍遥法外，还当上了总支书和村官，广大人民群众敢怒不敢言。'9·21'至今五个月过去了，一个'乌坎事件'的制造者，一个受境内外敌对势力操控的'乌坎教父'，一个高举'反对独裁''要求民主''还我人权'旗帜造反的反党分子，一个 22 年没交党费、没过组织生活的'自动脱党'分子，一个挑动群体事件、冲击打砸政府机关的刑事犯，一个组织未成年人参与暴动和打砸的教唆犯，今天当上了乌坎总支书记！"

他们提出五点诉求：

一、将林祖銮绳之以法，清除出党；

二、追究"9·21""9·22"打砸分子的刑事责任，交由法律审判；

三、反对"一人一票"的"选举民主"和"民主自治"，拥护国家宪法制定的社会主义民主法治；

四、要求上级组织根据“乌坎事件”的事实，根据国家宪法和法律作出“工作微调”，该处理的还是应该给予处理；

五、我们保留上京诉求的权利。

林炳森断定这届村委会支撑不了多久。他说，乌坎这个事，现在还没有结束，乌坎还会动乱。几个月后，乌坎就可能会有一次更大的民主运动，林祖銮他们怎么打倒别人，别人就怎么打倒他。等林祖銮下台以后，有新的班子起来，可能乌坎才会平静。林祖銮他们没有领导素质，给村民的承诺也太高了，不可兑现的承诺，他们承诺把前任班子卖出去的地皮都要收回来，收回来以后，分给大家，缩小贫富差距。你不去收，我以后去叫村民找你要，你一定要收回来，看你有没有本事收回来。你兑现不了的话，村民就要来找了……

孩子的心洒满阳光，他们三五成群地来到海边，点起了孔明灯，灯上写着朴实的语言与质朴的文字：

“乌坎胜利了！”

“锦波叔，我们想你。”

孔明灯一盏盏地从孩子的手里飘上天空，犹如星星渐渐消失在夜幕中……

十六、尾声

2014 年 3 月 31 日，乌坎进行了第六届村委会换届选举，林祖銮再次当选为村委会主任，洪锐潮再次当选为副主任；杨色茂没竞选上村委会主任，放弃参选副主任。

十几天前，杨色茂遭受重挫，因涉嫌收受贿赂被刑事拘留，接着参选村委会副主任的洪锐潮也因涉嫌收受贿赂被刑事拘留。杨色茂在刑事拘留的当日办理取保候审，洪锐潮则被羁押在陆丰市看守所。

乌坎事件被北京大学公民社会研究中心评为 2011 年度中国公

民社会十大事件之首。上次选举时，有人说，乌坎是中国基层民主选举的一个样本；也有人说，乌坎的民主选举“开启了内地农村民主选举新纪元”。有人说，乌坎是中国的又一个“小岗村”，“小岗村拉开中国经济改革的序幕，乌坎拉开了中国政治改革的序幕”；还有人说，乌坎村的意义远远超过小岗村，小岗村的承包制推动了城市改革，乌坎推动了中国民主化的进程……

林祖銮上次当选后说，村委会的第一件事就是把土地作为重点课题进行解决，相信只要依法依规，一定可以讨回失地。

可是，土地并没有如愿全部讨回。薛昌他们从上世纪 90 年代就开始卖地，20 年，大约有 1.2 万多亩土地被卖掉，其中的 7000 亩已办理国有土地使用证。根据《中华人民共和国土地管理法》规定，这部分土地若连续两年未使用，陆丰市政府可以无偿收回，交由乌坎村耕种，土地的所有权和使用权归国家所有。也就是说，依法依规，乌坎是收不回这部分土地的，仅有没办证的那 5000 余亩有望收回。

乌坎得到政府和企业七八千万元民生工程投资和捐助，改建了自来水设施，修筑了村内道路，建了避风港和学校图书馆、教师宿舍。可是，村民并不买账，而且不满情绪日益上涨，过去的既得利益者不满，没分到宅基地和土地的村民也不满，甚至还有人怀念起薛昌那届班子：“老村委什么都好，就是卖地不好；新村委除了不卖地，什么都不好。”

任何动荡都要付出惨重的代价，最终将留下一片难以清理的瓦砾。村民也变了，过去随和的变得挑剔了，老实巴交的变得敏感而强悍了，有的人动不动就聚众示威，砸村委会。村治安队在维持秩序时，连孩子都不服了：“特警我们都敢打，你算什么？”

三年来，乌坎“余震”不断：“9·21”一周年时，十几位村民像当年找薛昌和陈舜意讨说法那样冲进村委会，引来数百人围观；2012 年 11 月初的夜晚，几个村民冲到林祖銮家门外，对大门踹了一通后，又冲到村委会砸了茶具；2013 年，乌坎又发生“4·26”堵路事件，有人在村委会旁挂起“乌坎村委无能，给我滚蛋”等标语，接着有200余村民将东海大道堵了十几个小时……

胆量过人的林祖銮变得怕听见门铃和电话响，出门像过街老鼠似的怕遇见人。他说，遇见人说好不行，说不好不行，说真话不行，说假话更不行，什么话都很难说。悔意像潮水似的不断地上涨，时不时一个大浪把他吞没，“因为本来维权的时候没有我的利益，现在也没有我的利益，为什么要参与进去，难道自己不踩进去就不行吗？为什么自己要自找麻烦呢？”他怀念起过去品茗读书的日子。

不过，这两年来汕尾和陆丰均发生很大变化，腐败与违法犯罪均得到了治理：陆丰市原市委书记，后任汕尾市委常委、政法委书记陈增新因卖官鬻爵、贪赃枉法、收受贿赂300多万元被“双开”，移交到司法机关；杨来发涉嫌严重违纪被调查。当年为没当上乌坎村党总支书记而大发雷霆的林炳森也进去了，其罪名是私藏枪支和非法占用农用地。

2014年9月1日，杨色茂被陆丰市法院判处有期徒刑两年，洪锐潮被判处有期徒刑四年。

案情比较简单，洪锐潮先后三次收受承揽乌坎民生工程的村民朱大奎八万元，分给杨色茂两万元，分给另外两个村干部每人一万五千元，自留三万元。杨色茂第一次收下了洪锐潮送的一万元，五天后捐给乌坎小学；第二次又收下了洪锐潮送的一万元，大约20天后退还给了洪锐潮。洪锐潮将杨色茂退还的一万元上交给了村委会，将自己收受的三万元退还给了朱大奎。

我猜想，杨色茂在收受贿赂后，内心肯定充满着矛盾，也许数日难以入寐，当初这两笔钱他肯定想收下，否则当场就拒绝了。没有一定的经济实力是做不了杨色茂描述的当选后就“废寝忘食，从未放松过一天，也几乎未休息过一天”的村委会副主任的。杨色茂不能跟林祖銮比，林祖銮有一定的经济实力，做村党总支书记兼村委会主任后，不仅从没领过每月1800元的工资，而且外出开会的差旅费基本上都自己掏。杨色茂有两个在广州读大学的女儿，还有一个在陆丰读中学的儿子，他和妻子还得一日三餐，那份每月1700元的村委会副主任的工资哪里够用？2013年，我去采访时，他年近五旬的妻子还在建筑工地上做小工，为此许多村民笑话他不够男人。在传统观念浓郁的乌坎，男主外，女主内，女人是不到外边做工的。

杨色茂又不想收这两笔钱，否则就不会捐出去，退回去了。当初，他领着村民高呼“打倒贪官”，当选村委会副主任时承诺：“第一肯定做事效率要高，第二要保持廉洁，第三是公平，第四是公正。”结果自己堕落为贪官，这对得起谁？不仅对不起那3609张选票，对不起报道他的媒体，也对不起他自己。

有人说他们没经验，也有人说判重了。

他们可能想到薛玉宝。他“利用职务便利，非法占有村集体资金”3万元，为他人“购买土地提供便利”收受他人1.3万元，先后七次收受“红包”礼金1.85万元，总计6.15万元，仅受到党内严重警告处分。2014年，他任乌坎党总支副书记。

这不能不让人感到疑惑，到底是对薛玉宝处罚轻了，还是对杨色茂、洪锐潮判重了？无论在情节上还是数额上，薛玉宝都远远超过杨色茂，杨色茂被判处两年，薛玉宝最低也该判六年吧？

2012年，庄烈宏当选村委后，没干几个月就辞职了。“4·26”堵路事件，张德家和另一村民分别因聚众扰乱交通秩序罪被判处有期徒刑两年六个月和两年。庄烈宏也是该事件的组织者之一，林祖銮说，事后，庄烈宏吓坏了，跑去找他时进门就跪下了。最后，林祖銮出面保护了他，躲过一劫。

2014年年初，庄烈宏将自己的宅基地卖了20万元，偕妻子赴美旅游。报道乌坎事件的记者都被蒙蔽，他们都在报道中说，庄烈宏家在乌坎房无一间，地无一垄，住在没有窗户的出租屋里。其实，庄烈宏家不仅有宅基地，而且是两块，一块有证，一块没证。有证的被庄烈宏卖了，没证的被庄烈宏的大哥建房了。据他老爸庄松坤说，那块地现在还欠村里1.2万元，补交后即可办证。

庄烈宏夫妇在洛杉矶脱团，公开寻求政治庇护。他对英国《金融时报》记者说，这个出逃计划筹划已久，以前在村里开茶庄、买船打鱼都是为此作掩护。他还承认自己就是那个神秘人物——“爱国者1号”。

林祖銮愤然地说，庄烈宏害了乌坎，他是乌坎的败类和首害。他还说，“乌坎事件”后，庄烈宏提出自己为村里付出惨重代价，生意损失多少多少万元，他给庄烈宏补偿20万元钱。

张建兴说：“‘爱国者1号’不是一个人，而是一个QQ账号。掌握这个QQ号账号密码的有三人，一是庄烈宏，二是我，还有一个人。也就是说，我和庄烈宏都出事了，他还可以登录。”

林祖銮说：“‘爱国者1号’是庄烈宏。庄烈宏怕承担责任，不敢公开，把这个‘1号’让给张建兴。庄烈宏粗的时候很粗，细的时候又很细。”

“乌坎事件”之后，张建兴既没出去打工，也没做生意，在乌坎“漂”了一年多。2013年，他在村里的市场附近租了三间门市房，开一家承揽结婚录像和监控设备安装的店。生意不大景气，他说已欠10万元外债，不敢再借了，再借就超出自己的偿还能力了。

以后怎么办，路在何方？这个在“乌坎事件”中呼风唤雨的“90后”还没想好。

2014年9月，第三次去乌坎采访，林祖銮说：“农民运动发动容易，成功难，控制更难……有些人认为自己有功，自己应该享受了，应该得到利益了，错！谁给你的利益？利益在什么地方？什么叫享受？你享谁的受？错，就是要干。干好了自然好，干不好，我说过你们这样下去比老村委还要坏。”

谈起乌坎的前景，他兴致勃勃地描述一番。我却感觉他有点儿虚弱，似乎在强打精神，过去的坚强与自信仍在，不过仅存在脸上，内心的已荡然无存。他说，有家企业要进来，想把乌坎建设成旅游区。现已谈好，进入了规划设计阶段，原打算投资一亿两千万，现准备投三亿五千万左右。等旅游区建起来，乌坎村的经济就上去了，村民也就满意了。

他还说：“乌坎好了，陆丰就好了，汕尾就好了，整个广东就好了，没那么多事了。”

乌坎在广东省和汕尾市的地位与作用会有那么大吗？乌坎不过是个渔村嘛！

我请林祖銮的老伴把我送到庄烈宏家门口。乌坎村中或村北犹如蛛网，胡同狭窄，小道弯弯曲曲，转来转去，从这个口进去都不知会从哪个口出来。我走进庄烈宏家那间没有窗户、黑洞洞的、乱得难以下脚的窄小的老屋，见到在灯光下他的父母，还有智残的二哥。他老爸庄松坤说，已两个月没去讨海了，年纪大了，身体又不好，干不动了。

2015 年 1 月 12 日，林祖銮在微博发了一幅不锈钢镂花大门图片，门上贴张白纸："谢绝会客。"图片说明则是："第二次谢绝会客。"看来他的日子仍然很不好过。

乌坎距离他说的"乌坎好了"还有相当长的距离。究竟要走多久，恐怕没人说得清楚。

（原载《北京文学·精彩阅读》2015 年第 3 期）

不容忘却的审判

马岳君　王志堂

59 年前中华人民共和国最高人民法院特别军事法庭在山西太原公开审判了一批日本帝国主义侵略中国时期犯有严重罪行的日本战犯，史称“太原审判”。

59 年后，在中国人民抗日战争暨世界反法西斯战争胜利 70 周年之际，本刊记者走访当事人，重访旧址，试图还原那场正义的审判。

优厚对待在押的 136 名战犯

杏花岭区小东门一号，山西新富升机器制造有限公司所在地。

从大门进入，经过废弃的生产区，抵达一扇

蓝色的大铁门前。迈进小院，两排旧式砖瓦房看起来毫不起眼。

幽长黑暗的瓦房内部，中间是一条狭长的过道，两边是曾经的牢房，如今屋顶多处破损，木梁上挂满了蜘蛛网。几个工人正在清理着屋内的垃圾。

“这里以前是‘太原工程队’所在地，实际是日军关押、屠杀抗日军民的集中营，新中国成立后，却成为太原战犯管理所，关押日籍战犯，真是三十年河东三十年河西。”时隔 60 年回访，目前唯一健在的全程参与太原侦讯日本战犯工作的王石林向记者介绍说，“当年还是个三进大院，以检察院牵头搞的日籍战犯罪行联合调查办公室也在这里头办公，所以教育改造和侦讯工作也在这里进行，现在拆得只剩这么几排房子了。”

1952 年 6 月，遵照中共中央、中央人民政府指示，刚组建不久的山西省人民检察署①会同有关单位成立了“调查日本战争犯罪分子罪行联合办公室”（简称“联合办公室”），并从 7 月起，先后接受了由解放军华北军区培训团、公安部、华北行政委员会公安局等单位解送来的 136 名日本战争犯罪分子。

这些战犯中，有原日本关东军高级参谋，山西产业株式会社社长，阎伪西北实业公司总顾问，曾制造轰动中外、炸死张作霖的“皇姑屯事件”的河本大作；有杀害抗日女英雄赵一曼的大野泰治；有曾将 340 名中国被俘人员作为“活人靶”的训练日军的教官住冈义一；有在日本投降后，积极组织、领导日军“残留”活动的城野宏……

面对这些双手沾满中国人民鲜血的日本战犯，刚刚成立的新中国虽然物资匮乏，却本着革命人道主义改造原则，创造条件给其优厚的生活待遇。

“人家吃中灶，每天有新鲜蔬菜、大米白面，还能经常吃到肉类，生病了还能吃小灶，每天有牛奶喝，而我们却只能吃大灶。”

---

① 1954 年 9 月，人民检察署改名为人民检察院。

王石林回忆道，“日本战犯的伙食标准是联合办公室工作人员的2.5倍到3倍。”

王石林告诉记者，我们很多管教人员的亲人就是死在日本侵略者的屠刀下，但是从关押到最终审判整整四年间，战犯管理所却没有发生一起诸如虐囚之类的对战犯打击报复事件，相反，监狱中还设有图书室、医疗室、澡堂、操场等场所，并且定时给战犯们放映日本影片。后来，中方还组织日本战犯家属来太原探视，战犯的妻子、女儿甚至可以与战犯生活在一起。战犯城野宏的妻子城野凌子曾感叹道：“允许我们探视，还能同吃同住，真不像住在监狱。”

审判前业务培训秘密进行

审判的前夜，是密集充分的准备工作。

为了第一次在中国的土地上不受任何外来干扰公正审判外国侵略者，中央决定按照国际法和中国国内法对战争犯罪的处理原则，由最高人民检察院牵头，从检察、公安等有关部门抽调干部开展侦讯工作，并在北京真武庙举办了侦讯业务训练班。

刚刚由国家司法部调入山西省人民检察署工作的王石林被选入此次培训。

“参加人数有300多人，由最高人民检察署副检察长谭政文等主持。”王石林回忆道，“学习是保密而全封闭式的，主要学习国际、国内有关法律、政策和侦查、犯罪对策等条例和知识。”

王石林告诉记者，培训中，中央主持日本外事工作的廖承志，中央联络部、外交部等有关部门熟悉日本情况的专家介绍了日本军国主义的情况和战后日本国内形势；外交部顾问、曾参加过东京审判的前中国法官梅汝璈介绍了东京国际法庭审判日本甲级战犯东条英机等人的情况；抚顺战犯管理所的负责同志介绍了日本在押战犯及伪满战犯的改造情况。

“谭政文副检察长还根据毛泽东主席、周恩来总理的有关指示精神，就新中国政府如何按照国际法却不属于国际法庭，如何由国内的军事法庭来审理却又不同于国际法庭的判决惩罚等问题，作了长篇专题报告。”王石林说道，“这为后来开展的侦讯、审判工作提供了法律和政策依据。”

三个多月紧张的学习生活结束后，中央组成了最高人民检察署东北工作团委会（简称“最高检东北工作团”）并于1954年2月到抚顺战犯管理所工作。随后又专门从中抽出十人组成了由副团长井助国任组长的“太原工作组”，赴太原协助“联合办公室”开展侦讯工作。

斗智斗勇在押战犯终认罪

按照中央关于“惩办与宽大相结合”“坦白从宽，抗拒从严”的方针政策，1952年起，“联合办公室”开始组织对日本战犯进行初步审讯侦查。审讯中，侦讯人员采取对日伪地方行政系统县级简任官和军队系统校官以上的进行单独审讯。对尉级以下的以认罪与检举的策略开展工作，在侦讯调查中实事求是，审讯中注意政策攻心，并多方面搜集罪行证据。按照工作要求，战犯的每一项罪行都有相应的证据，重点战犯的重点罪行要有两个以上的证据予以佐证。

“这些战犯中很多都有警特身份，反侦查经验很丰富。虽然做了大量准备工作，但真正直接与他们交手的时候，才发现现实情况要复杂得多，富永顺太郎就是其中的典型。”当时参加侦讯工作的王石林回忆道。

化名富永德治、富永顺的富永顺太郎，从事间谍工作30多年，侵华战争期间曾任华北交通株式会社课长、调查第三主干兼警务局中央特务班长及北支那交通团地志室（俗称“富永机关”）主事，常年活动在东北、华中等地，窃取并向日本提供了大量政治、经济、军事和地下资源等情报。日本投降后，又任伪华北交通股份有限公司情报部干事长和蒋介石国防部第二厅北平工作队（后改为北平电讯支台）中校副队长等职，利用无线电侦测等方式向蒋介石集团提供大量我解放区的情报。

“当时的富永顺太郎都快60岁了，从事间谍工作的时间比我的年龄还大，”王石林回忆说，“因此他认为我一个小毛孩子，根本没有资格审讯他，态度傲慢，对我的讯问置之不理。根据工作原则，审讯人员面对战犯，要说话客气、态度尊重，杜绝刑讯逼供，而且只能白天审，因此周旋多日，都没有实质性进展。我和小组另一成员、公安部干部赵林都有点儿着急了。”

这时，侦处日本战犯工作团副团长、最高人民检察院检察员、太原工作组组长井助国了解情况后，立即帮助他们分析并调整了审讯策略：富永顺太郎自知罪大恶极，存有惧怕处死的思想，试图以沉默抗争到底，因此可从批判其暧昧思想入手，讲政策，逐渐消除其侥幸心理。

与此同时，每次审讯前，负责战犯生活的管教组都会提供书面报告，详细汇报其生活状态，以便王石林与同事能够及时了解富永顺太郎的心理状态，并据此制订详细的预审方案。

“团队配合也是关键。”王石林说道，“每次审讯现场有警卫、翻译、记录人员、录音人员等，预审人员又分为主审、助审等。虽然我们采取了迂回式、命令式、漫谈式等审讯方法，可其他工作人员并不懂得审讯技巧，好几次在关键时刻‘掉链子’。”

“翻译对我的语气表达不到位，我用的是命令口气，翻译一传达就成了商量，震慑力瞬间就没了。审讯时反复问的问题肯定是重点，但记录员不清楚，很多都没记上。”王石林说道，“解决这些问题只能是事后沟通交流，逐渐磨合。”

几个月的博弈之后，沉默的富永顺太郎最终开口了，但却采取笼统交代事实、避重就轻的方式拒不认罪。看到希望的王石林和同事又一次次到事发现场调查，寻找当事人做证，多次到保留有日伪时期档案的人民银行地下金库查阅资料，获得了大量的证据。

在强大的攻势下，富永顺太郎的心理防线被彻底击溃了，最终交代了其利用无线电侦收，派遣密探和伪装商店、公司等手段，窃取我西北、西南、华中、内蒙古等地的军事、政治、经济等情报的事实。同时，还主动供出日本投降后与国民党军统特务马汉三互相勾结，利用“富永机关”的侦收设备和残余特务分子，共同组成了“国防部二厅北平工作队”，大肆侦收我解放区的军政、经济情报并向戴笠提供我解放区通信网络等信息，以破坏我解放事业的犯罪事实，并表示认罪服法。

漫长繁重的调查取证工作结束后，侦讯人员核对案卷后报最高人民检察院检察长或副检察长核准。随后，《侦查终结意见书》和侦查卷宗全部交受审人员阅览，受审人员认可并签名之后，侦查工作宣告结束。

据统计，四年间，侦讯人员不辞辛苦，走山东、跑内蒙古，身影隐现在黄河两岸，上东北、下云南，足迹遍布大江南北，共取得证据材料 18418 件。经反复核对，可以正式作为证据材料的有 4532 件，占全部材料的 24%，其中包括受害人和被害人亲属的控诉书、当地居民的证明和检举、战犯同僚和部下的证词材料、有关档案文件、书报、罪行照片、各种勋章、奖状、物证及其他材料；可以作为间接证据材料的有 10920 件，占全部材料的 60%，其中包括控诉和检举材料 6489 件，证明材料 439 件，调查报告 1892 件，其他材料 2100 件。

四年间，侦讯人员最终查实关押在太原的日籍战争犯罪分子（包括军事犯，行政犯，警察、宪兵、特务犯三类）所犯罪行如下：杀人（包括武装人员、工作人员、爱国志士、平民）14251 人，伤害 1969 人，逮捕拷打 10173 人，奴役 12233674 人；烧毁房屋 1078 处 19264 间，烧毁寺庙 4 座 100 间，烧毁村庄 4 个，烧毁粮食 2672510 斤；破坏房屋 192 处 993 间，破坏寺庙 43 座 30 间；掠夺牲畜 11236 头，掠夺粮食 431778479 斤，掠夺煤炭 5334583000 斤，掠夺棉花 48900 斤。还掠夺了大量的金、银、铜、铁、锡等战略物资和其他财产。

庭前准备工作紧张有序

侦查工作结束后，1955 年 11 月，遵照党中央的指示，山西省日籍战犯罪行调查联合办公室抽调干部赴北京，在中央十人领导小组的直接领导下，开始起草对关押在太原的应起诉的日本战犯的起诉书。

根据中共中央关于“起诉面不宜过宽，要罪证确凿，从实际出发，能起诉多少起诉多少”的指示，在全面衡量罪行的危害程度和情节的轻重后，公诉机关最终决定只对富永顺太郎、城野宏、相乐圭二、菊地修一、永富博之、大野泰治、笠实、神野久吉、住冈义一等九人提起公诉。

“当时起草起诉书的地点在北京西郊的卧佛寺。”王石林回忆道，“我负责起草富永顺太郎和城野宏的起诉书。在此期间，还有幸多次聆听中央领导同志的工作指示。”

在起草起诉书时，时任中央政法委书记彭真同志指示：“写起诉书和写政论性文章不一样，罪犯的犯罪事实一定要具体地写，不要怕现象罗列，事实堆积。罪行罪责要叙述清楚，证据越确凿越好。”

根据彭真同志的指示，起诉书着重写被告人的犯罪事实和罪证。起诉书完成后，又经过法律专家、文字专家的反复斟酌修改，然后才报最高人民检察院呈周恩来总理批准。起诉书最后由周恩来总理用毛笔逐字逐句审阅批改。

与此同时，为了充分保障被告人的权利，特别军事法庭开庭之前，承办案件的检察人员先期将起诉书送达被告人，同时按照第一届全国人大常委会第三十四次会议通过的《中华人民共和国全国人民代表大会常务委员会关于处理在押日本侵略中国战争中战争犯罪分子的决定》，向被告人明确了其可使用翻译、自行辩护或由中国律师辩护的权利。

据王石林回忆，当九名被告人接受他们的起诉书时，精神极度紧张。有的双手发抖，脸色发白；有的满头大汗，手足无措，连签字的地方都找不到了。在检察人员的帮助下，他们才艰难地签上了自己的名字。

“为了做好出庭公诉的准备工作，负责起诉的检察员和侦讯、管教人员，还一起系统整理被告人的具体犯罪材料，研究罪犯的现实思想表现，并模拟法庭审判，以防止罪犯在法庭上抵赖推脱。”王石林说道，“正式开庭前，我们选择富永顺太郎一案，由我扮成被告人，在模拟法庭上提出各式各样的申辩，帮助公诉检察员有针对性地做好各种准备。”

为这场历史性审判紧张准备的还有时任新华社山西分社副社长、今年5月19日刚刚去世的马明。

审判日本战犯，是新中国成立后首次按照规范的法律程序审判外国罪犯，也是我国新闻媒体首次报道这种国际性的政治犯罪案件。

“为了使这次新闻报道及时准确地体现我国处理日本战争犯罪分子的严正立场和宽大政策精神，当时中央在宣传上提出了‘不要过分刺激日本人，也不要过分刺激中国人’的指示精神。”马明之子马正告诉记者，“为此，在开庭审判前的一个多月，就成立了由我父亲任负责人，新华社、人民日报、中央新闻纪录电影制片厂等四家中央新闻单位的十多名记者组成的宣传组，并在保密和封闭的状况下，进行了各种准备工作。”

在集中学习、领会中央领导同志批示的关于处理日本战犯的方针、重要的政治意义和新闻报道应该注意的问题的同时，宣传组成员还仔细查阅了每个战犯的罪证调查和有关的敌伪档案、历史资料。

“当时所看的材料中，仅受害人的检举信、证人的证词和战犯的供词，就有几十万字，有时候看材料得到凌晨两三点。”马正说道，“除此之外，我父亲还专程到北京西郊卧佛寺了解了中央检察机关正在起草的国家公诉人起诉书的内容。”

开庭审判前，中央处理日本战犯联合办公室和新华社总社国内部负责人，向宣传组成员传达了中央关于处理日本战犯的宣传方针和指示，并具体帮助制订了报道计划，对具体稿件的内容、结构和发稿时间、办法，都做了仔细研究。

特务头子最终被判20年

1956年6月10日至20日，中国最高人民法院太原特别军事法庭在文瀛公园旁的人民大礼堂开庭，对富永顺太郎等九名重要战犯进行公开审判，旁听的有闻讯赶来做证的死难者的亲属、受害者和见证人，以及各党政军机关和各界人民代表4000余人。

迎泽区纯阳宫路21号就是当年人民大礼堂所在地。光阴荏苒，曾经的大礼堂已经被拆除，一座仿明清建筑风格的大气豪华又不失地方特色的山西饭店屹立在原址之上。

“山西饭店的前身是1914年由阎锡山倡议并筹资兴建的‘自省堂’，1950年更名为‘人民大礼堂’。”王石林向记者介绍道，“大礼堂是座东西朝向的仿欧式建筑，就在现在停车场的位置，当时门口挂着‘中华人民共和国最高人民法院特别军事法庭’的牌匾，审判大厅中央高高悬挂着特制的大型国徽。”

1956年6月10日上午8时30分，特别军事法庭首先开庭审理富永顺太郎的战争犯罪和特务间谍犯罪案。法庭由特别军事法庭副庭长朱耀堂担任审判长，审判员殷建中、审判员军法上校张剑组成合议庭，书记员军法大尉丁宪邦担任记录。中华人民共和国最高人民检察院检察员军法中校丁明担任国家公诉人，并出庭支持公诉。王乃堂和倪彬彬两名律师担任富永顺太郎的辩护人。日语翻译由陈弘、杨永等八人担任。

在审判长宣布开庭之后，公诉人宣读了起诉书。起诉书指控，被告人富永顺太郎在侵略中国战争期间，长期从事组织领导日伪交通警务机构和特务机关，犯有搜集中国军事、政治、经济、交通和地下资源等情报，以及抓捕、刑讯中国和平居民等罪行。日本投降后，被告人妄图复活日本军国主义，继续进行特务间谍活动，并以其领导的特务机构“富永机关”的全套侦听设备为基础，所属特务为骨干，组成国民党第二厅北平工作队，侦收解放区军事、政治、经济情报，破坏和阻挠中国人民的解放事业。

之后的几天中，法庭通过讯问被告人、传讯证人、出示证据等方式就公诉人指控的事实进行调查。来自各地的六名知情证人出庭指证富永顺太郎自 1933 年起乃至日本投降后一直在我国从事间谍活动。法庭随后组织控辩双方进行了法庭辩论。辩论结束后，被告人做了最后陈述表示认罪，随后，审判长宣布休庭。

6 月 19 日上午 8 时 30 分，特别军事法庭对被告人富永顺太郎进行宣判。审判长宣读了（56）特军字第二号判决书。在审判长宣读判决书的过程中，翻译人员同时用日语宣读判决书。

判决书中指出：被告人富永顺太郎在参加日本帝国主义侵略我国战争期间，犯有参与策划、决定和推行各项警务特务计划措施，组织领导庞大的警察和特务间谍机构建立傀儡政权，进行各种特务间谍活动，抓捕、刑讯、奴役、残害中国人民等罪行；在日本投降后，被告人又犯有阴谋复活日本军国主义，继续潜伏中国，勾结汉奸和国民党特务组织，进行间谍活动，窃取我解放区的军事、政治、经济等情报，破坏中国人民解放事业等罪行。被告人所犯各罪性质极为严重，本应严惩，但念其在关押期间有一定程度的悔罪表现，根据中华人民共和国全国人民代表大会常务委员会《关于处理在押日本侵略中国战争中战争犯罪分子的决定》的精神和第一条第二款、第三款的规定，《中华人民共和国惩治反革命条例》第七条第三款的规定，作出终审判决：判处被告人富永顺太郎有期徒刑二十年。

八名战争罪犯分别获刑

6 月 12 日上午 8 时 30 分，特别军事法庭公开审理城野宏等八名日本战争犯罪分子的战争犯罪案。

法庭由朱耀堂担任主审审判长，审判员郝绍安、审判员军法上校张剑组成合议庭，书记员江君寿、书记员军法大尉丁宪邦担任法庭记录。

侦处日本战犯工作团副团长、中华人民共和国最高人民检察院检察员、出席太原庭审的首席检察员井助国，军法大校黄泽湘，军法中校郭轩，山西省人民检察院检察员张焕新等四人，担任国家公诉人，并出庭支持公诉。

冀贡泉、王克勤等六名律师担任八名被告人的辩护人。陈弘、杨勇等人承担翻译工作。

公诉人指控：战犯城野宏、相乐圭二、菊地修一、永富博之、大野泰治、笠实、神野久吉、住冈义一等八人在侵略中国期间，城野宏担任日伪山西省政府顾问辅佐官，其余七人为日本陆军军官和日伪警官时，犯有参加日本侵略、策划和推行侵略中国的各种措施，以及残害、奴役中国和平居民和被俘人员的罪行。日本投降后，被告人又积极地从事保存在山西日军实力的活动，策划和组织日军“残留”，妄图在山西建立基地，以便复活日本军国主义，成立“保安大队”“太原绥靖公署教导队”等，参与蒋介石、阎锡山发动内战，在阎锡山被困太原时，协助阎锡山困守太原，对抗中国人民的解放事业。

之后的几天中，法庭通过讯问被告人、传讯证人、出示证据等方式就公诉人指控的事实进行调查。

据当时在现场采访的马明生前回忆，庭审过程中，战犯城野宏突然翻供，为其严重罪行狡辩。1944 年至 1945 年，城野宏曾担任日伪山西省政府顾问辅佐官和山西保安队指挥官时，被证实犯有策划、指挥日军三次“扫荡”晋中各县，大肆掠夺粮食财物的罪行。但是，在法庭上他只承认其中一次是由他策划、指挥的。

面对此种情况，审判员立即传出曾任日伪山西保安队副司令的赵瑞出庭做证，赵瑞反驳说：“每次‘扫荡’都是先由他和日军第一军参谋岩田清一研究决定后才告知我，并一同率领部队去执行。我有自己的责任，不过决策、指挥权都在城野宏之手，决不容许抵赖。”随后在众多证人的证明下，城野宏最终承认了自己的犯罪事实。

庭审中，战犯大野泰治供认其亲自审讯并建议杀害抗日英雄赵一曼的罪行也给马明留下了深刻印象。

大野泰治原是“满洲国”滨江省公署警务厅外事股长。在审判员的提问下，他说：“赵一曼的胳膊、腿负伤后被俘，我拿鞭子抽打她的伤口，逼问共产党的组织和活动情况。她被关押在哈尔滨警务厅拘留所地下室时，我也用木棒打她的胳膊，捅她的腿，或用手拧打她的伤口，使其痛苦。”大野泰治还供认给他的直属上司特务科长山浦清人写报告建议，“要尽量利用这个女人，破坏共产党的活动，不行就把她杀了。”

面对公诉人的提问，大野泰治承认：“报告书是杀害赵一曼的基础，所以我对赵一曼不仅是拷问，而且应当负杀害的责任。”

6 月 20 日下午 2 时 30 分，特别军事法庭对战犯城野宏、相乐圭二、菊地修一、永富博之、大野泰治、笠实、神野久吉、住冈义一等八人进行宣判。审判长宣读（56）特军字第三号判决书。在审判长宣读判决书的过程中，翻译人员同时用日语宣读判决书。

法庭认为：“各被告人在参加日本帝国主义侵略我国的战争期间，以日本军政官吏各种不同的身份，参加侵略我国的战争，并且都是犯有严重罪行的战争犯罪分子。按其罪行，均属违背国际法准则和人道原则。日本投降后，又在中国领土内，犯有组织前日本军人，参加阎锡山军队，反对中国人民的解放战争，阴谋复活日本军国主义的罪行。本应予以严惩，但是，法庭考虑到各被告人在关押期间均有不同程度的悔罪表现，所以，按照各被告人犯罪的具体情节，根据中华人民共和国全国人民代表大会常务委员会《关于处理在押日本侵略中国战争中战争犯罪分子的决定》的精神和第一条第二款、第三款的规定，作出终审判决：分别判处被告人城野宏有期徒刑 18 年，被告人相乐圭二有期徒刑 15 年，被告人菊地修一有期徒刑 13 年，被告人永富博之有期徒刑 13 年，被告人住冈义一有期徒刑 11 年，被告人神野久吉有期徒刑 8 年……”

“从法庭审判、战犯家属探亲和日本记者采访，一直到对另外关押犯罪较轻和悔罪表现较好免予起诉的 120 名战犯的释放报道，我父亲所在的报道组十多名记者每天都是起早贪黑地工作，有时晚上还要开碰头会，计划第二天的行动。摄影记者和图片制作员为了及时发稿和赶写图片说明，连续两个通宵没有休息，白天仍然坚持工作。”马正说道。

从6月21日起的一个半月内，报道组共采写新闻、对外稿和供中央参考的内部情况等稿件20多篇，拍摄现场情景新闻照片近百张，中央新闻电影制片厂拍摄、录制了声像俱全的从庭审到释放的全过程，共计有图画底片和声带片各2.5万多英尺。经过国内外报纸、刊物、影院银幕和广播电台传播后在国内国际舆论上引起了很大反响。

免予起诉归国积极推动中日友好

按照周恩来总理对审判日本战犯工作的批示：“一个不判处死刑，一个不判处无期徒刑，判处有期徒刑也要极少数，对次要的或悔罪表现较好的战犯从宽处理，免予起诉……”1956年夏，在侦查终结时，最高人民检察院决定对山西在押的次要和悔罪表现较好的120名日本战争罪犯宣布免予起诉。

对于这个政策，包括王石林在内的很多人都想不通。

王石林回忆说：“那会儿提起对日本战犯的判决，很多人都主张判死刑。一次在北京培训的会议上，大伙儿又谈起这个事儿。在场的周恩来总理反问：‘为什么？’我站起来大声说道：‘不杀不足以平民愤！’总理说：‘总共有1000多名战犯，全杀了就能平民愤吗？’总理接着说道，‘既然不能，为何不把他们改造好，让他们回国，做些有助于两国关系发展的事情呢？’这一席话把我和当时在场的人都点透了。”

杏花岭区小东门21号，如今已经是太原面粉二厂所在地。当年的山西机械厂大礼堂已经被几栋高耸的家属楼所代替，不远处的仓库依然保留着以前的样子。

1956年6月2日和7月18日，最高人民检察院分两次在此举行宣布免予起诉的决定。会上，侦处日本战犯工作团副团长、中华人民共和国最高人民检察院检察员、太原工作组组长井助国宣读中华人民共和国最高人民检察院免予起诉决定书。会上，宣布对上中正高、小羽根健治、小宫正香等 72 名战犯免予起诉。来自政府机关、人民团体、军队、学校、企业、新闻单位的代表以及居民两次共计 1600 余人参加旁听。

“听到自己被免予起诉，很多战犯有感于自己罪恶深重，却得到宽大处理，都失声痛哭，纷纷要求发言。”王石林回忆道，“当时战犯泽口良民就哭诉道：‘我理应受到严处，但中国人民反以宽大为怀，教育我重新做人，这是我终生难忘的。’”

会后，我国政府又给这些被免予起诉释放的人员发放了新制服装、毛毯、皮鞋等物品，并于当晚在太原人民饭店开了联欢会。

1956 年 8 月 21 日，由太原战犯管理所移交抚顺战犯管理所的小林高安、小川恒夫等最后 48 名日本战争犯罪分子，在抚顺被宣布免予起诉，宽大释放。

在太原关押的 136 名战犯，关押期间因病死亡的 7 名，尸骨被送回日本；9 名被判处有期徒刑，随后被送往抚顺战犯管理所服刑；其余被免予起诉的 120 名日本战争犯罪分子，分别于 1956 年 6 月 28 日、7 月 28 日、9 月 1 日分三批转到天津，乘日本“兴安丸”轮船回国。

事实也证明了中央政策的高瞻远瞩。经我国高检免予起诉、释放回国的战犯，回国后当即成立了“中国归还者联络会”（后改为“中国归还者联合会”，简称“中归联”）。几十年来，他们始终遵循“反对战争、维护和平、发展中日友好”的誓言，通过写回忆录、进行广播电视宣传、演讲集会等方式，揭露、反省日本帝国主义侵华暴行，推进中日友好。

“59 年前在太原对日本战犯的审判，既开创了教育改造国际战争罪犯的先例，又为中国人民伸张了正义，更是对一切妄图再走日本军国主义可耻道路的侵略分子一个严正的警告。它标志着我国政治上独立、领土完整和主权的神圣不可侵犯，外来侵略者任意宰割我国的屈辱历史一去不复返了！”采访结束时，87 岁的王石林这样对记者说。

（原载《法制与新闻》2015 年第 9 期）